彼方への忘れもの

Koarashi Kuhachiro
小嵐九八郎

アーツアンドクラフツ

目次

カバー装画◉田地川じゅん
装丁◉坂田政則

日本音楽著作権協会（出）
許諾第一六〇三九六七—六〇一

彼方への忘れもの

第1章　青春の幕は開いた——のに

1

耳を欹《そばだ》てると、東の山並みから、憧れと不可思議さを併せ持つ父の口笛みたいな風鳴りが微かに聞こえてくる。

西方角の日本海からは、春の訪れとともにその力を失い、やや睡《ねむ》たげな潮鳴りが届いてくる。

——まだ、鉄路を走る汽車が、地方だけでなく、列島の本線で、喘《あえ》ぎ喘ぎ、もくもくと力瘤《ちからこぶ》ごとき黒い煙、白い煙を吐いて頑張っていた。そろそろ、敗戦後十五年の時代。

——でかい国道から一歩外れると、凸凹《でこぼこ》の道で、乾《かわ》くと土埃、降ると土砂塗《まみ》れで、自転車、バイクが苦しんだけれど、歩きの人間は楽ちんだったし、歩道と車道を区別する濃い白線もなく、ゆっくりと道を、堂堂と主人公として歩けた時。

——田んぼの畦《あぜ》道を歩くと蝗《いなご》が驚き逃げて跳ねるだけでなく、人にしがみつき、なお、人糞の匂いが漂っていた頃。

——銭湯が木材と石炭で水を沸かすのから、石油へと熱源を替えてゆくことが始まりだしていた時。

——愛と性の関係は人類史の中でいろいろ変遷するので難しい。が、その、愛と性はかなり別ものとして、なお、あった。悪餓鬼《わるがき》同士で「やつの父ちゃん、戦死らすけ、十五年前、満州らな。母ちゃんは、四十五にもなるのに、男という男は息子のやつ以外、いっさい、敷居を跨がせねえ」と切ない話をしたり、「新潟の花の古町《ふるまち》の兄《あん》ちゃとこに遊びに行った帰り、映画を観《み》たがあ。そしたらな、別別の時間に別別の入口からやってきた男と女が、すんげえの、俺の座席の前で乳繰《ちちく》りあいだしてのう」とか「おえ、おお、夏休み、東京の満員電車に乗ったらて、まあ、仰天。女のスカートを捲って触ってる男がいて、女もやがて首を男に預けてのう」とか「それは狡いがあて。堂堂と銭を商売の女に払ってするべきことらて」などと反論する少年もいた。

——どこの学校にも規則・規律があったけれど、生徒は適当に食《は》み出し、破る知恵を持っていた。教師も規則や規律より大切なものを、要《かなめ》は解らないとしても、概《おおむ》ね心得ていて、生徒に任せていた。小、中、高の学校の塀はみんな低く、ないところもあった。

——管理社会というか、瑣末《さまつ》主義とはほど遠い中、振り返れば高度成長経済が歩みを始めていた。


一九六〇年。

春は四月、下旬。

新潟県、村上。城下町で、その町人の家家の屋敷や町並みや堆朱《ついしゅ》の塗りと木彫の技が残っている。

海岸沿いには石油発掘のついでに湧き、製塩業のための温泉が豊饒というか無尽で、旅館に転業した人の多い瀬波《せなみ》温泉、ゆくゆくは江戸時代からの鮭《さけ》の産卵や稚魚の放流の成果が全国に名を成してゆく三面川《みおもてがわ》がある。人口は三万五千人ぐらいだ。

鷲《わし》ケ巣《す》山や朝日山地あたりからの東の風に脇腹を押され、少年から次への端境期にある青年未満が所在なげに歩いている。

青年未満は気になるのか、額の二つの面皰《にきび》に指の腹を当て、その大き目の一つを潰そうとしている。真新しい制服を着て、「ラ」の六文字と「カ」の三文字を組んで畏《かしこ》まった正三角形の徴章も新しく、光らせている。革鞄《かわかばん》は光を失っているけれど、誰かのおふるだろう、味な艶《つや》とささくれがある。

古びて、厳めしい旧家の茅葺き屋根の家の黒塀を越え、白木蓮《はくもくれん》の大きく白い花が満開だ。逆にいえば、桜が咲くまではあと一週間はある。青年未満の足は、まだ花見の客もいないだろうと村上城跡のある臥牛《がぎゅう》山、地元の人はお城山と呼ぶ道へとふらりふらりと近づいてゆく。

青年未満は高校一年生としてはごく普通の身長一六五センチ、顔だちは写真でしか知らぬ、それも残っているのは旧制中学生のそれだけれど「父ちゃんとそっくりでねえっか、目ん玉がきりりとして窪んでるすけ。ま、大き過ぎる口と、平べったい鼻と、女に受けそうもない四角い顎と、将来の禿《はげ》が悲しかね」と母が、村上の言葉にどこだろうか、九州あたりらしい言葉を交じえて評する通りである。

青年未満の姓は、ここいらでは珍しい大瀬良《おおせら》、名は騏一《きいち》。

騏一は、高校に入学して半月ばかり経ったのに、どうも「青春が始まった」という実感が持てずに、ある時は苛《いら》だち、時に希望を摑み損ね、七割五分、ぼけーっとしている。

高校に入学したら、同学年、上級生に凄くかがっぺえ、つまり、まぶしく包容力があり、魅力に満ち満ちている女子生徒に出会えるはずと期待していたけれど、零《ゼロ》なのだ。ま、自分の正方形の顔と鼻や口が不恰好であるゆえ、贅沢はいえねえすけ……けど、「Boys be ambitious」という札幌農学校のクラーク博士の言葉があるはず。あの農学校には戊辰戦争で薩摩・長州の私的な憎しみでこてんぱんにやられた長岡の敗残の士がクラーク博士の下として支えていた。

ただ一人として、いなかったらあ、ハートを撃つ女は。

むろん、恋とか愛とかとは離れて、結婚なしで、未だ、当たり前、未知の乳房とか、肉のたっぷり詰まっていて柔らかそうな腿とか、目の眩《くら》む秘処を自由にしても良いと思う同学年の女子生徒は三、四人いた。もっとも、女子は少ないので、この競争率は高い。そもそも欲望で素人の女に手を出したら、高くつく。おのれが勿体ねえら。

上級生の女子生徒と出会い、形式としても挨拶を交わす入学式に出られなかったのも痛い。洋裁を教えて親子二人の生活費をかすかすに稼いでいる母の多津が「熱が止まらねえらね、風邪のそれと別みてえすけ。新発田《しばた》の婆さんところへ行って呼ぶがよか」と例によって、九州弁らしいのをちらりと交ぜて汗塗《まみ》れで頼んだから、式に出ることができなかった。黒く輝いて貴重なる電話は夏に、六畳と四畳半と台所と便所の家に入る予定だが、まだついてなかったのだ。

友達は、いや、友達らしきのは二人できかかっている。

一人は、前の席に座っている矢部浩《やべひろし》。国語の授業で、生徒の漢字の水準を知りたいのか、教師がいきなり豆テストをやりだし、なぜか騏一の解る「ひみつ」、「なやみ」、「せいこう」、「あんしつ」の平仮名を漢字に変えさせるのと、『人間失格』、『肉体の門』、『春琴抄』、『太陽の季節』に振り仮名をつける問題が出て、ゆとりで前の席のやつを覗くと、あののお、そういう答もあるわのう、「せいこう」は「成功」でなく「性交」だけしか、そう、他は空白しか記していないのが矢部だった。それで、教師が窓を開けて煙草を吹かしている隙に答案用紙を入れ換えてやった。なに、母の多津の強く教える一つが「義を見てせざるは勇なきなり」らあ。やつ、矢部浩も「この恩は忘れず返すれ」と腹話術みたいな掠れ声で振り向かずにいった。

もう一人は、隣りのクラスの青木強志《つよし》だ。強志の名が泣く、青木は、どうも晩生《おくて》らしく中学一年生ぐらいの初初しく、細く、髭も薄い生徒で、講堂での校歌の練習をしている時に「口の開け方が小さいらあ」と三年生四人に呼び止められ、胸倉を摑まれて気合いを入れられるところだった。「義を見てせざるは勇なきなり」の出どころは知らないが父なし子の自分を懸命に育ててくれてきた母の教えだ、「おええ、待ってれ、止《や》めれえっ」と騏一は我ながら大声が響き渡る恥ずかしさと、怖さを必死に耐え、制止に入った。教師がやってきて、青木も騏一もその場ではなんともなかった。しかし……先は分からねえら。

別に、騏一は心の底から「義を見てせざるは勇なきなり」の道徳を信じているわけでない。むしろ「君子は危うきに近寄らず」の小学校中学校時代を過ごした。うじうじ悩むことが多過ぎる。でも、ごく希《まれ》に、突発的に行ないをすることがある。自らを制御できないことが……。どんげな理由らろうかの。

そもそも、騏一には、道徳というのが薄い。薄いというより、解らない。

その上で、覚えたての校歌の二番に、

「若き我等の動動の　舞台は今や開かれむ　安逸の夢をむさぼりて　栄華に酔わむ時ならず」

と藤原紫朗大先輩の詩があり、なるほど、そうらて、と思い、考え、焦《じ》れる。

十五歳九ヵ月弱の騏一は、道徳とかモラルとか人の生きるべき筋を考えねばならないと思いながら、てんでばらばら、ごっちゃに交叉して探せないこの一と月弱なので、二十分は登りにかかるお城山への道に踏み込めず、それに昔から威張っていて町人を舐めている三の丸、本町《もとまち》あたりの雰囲気も何やら面倒で、通っている高校の方へと踵《きびす》を返す。高校も煙ったい。あるかなしかの低い塀を市場通りに見やり、大町《おおまち》から安良町《あらまち》へ続く町人の元気さを示す通りに出る。

おや。

こんなところに、格好をつけた石碑が。

なになに、種田山頭火？　中学では習ってこなかった俳人ら。

『水音がねむらせない　おもひでが　それからそれへ』

だってか。

五七五が乱れておるら。

違う、違う。なにかしら魅《ひ》く言葉の山の脈みてえら。俳句の厳とした規則を破り、それでも、心を言葉に預けて、いいでねっか。引きずられる。

そうではない。詩の形の一つに酔ってはいられないのだ。

男として、人として、大人になろうとする今の生き方が、これからの人生が問題なのらて……。

そうら、母の多津が「新聞は読め」とうるさいので、立教大学を出て巨人にスカウトされて、国鉄の金田正一以外はどんな投手の球をも打ち、三振すら格好の良い長嶋茂雄の活躍に刺激され、中学二年から、新聞は運動面から読む癖がついた。この頃は社会面も、ついでに一面の政治面も読むようになってきた。

それによると、近頃、騒騒しい。

九州の福岡県の盆踊りの炭坑節で有名な三池炭鉱では首切りで無期限のストライキに入り大揉めしている。汽車や電気の熱源の石炭の将来のことも関わるらしいが、そりゃ、働く場所を失う人達もしんどかろう。今年一月には、土門拳《どもんけん》という『古寺巡礼』みたいな日本の美しさを写していた人が『筑豊のこどもたち』の写真集を出し、それを図書館で見たけれど、炭鉱の暮らしはおおごったね。

東京では、労働組合の人とか、学生は勉学せんで良いものか全学連とかいって、安保《あんぽ》、安保、安保反対とプラカードや旗を林立させたり、デモをやったり、なんせかせ、元気だ。この一月、もう、アメリカのワシントンで新安保条約は調印されたというのに。

なんえ？

この町のバス通りにも、大町から小国町へ、そして国鉄の駅へと向かう道路にだ、赤い旗を空に掲げたり、鉢巻や襷《たすき》姿で、ぞろぞろ二十人ばかりが歩いて、信号で立ち止まっているすけ。新潟か新発《しば》田《た》で集会とかデモがあるのだろうか。旗には「全逓」とか「全電通」と難しい熟語が抜いてあったり、「新教組」とあったり、そう、先生の組合ら……。

「おいっ、騏一、一緒に、あ、も、ん、せ」

うへーい、恥ずかしい、郵便局で働く近所の浅野の兄さんが、列を食み出してぽんと騏一の肩を叩いた。

「あえ、はい、でも、あ、ん、べ、わ、あり」

騏一は、下を向いて答えた。

「いいねっか、汽車の銭《ぜん》は俺が持つ。どうせ、動員費が貰えるすけ」

「あえ、あえ……」

背中を見せ、やはり、お城山へと逃げよう、いや、人と離れて、大自然を見下ろし、青春時代から未来への気宇壮大なる図を描こうと、騏一は古びた革鞄を胸に抱く。浅野の兄さんは、騏一より五つ年上で、相撲もプロレスも教えてくれたし、半年前には春本《しゅんぽん》を「読めっしゃ」と貸してくれた、頼りになる兄さんなのだが、どうも、この赤い旗や襷のぞろぞろ歩きが馴染めない。その証しに、この行列より多勢の町の人がじろじろと、ぞろぞろ歩きの一人一人の顔を見つめている。

「うむ、うら若いの、そう、お前だ。町人《ちょうにん》町の大瀬良家の一人息子、餓鬼んちょら。たしか、騏一という名だったの」

自分らは、日本海に面した城下町できりりとした町とは考えているけれど、やっぱり、中心街は狭い、六十半ばになりなんとする口髭《くちひげ》がぶっとく、白いものが混じっているとはい、え、ぴんと跳ねている大老人寸前の人が、騏一が行列を避けようとしたところに、腕組みして、前に開《はだか》っていた。

「あええ……はい」

気がついた、この髭が見映えのする人は、そして、縦縞《たてじま》の和服の着物に真っ白の帯を締めて、時代劇の映画に出てくるヤクザみてーな格好をしている人は、武家町に住んでいる倉松右衛門《くらまつうえもん》とかいう怖い男と噂のある御仁。

「主義者《しゅぎしゃ》、左翼は駄目そのもん。日本史の初めより凄く、日本史が始まって以来の御一人を敬まわず、先の大戦の貴い命を無視し怪しからん輩《やから》のみらのん。しかし、今回の、安保条約は、アメリカの召し使いになる条約らあ。民族を、汚すものらね」

「あええ……はい。そうですか」

倉松右衛門という大老人寸前の人の親しい友達は、なんでも、太平洋戦争の敗北を天皇に詫びると皇居前で割腹死したという話だ。その、この、これーっの大事な時に、この御仁は、汽車に乗って皇居を目差してはいたが終戦のどさくさで汽車はやたらに遅れ、間に合わず、それから、悶悶として、やがて、苦《にが》いも酸《す》っぱいも解り、静かに村上で過ごしているとのこと。

「大瀬良の餓鬼んちょ、あ、もう、過ぎてゆくの、ついていくのが良いすけ。静かに、見る、嗅ぐ、手触りで解るのが、うら若い人生には一番に役立つ」

倉松右衛門は、そう、筋金の入った右翼でかなり有名、この町だけでなく、新潟や新発田や、戊辰《ぼしん》戦争の河井継之助のど根性と太平洋戦の先見の明《めい》と死の鮮烈さで際だつ山本五十六の出《で》としてある長岡でも知られているという。本当か？

「はあ、しかし……今は、拙《つたな》く、幼いすけ……だからこそ、お城山に登って、大いなる自然を見て、英気を養うつもりさけに」

かなり勇気を振り絞って、先刻は登り坂のきつさなどで日和《ひよ》った臥牛山への道のことを騏一は誤魔《ごま》化《か》しながら口にする。

「よっしゃっ、城跡《しろあと》へゆくが良い、坊主」

餓鬼んちょから坊主へと、かなり格上げをして右衛門大老人手前は顎をしゃくった。

ほっ。

そう、この大老人手前の右衛門という人は、ヤクザにも、鼻髭と目配りで、つまり、無言で、意《い》を通し、支配下に置いているらしい。これも、本当か？　もっとも、ここのヤクザは、祭りの露天で元気になる的屋《てきや》が多く、「農こそ根本」、と騏一がとても納得できる心情を持っている。博徒《ばくと》というのもいて、これは博打《ばくち》が本業、「切った張った」の刃物とかの腕力が要になるといい、関西の神戸に本拠があるところとか、関東に強いけれど根城《ねじろ》は熱海にあるところが隙があればやってくるという噂も流れている。

「そんじゃ、倉松、大、大、大……老……いんや、大先達」

「うむ。心配ごとがあったら、訪ねてこい。待ってるら、大瀬良青年」

雪駄を踏み鳴らし、大老人手前は、餓鬼んちょ、坊主、青年と三つも出世させてくれ、にやり、いんや、とても若若しく、おおらかな笑みを作った。

そしたら。

まだ、いた。

「高教組」の旗を右肩に担ぐようにして中途半端に掲げ、ぞろぞろ列の一番後ろにいる男だ。騏一の高校の世界史と日本史の教師の鈴木哲男だ。必ずしも、張り切ってはいない様子だ。

騏一は、軽く会釈をした。しかし、この会釈が成績狙いと考えられては屈辱だと慌てて背を向ける。

振り返ると教師は、目の下の肉に、だらしないほどの悲しさの弛《たる》みを浮かべ、なお、振り向いたまま、右手を三回、四回、五回と挙げた。

あののお。

安保《あんぽ》って、いっぺこと、こんぐらがっておるら。

2

お城山の入口に、再び辿り着いた。

最初の七曲《ななま》がりの坂道を越えるまでが、きつい。若い騏一にとっても少少の決意を要する。しかし、てっぺんの眺望は素晴らしい。うんと晴れれば佐渡が、曇天でもいよぼや、つまり鮭が遡ってくる、ゆったりさと力《ちから》の二つを併せ持つ三面川《みおもてがわ》が、暮《く》れ泥《なず》む頃の夕陽を受けて藍色の空をくっきり分ける朝日山地が見渡せる。いけっしゃ、急げ。

ん？

気の早い人人がもう花見か。酒の匂いと嬉しげな話し声が、風に運ばれてやってくる。頂上の城跡あたりからではない、手抜き、いや〝足抜き〟なのか、七曲がりの坂道の上あたりからだ。

「ほらほら、少年。鞄の留金《とめがね》が外れとる。本を二冊も落として。なあすて、こんなに神経がぶっといすけ」

　後ろから女の声がする。まるで息切れを知らぬ涼しい声だ。

「ああ、ありがとうございます」

　振り向くと、かがっぺえ過ぎる、眩《まぶ》しさのほどがどでかい女が二冊の本を翳《かざ》して騏一を睨みつける。十六、七、八ぐらいか。寒くはないのか、濃紺のワンピース一つだ。

　美人とはいい難い。が、両目が顔の調和を崩すほんの手前ぐらいの大きさで、目ん玉は青みを帯びた黒さ、なんとも魅力に溢れている。こんぐれえの女が、同じ高校にいたら通学しがいがあろうもん。あええ、唇もこってりして上と下に捲《まく》れておるら。

「はい。もう落とさないようにね」

　そのまま、目ん玉姉さんは都会的を越え、エキゾチックな雰囲気なのに唐草模様の風呂敷に酒瓶の形をしたものを背中にして、騏一を追い越していく。うーん、ソックスなしでの運動靴だ。足首がきゅっと括《くび》れている。

　ついでに、尻を……。こみともねえ、おのれ騏一、目を逸らせ。ハートが、腐る。

　いけねーっ。

　一冊は、読みもしないのに格好をつけて学校へ持っていっている唯円編という『歎異抄』だけれど、もう一冊は楽しんで貪《むさぼ》っている田村泰次郎の『肉体の門』らあ。

　それにしてもこの坂を速いこと、目ん玉姉さんは平地を歩くように登っていく。

　よっしゃ、俺は、陸上部に入ろう。

だけど、あの目ん玉姉さん、どこの町に住んでるらね。東京どころかパリやロンドン、ニューヨークの匂いをさせていたのん。

七曲がりの坂を登り切ったら、案の定、てっぺんまで登るのを億劫《おっくう》がったらしい十五人ぐらいが、筵《むしろ》を敷いて円を組んでの花見の宴だ。といっても、早咲きの桜なのか梅なのか定かでない一本の花が四分咲きでしかない木の下だ。

あれえ、隣りのクラスの私服に着換えた青木強志がいる。ひ弱なくせして、一丁前に、コップで冷や酒だ。短い足をアメリカ人が穿く、青いジーンズに隠しての。

当たり前、いや、ちーいと早いと考える、母の多津は、騏一が中学に入学したその日から「酒ば飲めん男は、女子《おなご》に騙されるすけ、ほれ、飲め。父ちゃんの遺言じゃ」と、大きいぐい飲みの杯に注いで、かなり、しつっこく勧めた。でも、ナントカ、ポートワインとかいうやつで、甘ったるくて、味は今一つだった。

そうら、その時、「父ちゃんて、どこで生まれて、どこで、なんで死んだら」と聞いたが、例によって、「忘れたけん。いいや、そのうちに」と誤魔化されてしまった。聞いてはいけないタブーが、二人だけの家族で父親のことなのだ。よっし、役所の戸籍係を訪ねて……調べてみるか。俺も、もう高校一年ら。

「あれえ、大瀬良さん、大瀬良くん……大瀬良」

既に、とろーんとした酔眼で、青木が騏一に気づいた。手招きする。

「おお、強志の友達か。入れ、入れっしゃ。飲め、飲め」

「強志にも友達ができたってか。本当ら?」

「やあ、やあ、よろしくう。男前の青年でねっか、四角い顎での、男の志《こころざし》があるすけ」

青木の両親か親戚か、こもごも、身振り手振り、そして立ち上がり、駅一を呼び止める。

迷惑……至極ねんが。

「は……あ、ちょっと用事が」

駅一が素通りしようとしたら、円陣のこちら側の底にいて背中を見せる女、あ、濃紺のワンピースの目ん玉姉さんらあ、その人が半身を捩《よじ》った。むしゃぶりついて、いんや、優しさを装って、懐《ふところ》に飛び込んで、ハートを預けたくなる女だ。そ、心臓を。

思えば、こんげな気分、思い、そうら、恋心の、松の木で羽を息《やす》めていた隼《はやぶさ》が天高くゆく伝書鳩を襲うために急上昇する高ぶりは生まれて初めて……。

「ほれ、ほれ、強志。頭を垂れて、おめえのただ一人の友達に花見の酒盛りに」

たぶん、青木の父親だろう、痩《そ》せて頬の肉が殺げて顎とかなりの段差のある四十男が命じた。

「もったいつけては駄目でねっか、しょったれ少年くん。早く、座んなさい」

目ん玉姉さん、いんや、もとい、〝眩《まぶ》しくて凄く綺麗な姉さん〟、長過ぎる、そうらて〝清冽《せいれつ》姉さん〟にするがあて、白くてすんなり伸びている人差し指、中指、薬指で、おいで、おいでをする。因《ちな》みに、しょったれとは、不精、だらしがないとの村上のなかなかの表現の言いまわしだ。

「はあ、では」

前言をいとも簡単に翻し、騏一は座る位置を探す。清冽姉さんの隣りが特等席だが、羞恥の心でできない。しゃーねえら、やゝわで、いじめを受けるのだけが取《と》り柄《え》だろう青木強志のすぐ脇へ。

「やあやあ、わたしゃ、倅《せがれ》の強志の父ら。息子が、ひどく、お世話になったとの話で」

推測通り、青木の父親だった男が、鮭のしょっぱい塩引きと、生味噌つきの浅葱《あさつき》、卵焼きの入った御重《おじゅう》を手にやってきた。

「あのらな、おめえの餓鬼だけでなく、瀬波温泉の、あの儲けておる宿の矢部の跡取りの息子にも、カンニングをさせて助けたという、こん青年は。住まいは安良町《あらまち》らな」

この町は、本当に狭いと分かるし、話は大きくなる一方だと知るけど、面映ゆいことを、酒焼けで団子鼻が熟れた茱萸《ぐみ》のように赤い三十男が割り込んでくる。

「おいーっ、フミコ、こっちきて、酌《しゃく》をせえ」

他に女は五人いて、でも若いのは三人いるけど、綺麗とゆうか心の底を摑《つか》まえてくるのは清冽姉さんだけで、籤運《くじうん》が悪いと自覚している騏一は、駄目らて、と思いつつ青木の父親の言葉に微かに甘いものを期待してしまう。

おお、ああ、やったあ。

しぶしぶという感じは免れ得ないが、目ん玉姉さん、違う、違う、清冽姉さんが、傍《かたわ》らの風呂敷の結び目を解いて、一升瓶を取り出し、立った。

なんちゅう、幸福。

あっ、中学生ぐらいにしか見えない強志の、その姉さんなのかあ。いじめの的《まと》の素晴らしい、ひ弱な隣りのクラスの青木強志の……。

そうら、これからの人生、自分より駄目、弱い、排除の標的になるやつは、命を賭けて守るべし。

「ありがとさんね、弟のこと。これからもね。さ、飲みなせえな」

村上産の〆張鶴《しめはりづる》の口を、白いだけではない、肉づきも豊かな、だったら、乳房や太腿はどんげかと不埒《ふらち》なことすら思わせて、フミコという女の人は、なんと荒荒しく騏一の喉笛すら食い千切りそうな粗塩《あらじお》色の犬歯を見せ、その歯でポンと一升瓶の栓を抜いた。

うへーい、困るら。

同じコップでも大きく、生ビールでも飲むような深く、底の無気味なやつ。

「大瀬良くんとか、酒を飲めん男は、無駄の大切さと、根っこの大切さが解らぬ人になるらろう」

「え、はい」

「江戸時代に、い、よぼや、鮭らね、もう、その卵を採って、孵化《ふか》させて、放し、三面《みおもて》川に帰らせたあん人」

「あ、はい、はい、青砥武平治《あおとぶへいじ》すけ」

「そう、そういう立派な男になるには、酒をい、っぺこと、う、うーんと飲めないとね。はい」

清冽姉さん、ことフミコは、とくとくとこーんと、一升瓶を傾け、コップから溢れんばかりに、〆張鶴を注ぐ。

「あんねえ、大瀬良。適当に、好い加減に、ずぼらに答えなせえ。姉ちゃんは、非常識な女らて。男は敵、年下の餓鬼んちょはい、びる的《まと》……気いつけてくらんせ」

　ごくごくひっそり声で、青木強志が、溜息混じりに騏一の耳許に囁く。

「おめえの姉ちゃん、年は幾つ？　働いてるら？　学校ら？　ボーイフレンドか恋人はおる？」と騏一は即座に聞きたかった。

　けれども、十五人、三十個の瞳が騏一に貼りついている。とりわけ、清冽姉さん、フミコの青みがかって黒い目ん玉が……。顎固《あごがた》め、つまり、食事を一緒にするのは大事なこと。それより、この、大きなコップに溢れそうな酒を飲み干すのは、フミコによる最初の男としての試験……。男って、辛《つら》いらあ。

　でかいコップに唇をつける。花冷えより、もっと凍《い》てた感触だ。

　あれ、ポートワインより、味な匂いだのん。

　火の見櫓のてっぺんから飛び降りる勇気より、少し楽な気分で、〆張鶴を飲みだす。

　あえ、あええ……きっかねえ、濃い酒ら。けれど、うんめえ、おう、ぶったまげるほど腹に沁みて、うんめえでねえっか。

　こんなにおいしい酒は、一気に飲んだら勿体ないと騏一は大きなコップ酒の三割を残す。

「おえ、大瀬良の若いのは、毎日、酒で鍛えておるの」

「立派すけ。なにしろ、この村上は〝三ケ《さんけ》〟、酒《さけ》、鮭《さけ》、情《なさ》けで持ってるらろう。強志、鮭の焼《や》き漬《づ》けを出せや」

「将来は酒蔵の名杜氏《とうじ》になれるの」

「いんや、それどころか、市長になれるろう」

こもごも、誉めてくれるが、騏一の眼《まなこ》はどうしても盗むようにフミコへといく。

「……」

隣りの器量良しではない姉さんは誰だろう、二十ぐらいの女の人とフミコはなにやら語りあっているが、二人とも頭を傾《かし》げながら、騏一を批難するようにも映る。まさか「酒を飲めん男は、無駄の大切さと、根っこの大切さが解らぬ人になる」と勧めたのだから――しかし、嚙みしめると哲学的な忠告ら。

あれ、ちらり、いや、真っすぐに、フミコの目が向いてきた。

酒に酔ってきたせいか、フミコの目ん玉の青みがかった黒さは、真冬から春先にかけての三面川のように思えてくる。厳しさに微かな和らぎがある……。

ようっしゃ、おう、残りの酒も。

「大瀬良くん、空《す》きっ腹《ぱら》に冷や酒は利き過ぎるすけ、いよぼやの焼き漬けはもうないから卵焼きでも食わっせえ」

手の平二つを安保反対の人達がやるように、メガホン替わりに口許に当て、フミコが大声を出す。

こここそ、男が見栄を張る時と場合とゆうもんだ。

勿体ないが、また、ぐいっと〆張鶴《しめはりづる》を飲み干す。濃いのに、さらさら感もあり、舌も泣いて喜んでおるげら。喉越しも良い。よっし、明日から、晩酌をして、母の多津を「大人に一歩一歩成長している」と喜ばせよう。

「きっかねえ飲みっぷりらねえ、え」

たぶん、動きからいって青木強志、いいや、フミコの母親だろう、言葉の尾を引きずって感心してくれる。

「うん、きっかねえ。おい、強志、新発田《しばた》の酒の菊水《きくすい》とどっちがうめーか、大瀬良の若い者に飲んでもらえ」

フミコの父親が顎をしゃくった。

「弟《おん》ちゃの強志では、頼りねえ。俺が注ぐら」

騏一の面皰《にきび》なんてえもんではなく顔中に赤い点点を満開させ、従って安心もできる、それに典型的な昔の村上芋侍《いもざむらい》が江戸に出ていくような畏った姿を見せ、いんや、フミコの兄だ、姿形も凛凛《りり》しく近づいてきた。

「待てっしゃ、俺が長男。俺が」

何人、フミコに兄弟がいるのか、戦争中の国策と聞く「産めよ、殖やせよ」のせいか、今度は、目ん玉がぎょろりとした、そろそろ三十男と映る、ごつい体格の人がやってきた。

酒が、でかいコップから飛沫《しぶき》となって散るほどに、フミコの兄二人から、どぼ、どぼ、どぼーんと注がれる。

今度も、瑞瑞《みずみず》しい味がして、うまい。どんげにして、母の多津は、薄くて甘ったるいポートワインしか勧めなかったのん？

あん？

せっかくのフミコ、それに、強志の兄《あん》ちゃに酌をしてもらったのに、地べたが揺れ動く。地震らあ。

違う、大空も、梅か桜か分からぬ花の木がぐるぐる回る。そういや、誰も花のことをいわぬが、これやっぱり桜でねっか、早咲きの、山桜の一種らね。綺麗だの、くるくる、新潟の古町のネオンみたいに回りに回って、躍る。

ああ、気持ちがいいのん。

眠いら、眠ろう。

「あのな、安良町《あらまち》のこの若い者の父ちゃんはの、あれ、あれで死んじまった……らて」

深い眠りへの誘いの中で、誰だろうか、嗄《しゃが》れ声で、ひそっとしながらも芯《しん》の通る声でいうのが聞こえる。

「あの、固い寡婦《やもめ》の一人息子らあ？　この餓鬼の酒豪は」

「そうらね」

「そりゃ、こっ、こってり……不幸」

「しいーっ」

えっ、なんで「しいーっ」なのだ？

でも、眠いらあ。

父ちゃんのあれこれが聞きてえが、駄目ら。ああ、頭の中が三面川《みおもて》の流れのように、青く、ゆっくり、でも、速く、その色と力に染められ……。

うへーい。

フミコが、水着姿でなく、シュミーズの下着姿で……三面川を、クロールでなく、バタフライで、文字通り、蝶蝶みたいに遡っていくの。

これ、夢……ら。


「ふーむ、やっぱり、十分《ぶん》もしねえうちに、一度に五合の冷や酒はしんどかったらろう。おーい、大瀬良の若いもん、大丈夫かあ」

フミコの長兄らしい声が、騏一を揺り動かす。

「あえー」

胃袋あたりにむかつきをかなり覚えながら、騏一は半身を起こした。

「たまげるほどたわえねえ少年ら。ほら、水を飲むの、うんとよ」

フミコが、目の前に腰を屈め、そういや鼻の形だけはちょっぴり反りぎみ、でも、額が広い、前髪をたくし上げ、実に、がっかりした目つきと声の調子でいう。「たわえねえ」とは常識外れという意味だ。

「『汝自身を知れ』、これ、人類史でも一番の教訓らしいわ。ソクラテスの言葉られえ」

あれ、東京弁混じりでフミコが舐めたようないい方をして、丼《どんぶり》に入った冷めたい水を強引に押しつけた。

うんまい。酒も好ましいが、水もおいしいもんだ。

でも、これで、いきなり火がついた初めての熱い恋情もお終《しま》いすけ。こんだら、だらしなく、見栄っ張りで、自分に無知なところを知られ……。

むかむかの気分が、悪い吐き気になり、騏一は、いきなり、お城山の頂《いただき》へと向かって走る。走れ、走れ、おのれ騏一。

しかし、走ると、もっと、気分は最悪へとゆく。

まだ裸のままの、樹皮が暗い褐色の、櫟《くぬぎ》の大木の下にへたり込み「んげえ。え、え」と吐く。朝食からはなんも食っていないせいか、緑がかった、水っぽいものしか出てこない。

よっしゃ。

恋は、たったの一時間半で挫《くじ》けたはずだが、明日から、万分の一の希望を期して、頑張ろう。

フミコの坂道のすいすいした速さに負けぬように、陸上部へ入るら。

フミコに再びは馬鹿にされぬように、酒は、慎重にとしても、特訓を。ふひっ、おいしいすけ……のん。フミコの知性に追いつくために、哲学書を読もう。うん、母の多津も「なぜ人類は戦《いくさ》をしたがるか勉強しなさい」という。いまだ二週間くらいしか付きあっていない、けったるそうに反安保のデモというか行列に今日の昼にいた、日本史と世界史の担当の鈴木哲男も「読書の量と質こそ、お前達の人間としての位《くらい》を決める」と胸を、間違いなく横綱になるであろう大鵬の土俵に登る時の肋骨《ろっこつ》ごとくに反らし、ゆうとるすけ。もっとも、この「読書こそ知性」は、村上だけでなく、全国に通じる共通のことらしい。

男らしくねえ。

七割、酒で根性を出し、三割、急に酒にやられ、ゆえに、男としては蔑《さげす》みの的《まと》でしかなくなったはずなのに、あの、フミコの三面川の水脈そっくりの清冽な二つの目ん玉が迫ってくる。いや、きゅっと括れた足首も。

待て、男とはなんら？

その前に、人とはなんら？

3

それから、三日後。

本格的に、染井吉野《そめいよしの》の桜が咲きだし、村上の人の腰がふわついてきた。

やっと、騏一は、青木強志を、校庭のグランドで見つけた。

それで、気づく。

青木強志は、ひ弱そのもの、制服すらぶかぶかで、中学生みたいな形《なり》。思えば、この高校の上級生は、いびるはずがない。一応は、旧制中学からの伝統高校、男気《おとこぎ》は残っている。言葉に出さなくても、決して「下《した》いびりの上諂《うわへつら》い」は好まない。「弱きを助け強きを挫《くじ》く」なのだ。だから、たぶん、青木強志にちょっかいを出したのは、姉の、フミコへの関心からなのだ……ろう。はず。

「おいーっ、待つら」

もう、昼休みが終わろうとして、せわしいベルが鳴り渡ったけれど、騏一は、軽さと重さの二つに引き裂かれながら、青木強志へと足早に近づいた。青木とて、細く、背丈も低く、中学生に戻った方がいいような未熟そのものの体格としても、悩みはあるのだろう、俯いたままだ。

「あ、大瀬良くん」

「うん。あのな、あのう、あのさ、青木さん。いいや、青木いっ」

「なん？」

「あのら、あの、あの」

騏一は、青木強志が強志一人だけではないことに気づく。フミコの弟なのだ。

そうだ、人というのはその人だけではなく、両親や、兄弟や、姉妹や、友達を背にして、その人ら……て。一人の人は、その人の姿形や、個性というのかでもあるけれど、いろんな人とのつながり、関《かかわ》りでも、その人なのら。だったら、おのれ大瀬良騏一は、母の多津を通しても、亡き父を通しても、あれこれ思われ……ここに在《あ》るのらね。その上で……人は、その人らのん。

「授業が始まるら、いいのか、大瀬良くん」

「そう……らね。じゃ、またいつか、青木」

騏一は、強志がフミコという眩《まぶ》しい女の人のためにのみでなく、急に重い友達として見えてきて、強志と付き合おうと考えだした。

「あのら、大瀬良くん」

「水臭い、大瀬良と呼び捨てにしろ」

「こっち、こっちへ。けえっいいしゃ」

強志は、校舎の窓から死角になっている部室の並びの脇へと騏一の学生服の袖を引っ張る。やわな躯つきなのに、案外に力がある。

「この前のお城山では、みんなして酒を飲まして済まんかったの、大瀬良」

「ぶっ倒れて恥を掻いたけど、清酒の味を解らせてくれて感謝しとるすけ」

「だったらいいけど……な」

強志は、他にも用がありそうで、ぺったんこと地面に座りこんだ。授業をサボるのも気にしない風で、意外に、怠け者、しゃめこきだ。いや、とっぽいのが隠された性格なのか。

「大瀬良。姉《ねえ》ちゃん、フミコっぺについて聞きてえでねえのか」

「えっ、えっ……あえ」

青木強志が、的《まと》の中の的を突いてきて、騏一は慌てる。青木は外見と違い、鋭い嗅覚の持ち主だ。

「諦《あきら》めれっしゃ、大瀬良」

「なあして?」

「フミコっぺは、男三人女二人の五人の子供達の中では次女の余り者で、この四月から東京の高校へ転校した。俺と年子で、二年生ら。この前の花見は、お別れ会を兼ねていたすけ」

「う、う、う。俺は、おめえの姉ちゃんには関心ねえ……ら」

無理をして騏一は、真っ赤な嘘をつく。その赤さが血より濃いと自ら、見える。でも、今の時代、高校生が恋愛など恥ずかしいモラルとなっている。誰でも、隠す……。だったら、花見での失敗以前のテーマだ。もう、永遠に会えんのか。もう哲学の勉強計画は捨てるら、「会うは別れの始め」、これが全ての哲学の根っこそのものでねえっか。

「おめえの母ちゃんと同じの、旦那が早く死んで独り身で、俺の父ちゃんの妹らね、そんね、洋裁学園の園長のところへ養女に入ったら。旦那は十五年前の東京大空襲で焼死らあ」

「なんえ？　ああ」

そういえば、鼻先がほんちょっぴり反っていてフミコに似ている青木強志だと気づきながら、騏一は、正直に感情を口に出してしまう。

「ま、俺の父ちゃんは、腕は良いらあて、けんど、流行《はや》らぬ襖《ふすま》張りの経師屋《きょうじ》。六人の子供を養うのは大変すけ、仕方あるめえに。の、大瀬良」

「う、う、うーん」

騏一は、吐息、溜息、がっかりの嘆きの声しか出ない。あんな魅《ひ》く力に溢れた女が、再び現れるとは思えぬ。

「しかし、大瀬良。あげな、常識外れのフミコっぺとゆうてもな、この高校にいた時は、下駄箱に、一年間で二十七人から恋文、そう、ラブレターとゆうら？　突っ込まれていたすけ。おまえさん、年下の大瀬良には無理。東京大学の入試ぐれえに難しいでねっかの」

「あい……い、い、い」

肺の奥の空気の一泡まで吐くごとく落胆しながら、騏一に「待て、待て」の気持ちが、少しだけ湧いてくる。

「そのラブレター、おめえの姉ちゃん、どうしたら？」

「怖い姉ちゃんらて。封を切って、満点は百ら。万年筆でいちいち採点しての。みーんな、三十五点以下と、ぽいぽいゴミ箱ゆき。大瀬良のう」

「そ、そうか。ならば、国語をきっこに勉強して、そう、作文を猛勉強したら、なんとかなるかの？青木」

「ならねえ。大瀬良、鏡に、おめえさんの顔を幾度も映して見れ。将棋の駒みてえに角張った鰓《えら》、目ん玉は暗くて暗く引っ込んで、おまけに団子をとんかちで叩いたみてえな鼻の平《ひら》べったさ。無理、無理」

「おいっ。新憲法では、『すべて国民は差別されない』とあるらっ、青木い」

あまりの事実をあっけらかんと突きつけられ、騏一は、くわーっと熱くなる。

「違うのらて、差別って訳の分からんことは『人種、信条、性別、社会的身分、門地』だけら。容姿については自由とゆうて良いでのう」

こいつ青木強志めえ、想像を越えてあれこれ知っているのん。さすが、フミコの弟だ。いや、強志自身の力らろう。この青木は、新潟大学や山形大学の二期校どころか、東京大学、京都大学の一期校の頂点に現役で合格するのではねえっか。

だったら、入学した後の校歌の合唱をずぼらを決め込んだのは「愛校心の象徴は下らんすけ」と腹を括《くく》ったゆえ……。それを、上級生による力と多数のいじめと判断したおのれ騏一の読み違えは、あまりに、みっともねえげら。

「大瀬良、感情のみんなを顔に出すな。がっかりだけではねえら。姉ちゃんは、ゆうてたぞ」

「な、な、なにを？」

「うん、『この村上の消せねえ美点、〝三ケ〟の、酒《さけ》、鮭《さけ》、情《なさ》けの中の一番大切な情けを持ってる男』と。

根性を張って、空《す》きっ腹《ぱら》に、飲んだこたあねえ日本酒を、たった十分《ぷん》で七合か八合、一気に飲んだろ？　大瀬良」

「情けでなく、うら若いとしても、男の見栄すけ、青木」

　完全に、青木強志に飲まれ、騏一は、真正直の芯《しん》を口に出す。

「そう、フミコっぺ、フミコ姉ちゃんは、頻りに、『見どころのある男だわ。おいっ、おまえ、きちっと友達になってもらえ、いいかあ』と、ゆうてのう、夜行列車で東京へ、らて」

「そ、そ、そうか」

「そうら。でもな、『二歳も年下の男じゃ、頼りないのう』と……。ほれ、聞いとる？　大瀬良」

「もちろん」

　騏一は、この青木は、あまりに晩生《おくて》の、華奢、ひ弱、引っ込み思案者と考えていた恐るべき偏見に、どでかい震《ふる》えを感じる。あらゆる人人の一人一人が、すんげえものを持つらあて。


　青木強志の二つ年上の姉のフミコは、やっぱり、芙美子と書くのが正しいと分かった。

　青木が、芙美子の養母の洋装学園の所在地を、「東京の目白、そう、皇室専用の大学と、ばかだ大学の高田馬場つう駅の中間にある」と教えてくれ、図書館で調べた。ばかだ大学は、正式には早稲田大学らしい。高田馬場から近い。なになに？　受験は、英語、国語が必須で、日本史、世界史、社会科社会、数学の一つの選択で済むとゆうか。

　学費が心配だが、そんなに高くはなさそう、母の多津に談判し、決めよう。

あの、瞳が青みがかって三面川の冬と春先の水脈そのものの、芙美子に、ひと目でいい。再び会って、酒を注がれたい。

それまで、間に合うか。

芙美子がヴァージンで、いられると……ゆうか。

――この後、東京は、騒いで、てえへんだった。

同じ、一九六〇年六月十五日。

あの、どう背伸びしても入れないと思う東京大学の、新聞の写真では、なにか、遠い遠い理想を求めゆく眼差しの、女子学生が、六月十五日に死んじまった。激しい学生のデモの先頭で、厳しい警察と間でぶつかり、命を落としたという。

新聞に、学生達の脱げた靴が、いっぺえ、沢山、写真で載っていて、騏一は惑った。それほど、学生らは……慌てたらろう、きつかったらろう……もしかしたら命懸けらったろう。

しかし、けんど。

第2章 青春の通過点は——灰色に見え

1

一九六二年、晩秋。

騏一、十八歳。高校三年。

走る。

グラウンドを五十周するまで、あと三周だ。

騏一は長距離を陸上部でやってきた。

既に、インターハイを終えている。それに出られた生徒は一人しかいなかったし、今は、下級生に煙たがられているけれど、走っていると、ふっ、と悩みや、欲や、希望のなさが、息苦しさの喘《あえ》ぎが、すっと、ひどく軽くなり、時に、真空《しんくう》とはこんなものか、ほとんど無《む》に近くなる。怖い心情、感覚、感性とも考える。

おのれ騏一は、同じエロ本でも〝大変態〟と嘲《わら》われるエス・エムのエム好みらろうかとも思う時がある。こんげに心臓がきつくなり、肺が息苦しくなり、腿が疲れ果てていくのに、長距離を全力で走るある瞬《まばた》きの間、いろんな欲や悩みが消え、至福の五感に満たされるのだ。憧れの芙美子の傍にいくための大学進学のことも、成績が芳しくないことも忘れられる……。けれど、女に叩かれたり縛られたりするのはとんでもねえすけ。逆に……。うんや。

そう、走り終えた時の感覚も、かなりの幸福感をよこす。勝ち負けの問題ではない。実際に、五千メートルも一万メートルも他高の生徒どころか同じ高校の下級生にも、ほとんど、常に、負ける。英語教師が「Sweet is pleasure after pain」、訳して「苦あれば楽あり」を覚えよと得意げにゆうてたが、それに近い感覚が確かにゴールの地平でやってくる。

「おいっ、大瀬良、好い加減に止《や》めるっしゃ。ほれ、下級生は帰るに帰れんで迷惑顔をしとるれえっ」

五コースある白線の外で、青木強志が、からかう。この二年半余りで、強志は、急に背が伸び、今では一・五センチしか伸びなかった騏一より二、三センチ高い。大きくなったその分、大人になったわけで、近頃はニヒルな感じを滲み出してきて、騏一は少し心配している。こいつに自殺でもされたら、芙美子との細い線が切れてしまう。いや、そもそも、こいつ強志にはもっともっと生きていてほしい。芙美子との線が切れても友達でいてほしい。二年半余り、別の学級だったけど。

あと二周。

校舎の出入口の下駄箱あたりから、高校に入学してすぐに国語の豆テストでカンニングのちっこい便宜を図った矢部浩が、のそっと歩いてくるのが目に入った。〝不良〟ほどの突っ張りも勢いもないが、この学校の悪《わる》のボスで、こういうのは運動部と違って三年の秋になっても引退がないらしく、下級生の子分みたいのを五人従えている。

「おーい、大瀬良あ」

いきなり、矢部が鞄を放って、併走してくる。いや、もう一つ、騏一の、使えば使うほど革の擦《す》り切《き》れた褐色とささくれの味が出てくる父親譲りの鞄を抱えている。

「なんえ、矢部っ」

「今日、俺は十八歳らあ。祝ってくれっしゃ。うへーい、きついーっ」

五十メートルもいかぬうちに矢部が悲鳴をあげ、へたり込んだ。

あと、一周。

ラストだ、だあすけ、気張って走るら。

『君かへす朝の舗石《しきいし》さくさくと雪よ林檎《りんご》の香のごとくふれ』

唐突に北原白秋の短歌が熱い息を吐く胸を過《よぎ》る。

芙美子に近づけない、会えないのもどかしさのせいで、この秋のきた頃から、詩歌に無念さを預けている……のだ。

今日は、無心とか、瞬《まばた》きの間の快さとか、みんな忘れて放心の伸び伸びさはやってこねえの。仕方ねえ、この後、いつも悩み、悪口、妬《ねた》み嫉《そね》みをまくし立て、打ち明ける矢部浩の誕生日を祝う必要がある。二年半、同じ学級だった。今さら誕生日でもあるめえ、徒労らて、でも……なのだ。

うむ、その前に、芙美子の弟の強志と「哲学と思想の意義と限界」について、一ヵ月前は、騏一が、こてんぱんにやられ負けて、今日は反駁《はんぱく》を考えていたから、忙しいら。レジュメも、鞄に、ちゃんと入れてきた。やつ、強志は、しかし、受験が来年二月三月にあるのに、よく、あれこれを読んでいる。

前回、強志は、騏一が「デカルトの〝懐疑する精神〟は、ついに〝理性〟こそ最高、全て、凄いになったら。そうらのん『我《われ》思う、故《ゆえ》に我あり』の名言は、人の賢さが全てとする点で、俺は、どうもなあと知った」といい張った。そしたら、強志は「ふん、デカルトはフランス大革命前の十七世紀の人間。読んでも無駄。ショーペンハウエル、これらあ。ドイツ人らな。そう、十九世紀の哲学者で古いけどの『人類が進歩するなんつうのは嘘』、『神はねえら』、『生きることの喜び、値打ちはゼロ』と、目の醒めることをゆうとる」と、どうも、互いに噛みあわないことを告げたのだ。

つまり、全世界が、未《いま》だ、二人とも解ってない……らしい。そういえば、60年安保であれほど、仰天、動転、びっくらこいた学生達は、いざこざはあるらしいが、セメントやコンクリートに封じ込まれたようにおとなしい。

よっしゃ。

ゴールに、きたらあ。

陸上部の部室に、冷めたいとしてもシャワーがついておればの。

「おいっ、大瀬良。カンニングは高一だけだったけんど、おめえには義理があるすけ」

矢部が「しっしっ。もう、散《ち》れっ」と子分じみた下級生、おーや、三年生もおる、手で追い払った。

困りもん。

「矢部、おめえの誕生日に付きあうらあ。あ、青木も一緒、いいら？」

汗みずくの短パン姿で、騏一はいう。その下のサポーターは濡れ雑布みてえ。早く外さないといいんきんになる。

そう、無駄は、大切。

芙美子がゆうてた、お城山の七曲がりの上での花見の、毛羽《けば》立つ筵《むしろ》の上での、ちっこい宴で、確かに「無駄は大切」とゆうてた。けん……ど。

いや、芙美子の近況を知るためにも、ここは……弟の青木強志を道連れにしねえと。

2

矢部浩が、騏一の鞄をなお抱え、二歩先をいく。

こいつ、矢部、浩《ひろし》いーっ、おめえ、かなりとっぽいけど、この店は、バーと似つつ似てないところがある、この頃、東京から流行りだしているとゆうスナックというところでねえっか。ちっこい看板がバタ臭く香水臭い、赤と白で『赤い鶏頭』と青地に抜いてある。

ま、喫茶店すら「両親と一緒に」と教師どもが一年一度、思い出したように忠告するけれど、よほどの規則好きの生徒しか守らないわけで、どうでもいい。でも、ちょっぴり、大人の雰囲気にびびる。

「うん、あれこれ知っとるすけ、高校生の分際で。停学覚悟らろうの、矢部」

理屈の青木強志はとっぽい矢部の答を聞く前に、二階建のビルの外階段を先に登っていく。

「らったら、帰れ、青木」

青木強志を、二階の出入口で追い越し、矢部浩は突っ張る。騏一の古びた鞄を抱いたままだ。

「あーら、やっぱりヒーちゃん」

向こうから、扉が引かれ、あんれ、女将《おかみ》、おっと、マダムとかママと呼ぶのか、良いらろう、女将で、二十四、五の女の人が顔というより、ゆさゆさとした胸から全身を出してきた。新聞とテレビでしか知らない東京でなく、船が無数に出入りするという同じく空想上の横浜《よこはま》の気分を漂わせている。いや、そのう「ヒーちゃん」とは「浩《ひろし》」の愛称か。矢部め、おめえは、なにを、いつも勉強しとるのら。

それで、狭く八畳もない店だけれど、二つだけテーブルがあり、座ると、しめた、芙美子と出会うきっかけになり、この頃は寝酒に週二回楽しんでおる日本酒の四合瓶が一本出た。うむ、今日のは大洋盛だ。こら、おめえ、矢部浩、そんげな気障《きざ》なやつを飲むら？「はい、ヒーちゃん、『角《かく》』のウィスキー、水割りよ」らって。店の女の人にいわれて。『角』って、この頃、この新潟出身の、大学卒でない逞しい政治家の田中角栄の作ったウイスキーかのう。あ、違う。映りの悪い、映画に負ける、でも、家の中に映画があって嬉しさが弥増《いやま》すテレビの宣伝でやっとる寿屋《ことぶきや》の酒かのう。

はええ、酒の撮《つま》みも、注文する前から出てくる。

いよいよ、いよぼや、鮭《さけ》の取れたての、なんか、好色を通り越し、猥褻《わいせつ》そのものの生肉が、ちょっぴり。ある意味では、想像の女陰みてえで不滅らね。

たかだか誕生日で、大袈裟、騒ぐな、の気分、無駄とか徒労の気分が失せた。鮭の生肉には、胡椒《こしょう》が沁みていて、かなり、本当においしい。

いけねーら。

矢部浩の誕生会に、しかも、このスナックというところでは銭がかかろうのに、金は、鞄の中に、五百円札の維新のためにど偉い人を毒で殺したらしい岩倉具視一枚だけ。

筋が立たねえ。

みっともねえ。

騏一は、それでも、五百円ぐらいは、きっちり支払いしよう、残りは、ひいひいゆうとる母の財布からくすねて、いつかと、矢部浩がなお膝に置いてある自身の古びた鞄に伸びをする。

「いいやあ、大瀬良。この鞄、止め金こそ、くたばっとるが、色は、飴《あめ》色を越しての、凄みのある、かいかいっぺえさだのん。そうらて、革そのものが息をしていて、泣く色艶《いろつや》ら。えーと、誰からもらった？惚れ惚れするら」

矢部浩が、騏一の鞄を、騏一の両膝ではなく、騏一の胸へと、返した。

「うむ、おめえのせっかくの誕生の祝いなのに、銭は持ってねえ、わずかしか」

代わりにその鞄はいいいよれよれだから、おめえ矢部浩に贈り物とする、と、騏一は話そうとしたが、騏一より母の多津が気にかけて愛着の心を持っていると気づき、躊躇《ためら》う。

「そんなこたあより、その鞄は誰かららあ？」

瀬波温泉の旅館の跡取り息子で、かなりの物は手に入るはずのとっぽい浩は、再び聞く。

「うん、誰から？」

老《ひ》ねて理屈っぽい強志までが、初初しい目つきとなり、聞いてくる。

「おええ、その鞄、かっこいいろお、くれたのは誰《だ》ったや？」

ママもテーブルに寄ってきて、四合瓶の栓を開けながら聞いてくる。

「死んだ親父のもん……と、おふくろはゆうとるすけ」

そんげに立派な鞄かと、騏一は、古びた鞄を、改めて両手の十指の指先で撫でる。ささくれ立ちが、指の腹に痒い。艶《つや》は、斜めに止め金を食うような直線の、褐色と区別されて奇妙にくすんで白いのが走って、あんべわあり。

「あ……」

とっぽい浩が、入学当時のような鳩の目に似たとぼけ顔に戻った。

「あい……」

老《ひ》ねているがきちんと入試科目以外の勉強をしている強志が溜息混じりに自分の猪口《ちょこ》に酒を注ぐ。

騏一から視線を外す。

「そう……」

ママが立ったまま相槌を打ち、そして、黙《もだ》しはじめる。そういえば、よくよく見ると、二十四、五よりは一つか二つ若いようにも映るし、想像上の横浜の「♪赤い靴う、う」の童謡みたいな雰囲気の少女がいきなり年増になった感じと分かる。ぽってりした両唇に、こういう商売はヤクザやごろつきも相手にしなければいけないのだろう、瀬波温泉の向こうの一年中荒いけれど、春は和《なご》む日本海みたいなゆとりの、清いも濁るのも鷹揚《おうよう》に受け容れる褐色が勝る目ん玉をしているのに……少女っぽい。

「ほら、ほら、飲むっしゃ。ヒーさんの誕生日ら。なあに、飲み代は、ヒーさんの父ちゃんのつけにするすけ」

やっぱ、ママは高校生に対しては隣りや傍らに座って酌《しゃく》などしないらしい。オリンピックの女子砲丸投げのアメリカ選手みたいな軀を、心持ち前へと項垂《うなだ》れるように曲げ、止まり木のあちら、カウンターへと消えた。騏一だけではないはずだ。騏一は、好ましい肉づきのママらあと、その急カーブに盛り上がる尻を見て感じる。戦争の勝者アメリカは、まず瀬波海岸から上陸したというが、そのデモクラシーと一緒にきた豊満女優のマリリン・モンロオの四肢は日本の男どもの憧れ、日本男子の劣等感を塊《かたまり》にさせて不滅なのだ。

「せばや、悪餓鬼《わるがき》達、鞄《かばん》のこともあるすけ、今日は、あたしの奢《おご》りらて。どんどん、飲むら、食えっしゃ。よっしゃ、ビーフステーキを」

ん?

鞄のゆえにか?

ママが、カウンターから、厨房に消えた。

あれーっ、店の奥の奥の照明のひどく暗い隅の席に、人が、おるのん。歌舞伎の黒子《くろご》や、文楽《ぶんらく》の人形遣いの人のように、ひっそり、もぞもぞ。

「おいっ、俺は、アベコーボーとゆう、な、な、なーんと、東京大学医学部出身のやつの、最近出た『砂の女』を読んらて。矢部の誕生日の祝いとして、話してやるの。凄え写実の文章で、いつの間にか、嘘に嵌まってしまう恐ろしさの小説らて。譬《たと》え話が、的《まと》を射ってのう」

この二年半で、おっとろしく成長した青木強志は、声変わりが未完成らしく、変に甲高い声に掠《かす》れた低い声を混ぜて、小さい叫びのようにいう。

「ほお、その譬え話は、なんの譬えら？」

駆一は、おのれの本当、真実は、憧れの〝清冽な女〟の芙美子にあるのか、この老《ひ》ねて理屈っぽい強志に友情を感じているのかと、今更ながら惑う。たかが……小説らてえ。哲学・思想の下《した》で在《あ》るわけでねえっか。

「聞け、大瀬良。そして、金持ちで将来も安定してるはずの、けんど斜め目の、おいっ、矢部、なにが『ヒーさん』らっつうの。アベコーボーはな、冒頭にテーマを『罪がなければ、逃げるたのしみもない』と記し、けんどな、今の今、あの、全学連の樺《かんば》美智子さんの死もあった60年安保の後の、日日《ひび》、日常、普段に慣れてしまう人人の狡さ、怖さ、人間のありようの、だらしねえ、しょったれの醜さを書いておるらあ。おいっ、誕生日なんつうのは誰にもあるのに、なにーい？　宴《うたげ》ら？　こん、矢部ーっ、『ヒーさん』とやら。もっと大切なことがあるでねーっか」

吼《ほ》える、という感じで、芙美子の年子の弟の強志は訴える。

なら、明日は、図書館で借りて読むすけと駆一は思う。

「ふんっ。そろそろ解散の俺のだちっ子に、おめえの懲らしめに走らせるーっ」

左の眉間の血脈を、青く、小指の先ほどに浮かせて、矢部浩は、立ち上がった。かなりの緊迫感のある怒り方だ。

「おいっ、二人とも、高校三年らて。殴りあうでねえよ。俺達は、なんもまだ解らぬ未熟そんもんらあ。ええでねえっか」

駅一は立って、とっぽい浩、老ねた強志の額に、ぺったんこと掌を当てる。

ま、小学生は口喧嘩の果てにたまにぶん殴りあい、中学生など一年間に普通は二、三回は取っ組みあっての殴りあいがごく日常。でも、その後の仲直りの仕方も学んでいて、喧嘩こそ、おいしい、友達の見つけ方なのだ。

しかし、間もなく卒業、今日は殴りあいをしてはいかん、仲直りの時が足りない。

「あっ、すまん、大瀬良」

老《ひ》ねた強志が、浮きかけた腰を落とした。

「あのな、大瀬良の駅一よお、俺だっつうても、次の、未来に向けて、必死に学んでおるらーて」

とっぽい浩が、テーブルに両手を握り締めて気負う。

「なんら、矢部浩、カンニングの訓練らってか」

強志が、また、きつい茶茶《ちゃちゃ》を入れる。

「それもそうら。目ん玉が自在に動けるように、とりわけ右隣り、左隣りの端へと広角のレンズみてえにな。肩に、カンニングのペーパーや札をゴム紐に括りつけて、忍者《にんじゃ》のように、そっと取り出すとかはもちろんらろう」

あれ、今度は、鳩の目なのにとっぽい矢部浩はまるで強志の挑発に乗らず、怒らない。そう、自らの受験以外の、大人へなるための勉強を、次に、ひけらかしたいのだ。そうら、そういうもんなのら、青春の前期は……と駅一は自分を含めて解りはじめる。

「大瀬良、青木、俺はな、仏教書を学んでおるら。空《くう》って、てえへんな考えらろう、『般若心経』は暗記したら、『色即是空《しくそくぜくう》　空色是色《くうそくぜしき》……』となあ。ほとんどの宗派はこの経を大切にするら。けんど、どうも浄土真宗の親鸞思想の要《かなめ》の『歎異抄』の『悪人こそ救われる』つう、こってり凄い思いのと噛みあわん、空《くう》の考えと……悩むら。だあすけ、今は、サブタイトル『スッタニパータ』、つまりら、『ブッダのことば』を岩波文庫で貪《むさぼ》っておるら、うむ」

矢部浩は、騏一の未知の領域について話す。カンニングのきっかけを与えてしまったのに対して罪と蟠《わだかま》りを騏一は感じるけれど、矢部浩に仏教書はどうも似合わない。いいや、子分らしきを引き連れて屯《たむろ》したりもする浩に、仏教書は正反対なような……。

あ、だから、こそかのう。

「おい、大瀬良、おめえの番ら。ふふっ、俺が芙美子っぺと思って喋るれえ」

こん男は成長してるんでなく退行してるのではねえっかと疑ってしまうほどに、あっけらかんと強志は「芙美子っぺ」と口に出す。内緒、秘密、胸底に、芥子《けし》粒や胡麻粒を種にした昔から好きだった淡い色つきの、甘ったるい金平糖《こんぺいとう》みたいに仕舞っているのに……。

「早く、いえっしゃ、大瀬良のう、騏一」

幸いにして浩は気づかず、騏一に促す。

「あえ……うん」

騏一は、そうか、矢部浩への餞《はなむけ》、もとい、祝いの言葉を求められているのか、単に青春前期の互いの背伸びの自慢話ではないのだと気がつく。

けんど、あれこれ、渦巻いて、惑う。

高校一年二年の時は、入学直後のお城山の宴で、清冽眼《せいれつまなこ》の芙美子が告げた「無駄の大切さと、もののごとの根っこの大切さ」、ソクラテスの「汝自身《なんじ》を知れ」に触発され、ソクラテス、プラトンを読んだが、ぴんとこず、とどのつまり解らなかった。ソクラテスの「汝自身を知れ」も、「ソクラテスを除いた者は」と前置きがあり、どんげ……かと。ただ、哲学ではなく、序《つい》でにギリシャ時代の戯曲の『オイディプス王』を読んだら、仰天。いたく、感動した。人人の善意が、逆に、どでかい不幸を生むという……人間の生、命の悲しさと謎が詰まっていた。神的なものの予告から外れられない人の定めも……。

「おいっ、大瀬良のぅ、駅一よ、今日は俺の誕生日、目出たい十八歳らって。おめえの命運《めいうん》さけに、いっぺえ重い今、抱負、学びの必死さがあるらろう」

とっぽいのに鳩の驚く両目に似た矢部浩が、コップのビールの泡を指先で弾《はじ》き、いう。ほんと、大袈裟な男らて、なにーい、「おめえの命運」なんつうて。

駅一は、高校三年になってからは、憧れであり、空しい青春前期の恋の標的であり、とても自分の顔や身の丈では希望が叶わないと知って鬱鬱《うつうつ》とするけれど、芙美子の養母のやっている学校と、芙美子の住まいのごく近くの早稲田大学に入ってなんとか口実をつけて会いたいと願い、受験科目の英語、国語、日本史に特に気合いを入れているが、芳《かんば》しくない。むしろ、一期校は無理としても、満遍なく全教科の国、英、数、理、社の方が点が実力テストでは上位に食い込める。

「おいっ、おめえ、俺の誕生日らて」

とっぽいのに仏教を学んでいるという今日の主人公の矢部浩が、せっつく。

「すまんら。えーと」

そう、高校三年になって、常識としてと思って読んでいたら、いきなり怖くなることが記してある『新約聖書』に、動転した。イエス・キリストが処刑される余りの理不尽さ、イエス・キリストの少数者、嘲われる人人への情けとゆうか滾《たぎ》りの言葉の、例えば姦通した女へ「あなたたちの中で罪《つみ》を犯《おか》したことのない者《もの》が、まず、この女《おんな》に石《いし》を投《な》げなさい」旨《むね》のどでかい、とんでもない言《げん》。「自《じ》分《ぶん》の持《も》ち物《もの》を一切《いっさい》捨《す》てないならば、あなたがたのだれ一人としてわたしの弟子ではありえない」のこってり、濃くて降参する言。いいや、おのれ大瀬良騏一は信者でねえら、キリストは「救世主」の意味、イエスと固有名詞で呼ぶしかねえらしい。

「おいーっ、騏一っ。芙美子っぺは、教えてなかったけんど、今年の四月から、花の大《だい》東京の大手町の外れの日本橋つうところで働きだしたらあ。重役の秘書、騏一みてえに、沈黙を美《び》にしてたら、鼻もひっかけられねえすけ」

芙美子の老ねた弟は、ちびちび日本酒を口にする。

「いんや、青木の強志、この黙《だ》んまりが、大瀬良の刀、槍、武器。待ってろや」

おや、案外に、とっぽい矢部浩は、天井を見上げて腕組みをしていて、余裕がある。

そうら。

「おい、浩、矢部。この鞄、おめえの十八の誕生日の祝いら。持ってってくれ」

騏一は、今日は安心、如何《いかが》わしい女の裸関係の本は一切ない、錆《さび》ついて余りに久しい鞄の止め金を外し、教科書、ノートを取り出す。

「おいーっ、騏一、本当にいいのん？　嬉しい、感謝ら。おめえ、男らのう、男お」

今の時代、敗戦後十七年が経《た》ち、アメリカ文明の素晴らしさの果てである映画の、マリリン・モンロオの出てくる、涎《よだれ》が零れて鼻血の出る映画、インディアンをやっつけて野蛮を追放して新しい砦を築く西部劇が流行りでも、この頃の日本では、鶴田浩二の出るやくざ、いんや、侠客の映画も、日本人を取り戻すように人気が出始めている。それでいくと〝男〟とは、最高の誉め言葉〝侠気〟に通じる。

「けんど、大瀬良の騏一、やっぱり俺の十八への祝いの、おんしゃの勉強の成果を教えてくれっしゃ」

矢部浩は、矢部の鞄の中から紙のバッグを取り出し、騏一の教科書、汗に塗《まみ》れた陸上用のパンツ、シャツ、靴下を詰っ込む。

「え、うん」

勿体をつけてるのではない、騏一は。『新約聖書』の主人公の固有名詞のイエスは、なんと、たしか、マルコのところらったら「わが神《かみ》、わが神《かみ》、どうしてわたしをお見捨てになったのですか」と、「なった」と過去形で喘《あえ》いだところが、真夏の雷雲以上にやってきたのだ。近頃の、この読書について喋るべきか。祝いの言葉としては、暗い。暗さの極北らて。

いや、この秋の訪れから、芙美子への恋慕が主で、従は自らに科す長距離を走る苦しさと、瞬《まばた》きの快さの谷間に陣取る、詩歌の抒情……その感動を、か。けんどな。

「はい、入口周辺の瀬波温泉の宿の息子のちっこい誕生会らて。大根の糠漬けも……サービスさせてもらいますれのう。……の親っさん」

牛肉が熱く焦《こ》げて、じゅっ、という音すら立てる気分をさせ、ママが、この店の隅の、いきなりの暗がりで、ぼそぼそと、しかし畏《かしこ》まっての、丁寧ないい方をしている。

どうも、こちらの席にコーン・ライトだけでなく、斜め上からの赤くも白くもある変なスタンドの明かりで、隅のちっこいボックスがまるで見えにくい。

いや、だったら、矢部に、とっぽいのに仏教の原典を学んでいる浩に、キリスト教の原典をぶつけて、格好をつけるかの。

「ほうら、できたらあ。二百グラムのステーキ。うんめえらろう。あれ、そろそろ、クリスマス、お目出たく、神聖で、こん世界の全ての人人に光をよこした、そう、あん人が馬小屋で生まれて」

ママが、まぶしい光の当たっているこちらへきて、でっかい盆に載ったビーフステーキをテーブルに降ろした。牛肉は、すき焼きを含め、年に二度か三度しか食えない。舌が震え、口から唾が溢れ、胃袋はもう燥《はしや》いでおるのん。

「そう、ヒーさんと、イエスしゃまの誕生を、感激で涙に濡れ『ジングル・ベル』とか『ホワイト・クリスマス』のレコードをかけるかね。そう、二十日前、ジュークボックスも、ほれ、あそこに入って、レンタルら。けんど、高くついて」

二重に、いかんらろう。

一つに、ママの尻の、なんと、おおらか、でかさ、張りの良さ、尻の肉がスカートを食い千切って天井へと騒ぐみてえら。

二つ目に、ママは、イエスについて、いろいろ、あれこれ知ってるらしいの。俄《にわか》な勉強はばれいようもの。もしかしたら、信者、クリスチャンかあ？

うむ、矢部浩への祝いの、おのれの受験以外の言葉は、詩、歌らて。そ、抒情らあ。

「えーと、俺、二年半以上、それなりに懸命に学んできたけえ、やっぱ、論《ろん》、思想、哲学は苦手らて。んで、近頃は、詩歌、うん、人間の切実な愛の心、別れの心に、ちぃーっと関心が向いてての」

六割の正直なところを駅一はいう。

「おぃーっ、詩歌って、短歌もらな。啄木の『東海の小島の磯の白砂にわれ泣きぬれて蟹とたはむる』ってやつの類《たぐい》け？」

真っ当ではあるが、かなりの嗤《わら》いを含み、晩生のくせして老ねている強志がビーフステーキを頬張る。

「いいや、大瀬良のう、駅一。ポエムは、時に、あくまで時にら、寺山修司が歌うように『マッチ擦《す》るつかのま海に霧《きり》ふかし身捨つるほどの祖国はありや』のごと、ごーんと、胸倉やきんたまを撃つろう」

ぎょっ、先週、知ったばかりの寺山修司の短歌を、とっぽいだけと思っていた矢部浩が当たり前のように口ずさんだ。

よっし。

同じ、詩歌の抒情でも……。

「うむ。俺、この五ヵ月で、俳句、短歌、自由律の詩歌を学んでの、その上で、『古事記』、『万葉集』が、人の人としての原初の心があるら……と」

自らの言葉に嘘はないと騏一は思う。しかし、こうして、次の時代、次次の時代にも、人人はせっせと、いじらしいほどの熱で、短歌、俳句、詩を作ってきたし、作るしかないだろうと信じるに至っている。

「んで、大瀬良、それ、なんら?」

こうであって欲しくない姉の芙美子にはと思ってしまうその弟が口を尖らす。詩歌など、底から舐めてる風《ふう》だ。

「いんや、黙って聞けっしゃ、賢い、青木の強志」

矢部浩のとっぽい印象が別になりかける。

「あのな、記紀歌謡《ききかよう》とゆうてよ、う、うーんと昔は曲《きょく》つきで歌ったらしいけんど、それに、そもそも神話で偉え人をもっと偉くするための歌でもあるとゆうがの、え、えーと」

騏一は、いい淀む。

「あんら、大切な鞄を友達に進呈する大瀬良の騏一ちゃん、その後を、みんなに教えるらね」

部屋、いや、店の奥の、ひどく見えにくい暗いボックスから、ママが声をあげた。

「倭 建《やまとたける》っつう、父親の天皇に怖がられ、いびられる人がな、『古事記』での、うん、浦賀水道あたりの走水《はしりみず》の海で波が荒れて船は立ち往生……そん時に、愛し愛された弟橘比売《おとたちばなひめ》が、身代わりになって海に身投げしてての」

騏一は、別に『古事記』が歴代天皇の偉さを誉め称えているとか、敗戦後は分《ぶ》が悪くなったとかはどうでも良く、詩として、歌として切《せつ》ない、いや切な過ぎて良いと感じているのだが、強志も、浩も、訝《いぶか》しげに頭を傾《かし》げる。

「へ……え」

立って腕組みするママすら、気のない溜息じみたものを出す。

「おい、騏一、それ、この時代に髭をピンと生やして、戦争中は修身なんつうのも教えていた黴《かび》で臭くて湛らん国語教師、授業中に煙草をふかすあいつが、古文でやってたところらろう」

とっぽい浩は、傾げた頭を左右に振る。寺山修司の歌を諳《そら》んじていたのだから『古事記』に引っかかるのだろう。

騏一は古文は選択してなくて漢文を取っていて、へえ、と思う。確かに、高校の授業でやるなら貴重さはかなり消えてしまう。

「騏一、京都大学の先生で桑原武夫《くわばらたけお》って人が俳句を、ま、短歌も敵として『第二芸術』と真っ当な批判をしてるら。知ってるか。定型《ていけい》の詩歌はやっぱ、情に頼って人の理性を眠らせてしまうすけ」

老《ひ》ねた強志は、抒情《じょじょう》をそもそも受けつけないらしく、餌を欲しがる燕の子のように口を尖らす。姉の芙美子も詩歌が嫌い……なのか。

「まずは、聞いてあげなくちゃ」

ママが助け船を出し、引き取ってくれた。

それだけでなく、ボックスに座る。無論、矢部浩の隣りだ。でも、騏一の真ん前ら。

「ならよ、喋らせてけれ。

『さねさし　相模《さがみ》の小野にーっ

燃ゆる火のお　火中《ほなか》に立ちてーっ、
　問ひし君はも……お』」
かなり捨鉢《すてばち》気分、どうせならと、どでかい声を店中に通るように、暗記している弟橘比売《おとたちばなひめ》の死の直前の、短歌の五七五七七に拍《はく》が足りないけれど、騏一は喉を鳴らした。政治、道徳、流行り廃《すた》りは時代時代、場所場所で変わるのは当ったり前、けんど、情け、焦《こ》がれる心、かがっぺいい響きは、必ずあるはずら……と、自信なき強がりで。
「ふうん。古臭くて、俺は縄文《じようもん》時代に戻るら」
「なんとなく、意味が解るら……おめえ、国語教師より声の強さがある。けんどな」
「なんか、懐《なつ》かしさを通り過ぎてるんじゃない」
強志、浩、ママと、冷ややかな評をする。
「だったら、もう一つ。倭建《やまとたける》が、能煩野《のぼの》っつう、現代の三重県鈴鹿でな、生まれ故郷、古里《ふるさと》を思おてよ、あのな、故郷らっちゅうて、国ではねえ、そう、それで、
『倭《やまと》は　国のまほろば
　たたなづく　青垣《あおかき》、
山隠《やまごも》れる　倭し　美《うるは》し』
ちゅうのを、作っての、五音七音七音で、
『はしけやし　吾家《わぎへ》の方よ　雲居起ち来も』
の片歌《かたうた》も足したらあ。白い猪に負けて、その敗北の後、死して白鳥になる前にの。知ってるとは思う

けんど」

　今度は、声を張り上げてのおのれの勝手な語尾の伸ばしなどせず、抑えて、でも、鳩尾《みずおち》あたりから声を絞り出してみた。

「やっぱり、匂うらて、戦中の、どでかいものへの心中が、そのでかさを崇《あが》める心情が」

　騏一のいいわけ、いや、抒情が時代を越えて失《う》せぬ人間の悲しみ、愛しさ、場合によっては大言壮語の〝在《あ》る〟を、やっぱり、老ねた強志は解ってくれない。ううや、もしかしたら自分騏一が、思想・哲学・歴史に疎く、不勉強……。

「大瀬良、抒情に傾いて、靡《なび》いて、溺れるのは絵になるら……でも、けんど、俺達は、その前に、為すこと、勉強することがあるでねえっか」

　とっぽくて子分にあれこれ顎で命じる浩にこういわれると、騏一は、しゅんとなる。だったら、『万葉集』に出てくる有間皇子《ありまのみこ》、うん、どうやら中大兄皇子《なかのおおえのおうじ》に背いて死刑となる寸前の『磐代《いわしろ》の浜松が枝《え》を引き結びま幸《さき》くあらばまた還《かえ》り見む』を、秩序への背き、死刑という酷い習わしへの異議《いぎ》の歌で良かったのか。違う、違う、この頃、受験よりもあれこれを脳味噌に詰め込もうとして、なにがなんだか自分でも解らなくなってる……反省らろう、とかなり恥ずかしくなる。

「大瀬良の騏一くん、がっかりしちゃ駄目。あたしは、美空ひばりが大好きら。歌って、詩に託す音楽って、いいすけ。たぶん、イエスさまも、ユダヤの外れのガリラヤの田舎で、流行りの歌に酔ったはずらあね」

　目の前に陣取るママが、まだストーブが入っていない店なのに、ざっくりしたカーディガンの襟ぐりを整えるのでなく、おーや、広げて、むっちりした乳色の肉を見せる。

「おめーらあっ、餓鬼《がき》どもお、お」

冬の雷みたいな声が、店の隅の暗がりから轟いた。嗄《しゃが》れているが、切羽詰まっている。

いきなり、パブロフの犬の実験による〝条件反射〟のごとく、ママが、しゃきっと、背筋に氷柱《つらら》を差し込まれたように直立した。

「許してくれっしゃ、倉松の親っさん。騒いで、うるせえのはごめんしてな」

女将が、とっぽい強志の飲みかけのビール瓶を手に、店の中を走りだす。

「ち、ち、違う、う。おいーっ、大瀬良の、寡婦《やもめ》の一人息子お。おめえさんは、よく、『思国歌《くにしのびうた》』を諳《そら》んじてくれたわ。弟橘比売《おとたちばなひめ》の、哀切の果ての果ての歌も。こっちへ、こいっ。いんや、それは図図しい、礼を欠く、儂《わし》がいかねば。あえーっ、あえ、あえ」

あれ、二年半ほど前に、安保反対の労働組合のデモという行列の見物で出会った倉松右衛門老人らね。もう、くたばって死んじまったと思っていたすけ。ああ、いやいや、戦前・戦中・戦後と右翼の志を貫いて、ヤクザすらへいこらさせる怪物られ。

倉松老人が、よたりながら、やってくる。支えてやりたいぐらいに、酔いが回っている。もう、六十七、八か。七十になるのか。

「あのなあ、大瀬良の息子お。『思国歌《くにしのびうた》』は我が民《たみ》の心の原点。弟橘比売《おとたちばなひめ》の歌は、女と男の初めその根《ね》もん。ま、倭建命《やまとたけるのみこと》は英雄、女子《おなご》とはいろいろあったはずじゃ……がの。しかっし、その、感動の根の根を、若い、おまはんがよおーっく……わしゃ、わしゃ、びっくりら」

濃紺の弁慶縞のうっすら灰色に走る着物姿に長い羽織を両肩に引っ掛け、倉松右衛門老人は吼える。そうか、『古事記』ってやっぱり右翼の人が崇敬しておると分からせるように、口髭を逆「八」に逆だて、震わせている。

「東亜《とうあ》のどの国にも民にも、故郷、生まれ育ちの根源があるすけ。中国では、杜甫が『春望』で『国破れて山河在り』と、朝鮮、韓国では、伝説上の峠、うむ、だからこそ、どこの人も感じるしかねえ『アリラン』が。そこの、かがっぺい思いを消してしまうのは……敗戦国、日本だけらあ」

でかい声をあげたが、ふと、場違いの空気を知ったか、倉松老人は、周りを見て、うーん、老人も羞恥の心で顔を赤くさせるもんなのら、束《つか》の間《ま》、押し黙った。

「すまん、ママしゃん、儂は、帰るらあ、酔ってしまったすけ。銭は、えーと、これで」

着物の帯に差し込んだ、大島紬《おおしまつむぎ》だろうか、横縞が整った財布ごと、倉松老人は、女将に渡す。えーっ、おいっ、札束で膨れて、一部、いや、四、五枚の万札が食み出ておるろう。

「おいっ。いや、大瀬良の息子。病院の紹介なら、東大でも、虎ノ門でも、慶応でも、すぐにやるら、儂は」

「あ、はい」

騏一は答えながら、軀のどこにも故障とか、病《やまい》らしきの気配はないのに、不思議と思う。いや、高校一年になって、青木芙美子と知りあったあたりから、男根が、痛い。屹立して、パンツと擦《こす》りあうのだ。痒くも、ある。

「大学へ進めるら？　大瀬良の餓鬼は」

老人は、ぬっと、顔を、ボックスに座る駸一の鼻の前に突きつけた。腰を屈める。

「はあ、母ちゃんにはまだ相談してねえけんど、早稲田大学へと」

「おいっ、アカの巣窟《そうくつ》にかあ……ま、時代らのう。しゃあねえすけ。学費とか入学金に困ったら、すぐに儂《わし》のところへこい。東京の宿がなかったら、遠慮なくいえ」

「えっ、ありがとうござい……ますら」

「逆《ぎゃく》、逆。わしゃあ『思国歌《くにしのびうた》』の朗朗の声を実に十七年振りに聞いて……ま、いいわな。大瀬良青年、生きよっ」

「え、はい」

「全てを疑え。全てを愛せ、そして、吸い尽くせ。悩め」

「うっ、あええ。はい」

「そんなら……な、大瀬良の若造っ」

颯爽《さっそう》とは程遠く、よたりよたり、倉松老人はママの肩を頼りながら、ドアの外の人となって。しかし、なお、がたことさせる。

「どんした？　そんなに飲んでないのに、倉松の御大《おんたい》。気分、悪いら？」

「うぐっう、ぐうっ。うおっ、お、おーん」

「あんら、泣いてる……でねっか」

「あえ、あええ。日本の詩と歌の根っこの悲しさを、知っておる餓鬼んちょ、青年、若造が日本国に……まだ、いたすけーっ」

「あのねえ、御大、しっかりしねえと、ちんぴら議員や若い者や組《くみ》の人に笑われるら」

「切《せつ》ない詩と歌は『思国歌《くにしのびうた》』、万葉集の有皇皇子《ありまのみこ》の『いわしろのはままつがえをひきむすびまさきくあらばまたかえりみむ』と、うむ、美空ひばりの歌う……そうらあっ、『悲しき口笛』の三つだけーっ」

倉松の爺さんは、いろいろ、あれこれ、溜まりに溜まって、屈折しているらしい、「うおーっ、うぅっ」と感嘆詞を連発しながら喋る。

「あんれ、サトウハチローは？『リンゴの唄』よ。ううん、それより『長崎の鐘』なんか。あ、あ、あ、あの青年が……。いずれにしても古い考えを振り回すと、御大、もう終わりらて。車を呼ぶかあ？」

「いんや、足で、大地《だいち》に頼って、踏んずけ、帰るすけ、こーりゃ、手伝いなど要《い》らん」

倉松老人とママの声が、切れ切れに聞こえてきて、あれ、もう雪がくるのか、入口の扉の隙間から、うひゅう、ううっと、ひどく冷めたい風鳴りが押し入ってきた。

冬は、いっぺこと、長くて、長いのん。

――駬一、青木強志、主人公のはずの矢部浩の三人は、財布ごと置いていった倉松老人の長生きを願い、とどのつまり、

「若き我等の動動の　舞台は今や開かれむうう……」

と、肩を組みあい、校歌を放吟してから店を出た。

「大瀬良、鞄を誕生日プレゼントにあんがとう。大切にするら」

浩が、肴町《さかなまち》の方角へいく。

「あのな、大瀬良、芙美子っぺには、まだ恋人がいねえとゆう。けんど、おめえ、もちっと勉強しれ

っしゃ。焦《あせ》って、今の何倍も何十倍も。姉ちゃんにいい寄る男は多いら、負けるぞ」

強志が、駅一の学生服の袖を引っ張る。

「そ、そうだな。努力するら、青木」

「卒業式が終わったら、芙美子っぺの住所、電話、勤め先の電話と教えてやるらね」

「おい、青木、その前に……」

今、すぐに、と責《せっ》つこうと思ったら、向こうから、酔いどれの男が足許も覚つかなく歩いてくる。

あたかも、通行人を通せんぼするように。

「♪ああ、インターナショナルうぅ　我らがものおぉ」

どこかで聞いたような灰色がかった暗い歌を、思い入れたっぷりに、そして自らの歌に酔うように男が千鳥足で擦れ違った。男は、かなり酒に酔ってる駅一にすら臭うのだから深酒のほどが分かる。

あれ、日本史と世界史の教師の鈴木哲男だ。鈴木という教師は多いので、この三年弱の間に、とっぽい矢部浩らの煽りで〝暗鈴《くらすず》〟と仇名をつけられているが、むろん、本人は知らないだろう。

「なにがインターナショナルらっつうの。みーんなてめえの国と民族の利害に染まっての」

どうやら暗鈴は、自らの酔う歌を貶《けな》す自虐的な酔いにも嵌まってるらしい。

「『インターを歌えど海を越えられずうう、村上の街で飲むしかなくてええ』」

暗鈴は、種田山頭火の短歌か、いや山頭火は俳句だけ、それにこんな不手糞な韻律《いんりつ》は作るはずもないから自作か、なにやら口遊《くちずさ》みながら、そして小石に躓《つまず》きそうになりながら駅一と強志など知らぬげに過ぎていった。

いけねえ。

青木強志も、さっさか、急ぎ足で小国町方向へと消えていく。芙美子について聞きそびれた。

第3章 いざ、花の極みの東京へ

1

一九六四年三月末。

日本海に面した、武骨さと、商人の活発精神の同居する村上では、東の朝日山地の山並みに、なお、白さが勝って肌寒い。でも、平地に雪はない。

大瀬良騏一《おおせらきいち》は、一浪の上、憧れの青木芙美子の住まいのひどく近くにある早稲田大学に合格し、三日後の夜には、夜行列車の急行『羽黒』で上京する。

入学金とか授業料について、今は駅前の旅館で働いている母の懐《ふところ》の細さを心配して、胸が塞《ふさ》ぐ気持ちになっていたが、付き合いなどまるでない、でも、二度ぐらいは会っているような、九州の天草《あまくさ》に住むという父方の祖母が「畑を売った」との由《よし》で、なんと百万円を銀行振り込みという便利なやつで送ってくれたという。大学卒の新入社員の月給が一万七千円ほど。花の新潟の古町近くのシンミチというところのたった三十分の至福と罪深さが重なると映るあれの代金が二千五百円と聞く。たまげた。

もっとも、騏一なりに、もし、母の多津が入学金や授業料を出せないのならと、自宅での浪人中に国立大用の英数国理社を猛勉強した。でも、一期校は落ち、二期校は青木芙美子の住まいの新宿区戸塚とは遠く、受験しなかった。二浪をする気力は湧かない。いや、青木芙美子を待ちきれない。

上京して三ヵ月は、例の倉松右衛門老人の好意で、倉松老人の知人の家に居候する。

というのは、大学合格の電報「イナホミノル」が届いて一時間半後、黒づくめの背広の三十男二人が家を訪れてきて、

「倉松御大さまの使いの者ですがーて、『アカになってはならぬ、などの条件は一切なく、四年間の住居を御子息の合格祝いとして進呈したく、なにとぞお受け下さるように』とのことらて」

と、母の多津と騏一の前で、申し出たのだ。

二人が帰った後、母と騏一は話しあった。

「おまえね、いかに村上の〝三ヶ《さんけ》〟の一つ〝情け〟が大事とゆうても、博打《ばくち》打ちや右翼になられても困るけん。借りを作っても、おまえが苦しむら」

「俺は、けんど東京は去年と今年にいったきり、まるで疎いすけ。最初の一年は仕方ねえでねえっか。土地勘を養って安い住まいを探すすけ」

「うん、なら、下宿かアパートを探すまでの一ヵ月にしな。ばってん……」

「えっ、『ばってん』?」

「あ、けんど、母ちゃんは、アメリカは酷《むご》くて大嫌いでのう、倉松さんはどうら?」

「倉松老人も嫌ってるらしいすけ」

「そうか？　ならば三ヵ月に」

　こんなふうにして、倉松老人に世話になることが決まった。

　早大の学部は、第一文学部で国文学を勉強したい思いがあったけれど、この大学は高度成長経済のせいで理工学部は良いが、どこも就職がしんどいらしく、少しは楽《らく》ちんという第一政経学部にした。

　国鉄のチッキ用の荷造りを行李《こうり》に詰め終わり、高三の終わり頃に矢部浩にプレゼントした鞄の代わりに母から買ってもらった赤ん坊の三人ぐらいは入りそうな布地の鞄に、洗面道具、下着、『古事記』、『万葉集』、『新約聖書』、つんどくだけだった『旧約聖書』、『論語』、『荘子』、格好づけの『共産党宣言』、好色文学の最高峰の『我が秘密の生涯』の全十一巻などを詰めた。まだ隙間がたっぷりある。

　母が好きで、いつも乾いた布巾で拭き、磨いている真っ黒の電話が、けたたましく鳴った。

「大瀬良さんのお宅でしょうか」

　取り澄ました女の人の声が届く。

「はい」

「駰一くんね」

「あ、『赤い鶏頭《けいと》』の女将さん、ううんママさんら」

「声で分かるら？　いま、母さん、いるら？」

「母ちゃんは仕事で留守でいねんが」

「そうっ。大学に合格して東京へ出発するってな。そんで、昼中だけど、御馳走しなくちゃと」

「やったあ。矢部は明治大学に、青木はなんと東京大学に合格したら」

「ま、いいから……おいでなさい。早くよ」

女将、もといママが、低い声で、しかも掠《かす》れ声になった。

高三の時、矢部浩の誕生会以来、騏一は、浩と一緒に七回、一人で二回、ママの店で飲んでいる。ママは、正式の名は大滝咲《さき》で、年齢は明かさないが二十六歳らしい。もっとも、この二年四ヵ月二十六歳のままと浩はひそっといった。商売がら愛想が良く、人懐《なつ》っこいが『新約聖書』などよく読んでいて、矢部浩は〃隠《かく》れ吉利支丹《きりしたん》ママ〃と長ったらしい仇名をつけている。一人で飲みにいった時は「出世払いで、ね」とママはいってくれたが、悪いので、騏一は百円玉五個を置いていっている。小遣いは月千円だけれど。

「返事は？　騏一くん」

「もちろーん」

「待ってるわ」

ママが、静か過ぎる感じで、かつ、余所《よそ》ゆきみたいにしていい、電話を切った。そう、ママは横浜生まれで、村上の男と結婚してここへきて、旦那に早死にされたというから、横浜弁が本来なのか。

飲み代で迷惑をかけてはいけないし、恥を掻くのも辛《つら》いと、騏一は、合格祝いや餞別の金を買ったばかりのブレザーの内ポケットにぎゅうぎゅうに詰める。いや、これらの金は、母の多津のおかげで母は貧しい。再び、内ポケットから金を抜き、ちっこい父の仏壇へと置く。軍資金は二千円とするら。

母の鏡台の、紅《くれない》に青もみじの模様の鏡台掛けを捲りあげる。

チャコール・グレーのブレザーは決まっていると自負を持つ。東京の匂いがするらーて。

けんど……のう。

この、大相撲の柏戸《かしわど》の得意な突っ張りの、その手をぎちぎち握り締めたような拳骨《げんこつ》顔、鼻の過剰な平らさ、困るら、その上、鼻穴は大きくて上向いておる、口は政治家以上の大きさ。そう、修学旅行の奈良の興福寺の東金堂《とうこんどう》で見た、レリーフの、迷企羅《めきら》大将みてえら。

誰かの書いていた雑誌の文の「青春時代とは恥ずかしさの自虐と、自分自分の自意識の狭間の過渡期」の何行かを思い出してしまう。

女みてえに、外面《そとづら》、容貌を気にするのは止《や》めっぺえ。

それより。

大学に入って、いろいろ取り組まねばならぬことがある。

一つに、青木芙美子に接近すること。

二つに、世界・日本のことをきっちり知り、自分の考えを確立すること。とりわけ、生き方の規範、そう、モラルをしっかり獲得すること。高校時代は、良くいえばあれもこれもで芯《しん》がなかった。得たのは長距離での忍耐する根性と、雑学の吸収でキリスト教に由来する欧米思想は舐められないこと、詩歌の感動させる力と左右のイデオロギーじみたものを越える力……ぐらいしか知り得なかった。

三つに、友達を多く作ること。しかし、田舎者だから、なかなかできにくいだろう。

四つに、一つ目と相反するが、いや、一つ目を可能にするため、女体を知ること。

あええ、頭の中が……外へ、外へと溢れてしまうらあ。

――運動靴から革靴に初めて切り換え、『赤い鶏頭』へと小走りに歩む。
たぶん、明大に入れた矢部浩、うーん、やっぱり芙美子の弟だ、東大に入れてしまった青木強志もきておるらあ。
とことこ、とんとんと、階段を登る。
ありゃ、ママの歌声が扉から、とってつけたような互い違いの小窓からも聞こえてくる。
「♪召されて妻は　天国へ、え、え
別れてひとり　旅立ちぬう、う
かたみにーい残るうう　ロザリオのお
鎖に白き　わが涙っ
なぐさめ　はげましーい　長崎のおお
ああ　長崎の　鐘が鳴るう、う、う」
そうら、騏一だけでなく、矢部浩が仇名をひそりと耳打ちしたように、ママの大滝咲は〝隠《かく》れ吉利《きり》支《し》丹《たん》ママ〟みてえら。けんど、声は澄んでおらんけんど、心が、籠もっておるが。「ロザリオ」なんつうて、横浜生まれ育ちの、雰囲気が漂っておるらあ。もっと聞きてえのん。
「あーら、騏一くん」
ママは、今日は、いつもよりおめかしして、濃い紺色の、絹製と聞く、艶《つや》の落ち着きに深みの沈む、布地の襞《ひだ》の波が柔らかい、ベルベットというワンピース姿だ。あ、そうか、母の多津が、一年に一度、騏一を放って北陸本線、山陽本線、そして、その先へと一人で旅立つ時のベルベットらて。

「ぽけっとしないで、えーと、えーと、そ、そうだわ、そう、あそこがいいみたい」

そういえば、こんな早い時間に騏一がくるのは初めてで、店の隅の暗がりにいたママが、止まり木のあちら側、カウンターの内側で洗い場になっているところへと、へえ、白く肉づきのいい人差し指だ、きりり、場所を指示する。

「その前に、電気代、水道代、ガス代の集金がくると、わたしは貧乏、困るのよね。店の内側の鍵を、ちゃんと鎖《とざ》してくれないかしら」

「あえ」

全国語では「はい」であろう村上言葉を口に出し、けんど、とっぽさを忘れかけている矢部浩と、老《ひ》ねたまま東大の文Ⅲ《ぶんさん》に合格してゆくゆくは哲学を学ぶ志らしい青木強志がくるはずと騏一は気持ちが引っ掛かる。

「とろとろしちゃ、今はいくないじゃんか」

横浜弁で、女将、いんや〝隠れ切り支丹ママ〟といった方が確かにふさわしい、でも長ったらしいので、咲ママあたりが順当ら、両目を強《こわ》ばらせ、手招きする。

止まり木と、台所を含むカウンターの内側の仕切りは、こんな簡単で、あっさりしていたのか、でも、けっこう高さがあって、騏一は潜《くぐ》る。

「咲ママさん、外にまで、心地良い響きで聞こえていましたら。『長崎の鐘』が」

「やっぱり……ね。サトウハチローの、その一番を、聞くら？　騏一くん……騏一さん」

「えっ、光栄ですわ」

「なら、歌っちゃう。本当に、いいのね。傷つかないのね」
　意外や人が一人は寝れる広さのあるカウンターの内側で、どうも、解らぬことを、時時、いろんな人が口に出すことを咲ママもいう。そうら、四年前のお城山で芙美子に出会った時も、その兄弟が。あえ、あの、これから世話になろうとする倉松老人も。この、自分の不埒《ふらち》で遠大過ぎる願いとしても、将来の約束をしないで済むなら、すぐにでも接吻を仕掛け、できれば、ゆさゆさしてるのに張り詰めて天井のライト・コーンを見ている乳房を揉ませて欲しい、この咲ママも、どこかで、なにかを気にして、こだわっておるすけ。
「聞いてね。聞くらあ、騏一さん」
　ふうむ、くんとさんのK音とS音では、まるで世界の開き方が別の音、くすぐったく、かがっぺい響きがあるのんと騏一に知らせ、咲ママが直立した。
「♪こよなく晴れた　青空を、を
　悲しと思う、う　せつなさよ、お
　うねりの波のお　人の世にいーっ
　はかなく生きるうう　野の花よっ
　なぐさめー　はげましいーっ　長崎のお
　ああ　長崎のお　鐘が鳴る、う、う」
　思ったより広い、止まり木の内側で、女将、咲ママは喉をひくひく震わせ、歌いきる。胸が、歌い終わるなり、ぺちゃんこに細く薄く、窄《すぼ》んでしまった。

「サトウハチローの詩はね、あたしの手前勝手の主観では、純粋の詩人の誰よりも、決定的な詩を作ってると考えてるの。検閲と発禁の時代、美濃部達吉の天皇機関説が問題にされた頃、『もずが枯木で』、戦争に兄を奪《と》られた家の侘しさを歌ってるじゃん？　人人の喉《のど》と唇とハートを頼りに」

「はあ」

内心は、けんど、けんど、流行歌の詩でないのにも、そう純粋詩にも感動するのがあるぞ、歌人啄木の『飛行機』の詩とか、八木重吉の『秋の瞳』の詩集、世界ではフランスのヴェルレーヌの『秋の歌』の堀口大学訳とか……とちょっぴり反論したくなるが、騏一は黙る。

そしたら、沈黙は伝染《うつ》るのか、咲ママが咲ママらしくなく押し黙り、小さな丸椅子を並べ、座り込み、自身の小指と小指を擦りあわせる。これもまた、初めて見る少女っぽい仕草だ。

「騏一さん、あなたも座ったら？」

五分間ほどの黙しの後、咲ママは空いている丸椅子の座るところを叩く。

「あい、いんえ、いいえ、はい、ママさん」

「咲さんと呼びなさいよ」

「はい、咲さん」

目の前三十センチのところに、ママのこってりしておいしそうな白っぽい口紅つきのおちょぼ口があり、騏一はどぎまぎしてしまう。吸ったら、清酒の〆張鶴《しめはりづる》ほど、いや、もっと味の深そうな二つの唇の立《た》て皺《じわ》まで目に入る。それより、成熟した女の匂いに噎《む》せそうになる。胸が、息苦しい。

「童貞のまま上京し、大学に入ると……恥を掻くよ、騏一さん。本命の彼女の前でもね」

良く知っている、矢部浩との話を聞いていたのか、咲ママは。あ、あ、あ……もしかしたら。

「は……あ」

今のところ、騏一のぼんやりした生き方の道の二つは、母の多津から教わった「義《ぎ》を見てせざるは勇《ゆう》なきなり」と、もう一つ、古い伝統の残る町で育ち、青春時代が始まり誇りが突き出てきたせいか、「恥を掻くな」、である。

「その前に、身体検査……してあげようか。そう、それが前提よね」

「でも、でも、もう……あのう」

「ふっふ、嬉しいわ。ズボンの真ん中がテントを張ってるじゃん。だけど、念のために。ほら、立ち上がりなさい」

立ちくらみするほどの恥ずかしさと、突然の幸せに、青木芙美子のことがちらりと浮かんだけど消えてもらい、騏一は丸椅子から立った。

「久し振りだから、脱がせ方を忘れちゃった。え、えいっ、えいっ、おおっ」

咲ママは、案外に不器用で、騏一の革のバンドを外せず、忠臣蔵の義士のごとき気合いを入れ、パンツを引き下げた。痛えらあ、男根が引っ掛かる。

「うわっ、見事……成人男子合格っ」

朗らか、かつ、実に、実に、安堵する喜びの感嘆の言葉を咲ママはくれて、パンツとズボンを足首からしごき降ろした。良かったのん、昨朝、痩せ我慢して駱駝《らくだ》色の股引《ももひき》は、春がきた、と脱いだのだった。

「一方的なのは、男女平等の憲法にふさわしくないね。背中のチャックを外してくれないかしら」

咲ママは、くるりと回れ右をした。

小刻みな指の震えと、ぐっしょりの掌の汗で、なかなかベルベットの濃紺のワンピースのチャックを降ろせない。が、ここは人生の大事なことと自らに命じ、長距離を走る粘りの根性で、背中から腰まで、やっと引き降ろせた。

目の眩《くら》む野の菫《すみれ》色のシュミーズが目に飛び込む。

「ありがとさん、騏一……さん」

その後は、もっともっと見つめていたいシュミーズ姿なのに、咲ママは、シュミーズの肩紐を外し、これが成熟した女のブラジャーとズロース、いや、パンティの実物そのものなのか、真っ白で、刺繍が入り乱れている下着姿となり、あいーっ、勿体ねえら、いんや、大歓迎ら、さやさやして弾む衣摺《きぬず》れの音をさせ、素裸となった。雪で作った太めの菩《ぼ》薩《さつ》像《ぞう》より……綺麗ら。

騏一は、鼻の奥を痺れさせさせながら、女の人の肉体の不思議さを思う……。

下着姿は、エロティシズムにむんむん溢れ、蠱惑さに溺れる気分になったのに、今、目の前にある全裸の肢体の……神神しさ、本当に、なんなのらあ……。肉が張り詰め、尻は太くて大きく安産型で安らぎをよこし、二つの乳房は豊かそのもので頭をその谷間に預けて眠りたくなり、でも股間の逞《たく》ましさともやもやは鑑賞したくなり、探求心を深深と呼び起こす……のん。助兵衛だけでは、ねえらって。そう、子を産む人類史の一番貴い仕事に続くという証《あか》し……のせいらろうか。

「あのね、騏一さん……呼び捨てにするね、騏一。血が憤くようなぎんぎらの目と、ぼけーっとした半開きの口の格好だと、女に馬鹿にされるから、冷静に、余裕がなくてもゆとりの態度が大切なのよ」

「あえ……はい」

そうはゆうても、とても、静かにはしておられんらね。再び、丸椅子に裸のまま腰を沈めた咲ママの足許に、窮屈な広さと姿と感じながら、身を固くしながら正座し、助兵衛なる心情と頭を垂れるしかない畏怖の感情で、その太腿二つを押し拡げる。

「あのさ、あのさ、気持ちは解るけど、見つめ過ぎると幻滅して、明日から女を追うパワーを喪失《そうしつ》……だから、駄目え」

いい女には、済まないと思いつつ、確《しか》と序列があり、しかし、最高の芙美子も、二番目へと昇った咲ママも、哲学じみたことを口に出すようだ。そして、実際、咲ママは、腿を、きっちり鎖してしまった。

「ああ……咲ママさん、咲さん」

「あのね、ここまでと……考えてたけど、やっぱし、いきましょうね。本当は、瀬波の海際とか、三《み》面川《おもてがわ》の堤防の下とか、お城山のてっぺんとかでキスをして……ペッティングして、こっそり別別に新発田か新潟で会って、それから本当のことをが理想なのに、ごめんね」

咲ママから「ペッティング」という英語が出てくると、その下着姿以上に、騏一の鼻奥が火照る。この言葉は、親しい友達同士の間さえ、羞恥心を掻きたてる。半ば、タブーの卑猥語だ。

「さ。なら、まんまん……しようね」

騏一の平らな鼻頭が異様に火照り、尖る気がして、あえ、え、え、あんべわりい、鼻血が零《こぼ》れてくる。

そうらあ。

内緒の言い方、言葉、言語は、恐ろしく、偉大で、男根どころか、魂まで揺さぶる。騏一は、大学の講義に、言語学があるなら、選択しようと思う。言葉って、視覚より、力に滾《たぎ》って、人を支配するら、凄い。

「もっとロマンティックなベッドが欲しいね……ごめんね、騏一」

流し、洗い場、台所の止まり木の内側は、着替え室でもあった。咲ママは、洋服箪司を兼ねてるような戸袋から、冬用の毛皮のコート、セーター三枚、ジャンパーを、一畳半の狭いところに、ゆっくり、ゆっくり、時が逃げてしまいそうに、敷いた。

「疲れないのかしら、そんな鋭角で、さっきから、騏一。その、ちんちん」

「いえ、ぜんぜーん」

「ね、男と女の秘密は、墓場にいくまで内緒だからね」

床《ゆか》は、コンクリートで骨が軋《きし》んで痛そうなのに、咲ママは、左の頬っぺたに、くっきりと笑窪《えくぼ》を作った。

——次の日。

咲ママに、「まだ、教育を、し足りないじゃんか。もっと、臍《へそ》の下の五センチに力を入れて耐える、我慢、忍耐なの。自分の男の欲だけでなく、相手の女の軀とハートを考えなくちゃ。明日も、特訓。

まだ、上京に、間にあうんだから」と厳しく命じられ、接吻の仕方の突発的な場合のやり方や焦《じ》らし方、挿入前の語りかけ、誠を籠めた女の全身への指や口の使い方、讃歌ほどの奉仕の具《つぶ》さなる技術と……教えられた、咲ママの家で。

へとへとに、騏一は、疲れ果てた。

別れ際に、咲ママは、淋しげに告げた、「あのね、あたし、昨日《きのう》、今日と安全な日なの。それを、然《さ》りげなく、でも、きちーんと知ってから、まんまんなんだからね」と、騏一の頰を指で弾《はじ》いて。

次のアドバイスも、片笑窪を、その中心が頰の肉すら食うように、

「たぶん、騏一の怖い顔つきで寄ってくる女は少ないはず。それで、新宿二丁目三丁目、浅草の吉原、川崎の南町《みなみちょう》や堀の内、横浜の黄金町《こがねちょう》へと遠征するかもしれないけどね、女の人は、みーんな、心の傷、でも、あったかーい気持ちを持ってるはず。だけど、そこで、溺れては、駄目だからね。王道の女を追いに、追いなさい。負けたら、それを肥やしに、次へ、よ」

と、いつかとっぽい矢部浩から聞いたその手の町の名を挙げて、話した。

おしまいに、

「わたしみたいな女に引っ掛かっちゃ、駄目よ。もう我慢できない時は、ここへ帰ってきなさい。恋人、愛人、旦那がいなかったら……ちゃんと、あの、あれ、させてあげるから。あら、イエスしゃまが怒るかしらね。でも、でも……」

と、騏一の唇を千切《ちぎ》れるほどに吸った。

――腰が抜けそうで、景色がかヽヽらし色に映る中で家へと戻り、騏一の胸底から勇気が湧いてくる。

男は、顔つき、容姿、身長、家の格ではねえ。

流行歌の底にある人人の感情の襞《ひだ》を、もっともっと、実践的に解ろう。

〝隠れ吉利支丹〟どころか、現《げん》もそうらしい女の人の、うんや、人間の心を勉強しよう。

2

ところが、だった。

あと、二時間半して、村上駅から夜行の『羽黒』で東京の上野へと向かう時、母の多津が、そわそわして、やっと咲ママのことで疲れた下半身がしゃヽきヽっヽとしてきた時、なんか、変に改まった体《てい》で、亡き父の仏壇の前へと騏一を呼び出し、うへーい、正座までさせた。

「騏一。よく、聞け」

「あえ、東京での心得らろう?」

「うむ。その前に、いわねばならぬと思い、ついにいわずにきた、母ちゃんの弱さを……許してくんちゃい」

「えっ……」

正座を、騏一は崩し、胡座の形となった。

「おまえの性格の良さは父ちゃん譲《ゆず》り。ちっこかこと、どうでもええことは許し、おおらか」

「そう……かの」

「そう。友達への思いやりもあるばいに。この三年、四年は辛抱強くなりもした」

母の多津は、どうも、一年に七度八度ぐらい出てくる村上弁とは別の聞きにくい言葉を口に出す。

「そう、そりゃ、嬉しいらあ」

「けんど、優し過ぎて、これ、こん暗いーっ、こん場合の時に、きりりとできんばいた」

「なるほど」

「人を疑うことを知らんとよ。そもそも、物事《ものごと》についても。ほんなこつ、困るばい」

「はあ」

駅一は、そうでもない性格であると考える。が、もう数時間で、東京へ発つのだ。ここは親孝行で、頷くことがでえーじ。

「うちの父ちゃん、大瀬良巌《いわお》は、昭和二十年八月九日午前十一時、推定は爆心地から五百メートルで死にもした。死体は、見つからずにの」

「あ、あえ。なんで見つからんらった」

「長崎の原子爆弾ばい」

「なんえ？　ピカドン？　熱かったらろうの。爆風も、コンクリートの建物を一瞬にして粉粉にすると、いんや、灰の滓《かす》にすると聞くら。そもそも、凄え閃光《せんこう》で、人は溶けると……の」

アメリカを圧倒的中心とするＧＨＱ《ジーエッチキュー》（連合国総司令部）の検閲で、広島・長崎の原爆の具《つぶ》さは長らく知らされていなかったけれど、それから七、八年後の駅一の小二か小三の時、『アサヒグラフ』という写真の雑誌で初めて分かった惨状を、駅前の本屋で読み、見て、知り、仰天したことがある。原爆直後の、水に飢《かつ》えて川に群がり、群がったままに死んでしまった夥しい屍の姿、皮膚が焼《や》け爛《ただ》れて、この世の人間の姿とは思われぬ火傷の酷《むご》さ……。唯一つ、防空壕《ぼうくうごう》か、頑丈な鉄筋コンクリートの建物の近くにいたらしい少女の、にっこり笑う顔だちの良さは、逆に、かえって、深く刻まれている、目ん玉の奥に。痛ましさの果ての、微かな明かりのでかさとして。

「おまえ……おたんこなすらな」

ありゃ、母の多津が、口を半開き以上にあんぐりさせる。もしかしたら「おたんこなす」の、あほう、の意味の言葉は全国の共通語なのか。いや、村上弁らろう。

うん？

「いいや、わたしが悪かったばい。よお、話さんで、曖昧に、時に、内緒にしていたけんね。優しくて、繊細で、でも見栄っ張りのおまえの、思春期から青年期にかけて、変に……気にして、ノイローゼとかに……スポーツも勉強も諦《あきら》めることを……心配したらあ」

「あ、そう」

「ばってん」

「ばってん？」

「『しかし』、の長崎言葉ら。母ちゃんは、父ちゃんに、数《かぞ》えでゆうと十六、いいや、満《まん》だと十五か、高女《こうじょ》の京都への修学旅行で、熊本の天草生まれで長崎医大に通う父ちゃん、四つ年上に見染められたとね。旅館の帳場の横の土産《みやげ》売り場で。ほんなこつ、凜凜《りり》しい男じゃったけん。あえ、え、かがっぺい人らったらあ、あ」

母の多津は、別れの酒など出さず、飲まないのに、うっとり顔で、両手を重ねて、右顎に預け、どうやら九州でも長崎言葉らしいのと村上言葉をごっちゃにして、あ、長崎名物はちゃんぽん、麵《めん》と野菜と肉を混ぜて煮込んだ食い物と雑誌で読んだけど、これらね、ちゃんぽんにくっ喋る。

「ふーん、んで、母ちゃんは大丈夫らったのん？」

「出島《でじま》よりもっと遠か……」

「ああ、日本史で習ったら、出島は、江戸時代の唯一の貿易地すけ」

「そうら……ばってん。それより、更に遠くて大浦天主堂の傍におったけん。爆心地より一里、四キロメートルじゃ」

母のいい分に、騏一は、それで、一年に一度か二年に一度、長崎へ、ベルベット姿でおめかししていくのか、あれは、健康診断をしてもらうための旅なのだったのか。いんや、俺も中三の夏が最後だったけど、長崎の大学の病院へ――と思いが至った。そこの病院は、消毒薬臭くて、建物は厳めしく、退屈だったの記憶しかない。いや、血液をとられたか、レントゲンも、心電図も、腰の骨に注射のぶっとい針を刺され液体の検査もやったっけ。

「ぎりぎり、危なかと安全かものところじゃけん、それ以後の何年何十年の原爆症が出るか、出ないか……の。白血病は怖かね、ばってん、被爆後五年から八年が頂点ら。この頃《ごろ》は減ってるらしか。それでも、調査や資料が足りのうて、分からんけん、信用ならん」

「ふうむ」

「白血病の他に、おっぱいの癌《がん》、肺や胃の癌、喉ちんこの下のホルモンやカルシウムの調節をするところの癌と出易いとよ」

「そ……う」

「なんせ、エイビーシーシーは、みんな信用でけん。原爆傷害調査委員会のことら。アメリカが原爆の後遺症を調べるゆうて作ったけんど、そもそもアメリカは、日本の原爆の影響の調査を、みーんな禁じたのらて、昭和二十七年の占領終了まで」

　母の多津は不惑の齢となり、普段は、騏一の朝寝坊、忘れ物の癖、ゴリラのような乱暴で早い飯の食い方を叱る時もおっとりの声と体《てい》なのに、眉間に三つも皺を刻みつけ、口を尖らす。

「母ちゃんに癌になられては、俺、困るらろう。その原爆の時、どんげにしていたら？」

「幸いというか、近所の金物屋《かなものや》、モルタル造りの便所を借りて屈んでおったけん」

「あえ……良かったのん」

　なんとなく直感で、原爆の閃光《せんこう》、爆風からは守られていた気がする。だからこそ、今現在、母の多津は、こうして、血色こそやや黒ずんではいるが、元気よく喋っている。

　待てっしゃ……。

　放射能は、目に見えないし、後遺症は、いつ出てくるか分からないと聞くし、ここが問題ら。

「癌の出方《でかた》は、どんげ？　何年後とか、傾向とかは？　母ちゃん」

「なんせ、アメリカは、せっかく原爆を発明したから戦争が終わる前に黄色人種の日本人に使ってみんばいとか、戦争が長引いては面倒とか、ソ連に対して優位に立たねばあかんとの準備とか……で、爆発直後の威力は計算づくでも、その後のことはよう調べてなかたい……ばってん、落としたけんね。落とした後は、軍事機密のごと全てを内緒、独り占め」

「あ……そ」

「傾きとしては、年少者で被爆すると癌になり易かと、この頃、いわれておるけん」

「あっ、母ちゃん」

「そう……やっと、ひゅうらひゅうら、気づいたか」

「俺、幾つらった？　どこにいた」

おいおい、もしかしたら、かなり、あんべわありのことではねえっかと騏一は、胡坐《あぐら》から、再び、両膝をぴったり密着させた正座になって、母の多津に躙《にじ》り寄《よ》り、不惑の齢でも母親ながら綺麗さを十分に残している瓜実《うりざね》顔に真向かう。

「わたしと一緒、金物屋のぼったん便所。おまえの誕生日は七月三十一日すけ、えーと、一歳と十日らの」

村上の言葉に戻し、母は、いい切った。でも、すぐに、天井へと目を逸らす。その目ん玉は、単に心配そうでもなく、でも、悲憤をアメリカや誰かに向けている感じはあってもそうともいい難く、侘びしげでもなく……いずれにしても、いつもとはちいっと異なって別の影が揺れている。

「済まんかったのん、騏一。十年ぐらい前までの医学や巷《ちまた》の説では、被爆後十三年が一つの目途《めど》らったた。んで、中一のおまえを長大《ちょうだい》医学部へ最後に連れていったすけ。『大丈夫』といわれたけん。……けんど」

「けんど？　母ちゃん」

「医学の説らって、ひゅうらひゅうら、変わる……人間が初めて経験する人工的病気らて。そんに、原子爆弾を浴びたこと……を隠して……そりゃ、いろいろあるらろ？　結婚とか……健康な人との付きあいとか」

母の多津が、いい淀み、垂れなくてもいいでねっか、頭を垂れた。

そういえば、憧れの芙美子の弟の青木強志が、二年前ぐらいか、「読んだぞ、凄い、小説を。井上ミツハルの『地の群れ』ってえのを。長崎の原爆に出会った人とか底《そこ》の人人が相手を罵倒し、差別しあい、相い争うだね、深刻そんもん」と……。

「う、う、う、ふうう」

溜め息をついて、騏一は、回りの人の言葉、気の遣い方が解りかけてくる。

どうやら、敗戦前の大日本帝国への執着で日本を愛し過ぎてアメリカが憎いらしい倉松右衛門老人は、このことを知ってるからこそ、心情を、ぎゅっと傾け、あれこれ申し出ている……。清冽なのに、ふくよかで、甘えたくなる芙美子も、その弟の強志も、瀬波温泉の旅館の跡取りの矢部浩も……あれーっ、『赤い鶏頭』の隠れ吉利支丹ママ、そう、童貞をひどくおおらかに奪ってくれたあの人も。

いや、近所、回りの人は、ほとんど知っていたすけ。

アンデルセンの童話の『裸の王様』は、てっきり、ど偉い人が自らを知らない醜さ、恥ずかしさ、愚《おろ》かしさの寓話と愉快になっていたけれど、本当は、その王様を支えている人人の下らなさ、ついには悲しみに辿り着く話ではねえっか。

それより、いくら、原爆とそれ以後を、無縁で、よそさまの別のことと聞いて、あれこれ知ったことを喋り、距離をこってり置いて見てきたけれど、幼児への原爆は大人より厳しいと聞いておるら。勉強を、必死でやらんといけんて、原爆症について。

あえ、こでごってねえ、大変らのん。

母ちゃんだけでなく、俺も、もしかしたら、俺のがきんちょも……。その前に、被爆の程度があろうけれど芙美子と恋を成就できるか。芙美子も、俺の被爆体験は薄薄か明白にか聞き知ってるはず、熱い心を、肉の突き動く気分を……受け入れてくれるのか。

知った上で、童貞をきっちり受け止めてくれた咲ママには、なんとゆうていいのか、よく知らんけど、イエスしゃまの母親のマリアさまみてえに……生涯、たぶん、短い命だろうけれど感謝を深く、深く、しねえと。

そうらて。

「母ちゃんは、原爆の落ちた時、ぼったん便所にいたというけど、爆風とか、ピカドンの光とか、どうしたらあ？　直に、受けたのではねってか」

「ううん、五分ばかりは、うんちを出さねば、便秘がもっとひどくなると息《いき》んでおったけんね。おまえを背中におんぶして……窓もない臭か便所で。いや、金隠《きんかく》しのところにちっこか表札ぐらいの小窓があったけんの」

「そう」

「ばってん、けんど、おめえの父ちゃんは長崎医大の技師で、『アメリカには戦争は負けるたい。決

め手の新型爆弾を持っとるけん』と、ぽつり、ぽつり、漏らしていたすけ。んで、新型爆弾と思おた
わ。なにしろ、金物屋全体が、ひどお、揺れ、音鳴りも雷《かみなり》の百倍ほど」
「ふう……ん。その後は？」
「新型爆弾と、おまえの父ちゃんはゆうても、それが、放射能を出すとは教えておらんらあ。で、物
干し台、中二階に出て、長崎の中心部を見たとね」
「ほお」
「『ほお』でなか。『ほお』じゃねえらて。地獄よりもっとすんげえ火の海すけ、火の海。熱湯みてえ
な火傷しそうな風が吹いて、物干し台の、腰巻き、シュミーズ、手拭いが、長崎の爆心地中心の刑務
所、医科大学、浦上天主堂方向へと吸われていっての……」
　これほど、母の多津のお喋りを聞いたことはない。たっぷり、お城山の体積ほど溜まっていたのだ。
目の形も、菱形に角張っている。あん、ねえ……らろう。もっと早くに教えてくれねえと。いや、そ
うは、いかねえらって……ことが、ことでのう。
「俺は……どうしていたら？　爆心地より四キロメートルは確かかね」
「確かけん。おまえは泣き叫んでうるさかね。んで、原爆の揺れで金物屋の品の金槌やら釘《くぎ》やら砥石《といし》
やらが棚から落っこちて床にばらばらじゃったけんの。その空いた棚の一番の下に乗せて……あたし
ゃ、中二階の物干し台へ。だから、おまえは原爆の閃光は受けてねえらて。けんど……ばってん」
「だけども？」
「あたしゃが、口あんぐりとしてキノコの形をしたどでかい雲を見上げて……そのうち、後ろの首筋

が痛くなりもしての、こりゃ、父ちゃんは、おっ死《ち》んだろうと、やっとどでかく、悲しい直感で分かりかけ……屍を探すしかないと、しゃきっとするまで小一時間が経ったら。五十分から、五十五分とね」

あんなに、いつも優しげな弓の張る目つきを菱型に変えたと思ったら、次には、げんなりのしょぼしょぼの眼差しに母の多津は落ち込む。

「んで、その後は、母ちゃん」

駅一は、自分のことをさて措《お》いて、母のことに心配と不安が募《つの》る。

「原爆の死の灰とか、雨にたっぷり含まれた目に見えん放射能とか、その時は知らんかったけんの。ただ、しこたま、こでごっていねえ……怖かあことと、おまえを金物屋の婆さんに預け、任せてだら」

母の言葉は、村上弁、長崎弁、それに村上は北の隣りが山形生まれなので図図弁《ずうずうべん》と、奔放というか、とりとめねえらて。ラジオでの標準語は、ごく普通に流れ、テレビでの東京弁がこれからは洪水の今、これからでは、書き止めて、天然記念物にすべきでねえらかのん。

うんや、母ちゃんの、原爆直後の数時間。俺のことにも関わるすけ。

「母ちゃんは、金物屋から自転車を借りて、出島《でじま》へとかかるオオウラ川の橋を渡ろうとしたけん。でも、出島の町ん中は家が半分壊れ、ナカジマ川の向こうの県庁からメガネ橋あたりは火の粉だらけで家家が燃えとったけん……」

「あ……え」

「父ちゃんを探すか、戻って、おまえを守るか、迷い迷い……おまえを選んだらあ」

「ああ……」

「その時、あたしゃ、火の粉、火の灰だけでのうて、原子爆弾の灰も浴びてしもうたけん」

「そ……う」

「それで、大浦天守堂近くの金物屋に戻ったら、おまえは、金物屋の棚で金槌を振り回して遊んでいたらあ、そこんちの婆さんと」

「あ……え」

「その後は、何となく直感の怖さで、防空頭布《ぼうくう》を借りて、おまえに被せ、五分歩いて自分の家へ辿り着いたばい」

「そ……う」

「あっさりしてるらね、おまえ。その後も、大事なことけんね」

「大事、大事ら」

「安心しちくれ、騏一。火事の燃え移りを恐れ、その日の夜道を二里歩いて父ちゃんの兄さんの家へと歩いて、暫く、そう、敗戦の次の日までいたばい。だから、おまえは、大丈夫らっ」

母の多津は、まじまじと騏一の両目を見つめる。いかに母とはいえ、息子は、間もなく二十の成人、暗示や、母だけができる子の催眠術は通用しないのに、騏一の両肩を、ゆっくりゆっくり揺すり、「大丈夫らっ」、「大丈夫らっ」と囁き続ける。

「あ……え」

「いずれにせよ、騏一。東京で一旦は落ち着いたら、東京大学か慶応大学の病院にいかねえとな。大事にしてくれるはずら。もっともモルモットみてえにらて」

「モルモット？」

「そうら。この頃《ごろ》、原子力の平和利用でうるせえや？　医者の偉い人、科学者の偉い人、これからもっと偉くなりてえ人、ヒモつきでも銭《ぜに》を貰えると揉み手する人は、実際を、ひん曲げるらろう、かしいっけえ」

　母の多津は、いつもは他人を批難しないのに、かしっけえ、つまり、狡賢《ずるがしこ》く、抜け目のない意味の言葉を、かきくけこのＫ音を強めてきいーっという。

「けんどら、騏一。人間なんつうのは、平和、食える物を食える、病にならねえ、死ぐなんつうのはいつかのことっていうのは、この四、五年のことら。人間の類は何万年と、いつも食う物はねえ、流行り病は目の前、死ぬなんてこたあごく普通の毎日らったけんね」

「あ……え」

「病や死を恐れてはなんねえすけ」

「ま」

「ついでにゆうと、母ちゃんは、長崎にあんまりいると原子爆弾の見えん悪さがやってくる気がしての、それに、父ちゃんの行方が分からん、飯も食えん貧乏、そんで、こん村上の父さん、母さんのところへ帰ったけん。原子爆弾のあった四ヵ月後」

「うん、そうら」

「うんと生きれっしゃ」

「あえ、はい」

騏一が答えると、母は、おいーっ、俺は、幼稚園児や小学生でねえら、両肩を抱いて、その上、文字通り、「しく、しく」と泣きだした。

決して悪くはない、母多津の全身の温みがやってきた。そういや、駅前旅館で食器洗いもいっぺこと大変らしい、既に五十代の手の裏の荒れ方、染みの点点とした多さだ。

母に両肩を二つの肺と手首と手で包まれながら、騏一は、原子爆弾の件は辛《つら》さを過ぎるてえへんなことだし、これからも尾を引きずるだろうが、個人というより、日本人、否《いな》、人類としては、科学への無条件の信仰の怖さが根っこにあるような……気がしてくる。でも、科学の力でアメリカに負けた……科学の一つである化学で抗生物質が発見されて結核が救われつつある……テレビも見れる……盥《たらい》から解き放たれて電気洗濯機が回ってくれる……。

けんど。

負けねえって……。

決意ばかりを、騏一は、しっかり持とうとする。

3

深夜の十一時、少し前。

背丈の低い木造の村上駅だが、当分、見ることができないと思うと、暗がりの中の表札の二百倍ほどの駅名の横看板、出入口の柱、左隅の便所すら、よくは分からぬが茶道の極意らしい〝一期《いちご》一会《いちえ》〟の言葉を喋るように映る。

母の多津は、なお、萎《しお》れている。

駲一だって、上京の餞《はなむけ》に、決定的なことを告げられて、わくわく気分は半分に減ってしまった。でも、我れながら思う、精精《せいぜい》半分なのだ。生涯、零《ゼロ》から、いんや、マイナスから出発したと考えれば良いらあて。

それを心にきちっとさせて、次を、次善、できる限りのあれこれをやるしかねえら、精一杯……そんなにうまくできるかのん。

駅舎から、当分はお別れと、村上の町へと伸びをする。

漆黒の闇の彼方に、闇より黒黒と、聳《そび》え立つ山岳が見える。よっし、この山脈を越えて、かつての越後の人人のように、希望を持って、当たり前、挫《くじ》けたり、失敗するのはごく普通のこと、それでも、その先を生き、挑んだ、先達のように。そう、越後の山山の向こうに、新しい生を。

「いたら、いた、いた。うひょー、大瀬良の駲一めっ。俺、俺、俺、浅野一郎太ら。万歳ーっ、万歳ーっ、大瀬良くーん。大学合格、万歳ーっ」

うへーい、恥ずかしい、東大に合格したんじゃないのん、小学生一人分の身の丈ぐらいの横断幕を持って、近所の郵便局で働いて、近頃は、大きな中央郵便局で配達をしている浅野の兄さん、浅野一郎太が近づいてくる。横断幕の、もう一方の端《はじ》を、その弟の、次郎助に持たせている。弟の次郎助は、中学をこの三月に卒業して、集団就職で、もうすぐ上京するはず、鉄鋼会社の職工となると聞く。次郎助は、恥ずかしがって、地べたを見ている。よし、東京で会って可愛がってあげるら。

「あの、わたし、お見知りおきでしょうが、矢部先輩の一《いち》の子分、イトウジュンです。この四月から働くところがないので、神戸へと出て、俠客の見習いをしたいらて、けれども、やっぱり、社会を知ってからと、七日後、東京へ出て働きますわ」

畏《かしこ》まって、東京弁と紛《まが》う話し方をして、そういえば、とっぽい矢部浩にいつも頭を反らして従っていた一学年後輩の、鼻髭をもう生やしているのが、す、す、すっと近づいてきて、握手を求めてきた。背中に、赤ん坊を背負うみたいに、チューリップ、水仙、菜の花を、赤い帯で担いでいる。思い出した、伊藤淳と書くはず。

「矢部先輩は、もう七日前に東京は駿河台の近くの、ジンボウ町《ちょう》のアパートに入り、わたしに言つけを。どうか、受け取ってくらっさい」

ひょいと、伊藤淳は屈んで、背中の荷の花束を騏一に手渡した。その伊藤の目つきは、一度だけ東京は上野で見た、かの西南戦争の西郷隆盛像のように、おおどかにして、どこかでとぼけていて、けれど、ぎりりとしている。

「おお、おお、大瀬良の青年」

黒塗りの、大袈裟と格好良さと贅沢の三つを兼ねたような黒い車から老人が出てきた。この前、訪ねてきた三十男のうち一人も、運転席から降りてくる。

あれ、村上では見たことのない形と色のセーラー服姿の女子高校生らしきが、倉松右衛門老人の後ろについてくる。許される髪型か、男の五分刈りみたいにして、でも、剃刀《かみそり》で削ったようなボサボサ頭で、けんけんしながら、まるで見送りなど無縁なような雰囲気だ。

「大瀬良騏一くん。お目出とう」

倉松老人は、冷えて、染みと皺だらけの両手で騏一の両手を握った。

「日本と、アジアのために、大いに学び、遊び、無駄に無駄を重ねるのら」

「はい……世界に通じる理想を勉強しますら」

「ん？　まあ、いい。無駄の果てに、命懸《いのちが》けの道を見つけれっしゃ。赤い赤い誠の道を」

「え……」

「無理、無理ら」と騏一は思ったが、口を噤《つぐ》む。

「儂《わし》も老い、東京にはあんまり行けんすけ。けんど、目白の別宅の者には、きちんと伝えた、『田舎者だから、うるさくいうな』とな」

「あえ」

「大瀬良くん、三ヵ月といわず、四年、いんや、たぶん留年もするらろ、六年ぐらい住んでくれや」

「え……まあ」

「病院が、あの、あれ、必要となったら電話をよこせ、儂が生きとるうちに」

「あ……え」

やっぱり、倉松老人はあの件を知っている、病院紹介の件を口に出すのは二度目だ。

「けんど、アメリカの、アジア人、黄色人種を舐めた思想、芸術的狡さを忘れんで欲しいら。もっといえば、西洋の、欧米思想の科学への土下座を」

出た、出た、倉松老人の愛国右翼へのしがみつき、郷愁が。白いものが、ますます増えて、しかし、なお、ぴんと反っている鼻髭を震わせる。

「あ……え」

村上言葉でYES、「はい」の意味の「あえ」と躊躇《ためら》いぎみに騏一は口に出した。

しかし、根の根では、当たっている気がしないでもない。科学の最果て、粋《すい》、極が、原子爆弾……らて。

「おい、ムラサキ、挨拶を。あ、これ、三人の娘にできた孫の一人ら。一番出来が悪くてのう。生意気ら。けんど、祖父、母親への思いやりはあるらあ。目白の、うむ、学習院の付属の高校に通っておる。皇尊《すめらみこと》の養育の場でありますゆえ、あやかりてえの」

「えっ……え」

騏一だって知っている、学習院って、学習院で、なんか血統において凄く偉い人の子弟の通うところ。

「あたし、モリムラサキですーっ。モリは木《き》が三つ、ムラサキは紫式部の紫よ。いいでしょ？」

制服少女は、けんけんを止め、やけに白くて頑丈そうな右の八重歯《やえば》を剝《む》いた。美人では、決してない。色も、歯を除いて、昆布までいかないけれど、コッペパンの表皮みたいである。青木芙美子、許してくれっしゃ、けんど、目許というか、目つきが、今時の女にない、従って過去にもいなかったような男を食うごとき、狼《おおかみ》もこんなものか、野性味を帯びた輝きを宿している。

「やあ、やあ、大瀬良騏一くん。ふひっ、ひっ、ひっ」

自分より五センチほど背の高い紫の、変な形の頭を撫で、倉松老人は、かつて見せなかった、笑いをする。髭が、心なしか、垂れる。将棋の飛車角ほどに張った顎を、丸く、崩す。どげえに、ごりごりの思い込みをする人でも、子供や孫の血縁に弱いのん。

「いや、やがて、この紫が、成長した時は、あえ、あえ、騏一くんの嫁の候補に。そうら、民族の血は、ますます、いや盛んに」

こんな早口、ひそひそ言葉を倉松老人はできるのかと感心して、すぐに、騏一は、違うら、とはたと気づく。

でも、急行『羽黒』に間にあうのかと、みんなが寄ってくる。

右翼でも、筋の通っている右の極《きょく》は、いっぺこと、途徹もなく、懐《ふところ》が広い。つまり、そのう、一歳十日で長崎で、四キロのところで原爆に同居《どうきょ》した男に、孫を、嫁がせようとすら考えている。あり、か？

「あら、大瀬良さんとやら、よくよく見ると、ちゃんとしてるね。男ってゆうの？　男らしい、でかい口と平べったい鼻は欠点ね。でも、拳《こぶし》みたいな顔。悪くないって。ううん、男が匂って、あーら、素敵いーっ」

紫という高校生が、なんと、騏一の額を、人差し指の腹で突っつく。温かく、肉づきの良い指だ。

「大瀬良、騏一いーっ。そういう、プチ・ブル趣味の女子《おなご》、それに、大右翼の、ヤクザのあがりを吸ってるやつらと付きあっては駄目らーっ」

一・五メートルほどの「祝、大瀬良騏一君、大学合格」の、とっても恥ずかしい横断幕を拡げたまま、郵便局員の浅野一郎太兄さんが、倉松老人、三十男、紫の前に立ちはだかる。

「おいっ、大瀬良、騏一いっー。もう、ナチス、ファッシスト、天皇主義者、軍国主義者、右翼は歴史のゴミ箱に捨てられたらてっ。見よ、歴史はソ連、新中国の成立、キューバ革命、今はヴェトナム革命の進行と、労働者階級の勝利の時代へと、かがっぺく進んでおるらあっ。老人っ、老人っ、聞いてるけえ?」

うーむ、浅野の兄さんは郵便局の組合、全逓《ぜんてい》の分会長とかになったというが、四年間で〝歴史のゴミ箱〟とか〝階級〟とかいっぺこと勉強してるろうと騏一は驚く。

「ふむ、ふむ」

けれども、倉松老人は良い笑いをして、余裕の体で拍手までする。その拍手は、浅野一郎太兄さんの演説を呑み込んでしまう変な乾きの音を、駅舎以外は闇だらけの深夜に響いていく。

「おいっ、せっかくの大瀬良の大事な日に……あ、おはんなれすた」

その闇の、タクシーの乗合い所やバス停のあたりから、ぬっと、へえ、あの、この深夜の顔つきみたいにして、高校の教師の鈴木哲男が、現れた。

「歴史が、正しいとされる目標に向かって進むとか、必然とか、誤りらろう。大瀬良、上京したら、年に一度ぐれえは葉書きでもくれや。そろそろ改札口を通らねえと、乗り遅れるぞ」

教師の鈴木哲男は、奇妙に哲学じみたことに、いかにも教師らしい細かい気配りを足した。けんど……飲んだくれてのニヒリストに見え、実の経験じみたものをも語っているようで、悲しい味がある。

「そう、騏一」

母の多津も、促す。

「あらーっ、大瀬良くん。これから東京？　大学に受かったのお？　おめでとう」

待合室から、かなり白白しいけれど、きちんとできごとを隠す言葉を出し、『赤い鶏頭』の咲ママが現れた。急に若返った雰囲気なのは、気のせいか。

「だったら、餞別代わり」

青い地に赤い蜻蛉《とんぼ》が飛んでいる手拭いに包んだものを、咲ママが、ちょっとだけ俯きながら手渡した。

——二十三時三十二分発、上り上野行き急行『羽黒』が、レールを軋ませ、ゆっくり、ゆっくり進み始めた。

ああ、やっぱり村上は〝三ケ《さんけ》〟の中の〝情け〟のある町と、ホームで見送る人に騏一は窓の外へと迫《せ》り出《だ》し、手を振り続ける。

そして、また、この光景は、写真で見た記憶のある出征兵士の見送りに似ていると……だから、自分が長崎の被爆から四ヵ月以後ほとんど育った村上は古い町だと、気づいてくる。嬉しさと照れと、恥ずかしさに塗《まみ》れていくうちに、列車は速くなり、家の灯か、通過駅の明かりか、吹き消すごとく突っ走っていく。

二人の座れる席が向かいあっているボックスには、この就職、進学の季節に、二人だけだ。目の前の五十代ぐらいの女の人は、人間一人を包んでいるような大風呂敷と、少年一人を隠しているようなリュックサックを空いた座席に重ねている。敗戦直後の担ぎ屋は、もうほとんどいない。しかし、たぶん、魚貝類でも栄螺《さざえ》か鮑《あわび》ではないのか、匂いが風呂敷とかリュックサックから沁み出てくる。

「もはや戦後ではない」と、八年ほど前に、中学一年生の時に、社会の先生が胸を張って教えてくれたが、そしてそれは、経済企画庁という役所の考え方だと高校で知ったけれど、もしかしたら敗戦は延延として続いているのらろうと駅一は思ってしまう。八年ほど前は、一九五六年となるのか……。四年前の、60年安保すら、負けたことのない国がアメリカに負け、アメリカへの反撥と劣等感と心の棘の大きな騒ぎではなかったのか……のん。

日付けが変わり、新津駅に着くと、どかどか人が乗り込んできた。

「済まねえべしゃ」

五十代の陽灼けした女の人は、「よいこら、よいこら」と自らを励ましでかい荷物二つを通路へと移す。

「お互いさまらあ。済まねえすけ」

中年男二人もまた、大きな風呂敷から野菜が顔を出している荷物を通路に置いた。

村上への一時の別れの淋しさ、青木芙美子の住む東京への希望、原爆の影響の無気味さなどの興奮が渦巻きだす。

眠れない。

上野は遠い。あと、六時間以上だ。

――長岡に列車が着いた。

「ンべんとう、べんとう、お茶あん、お茶あ」

こんな深夜なのに、駅弁売りのおじさんが渋い声で商いに熱心だ。

騏一は、百五十円の虹鱒《にじます》鮨と、百十円の茶を買った。

東京へ出たら……。

居候《いそうろう》暮らしに早く慣れ、東京の土地を掌《てのひら》に入れ、いや、広過ぎて無理ら、新宿区、豊島区あたりを知って早めにアパートを借りて自立する。

そう、アルバイトをしないと、母ちゃんが大変、真剣に探すしかねえ。

それより、青木芙美子に電話して、なんとか口実をもうけ、会うことです……のん。早くしねえと、処女が危ねえこと。いや、もう遅いかの。いや、いや、諦めてはならぬ。うん、その準備に、なんと東京大学文科Ⅲ類に入った、青木芙美子の弟の強志と会わんといけねえつうこって。友達の利用は……引っかかるのん。やっぱり、これも自力でら。でも、青木強志はニヒルなところがあるけど、いい男ら。

大学では、大学では……いざ、入るとなると、あんまり、やることはねえの。そうら、第二外国語は、女に持てるためにシャンソンでも勉強する必要があるろう、フランス語で。イヴ・モンタンの『枯葉』なんぞ、すかして、けんど、冷静に、然《さ》り気《げ》なく、地声で、女子大生と合《ごう》ハイとかいう一緒のハイキングで歌ったら、それなりに人気が出るのではねえっか。いいや、もっといっぺこと凄いシャンソン、あえ、先の第二次大戦の前、ドイツに攻められ占領されようとするフランスの人の、なんともやるせなく、切ない心情を預けた、ダミアという女の人の歌う『暗い日曜日』を歌ったら、どんげか。あええ、青木芙美子の前で……。甘いの、甘いら。いんや、大学では、世界の政治を学ぼう。

それと、やることは、あええええ、原子爆弾と、生後一歳と十日の俺の、健康具合い……。今までは、自覚症状はなかったけど、これからどんげになるらろうか。

許せ……しゃ、青木芙美子さん。あのですのん、我らの時代、ゆえに、我らの青年の世代は、どうしても精神の愛、だからこそ結婚――と、肉への欲望が分離されるすけ、『赤い鶏頭』の咲ママとのことは精神というより心情と、あれへの欲が半半だったから幸せだったけど、純に……肉へ、も知りてえの。

他にも、あれこれ待っている。

あれ、もう、高崎ら。

い、い、い、い、きぎらききらて、気にかかることばかり、眠れねえら。いい……睡眠より、大事なことはあるらろう。あるら。ある。

とどのつまり……。

上野まで、ちょっとの眠りもしないかった。

あれーっ、上野の駅には、辿り着いたばかりの列車が、雪まで乗せたのがあり、三度目としても、匂いがあるろう。あん？　人の匂いか。そろそろ春も盛りになるのに、オーバーを着込んでいる人の肉のそれか。そういや、この上野には、北海道、青森、秋田、山形、岩手、宮城、福島、新潟、群馬……の人が東京に着く入口げら。早朝なのに、餃子《ぎょうざ》や焼肉や古着《ふるぎ》の匂いが漂っている。

ふふっ、憧れの青木芙美子も、こういう、ハイカラと反する、反現代の匂いを嗅いで上野に着いているすけ。よし、よっしゃあ。

それにしても、地方人を舐めて、欺き、弄《もてあそ》ぶ駅の作りそんものらあ。

迷う。

でも、でも……。

4

一九六四年五月下旬。

東京の緑は、あえーっ、と思うが故郷よりも綺麗に映る。

もしかしたら、錯覚か。煙と光が化学反応を起こしたどんより空なのに、オリンピックを控えて土が掘り返され、灰色で乾いたコンクリートの建物や道路が至るところで作られ、だからこそ逆に、銀杏の若葉、欅《けやき》のみずみずしい新しい葉、楠《くすのき》の衣替えの初初しい葉、道の端の端に生える雑草と、故郷の村上以上に目ん玉を擽《くすぐ》る。

ついでに駅一は思う。一と月半前の東京の桜は、故郷の村上の桜より、遙《はる》かに見栄えがするらあと。東京は新宿区の進学高校から大学にきた同じ学部の、語学で分けたクラスの同級生は、「染井吉野《そめいよしの》は北海道を除いて全国的に咲くけどさ、なんせ江戸末期に江戸の植木屋で発明された種《しゅ》なんだよ。ゆえに、太宰治が見た弘前城の桜、梶井基次郎も見たはずの大阪造幣局の桜の根源は、ゆくゆくの東京さ。分かってるよな」と、澄まし顔の、下への目線でいったのだ。教室なのに、鼻穴から煙草の薄い煙まで出して、吹きつけ。

ふん、こん、東京の気障《きざ》っぺ野郎がのん。

「いいや、村上訛り、違う、村上弁、それも不足でねえっか、日本本来の土着語というのが正しいら、うむ、今は、東京は山の手あたりの言葉を標準語とするけれど、そんな言語の書き言葉では二葉亭四迷の、えーと、明治中頃、そ、日本史で学んだ一八八七年の小説、『浮雲』以来から。喋り言葉の〝正しい〟のは、大正十五年、おっと一九二五年のラジオが始ってから。しかも、東京人が勝手に思い込んだ、ま、使っていただろうけど、東京地方語らあ」

高校時代以来の、上京してまだ会っていない、とっぽかった矢部浩のこんな主張を、騏一は、やっと自分のものとした。とっぽいやつには、世の中を斜めに見る分、真正面からは見えないところが、きりっと見えるらしい。矢部に葉書きを連休前に出したら「済まーん。急に女に持て始めて、それが乱れて、会えんらて。もう、一ヵ月待ってくれねえっか」とあった。

けんど。言葉については、本音の中の羞恥心の隠されたおのれ騏一の正直な憤激の考えがあり、拘《こだわ》ってしまう。通用しねえすけ。でも、上京して、大学、倉松老人の東京の家での話、雀荘《じゃんそう》でのやりとり、あかの他人との会話では、どうしても村上土着語を隠し、神経のみか、髪の毛、肌、唇の肉と、かなり削って殺《そ》ぎ、磨《す》り減らす。

「また、朝寝だか？　大瀬良の餓鬼んちょは」

朝の七時に、母屋《おもや》とは別の、六畳と台所と便所つきの離れのちっこい玄関から、例によって、青森は津軽出身の、六十代半ばの、この家の「あだすは舎監《しゃかん》だびょん。怖い管理人だあ」という繁《しげ》婆さんが、遠慮とゆう道徳など学んでいないらしく、襖戸《ふすまど》を、どーんと叩き、ずかずかどころか、村上の雪解けの雨垂れごとくに、ど、ど、どと慌ただしいリズムで、騏一の返事も聞かずに入ってきた。

「大学は、学問が一番のところだべい。ちゃんとやっとるだか、ほれ、じゃんご者《もん》」

繁婆さんは、掛け布団を毛布ごと剥《は》がし、否応なく騏一を起こす。

「繁婆さん、いや、もとい、繁姉さん。『じゃんご者』とは何ですかあ」

「あんだのことだ。じゃんごは在郷《ざいごう》と書くはずだべい。田舎者という意味だもの、はん。背伸びして、慣れねえ標ずん語を話す、おめのことだあ」

厳しくて、本質を見通してることを繁婆さんは、いけしゃあしゃあと口に出す。

「あ……え」

「『あ……え』でねえの、『はい』と潔《いさぎよ》く、短く、はっきり喋れじゃ。大瀬良の餓鬼んちょ」

「あえ、あ……はいっ」

「んだ、んだ。あんだ、津島家の駄目息子の小説コを読んだことあるべ？」

若い頃はそれなりに美人であったろう鼻の高さと、両目の涼しく整っている顔形に、顎の下の梅干しの種の凝り固った痼《しこり》が残念だが、繁婆さんは胸を張りながら、敷布も剥がしていく。

「いいえ」

「はん、この不勉強、浪漫《ろうまん》を知らぬ、はんかくさい餓鬼んちょ」

「済みません」

因《ちな》みに、この繁婆さんが騏一を決めつけて出す言葉は田舎者の意味の〝じゃんごもの〟と〝はんかくさい〟で、後者は、知恵が不足しているという意味と何となく分かる。

「太宰治だあよ」

そうか、そういえば、太宰は津軽の出身、この繁婆さんも津軽の出と、騏一は合点する。

「『斜陽』を読んだことあるだか、餓鬼んちょ」

「あえ。いいえ、はい、飛ばし読みですけど」

『走れメロス』は教科書で読み、『人間失格』は女が別の男とできる場面で放棄し、『斜陽』は希望がないようなあるような印象しか寄こさなかった。いや、もっと別な……ことも感じたけれど、それは何だっけ？

「はん、きちっと読むべし。『斜陽』には、日本一の東京弁のビがあるのでしゃ。とりわけ、喋《しゃべ》りのところでやあ、主人公の姉《ねえ》ちゃんの話《はなし》コのところだべ。これ、餓鬼んちょ」

「ビ？」

「美しい、という意味だものにゃ。太宰治があんだら美を東京弁に実現させたのは、どんだらわけか解るか。原因があるどっ」

繁婆さんは、騏一に質問を投げかけながら柱時計に目をやり、手拭いを被り、叩《はたき》で鴨居の塵《ちり》を払いだす。確かに、『斜陽』の話し言葉には、地方の青年には、かがっぺい、眩《まぶ》しいほどの東京弁の極限の美しさがあったと騏一は気づきはじめる。

けんど……なぜ、太宰治には可能だったのか。

「解りません。教えてくらーさい」

「簡単には教えられね、おらほの町の文学のヒーローの苦しみの果ての大成功を。ほれ、飯《まま》を食いっぱぐれるどもしゃ。ばんばを早くして、顔を洗って、歯《は》っコを磨け」

ばんばの意味が分からないが、たぶん、大きい方の便だろう。そういえば朝飯は、騏一が前の日までにいわない限り、倉松老人の長女の寡婦の森未亡人と、その一人娘の森紫と三人で食うことになっている。

　ここは新潟の村上と違い、ぼったん便所ではなく腰掛け式の水洗便所だ。清潔なんだろうが、水が、春先の雪解けの三面川《みおもて》のごとくに迸《ほとばし》り、緊張する。でも、入る。便所の中についているごくごく狭い洗面台で、毎日見てても飽きないのが不思議そのものだけれど、四角くそのもので、鼻が平べったくて、女に持てそうもないおのれの顔を鏡の中に今日も今日とて発見し、歯刷子《はぶらし》に歯磨き粉をまぶす。

　あ、いや、そのう、太宰治の美学の一つについて……話し言葉の凄みの根拠について……知りてえのん、いっぺこと。

「繁姉さん、あのですね、そのうち、麻雀が上手になって勝ったら、銀座まで遠出して『千疋屋《せんびきや》』で、メロンか苺《いちご》を土産に買ってきますら」

「あだあ、偉え志《こころざし》コ」

　便所の扉のあちらで、急に嬉嬉《きき》として若返ったソプラノの甲高い声を繁婆さんはあげる。村上も、津軽も、東京も、村上弁の〝おまいすこき〟、つまり、お世辞をいう人間は重宝される……のか。

「だら、大瀬良の賢人《けんじん》青年。教えてやんべえあ、大三元《だいさんげん》、四暗刻《すうあんこう》どころか、天和《てんほう》の八百長、いんや、テクニック、んだ、んだ、積《つ》み込《こ》みの芸術の技を」

「えっ」

　便器に腰掛けながら、騏一は、あの最中に立ち上がってしまう。この三週間、覚えたての麻雀で、やっと、役《やく》と、点数の数え方を知り、面白さは大学の授業以上と知ってきたのだが、大三元《だいさんげん》や四暗刻《すうあんこう》など夢の夢、ましてや、配牌《はいぱい》で既に上がって『ロン』となる天和《てんほう》など……。〝授業料〟だって高くついて、東京出身で高校時代から麻雀をやっていた大田昭一という同級生から鴨《かも》にされ、来月はアルバイトをやるしかなくなっているのだ。この繁婆さんは、太宰治のこと、麻雀のことでこんなに凄いのなら……はあ、とんでもなく、いっぺこと、文字通り、聖人げら。

「あのですねえ、繁姉さん。太宰治のことより、麻雀の極意を。おおぎに……ら」

再び便器に尻を落とし、騏一は本音を口に出してしまう。

「この馬鹿っけえ。おめの麻雀は、せえぜえ平和《ぴんふ》の手。そもそも麻雀は、他人の心を理解する四人での遊び。けれど、人生にとっては平和《ぴんふ》なす。もっと、もっと、大きいことを知らねばやずがねよ」

掃除はサボっているらしく、繁婆さんは便所の扉の五センチぐらいの隙間のところだろう、説教を垂れる。

あえ、そうらった。太宰治の文章の美《び》についてだった。

「良《え》か、餓鬼んちょ。うんや、銀座『千疋屋』のメロンと苺と桜んぼと梨と柿の優しい将来の配達人、聞けや、聞け」

「は……いっ」

「あんだの『おおぎに』、つまり、『ありがとさん』は、元は関西の京の都の言葉。つまり、越後、新潟は、江戸の時から、文化盛んな西からあれこれだべい？　残りは、蝦夷《えみし》のいろいろ残る東北の文化。楽ちん、楽ちん」

「はあ」

　いっけねえ、立ち上がったら、やっと大きいのが出かかってきた。

「んで、東北、陸奥《みちのく》の、救いがてえ青森弁で上京したのが、太宰治。はあ、実のお父《ど》は貴族院のしぇんせ。東大に入っても、訛《なまり》は津軽のそれだ。新潟の村上どころじゃねえど、あん？　銀座のバーの女に気に入られるために、どんだら苦労したか。あん、悲し……いっ」

　何やら、切実なる声を繁婆さんは吐くので、騏一は便所から出た。

　ありゃ、繁婆さんは、本当に、ぼろぼろ、水道管の漏れみたいに涙を零して、萎《しお》れておるが。

「あ、臭《くせ》え。しっかたねえ、パワーっコがある、若い人のばんばは。水コに流しても、ふうらふら、漂うど」

「済みません」

「本当に困るども。んで、大事なこたあ、太宰治は、故郷では選ばれた青年でも、東京では、極小の男だあ。言葉でしんどく、そこで、歯を食い縛って考えたども」

「ほお」

「『ほお』でねえだすけ。負けている、劣ってる、通用しねえの、どでけえコンプスコで悶えただもしゃ」

「コンプスコ」は、コンプレックスとは思うが、ここは、どうでもいいのらて。

「えこきふりの太宰治しえんせは、えこきふりだから、何とか脱出しようと四転八倒しただあね。えこきふりは見栄《みえ》っ張りのことでや。それを振り捨てて、壁を体当たりでぶっ壊したども」

「あ……うーん」

少し、いや、かなり、騏一は解りかけてくる。劣等感を大事にして、こだわり、前向きに格闘する、これらろう。おのれ、騏一にとっては、村上の土着語、容姿のぶざまさ、何より、原子爆弾の、よく未来が分からぬ不安と肉体のこと……。

大事、大切、かけがえのねえ、かがっぺい繁婆さんの忠告だ。

「あ、行がねば。朝飯の儀式がはじまるども」

心から、本当に、感謝ですのん、繁婆さま。

そうら、青木芙美子に接近するには、ここいらのコンプレックスとの格闘を克服してからだ。

——母屋の食堂だ。

「遅かったので、もう始めてましたよ」

森未亡人が「定められた時間においでなさい」といわんばかりに、右眉をひくひくさせる。未亡人というと西欧文学のように蠱惑的に聞こえるが、四十三歳で、両目が幕末の刺客のように三日月型で怖い感じ、名前は、澪《みお》だ。厳格な倉松右衛門老人にしては、なんとなくロマンチックな名のつけ方だ。海や川の、底の深い脈脈とした水路が澪のはず。そう、三面川の青みの深い流れを思い出す。

「噂通り、女の人に持てないのかしらね、騏一さんには電話なんかかかってこないのね。手紙がくる感じもないしさ」

一人娘の森紫《むらさき》が、自らの素肌みたいな色に焼いたトースト・パンを引き千切り、けっこう大きな口に入れる。口が大きいのに、両目は倉松老人に似て狼みたいな印象で、弱っちい男なら丸ごと食べてしまいそうな雰囲気を醸し出す。

「それなのに帰りは深夜とか早朝……何してんの?」

制服に着換える前のワンピース姿で、森紫が、大きな口の前唇を尖らし、ナイフをきらりとカーテンから漏れてくる朝日に光らせ、フォークで卵焼きを口に放る。

「おまえと違って大学生なんだよ、大瀬良さんは。でも、やっぱり、夜は一時前に帰るようにしないとね」

ここのパンとスープとハム・エッグなどの一品つきの食事のように、森未亡人もまた窮屈なことをいう。騏一は、この欧米風の朝食が苦手だ。だから、大学ではまず学生食堂に行き、納豆御飯を食い直す。

「はあ、麻雀と映画と……いろんな友達と日本と世界の情勢について話したり」

三つ目のことは嘘に限りなく近い。友達は同級の雀友《じゃんゆう》六人ぐらいしかできていない。それも未だ浅い交遊……。

でも、これからは、繁婆さんの忠告通り、田舎者、醜男《ぶおとこ》、原子爆弾の陰《いん》と陽《よう》の影と真正面に向きあい、ぶち壊すら。

その一番の道は何であるろうか。

「食《け》、食《け》……食わねはやずがねよ」

テーブルの脇に立っていた繁婆さんが、騏一に屈み込み、こんがり焼けたトースト・パンを差し出した。有りがてえら、だが、騏一の次への飛躍の思いが途切れてしまった。

「ねえ、騏一さん、大学生ってサークルとかに入って、他の女子大生を呼んだりして、活発なんだって。騏一さんはどうなの？」

森紫が立ち上がった。

「え……うん。ぼちぼち」

大学では、やっとサークルの勧誘の時期が終わり、静かになっている。もっとも、新聞やテレビで見た60年安保の騒ぎなど嘘のよう、学生運動の活動家は数こそどこの党派も三十人か四十人ほどで、こそこそひっそりなのに、スピーカーの音だけはやけに騒がしく、時折、大叫びして困りもの。

そうらて、どこかのサークルにでも入ろう。

「ね、秋には大学祭があるんでしょ？　連れてってよ、騏一さん」

「あえ……いえ、いいですよ。もとい、いいよ」

まだ東京地方語の気分の微妙さが分からず、騏一はつっかえつっかえ答えた。なお、「うん」、「はい」、「そう」、「そうだ」、「いい」、「いいよ」の曖昧さの中の区別が相手によるとは分かるが、使えない。

「その前でもオーケイよ、騏一さん、大瀬良さん。そうなの、来週、中間テストが終わるのよ。ね、ね、考えておいて」

青い布地が波打つ臈纈《ろうけつ》染めの暖簾《のれん》を、森紫が潜りながら、振り返った。

あ……え、狼の目が緩《ゆる》んで、春朧《はるおぼろ》の満月のお月さまのよう、尻も急カーブで天井に吼《ほ》えていてワンピースが邪魔なふう、悪くねえらって。小さく尖った唇も吸《す》い甲斐《がい》がありそう。

「紫《むらさき》っ。校則で、校外の男女交際は禁じられてるはずでしょっ。そもそも、女の方から誘うなんて、お父さまが生きていたら、どんなに号泣《ごうきゅう》するか」

森末亡人が八畳の食堂全体を斜めに切り裂くごとき甲高い声をあげた。もっとも、騏一は「お父さま」がいつ、何の理由で死んだかは知らない。知らないけれど、奈辺が東京のモラルとは、この頃、知ってきた。それでいくと、東京の女に対する態度、位置取り、道徳は、素人の女とは結婚前は精神、心、プラトニック・ラブで為し、性的な願いや欲は旧遊郭とか赤線・青線の跡やトルコ風呂でとくっきりと区別していることだ。故郷の村上では、夜這いの風習は聞かなかったけれど、精神と肉体の線引きは、『赤い鶏頭』の優しい咲ママのごとく、霞《かすみ》がかって、模糊《もこ》として、心も情も軀も高校の数学Ⅲ《さん》の集合論で学んだように互いに包含《ほうがん》しあっていた……のに。

「あなたのお父さんに聞いてよ、お母さん。お母さんみたいに狭くないわよ。厳しくて厳しくて困っちゃうお爺さんすら、男と女のテーマが、政治、社会、文化の根っこと考えてるわ。ふんっ」

一旦、青い暖簾を過ぎた森紫が上半身だけを戻し、母親を睨《にら》んだ。狼の目ではないが、飼い主の餌が足りないというような我が儘なる犬の目だ。

あええ、観《み》たことはなかったけれど、『十代の反抗』とかの映画が七、八年前に流行ったこととの記憶が騏一に蘇る。村上の娘達は親には口答えなどまずしないわけで、驚く。父親が長崎の爆心地で死んでずうーっと不在のおのれ騏一は、母親に文句があっても決して口には出さなかったし、大きい流れで、根の根っこから母親に感謝してきた……。

ここは、東京らて、東京。

憧れの青木芙美子も東京に住んで四年以上、芙美子に接近するためにも、少しは、他の若い女の心を分析できるようにならんといかん。

――離れに戻り、学生服に着換えようとして、そういえば大学では制服姿は地方出身の学生を中心に全体の三割以下、村上から出てくる時にいただいた餞別がまだ祝儀袋に入れたまま四人分も残っていて、小さ目の洋服箪笥の引出しから出して数えると、なんと、話に聞く二百ccの売血一回が五百円でそれを二十回やったぶん、一万円ばかりあり、しめた、これで、ブレザーとズボンが買えると嬉しくなった。あれっ、爆心地四キロにいた男の血でも買ってくれるけ？　とも、売血は視野に入れていないけれど少し引っかかる。

それでも……だのぅ。

新しいブレザーとズボンを着たら、かがっぺい、憧れの青木芙美子に近づける第一歩ら。甘いかのう。四月の終わりに創刊された『平凡パンチ』つう週刊誌では、どうも「セックス」「自動車」「メンズモード」の三つが売りのポイント。その表紙のイラストも、アイビー・ルックとかゆう、ようけ分からんのが出ていて、芙美子しゃん、どんげになっとろうもの。

「大瀬良の餓鬼んちょ、新聞ｺ読んで行け。大学生になったら新聞だば読まねばやづがね」

繁婆さんが離れの敷居に新聞紙の擦れ合う音をさせた。騏一は母屋で読みそびれても大学の図書館で必ず読む。第一、騏一の大学だけでなく他の大学でも新聞を読まない学生などいない。

やっぱり、スポーツ欄から開いてしまう。

大鵬は強えの。強靭でかつ、他人の力を吸い込んでしまう柔らかで弾む力のしなやかな肉体に源泉があるろう。

えーと、政治面……。

へえ、部分的核実験停止条約の承認のことで、これに賛成する衆院の志賀義雄と参院の鈴木市蔵を共産党は除名らね。去年あたりから、原水爆反対運動は共産党系と社会党・総評系の勢力が分裂したと知っているが厳しいけえの。原因は、ソ連の核実験の再開にある……ソ連の核実験は「平和のためにＯＫ」、いや、「駄目」の争いらて。共産党はアメリカを第一級最大の敵としているらしく、それと対立するソ連の実験は良いとしているみたいだ。社会党・総評は「いかなる国の実験も反対」で譲らないげら。もっと勉強せんといかんけえけんど、いずれにしても放射能が降るし、原子爆弾や水素爆弾で、きっこに沢山の何万何十万の人人の殺しの準備つうのは、如何《いかが》なもんか……。そりゃ、鉄砲の威力を実験するのと、実地に使うのは別ものら……けんど、けんど。

騏一は、今年の三月の終わりに母に告げられた被爆のことがあり、ちょっぴり、感覚がその前とは違うと知る。当ったり前ら。

駄目ら、独り言も、呟《つぶや》きも、心の中の思いも標準の東京地方弁にせえや、おのれ騏一。

5

同じ年、一九六四年、六月半ば。

忙しく、せわしなく、気持ちがゆーらゆら揺れる日だった。ゆーらゆらなのに、東京の緑は梅雨の雨しとどの湿りで濃く、もしかしたらごく日常のことと見逃してしまったが、故郷の村上の遠い山岳も、近くの山並みも、実は、梅雨どきの緑こそ一番の綺麗さ、激しさ、命の迸《ほとばし》りだったのではねえっか。

どんより空なのに、東の空だけはそこはかとなく明るい中を、駅一は、大学へと歩く。

目白通り、というと聞こえは良いが、オリンピックがあるのに歩道は凸凹《でこぼこ》だらけで蹴躓《けっまず》きそう。青黒い煙を出す自動車の排気ガスに塗《まみ》れ、目白駅の上の道を進み、右手に森紫のやがて進学する学習院大学を見て、そのうち本女《ぽんじょ》、日本女子大を左手に「俺の大学はこの女子大生には持てるという話は、大嘘ら」と過ぎ、かなり急な坂を下って早稲田車庫に至り、大学正門に辿り着く。五十分の散歩となる。因みに、明治通りを新宿方向に行き戸塚警察署の先を曲がって登校するのは、時間はあんまり変わらないが避けている。途中に、ストリップ劇場があるのだ。入りてえら。見てえら。銭金で女体を鑑賞できるなんつうのは何と、おおぎにはやことらろう――とは腹の臍の肉の下の奥から欲する。けんど、いや、けれど、未だ連絡を、おのれの自信なさゆえに躊躇《ためら》っている青木芙美子の凛《りん》とした眼が曇り、蔑みの刃物のような生生《なまなま》とした斜めの刺り込みの光を想起してしまうのだ。

正門に向かう。

この大学で、もしかしたら唯一つの輝き、誉れ、美点は、階段を登るようにできている正門に、柵がないことではないのか。むろん、警備員もうろうろしていない。誰でも入れて、誰でも、出られる。そもそも、いろんな門がかなりあるけど、みんな、おおっぴらで開放的だ。

正門が唯一つの輝きと思うのは、授業の中身が薄っぺらか、権威らしきに頼っているからもあるだろう。教授は、教えている学生しか読み手のない本を教材として学生に買わせるし、学生も飲み会か何かあると、終《しま》いに「♪都の西北ぅ、ぅ」と矛盾、不満、格差などを下らぬ愛校心に任せて〝馬鹿〟そのものの心情。ろくな学問を教えてくれていないし、ナチスの頼ったゴットル経済学なんつうのを平然と教えているのに、学生も学問なんつうを探求する気も、信用もしていないのに、「♪学の独立ぅう」などと歌うのん。

ま、許してやるっしゃ。

というのは、早くも駪一はこの大学の学問で真実に近いものを得るなどという空想を抱かなくなったのだ。「学生はまずまず普通だが、先生は駄目」との評判が当たっていた。

学問をやるのなら、教授や講師に従って勉強するのでなく、あくまで自力で、だ——これを教えてくれただけで、この大学は少しは意味があるろう——政治学概論、日本政治史、国際政治史、財政学の授業でこの貴重な考えを我がものにした。

けんど、例外はある。

駪一は、ゆったりと坂になっているところで、口を結んでむっつり党派の小さな権力争いに黙り学生を睥睨している大隈像をちらりと見上げ、そして、60年安保闘争の余波すら消えてなくなったという新聞の論調なのに、「ヴェトナム戦争反対——南ヴェトナムへの日本政府加担阻止！」とかのでかい看板だけが立派で、四、五十人ほどが「異議なーしっ」「ナンセーンス」と掛け声ばかりが元気があって全体としてはこそこそひっそりの集会を見渡し、内心は「こんな極少数なのに恥ずかしくねえっか」と羞恥心との格闘の学生活動家に畏怖をちょっぴり感じ、共通校舎へと歩む。

第二外国語のフランス語の授業が始まる。

出席者は四十人強だ、「語学だけは出席日数がうるさい」との評判で仕方があるまい。それに、フランス語はけっこう女子学生に人気があって、駅一のクラスには四人もいる。もっとも、憧れていたイヴ・モンタンの歌う『枯葉』の原詩や、ダミアの歌う『暗い日曜日』の原詩などをテキストに使う気配はない。噂によると講師はランボーの詩とモーパッサンの小説以外は無知とのことだ。

フランス語の講師が入ってきて出席カードを配りながら「きみ達は、どうしてRとLの発音の区別を解しないのかね。それじゃ、ランボーの詩など視野の外だよ」と言いかけると、学生活動家らしき色の青白く眉が俳優のように反って形の良い男が入ってきた。フランス語の講師は「いいよ、いいよ。どうぞ」と、そのまま出席カードを回収し、嬉嬉として外へ出て行ってしまう。ふうむ、これがこの大学名物の〝クラス討論〟か。

「学友諸君、今日はクラス討論をしよう。ヴェトナムでは民族解放の闘いをしているのに、アメリカ軍はこれを圧殺しようとしている。黙って見てていいのか、新入生のみんな」

どうも自治会、いや、この学部は自治会は潰され、今は、学友会と名乗っているらしいが、その役員らしい、かなりの迫る力で一人一人の学生を教壇の上から眺め渡す。

「しかし、俺達は、ベルリンに壁を作って自由を抹殺するソ連、原水爆の実験を堂堂とやって、それを〝綺麗な核〟などと言い張る組織もまた許せないと思っている」

ほお、そりゃそうら……けんど、どうも60年安保以後の四分五裂した党派とか、あれこれいろいろあるらしく、青白い学生は両目を吊り上げ、上目遣いに睨む。でも、自信たっぷりだ。

「はーい、意見があります。あのですね」

フランス語で分けた学級の、確か久保沢拓というきっちり頭を七三に分けた学生が手を挙げると同時に立ち上がり、すぐに喋りだした。

そしたら、教壇の方の出入口から、色黒で、明治維新の時の断髪令の直後でやり過ぎたように五分刈りで格好悪く髪をばっさり切ったような、学生運動というよりは相撲部か空手部の運動部の学生のようなごつい体格で、学生服のカラーのところもきっちり堅苦しいほどにフックをした男が、先客の青白い男に軽く頭を下げた。

「そんな遠いヴェトナムとか、戦後世界史をきっちり調べてからでは討論できないようなテーマではなく、身近な、この大学の便所の少なさ汚なさ、学バスのバス代の高さ、学食、つまりですね、学生食堂のあのまずさ、なのに高額、こういうところから出発すべきだと思うんです」

我が学級、一年P組の久保沢拓は東京の立川の高校出身というが、なんか中学生の学級会みたいなことを口に出す。あ、いや、都会の高校にはほとんどに民青、民主主義青年同盟の支部とか仲間がいるというが、久保沢もそうなのけ？　共産党の青年組織が民青のはず。

「おい、きみ」

青白い先客の学生が、怖いら、久保沢に、人差し指もまた白くて青い、きっと、向けた。

「出ていくとっ、赤《あか》の学生は。ほんなこつ、迷惑ちゅうて。学生は真理の学問が一番たい」

一年P組の雀友の宮野太郎が叫んだ。これは、大分出身で、要するに自民党ファンで、毒のない、政治色のない一般学生の考えだろう。

「待て、待てーいっ」

遅れてクラス討論にきた学生服の男が、少し前は軽い礼を送ったはずなのに、青白い学生をぐいと左手で退《ど》かし、教壇を占め、怒鳴った。一直線の怖さみたいなのがある。

「ごく普通に生きていて、去年十一月の三井三池炭坑爆発があって労働者が四百五十八人とたくさん死んだけど、きみ達は冬に石炭を使う人がなおいるやろ？　次に石油を燃料にするゆうても、炭坑で働く者は安全に生きる権利を持つっ。ちゃうかあ？　身近な問題だあーっ」

どこか時代が遅れているというか、少し、ずれている気がしないでもないけれど、なるほど故郷の村上の家では石炭ストーブだ。

「原水爆の実験を大きな国は性懲りなくやるけど、日本は広島・長崎で夥しい人が『熱い、熱い』と死んで、後遺症に悩んでいる人もぎょうさんおるっ。身近な問題、そのものだろう？　ちゃう？」

学生服の男は汗を憤きながら、喋る。

なるほど……学バスや学食より切実な問題らのん。

駅一を含め、教室は、静かになる。

そしたら、学生服の男は、「真の労働者階級の自立と、それと命運を共にする学生運動を」とか、ついには訳の解らない「一点突破、全面展開」とかを文字通りアジり、「六月十五日の樺美智子さん追悼の反安保集会へ」と黒板に集会場所の地図を克明に書き、さっさと消えてしまった、

「政府支配者の悪どさだけでなく、スターリン主義、つまり、ソ連とか日本の共産主義の悪質さも、

諸君は考えてほしい」

〃スターリン主義〃なんつう怖いような謎に満ち満ちて逆に新鮮なようなイデオロギー語を残し、青白い学生も消えた。

「おい、大瀬良、雀荘へ行こう」

前の席に、しおらしくいた、麻雀がかなり上手で、いろいろな役や点数の数え方も教えてくれているけれど、十分に騏一を鴨にしている大田、大田昭一が振り返った。

「最初のが、カクキョウドウ、カクメイ的マルクス主義派の活動家。次のが、シャセイドウ・カイホー派のゴリ。うちのクラスの久保沢は共産党、そんに、麻雀下手な宮野は自民党、ほとんどが揃っていたな、この大学のセクトが。それにしても『60年安保はいずこ』の力の無さだな。へっ」

60年安保を東京で高一を過ごした上に、麻雀好きとは、要するに他人の心を読むのが得意らしく、大田昭一は鴨になりそうな学生に片っ端から声を掛けだす。「今の時代に麻雀を知らないと、教授のプライドも、就職試験の面接官の心も読めないぜ」、「きみは数学で入試を受けたって？　だったら、一発で点数は数えられるから」、「いいって、点《てん》2でやっから。損しても、二千円、ううん、千円ぐらい」と誘いまくる。

「大田。俺は、人類学の授業を出るげら。いんや、出席するからのん、ううん、受講するぜえ」

「あんな時代錯誤の、助兵衛な授業かあ」

大田昭一の甲高い問いかけを聞き流し、少し後ろ髪を引かれながらも騏一は三号館へ向かう。

――――。

駬一が、人類学を教養課目の一つに選んだのは、入学式の後の単位取得の説明会の時に、斜め前の都会の高校出身と分かる言葉での「人類学の教授は、試験さえ受ければ単位をくれるって話だよ」に引かれただけだ。ほんの少し、四百万年前の猿人から、原人・旧人を経て、二十万年前から百万年前の新人となった人類の歴史の始原を勉強したいというのもあった。

ところが、違っていた。大学でこんな授業がありかのん、ほどで、人類の男と女の交わりと子をなすことが、それぞれの歴史のありよう、経済・政治・共同体・モラル・風習でどれほど駄目になったか、どれほど膨れたかを学ぶのである。

思えば、人類にとって最も大切なのは、国家でもなく、戦争でもなく、ゆえにその道具としての大砲や機関銃や原爆でもなく、道徳でもなく、思想やイデオロギーでもなく、男と女の惚れあいと助兵衛、そして、子供を産み育て……と、駬一は、単純に感心してしまったのだ。むろん、青木芙美子とのこれからのことを一番大事、一番重大、一番理想からきている。

けんど、違うかの？

「あのだよ、済まんな、買わせてしまってな、そのわたしゃの本を拡げてくれたら嬉しい。うむ、夜這いの分布図だ」

井伊《いい》玄之介《げんのすけ》と名前は厳《いか》めしいが、ざっくばらんというか、自らの権威に恥ずかしさ思う様子の教授が、七十人ぐらいの学生の前で、老いた顔の目蓋の染みにすらうっすら赤みを走らせていう。そういえば、この学部には女子学生が百人のうち三人か四人で少ないが、この授業には七人ほど出席している。

あれ、気になってはいたが、日本全国の夜這いが、西暦何年何月頃まで残っていたかの地図が、はっきり、日本列島の拡大地図に記してある。濃い黒さ、黒さ、灰色、白色と。

ほとんどの全国で、戦中まで、夜這いはあった！　東北は、うーんと多い。次は、関西と中四国だ。

村上では聞いたことがないけれど、本当はどうなのか。うーむ、白色……あええ、安心られえ。いや、調査ができない田舎っつうこと。

「江戸時代に一番搾《しぼ》られて、苦しめられて、屈伏と屈従のみが農民というは虚像だよ、みんな。百姓、農民こそ、性《せい》が自由だった。いろんな集い、祭りがその口火《くちび》だったんだね、そして夜這いだよ、みんな」

井伊という教授は「きみ達」とか「諸君」とか、貧乏講師が連発する「おまえ達」など口に出さず、「みんな」と言い、ほお、お、おと唸《うな》る考えを示す。

「当たり前、父親知らずの子供も、ちゃんと村で育て、守ったんだ。そりゃ、被差別部落民の縄張りもあり、一般民の縄張りとのあれこれはあったけどね。なあ、子供って宝なんだぞ」

四年間の授業の全てを教えてくれるような朗らかな笑いを老教授はよこした。

「あのね、あのだよ、政府系だけでなく民間の統計学者も危機感を持ってなく、今の時代の高度成長経済を信仰して、日本は人口増加が続くと思ってるけど、どうかな？　みんな、考えようや」

今は一九六四年、人口は増えっぱなしだから、そんなあ……。

駅一は、小学校の校庭での朝令《ちょうれい》を思い出す。小学五年の時、つまり一九四四年生まれ、昭和でいくと十九年生まれの自分が、縦長に男女別別に並び、両隣の列の甚しい長さ短さにいつもびっくりしていた。左隣りの六年生は少なく、右隣りの四年生も少なく、三年生から、一・五倍ぐらいに膨れ上がり、二年生一年生とますます多くなり、その時は、男と女の性、それも戦争によっての妨げなど分からず、「なんだぇすう」と不思議に考えていたっけ。

「みんな、日本は大家族で婆さん爺さんの忠告、父さん母さんの助け、ほかの叔父さん叔母さんの手助けの中での出産や子育てでなく、若夫婦が干渉を避けてじっくりのそれ、そして、女の人が働き稼ぐという世がくれば、よほど女の人への気配りがない限り、人口は減って、ついに日本は、滅ぶ」

そりゃないですら、井伊教授、と思った。が、もしかしたら、もしかしたら。

「がんばれ、みんな。助兵衛に炎を燃やせ。そのためには相手の女の欲と、希望を大切にするしかないですわな。はい、今日は、終わり」

教授が、出て行った。

許して、芙美子、青木芙美子さん。

夜這いのエネルギーの猥雑さの素晴らしさに突き当たったら、急に、むらむら、堪《こら》えがたく、あの、ひょんな、狼みたいに口が大きく時に裂けそうな、でも、時折「ふふっ、うふっ、うふん」と緩《ゆる》み挑む瞳と笑顔の、そう、森紫《もりむらさき》、その紫に夜這いをかけたくなってしまった。

しかし。

紫が勉強し、呼吸し、眠っているのは母屋の二階。母親の森未亡人の部屋のある脇の階段を登るしかない。登ってしまえば、繁婆さんの隣りが紫の部屋。あの、胸がでかく、尻が天を向いて、そのくせ、けっこう割り切っていそうな紫の肢体が……。

おいっ、おのれ、騏一。

この想像こそ、腐敗とゆうと違うら?

そもそも、森紫は倉松老人の歴《れっき》とした孫、夜這いがよしんば成功したとしても、そのままでは済まず、結婚するしかないのん。牡《おす》の蟷螂《かまきり》にされてしまうろう、牝《めす》に食われて栄養にされてしまうら。

——学生食堂で、カレーライス、納豆、菠薐草《ほうれんそう》のお浸し、それに無料《ただ》の福神漬《ふくじんづけ》をもりもり食べた。

そう、今日はサークルをどこにするのかの準備をしなければ。映画研究会か文学研究会のどちらかに決めるつもりだが、まずは映画研究会の部室を学生会館に訪ねよう。

汚れた外観の学生会館を見上げたら、電線がゆらゆら揺らめく。

どうやら、地震らしい。

証しに、学生会館の出入口から学生が外へと七、八人飛び出してくる。中にはトランジスタラジオのイアホンを耳に挟み込んでいるのもいる。

騏一は、かまわず、エレベーターではなく階段を登っていく。確かに、まだ揺れていて、慌てて階段を下ってきて転ぶ学生すらいる。

それにしても落書きだらけの壁だ。部室の中が想像できる。「反帝国主義反スターリン主義革命万歳」、「真の全学連再建を」、「挑発集団トロッキストを追放せよ」、「感性の無限の解放を」、「先進国同時革命!」と、学生運動の侘しい沈滞期の割には空《から》がつくとしても、元気だ。「蜂の巣城を守れ——本当の早稲田男、室原知幸と共に」なんつうのもあるけれど「蜂の巣城」って聞いたような、聞いてなかったような――そうだ、九州の熊本と大分の県境にあるダム建設反対で急峻な山の腹に小屋を作って立て籠もっているのが「蜂の巣城」らて。それにしても、意固地にして頑固ら、この室原って人は。その心を覗いてみてえのん。

落書きといえばこの大学の便所という便所の壁に隙がないほど多い。便所の場合は政治的主張五対猥褻《わいせつ》五で、少しは安心できる。もっとも、芸大に遊びに行った雀友の大田昭一によると「凄えゲージツ的な落書きだぞ、やつらのは。陰毛の一本一本を描いたり、思わず抱きつきたくなる派手で美しくしなやかなヌードだよ、便器に屈んだらすぐ目の前に」と頻りに感嘆していた。

「震源地は日本海の粟島《あわしま》らしいぜ」

「新潟に津波じゃけん、信濃川を遡っておるとよ」

「石油タンクが燃えてるらしい」

擦れ違う学生が、えっ、ということを口口に出している。粟島は村上から三十キロと花の新潟より近い。

サークル訪問は後回しだ。

駆一も階段を走って、降りる。

公衆電話を探す。どのボックスにも人が二、三人待っている。駄目ら。十円玉をポケットに確かめて赤電話へ。いかーん、すぐに切れる。そう、早稲田車庫前にピンク電話がある。十円が五個か七個か入るはず。走れ。

ピンク電話でも、村上の母のいる家には通じない。いや、駅前の旅館で働いている時間帯だ。かけ直すが、やっぱり、通じない。そうらて、大きな災害の時には電話は役に立たない……らしい。文明、科学って、いざ中のいざに、百歳の老人の骨みたいに脆《もろ》い……らっ。

――。

夕方六時、森末亡人の家の黒電話でも母の多津に繋がらない。

そうら、『赤い鶏頭』の咲ママに。

「何よ、騏一なの。ここは、石垣の石っころが崩れたぐらい。近くの岩船《いわふね》港に五メートルもある津波がきて、船が川へと押し流されて五隻ほどが橋下駄で重なったらしいけど。お母さんのこと？　昨日の朝、『これからちょっと九州へ旅で』って駅の待合室にいたわ。それより、騏一は、あっちの方を我慢できてるの？　我慢できないからってあたしみたいな女に引っ掛かっちゃいくないよ。大志《たいし》を抱いて本命を追うのよ、いい？」

咲ママは母親みたいな、実在しない姉のようなことを告げ、電話を切った。騏一は思わずうるうると目頭が火照ってしまう。もしかしたら、齢こそかなり上だが、咲ママと結婚する道もあるのではねえっか。自分は大学を中退し、『赤い鶏頭』のマスターになる……げら。けんど、料理ができねえら。銭勘定も苦手。つけなど取りに行けない。客に同情して、店は破産が必至らて。

そうら、と、気づく。

故郷の村上を思うと、心の呟《つぶや》きも村上言葉が出てくるのはいかがなものか。要注意ら。

それより、村上から上京した友達が気になる。まずは、とっぽかった矢部浩からだ。

「あのねえ、大瀬良の騏一よ、村上はどういうわけか地震の被害は軽いらしいぜ」

すっかり東京地方語になって、明治大学文学部に通う矢部は、下宿の共通電話のせいか、高校時代より低い声で、彼《か》の大スター石原裕次郎みたいなぼそぼそっとした語りでいう。

「おい、矢部、元気が今一つらな」

「うん、大瀬良。女に持《も》てて有頂天になってたら、三人の女に一気に振られてさ。東京の女は付き合いづらいよ。妙に繊細、利己主義、見栄っ張り、二枚舌どころか三枚舌でさ。今、五月病《ごがつびょう》に遅れて六月病よ」

「おいっ、おめえらって三人も掌《てのひら》に乗せてたんだから同じ罪らろうが」

「そりゃ……でも、村上の女と違い過ぎる」

「今週の日曜、久し振りに会おう。どげん？」

「いや、新しいのと逢い引き、おっと、おデートだよ」

こん野郎、矢部浩はいけしゃあしゃあと活躍の姿を口に出した。

「それによ、俺、東京では貧乏なのに、高校の時の子分で東京で就職したやつとか、子分の子分で中学卒業で上京したやつとかが『飯を』、『悩みを』、『次の働き口を』とやってきて、大学の学問どころじゃなくてさ」

面倒をちゃんと見る良いところがやっぱりこのとっぽかった矢部浩にはある。大学の夏休み前に会うことだけを約束しあった。

次は、青木強志だ。

本命中の本命、憧れて止《や》まぬ、自らの指で既に一千回を越して観念において交わっている青木芙美子の弟なのだ。落ち着けっしゃ。けれども、高校時代の親友二人の一人、逆上《のぼ》せる必要もないのではねえっか。でも、でも。

えーと、東大駒場寮の中寮《ちゅうりょう》の電話番号は、うん、これ。

「哲研《てつけん》の青木強志くーん、電話、電話だよお、電話ですぅ」

寮内放送が電話へと響いてくる。

騏一の最初の一年P組の学級会では、東大に落ちて早稲田にきたのが二割か三割、暗い表情で自己紹介をして、早稲田ばかりを狙ってきたのが五割で、地方出身に多く、「はい、尾崎士郎の『人生劇場』を読みまして、はあ」なんつうのもいて笑ってしまった——その東大落選組が「教養学部の寮生活は安い、自由闊達、のんびり、羨ましい」と東大の駒場寮を入試ついでに盗み見てきたらしく誉めていた。国家が作り、経営し、エリートを養成する大学とは、太っ腹らしい。

そこへいくと早稲田は、黙っているとせっかくの夜間の学部を「必要なし」を押してくる風《ふう》があるし、この大学の意義は教授や学問とまるで無縁に一人一人が勉強し、それも貧乏学生や地方の田舎者を受け入れていくところにあるのに、逆へ、逆へと歩みたがっている匂いがふんぷんと漂っている。

「あ、俺、青木ら、いえ、青木ですが」

「大瀬良ら、騏一だ。地震、おめんところ、大丈夫だった?」

「うん、大丈夫。でも、俺らの花の県都の新潟は石油タンクが赤い火と黒い煙で延焼中。現代の科学、化《ば》け学、工場って、人を犠牲にするな。災害に弱過ぎる。災害が起きなくても、今月の川崎の昭和電工の爆発で死人が十八人。この地震では、せいぜえ死人は二十人余ぐらいのはずだ。津波か建物の下敷きの死人は少ないだろう」

うーむ、東大生になると、分析がかなり広いし、深くなる。伊達《だて》に東京大学があるわけじゃねえのん。

「あの、あのさ、青木いっ」

「芙美子っぺ、うんや、芙美子、姉のことか」

「えっ、あええ」

「大瀬良、冷静になれ。俺は、姉を肉親の一人として大事と思っとる。芙美子っぺは兄弟、姉妹が多いので外へと出されてな、不幸というか辛さも味わったはず」

「ああ、そう」

「しかし、別の人格だよ、大瀬良、俺と姉は」

「あええ、ええ……いんや、そ、そうだな」

当たり前のことを東大生の青木強志はいうけれど、も、ちぃーっと情の濃さがあっても良いような……。うんや、自分の甘えらと騏一は悄気《しょげ》る。そう、自らのハートで、動きで、パワーで、らてっ。

「大瀬良騏一、ふっふ、今の言葉は、なんと三件も電話と手紙で、芙美っ子ぺへの、やんわり、遠回しの質問みてえのがきたからだ。いいか、姉ちゃんは、日本橋の酒造メーカーの重役秘書。危ねえ。それればかりか、なんと酒屋や、遠くの利き酒《ききざけ》の会で見初めたとか、なんと、村上の小中学校の上級生、同級生からもわんさか。この危機を知るっしゃ」

「あえ、さすが我が熱い友……感謝」

「いいか、もう一度、住まいの所番地、電話を教えるら。会社にかけるのは止めとけ。それとな、夜だって男や上司の誘い、習いごとで忙しい。しかも、おまえと同じ居候みてえなもん。日曜の朝を狙え」

「あえ……でなく、うん」

忘れるわけがなく暗記している青木芙美子の住まいと電話番号だが、騏一は、胸ポケットから万年筆を取り出す。

「あのよお、大瀬良。夏休み前に、一杯、やろうよ。俺、今、駒場でダイカン法の総括、つまりだ、大学管理法案の闘い方や共闘のあり方とか総括とかでうるさいけど、もっと大事なテーマがある気がして……何も知らんし、知ろうとしねえおまえとか矢部浩と話したいらて」

「いいぞ、いつでも」

よっし、背伸びしての東京地方弁が出てきた。

「大瀬良、姉ちゃんへのアプローチは急げよ」

アプローチとは接近の意味、青木は、名残り惜しそうに電話を切った。

故郷の友達は、断然、良い。懐かしい。大切で、嘘のないことをいう。

けんど、でも、でも、やっぱり、東京に出てきたからには、全国の中の友達を作らねえと。だって、甘えていては、互いに許しあっていては、どこかで、おかしく、懐《ふところ》が狭くなる。

――――。

「あのねえ、十日振りの夕飯に、大瀬良さん、顔を出したわね。母さんは、遅れるって。ねえ、繁さん、頼むわ、御飯を。んで、ちょっぴり、ワインも。コップ半杯、ううん、一杯だけでいいから」

森紫《もりむらさき》が、電話のある居間の仕切りの暖簾《のれん》から、ふわっと、いいや矛盾するが、きりりともさせて出てきた。

「ごめんね、大瀬良さんの声が、奇妙に張り切っていてさ……最初の電話、女の人のことでしょう？　珍しいわね。田舎の恋人について？　だったら、東京じゃ、おとなしくして忠節を誓わないとね」

上から下まで一本の筒みたいになっている赤いざっくりした洋服に、胴回りだけはぎゅっと黒いベルトで締め、紫が、騏一を、少しだけ斜めに見上げる。かなりの直感力のある女、いや、高校二年生だから少女だ、名探偵のような聞き方をしてくる。

「ね、その田舎の恋人って、齢上？　齢下？　漁師の家？　お百姓さんの家？　だったら、ヒップが大きくて逞しいんでしょう？」

紫が、なお、聞いてくる。

「あのしゃ、紫ちゃん。大瀬良さんを舐めて馬鹿にした言い方はやめるべし。こんな真四角な拳骨顔《げんこつがお》で平べったい鼻の形をしていても、そのうち東京の女子《おなご》がうじゃうじゃ寄ってきて大変になるど」

「繁さん、『そのうち』って、あと何年後のこと？　二十年後？」

どうも東京に住んでしまうと人間は裏みたいなのが多かれ少かれ持つらしい、紫と繁婆さんの遣り取りの真《まこと》は、要するに、おのれ騏一をあほにして楽しんでるらしい。

「まさか、紫ちゃん。あと一年だべい。待て、早いか、あと二年。ううん、あと四年だもの」

繁婆さんは、故郷では祭りの時に花花しくて人気のある的屋《てきや》のおっさんのやる、この東京では駅裏でやっているバナナの叩き売りとは逆の値段のつけ方をしていくみたいだ。えっ、あと四年らってか……待てねえ。

森紫が、テーブルのワイン入りの瀟洒で薄いグラスを、す、す、すっと騏一の目の前に移した。舐めて馬鹿にした罪への詫びかと思ったら、森末亡人が入ってきた。なるほど……。

「騏一さん、あなたのアルバイト先を見つけてきましたよ。三つの中から選ぶといいわ。けれど、学問の妨げにならないように考えねえと駄目ら。そうでねっか」

おっ、森末亡人が終《しま》いを村上言葉にした。そうなのだ、この人も、普通で考えれば倉松老人の許《もと》で育てられたのだから村上が根っこ。

騏一は、いっぺこと、安心してしまう。

一方で、自立すべき東京の大学生なのに、みんな故郷の柵《しがらみ》だらけでは良くねえとも心配になってくる。村上にいた時からの成長がない……。

「はい、これがあなたを求めているアルバイト先ですって」

どうも、倉松右衛門老人の、雪駄《せった》の足で、左右に鼻髭をぴんと反らし、果敢と虚無を併せ持つ姿が見え隠れするのだが、森末亡人は習字《しゅうじ》用の白い半紙を半分に切ったのを差し出した。

森末亡人の字はこの二ヵ月弱、滅多に拝んだことはないけれど、四角張っているのに実に下手なボール・ペンの文字が縦書きで記してある。倉松老人の躾《しつけ》も文字には及ばなかったらしい。

《一。家庭教師。週二回、火曜金曜。月、四千円。教えるのは中学二年の女子に、英・数・国。場所は、豊島区大塚駅より徒歩五分。》

公務員の初任給が一万六百円ほどと聞くから、かなりの待遇だ。因みに、大学近くのストリップ劇場には行きたくて行けないが、しっかと「200円」とあったから、おいっ、二十回も通える。でも、青木芙美子に済まない。いや、性と愛は、世間も、学生も言ってる通り、分けて考えるしかない……ようらて。

おのれ騏一に少女趣味はないが、文豪の川端康成だって『伊豆の踊子』で少女にふんわりの気分を書いているが、これで目醒めては青木芙美子に申し訳がない。断ろう。

《二。赤誠出版。実働三時間。日曜を含む週三日を選択。月五千円。原稿・ゲラの校正及び企画、販売。場所は千代田区神保町、水道橋駅より十分。夜食が出る。交通費も出る。》

うーん、青木芙美子へラブレターを、封書一通十円だから五百通も出せる……けど、週三日は、これからのサークル活動を視野に入れると、べったり、困る。そもそも「赤誠出版」なんつうて、倉松老人の本物《ほんもの》の右翼思想の息が吹きかかっているようで恐ろしい。

《三。政党代議士の私設秘書。毎日、週七日。夕方六時から九時まで。月、五万円、足すに時時の賞与あり。場所は原則、千代田区永田町。但し、選挙期間中は、ほぼ一日、早朝から深夜まで。不測の事態の可能性が無きにしもあらず。その場合、警察・検察など真の国家への愛情あらず、赤き心の次ぐらいの法なのに法が最もという下らぬ者ども、彼らに一言もせずに緘黙したならば、国政はなお遠いとしても地方政治に参加する有資格者となる。慎重に、大胆に、考えよ。》

ありゃ、これは、倉松老人が直に記したもんげら。下手糞な字だが、真摯さと汗が詰まっておるら。ありがてえのん。

けんど。

しかし、だ。

世界観を決めるのは、あまりに早過ぎる。なるほど、倉松老人なら、長崎原爆の爆心地四キロメートルについての後遺症、その他について、広島大学や長崎大学の医学部ばかり、東大、慶応の病院を縁故から紹介できるだろうけど、それより、大事な、大切な、一回こっきりの人生でかけがえのない自らの思い、思想、行ない、選択があるらろう。

その上で、あんがとしゃん、倉松右衛門老人。

「大瀬良さん、一番は、蹴《け》っぽる。わたしの三つぐらい齢下の女子中学生って怖いよ。ね、断りなさいね」

紫が、半紙の文字を覗き込んで息込む。

「うるさいっ、紫。選んで、決めるのは大瀬良騏一さんなの」

森末亡人は長四角のテーブルの自身の定位置の椅子に座りかけて、上目遣いに立ち上がった。倉松老人に似た、ぶっとく一直線の眉が、上へと向く。

割烹着《かっぽうぎ》姿で立っていた繁婆さんが、どうしてか、騏一に、窪んだ眼をぱちぱちさせ、幾度も首を横に振る合図をよこす。何の合図ら？

「倉松御大の、あの、あの、お嬢さま。俺も、間もなく二十。できる限り、自らの力でアルバイトは探すつもりです」

ついでに、この家に居候していたら、自分の芯《しん》と未来が怪しく、危なくなるから、「夏休み前には、アパートか下宿を探します」と言おうと思ったけれど、母からの仕送りではやっとの暮らし、止《や》めた。でも、鴨《かも》になるだけの麻雀は、そろそろ卒業するら。好きな映画鑑賞も減らすら。ブレザーやスーツを買う金は、アパートや下宿の礼金とか敷金に回すらと、根性が決まってくる。

そう、自力で、ら。

繁婆さんが、けっこう深刻そうな顔つきで、うんうんと、頭を上下に振って合図をよこした。

大学の学生課に行って、いつもは時給百円前後しかないけれど、そこでアルバイトを探そう。

6

その年、一九六四年の九月下旬。

日曜日だった。

やっぱり秋だ、東京の青みに欠ける空に白さが際だつ鱗《うろこ》雲が貼りついていた。

「本当に、出て行っちゃうの？　あたしが騏一さんをからかってばかりだから？　違うよね、お母さんがこうるさいのが原因だよね」

指一本も絡《から》めなかったのに、森紫が門のところまでついてくる。

引っ越しだ。

といっても、森末亡人宅から二キロ先の西武池袋線のごちゃごちゃして安い六畳一と間のちっこい台所つきで、便所は共同のアパートへ、だ。

半年で荷物は、それなりに増え、「無駄をするな、おのれ」と思うが、カーキ色のどでかいリュックサック一つ分に、赤子三人は入るボストン・バッグに、昔ながらの唐草模様の大風敷の一と抱えとある。

「こんなもんか、大瀬良。貧乏だもんな」

リュックを担いでくれるのは、麻雀がうまくて強い東京は大田区育ちの大田昭一だ。麻雀の鴨《かも》が、行方不明になると困るのではないかと邪推したくなるが、喜んで手伝いを志願してくれた。

「エロ小説の一冊もなかと。おまえ、にせやってかあ？　にせは、男子という意味じゃっど」

本類が入っていて一番重いバッグを鹿児島出身の上林吉之介《かんばやしきちのすけ》が持つ。けんどな、上林よ、森末亡人の手前、おとついの夜、公園のベンチに高さ五十センチほど積んで置いてきたら。解ってねえのん。ごみ箱やごみ捨て場に放ったら、青少年の性教育と夢のためには無駄となる。

「おいっ、大瀬良。この大風呂敷を背負う姿は、真昼の泥棒だよ。三十分先？　おいーっ、背負うのは半分半分にしようぜ」

神奈川県の川崎出身の帯田仁《おびたひとし》が、格好、スタイルを当然にも気にする。大風呂敷の中には、当分の間の布団、つまり寝袋《ねぶくろ》が入っている。下着なども。騏一が出席カードを四枚貯めていて、そのうち三枚を帯田が欠席なのに帯田の学籍番号と氏名を書いて出してやってから、名前の「仁」の通り仁義を尊ぶらしく、引っ越しを手伝ってくれることになった。実際、尾崎士郎の『人生劇場』など読んでいるし、仁侠映画についても詳しい。騏一も、映画代を節約する中、帯田の思いに馳せ、観《み》に行った。うへーい、鶴田浩二のラスト・シーンが良かったのん。顔を見せず背中を見せ、義理のために殴り込

み へ……と。村上の高校時代の、とっぽい矢部浩もカンニングでおのれ騏一に必要以上の恩を感じていたが、そういえば帯田も俠客的な雰囲気を持っている。

「とても御世話になりましたあ。倉松御大には礼状を書きますけれど、くれぐれも、感謝の気持ちを、を、を」

やっと、何とか滑らかはいえないけれど出てき始めた東京地方語で、騏一は、森紫の背後の森未亡人に叫ぶ。

「困った時は、いつも、いつもよおっ」

青森と函館を結ぶ青函《せいかん》連絡船の出船の時のように、森未亡人は、両手に烏《からす》の嘴《くちばし》みたいに手を当て、門より十メートル奥の玄関先で答える。

「これーっ、じゃんごもん、コンプスコと堂堂と喧嘩しれーっ、撥条《ばね》にするどぉっ。女子《おなご》に騙されるでねえどっ」

枯れて、嗄《しゃが》れて、西寄りの秋風に途切れ途切れとなる声で、繁婆さんが大声を出した。あれれ、若い女の媚惑のように全身をよろよろさせたと思ったら、紺地に蝶蝶が白く飛ぶ絣《かすり》の着物の股を拡げ、へたり込んじまった。

騏一は、頭を傾《かし》げながら直立させながら、知りかける……。

東京に長年に亘《わた》り住んでいる人は、実は、地方人の形式より、実の情を大切なものにするのでは？なるほど、話し方やつきあい方の表と裏はあるのだけれど。

「ねえ、え、待って、待ってよ」

大通りへと出る寸前に、流行りだしたジーンズのズボンで太腿、尻、股間をぴっちり、きつくきつく戸締まりして、森紫が追い駆けてきた。息が、荒い。帯田の住んでる川崎の、煙、煙、煙のせいで の喘息《ぜんそく》の少女みたいだ。

「これ、母からです、『気がつかずごめんなさい。お手伝いの人にどうぞ』と、粗品《そしな》です」

茶色の大きめの封筒に入れた膨らんだ物を、紫は、大田昭一、上林吉之介、帯田仁に差し出す。ありゃ、俺には、ねえってか。

「はい、騏一さん……用。ハンケチ二枚、別別に。一つは、新品。高かったのよ、けちな母さんの小遣いじゃ。もう一つは、ねえ、ねえ、軽蔑しないって、約束できるぅ、ぅ?」

「軽蔑なんてしねえら、うんや、するわきゃねえ」

「なら、差し上げます。耳を、貸して下さい」

「え、うん」

引っ越し手伝いの三人は、けっこう、首を斜めに曲げたり、大空を向いたり、そっぽを向いて気を使うというより、そうら、焼き餅を焼くのだろうか、素直な態度ではない。そういう関係じゃねえらて、おいっ。

「騏一さんね、使い済みの一枚のハンケチ。首筋や腋を拭いたり……ね、田舎者でも分かるでしょ、もう一ヵ所も綺麗にした……やつ」

「あえ……え、えーと、おいっ」

「故郷の村上の恋人を大切にしてね。大切にするためのつもりのお守りと思ってよ。手紙を出していい？　騏一さん。駄目？」

まこと素速く、濃紺の制服姿を翻し、紫は、秋の冷えの空気に溶け、消えてしまった。

「何だ、何だ。大瀬良はフランス語の授業に熱心なのは、女に持《も》てるためだったのか。しゃんだなあ、今の高校生」

帯田が、早や、大風呂敷を騏一に預けて、喚《わめ》く。

「麻雀が下手糞ってえのは、女を含めて他人の心を読めないからだと信じてきたけど、おいっ、正解じゃねえな。大瀬良、おまえの新潟の外れのど田舎とはまるで別で、東京じゃ、ああいう女を極上の別嬪《べっぴん》と評価すんだぜ」

大田昭一が、不思議そう、羨ましそうに舌打ちをする。そうなのらろか。

「なるほど、良か女でごわすっと。うんや、美人の果ての女だな。でも、心が、ちいっと、軽いとね」

この上林吉之介も、鹿児島から上京して言語ではかなりのしんどさを味わっているのだろう、筋の一つではない喋り方をする。でも、薩長、つまり、鹿児島や山口は明治維新で勝利した者達、新潟みたいに、ぐちゃぐちゃ、めためたになって負けてはおらぬ。だから、言葉も、余裕に満ちて薩摩地方語を、出せる。

いいや、そうではなく、どんな辛《つら》さ、厳しさ、貧しさが待っていようとも、まずは、故郷村上のあれこれの柵《しがらみ》からは独り立ちできたことが大きい。

でもだよ、青木芙美子は故郷村上の柵からきておるのん。

いいや、初恋に、故郷の柵も何もない。課題は、青木芙美子にふさわしい自立した男になること。

大田、上林、帯田よ、俺には、青木芙美子という理想の女がおる。その女の住まいに近いから、この大学を選んだ。

あのな、森紫なんつうではないのらて、両目が均整を崩す寸前の大きさ、その瞳の三面川《みおもて》の水脈に酷似した魅力、体の均整、知性……。

と、験一は、思いの上昇するばかりの心情へと陥る……が。あ、異性を魅《ひ》きつける力、その謎めいた力、表情の美しさは、何によって確かめられるのか、検証されるのか、立証されるのか……という、ごく普通のことにぶち当たった。幻？　幻なのか。幻なのかも。

「おいっ、便所が共同、台所も小さいのだけで、大きいのは共用、なんつうところに、さっきの女子高校生が訪ねるかあ？　いや、女子大生やＯＬでもいいけど。くるなら、飢えた人妻だけだよ。ああ、狭いっ。汚ない。便所が匂う」

都会育ちの大田が、引っ越したアパートの、確かに侘《わび》しく倹《つま》しい部屋で、小さく叫んだ。

けんど、裸電球でねえぞ、本格的に明かるくなるのに三分《ぷん》はかかるが電気代は少なく済む蛍光灯が天井に貼りついている。

隣りとの仕切りだって、土を捏《こ》ねた、ちゃんとした壁だ。

うん？　黄土色の壁の四ヵ所に、よくよく見ると、黄ばんで目立たないけれど、藁《わら》半紙のぎゅっと絞った紙縒《こよ》りが壁に吸いつくようにしてある。

紙差りを指で摩ると、すぽっと抜ける。

おえ、え、覗き穴らあ。

逆にいうと、あちらにもあるげら。

忍耐、我慢、辛抱……だぜい、おのれ騏一。

7

同じ一九六四年の秋、十月初旬。

哲学と思想を勉強し、世界と日本の政治を学び、確かなる世界観を獲得し、憧れの青木芙美子の心を我がものになどという大学生活とは程遠く、騏一は焦れる。

なのに、どうも赤封《あかふう》じ、共産主義の抑え込みの政治の臭さが纏《まとわ》りつくとしても「北ヴェトナムの魚雷艇にアメリカの駆逐艦が攻撃された」として、北ヴェトナムのトンキン湾岸の基地を米軍機が爆撃したとかで戦争の気配がしてきたし、日本もアメリカの原子力潜水艦の寄港要請を受諾するし、せわしない。かなり、きな臭い。

せわしないのは政治だけでなく、名神高速道路が関西で開通し、先日は、国鉄の東海道新幹線が営業開始し、東京と大阪は四時間で結ばれた。

そもそも、もうすぐ東京オリンピックが始まる。

何か、時代は素早く過ぎるばかりでなく、速さを加えていく……けれど、騏一は村上での生活から前進がないように感じ、足搔いてる。

ただ、こういう時に、高校三年間の陸上部での長距離の走りが、というより、一歩一歩先へといくことと割り切る力、違うのか、我慢の力が役立ってきた……ような。十キロを走るのに、百メートルや三百メートルで、ゴールの地点の達成の心地良さを考えても疲れる。

というわけで、肉体はとても大切で、その肉体が覚えていた通りに、一つ一つ、片づけている。

引っ越しの次は、アルバイト探しだ。母の多津の精一杯の、泣けてくる、辛いだろうに好きな肉を減らしての、学費以外の月月の仕送り一万円だけでは、永遠に青木芙美子をデートに誘うことができない。大学の学生課の競争率の高いバイト先に競《せ》り勝《か》ち、決めた。週一回、小学校五年生と三年生の兄弟の家庭教師だ。もう一回は、東京生まれ育ちの同級の雀友大田昭一の紹介で、スナックの皿洗い兼ボーイ、兼役立たずの用心棒である。二つのアルバイトで八千円となる。

青木芙美子との初デートは、喫茶店でコーヒー一杯が六十円で掛ける二杯で百二十円、おでん屋や居酒屋が最初では今流行りの言葉でいえば「ムードがない」から洋食のレストランでトンカツが二百八十円だからその他を含め二人分で千円、よっし、軍資金は何とかなるらろう。待て、ちゃんとしたホテルにいくとすると二人部屋で三千円、足りねえっか。

吐息をつく。

いや、青木芙美子に接近するには、まだ、二つの試練が残っている。

一つは、当たり前、原爆の症状がどうなっているかだ――しかし、これは、急ぐと、大打撃、自信喪失になりかねない。そもそも原爆症への医学の追跡、研究、治療方で「これっ」などない。

それでも、青木芙美子の弟の強志が、あれは高校三年の時だったか、井上光晴という小説家の『地の群れ』を読んで「感動ではなくての、どろどろした、互いに差別しあう人間のやり切れなさにびっくりしたら」と、被爆者、在日朝鮮人、被差別部落民について、かなり、騏一の無知なる領域を語っていた——その中で強志は、「広島では、いんや、たぶん長崎でも、結婚を拒まれる、そして、孕んだ赤子を堕《お》ろさせるなんつうことがあるらしいげら」と喋ったことが、蘇る。あの時は聞き流していたけれども……。騏一自身が知らされていなかったのに、青木強志は、いや、間違いなく青木芙美子も、むろん、倉松老人や『赤い鶏頭』の咲ママも、回りは知っていた……と考えるべき。森未亡人と紫は、どうなのか——知りてえら。

青木芙美子は、このことを、どう考えているのだろうか。ここが、重い……らて、きっこに。けれど、背負ってしまった命運は変更できない。諦めるのでなく、うん、そう、受け入れるしかないのらて。それで、可能な限り、頑張る——それなりの決意をもっと、もっと、するのが前提だとしても。でも、人類の命《いのち》は、人類史を見る限り、正義を為したから助かるとかではなく偶然の自然の摂理に負《お》んぶしての不条理そのもので、あっけらかんと人人は死んでいったはずが九割九分……。命を、過剰に大切にしたがるのは止《や》めて……そう、毎日毎日を青木芙美子に接近し、恋しあい、愛しあうのを目標として……。できれば、他人の不幸に、手抜きしないで、手を差しのべて……。

二つめの青木芙美子獲得のための試練は、新入生としては遅いがサークルを決め、それなりに大学生らしくなり、友達の幅を広くして、切磋琢磨しあい、おのれを磨くこと。上級生や先輩の、感覚、考え、経験を教えてもらうことは、思えば貴重だ。この大学では同じ大学を出ての縁故か、先輩・上司の教授への胡麻擂《ごます》り専門で学問は世界を掌《てのひら》には乗せてはいない者がセンセエなのが定説。というか、この半年で、この目で、耳で、肌で、しっかと知ってきた。

この大学の意義と宝は、授業や成績と無縁で、誰でも自由に往来できて出入りでき、時に偽《にせ》学生も授業も受けられる門のない懐《ふところ》の深いところだ。とりわけ、サークルで勝手気儘に友達を作り、自らの好きなことをやって少しは才を伸ばすところ……と見えてきている。

内では早稲田精神とか、外では早稲田民族主義というけれど、学問のいかがわしさや浅さへの希望のなさの吐け口で野球の早慶戦に出かけ、大騒ぎして、虚仮《こけ》の一体感に酔い、自己の情けなさを満たしておる。学風の一つのばんから、蛮カラと書くのか、服装や言動が荒くて、繊細を欠くという美風も、とっぽくて、今は女に持てまくって苦労しているらしい矢部浩のいる明治大学の方がずっと先へ走っておる。女で忙しい矢部浩と、七月の初めに御茶ノ水駅と古本屋街のある神保町でビールを飲みあったけれど、そもそも明大にうろつく学生達の学生服姿は二割もいなかった。自由、フリーそのもの。当たり前、門という印象の門は広過ぎて目立ったのがなく、蔦《つた》の絡まる記念会堂とかいうところの前で、プロレスごっこや、長髪の学生の『般若心経』の唸《うな》りや、弁当の食い散らかしや、はったりじみた野外演劇と、早稲田の本部前や、文学部のある馬場下のキャンパスより活気が溢れ、混乱の中の風情《ふぜい》があった。

とっぽい、いや、とっぽかった、瀬波温泉の旅館の跡継ぎの矢部浩は、古本屋街の裏の居酒屋で「おめえ、大瀬良、俺は、『般若心経』から『スッタニパータ』、そして『歎異抄』と既にきて、今は『法華経』だぜえ。もっともっと勉強してえ。同時に、女をもっと、もっと、もっと、きっこに知りてえのだよ。なのに、この大学には、無関心。むしろ、授業料を返してもらうか、金槌かでかいハンマーでぶっ壊してえら」と、乱暴、無秩序、奔放、そう大学生らしくいえば、アナーキーなのだ。

〝民族主義〟なんて外から言われて黙っている早稲田はもっとみっともない。慶応なんて、卒業しても団結はしっかりして肉親ぐらいらしい絆《きずな》。ナンダカ記念の基金なんてえのを募集すると、早稲田の百倍もわんさか集まるらしい。そもそも、「陰に陽にの、慶応の思い入れの仕方は、気持ち悪いぐれえ」と、東大の、よっし、そう、青木芙美子の弟の強志は「へっ、へっ」と、九月初っぱなの、本郷の焼き鳥屋でいっていた。民族主義では、実際は、慶応なんかに敵うはずもない。そもそも、慶応は、早稲田より、四半世紀早く、できておる。

ああ、嫌《いや》ら、我が大学は。けんど、三年半後には、いいや、病気や事故を含めて何が起きるか分からないから五年か六年先か、就職するしかねえすけ、単位はそこそこ落っこちねえように取るしかねえらって。

ううん、そのサークルのことだ。

実は、というか、本当は、九月の下旬、もう既に、新潟の地震では母の住む家は瓦《かわら》の三枚が落ちただけの被害と知り、全体が落ち着き、それではサークルの〝料理〟らと、共通教室の裏の、ごみごみした部屋の並ぶ一室へと、仕切り直しで映画研究会に探りを入れにいっている。

想像とは浅はかである。そんなもんでなく、小汚ないというか、汚なさの至上《しじょう》というかの部室だった。映画のポスターと卑猥な落書きと自由律の詩の殴り書きが同格で壁と天井に並び、ガリ版刷りのローラーとインクの壺が机の上でなく床に転がっていた。

まだ、昼の四時半過ぎということで、部室には三人しかいなかった。

鼻下から顎にかけて黒い髭《ひげ》を生やした学生が、パイプでできた椅子に座り、『スタニスラフスキーの演劇の真実』とかの標題のハード・カバーの本を読んでいた。

「あん、きみ、入部したいのかね」

髭もじゃの、どう見ても大学五年か六年かに映る学生が読みかけの本をそのままにして、両足を靴ごと机の上に乗せた。

「あ、はい。けんど、どういうことをやってるのか、研究、その対象、部費などを聞きたくてちょっと訪ねました」

煙草の煙がもうもう、狭い部室なのに、この夏の小河内ダムが干上がって直の土が顔を見せた水飢饉のように乾き切った雰囲気と、それと反対の映画のポスターが『シベールの日曜日』とか、『沈黙』というスウェーデン映画のそれ、『にっぽん昆虫記』や『砂の女』の日本映画のそれと熱気があって天井板まで貼りつけてある気分と、あれこれに騏一は圧迫され、背伸びして聞いた。

「部費は、たったコーヒー五杯分の三百円だ。ただし、この研究会で製作して撮った映画の切符は一人最低五十枚は捌《さば》いてもらう」

横から、ガリ版で刷った藁半紙《わらばんし》の文字を追いながら、ベレー帽の気障《きざ》ふうの学生が、目も向けずにいう。映画の観客人口は全盛期の半分に減ったというのに、これで良いのかのん、上級生しゃん、と騏一は、淡い褐色の藁半紙のト書《が》きの文字を近眼らしく両目に近づけて熱心に読み耽る学生に対して思ってしまう。

「きみは、どんな映画が好きかね。ゴダールやトリュフォーのヌーヴェル・ヴァーグの映画は観《み》てるんだろうな」

「あえ……え」

「あええって、それ、感嘆詞？」

「いえ。そのう、観てません」

「ふうん」

なお、藁半紙から目を離さないベレー帽の学生は不満そうにして、丼《どんぶり》を越えて溢れる煙草の吸い殻の上に、残りの煙草の吸い口ごと揉み潰して掻き回した。

「だったら、どういう映画を近頃、観たんだね」

顎・鼻の下の区別なく繁る髭もじゃの大学五、六年ぐらいの学生が聞く。

「新宿の昭和地下館で、ちょっと古い『人生劇場　飛車角』を。飛車角《ひしやかく》の鶴田浩二が格好良くて、義理と人情の切ない柵《しがらみ》の中、一人、たった一人、死を覚悟で刃物の並びへと殴り込む、その、ラストが特に。宮川《みやがわ》の高倉健も……この健ちゅう俳優は大者《おおもの》になりますらあ」

いけねえら、と思ったが、ついつい駅一は、この夏の映画の感激を口に出してしまった。

「おいっ。ヤクザはヤクザで、暴力団なんだよ。しかも映画は観なくても分かるが、大衆迎合主義そのもん」

やっと、ガリ版刷りの藁半紙から目を離したベレー帽の学生が駅一を睨みつけた。

そうらってか。

違うのん。

ヤクザであれ、侠客と格好つけて名乗ろうと、人間は人間ら。人間は、一宿一飯《いっしゅくいっぱん》の借りを作ったら返す、まして、人生の恩義を背負ったら、言葉でなく、心臓で、時に全身を賭けて返すことが……そうら、人倫、道徳、モラルの底という気が、騏一はこの映画で知り始めている。

ベレー帽の近眼の学生の嘲《わら》いで、かえって、騏一の、何となくの思い入れが、まざまざと明らかになり、形をはっきりさせてくる。

人生観、世界観、生から死へと至る哲学は未形成だが、少なくとも、人と人との間には、必死な絆《きずな》、連帯、仁義はあるべきらろう。

「あんた、この芋《いも》の大学を好いてんの？　読んでもいないし、観てもいないけど、その映画って、主人公の早稲田の学生だった青成瓢吉《あおなりひょうきち》の視線からでしょう？　下らないっ」

部屋の隅の床に、床まで潰《つぶ》しそうなどでかい碇《いかり》ごとき尻を持って、ぺったんこと座り込んで、白い模造紙《もぞうし》に、大学祭の『究極の名画とは？』の宣伝文句を書いていた女子大生が、部室を壊すほどの甲高い声をあげた。なるほど『人生劇場』の小説それ自体が、青成瓢吉からの眼差しが多い。けれども、どこかで、越えている……。いや、違うか。小説の『人生劇場』のラストの方は、他国人への先入観による偏見に満ち満ち、文学、いんや、ブンガクと片仮名にしよう、ブンガクとしては浅はかそのもん。映画がいいのらて。

「ほかには？」

髭もじゃの老成したような学生が、入試みたいにして上からの態《てい》で聞いてくる。

「やっぱり、一年前ぐらい前の『昭和俠客伝』、石井輝男脚本、監督です。知ってますら？」

「知らん……けどさ」

「あええ、義《ぎ》に死ぬ鶴田浩二の屍《しかばね》を、ヤクザ、いいえ、博徒、そぅ侠客が囲んで、ラストシーンで『男になろう！　男らしく死のう！』と口口に……歌のように、葬うのらです」

我れながら、短いこの夏に観た俄《にわか》なる仁侠映画への関心について喋ると言い過ぎて、少し反省する騏一だが、鶴田浩二の演じる重宗という男の生き方に、どうしても引きずり込まれてしまう。映画は映画の、架空の、フィクションの世界なのに……でも、劇の嘘の中に本当の本当に交叉するところがある気がするら。

「ま、当サークルは誰も拒まないから、入ったらいい。きみは、そのう、ヤクザの父親とか兄さんがいるのかね」

髭もじゃが、小学生を叱る中年教師みたいな苦笑いを目の下の膨《ふく》れを桃色に染め、騏一を下から覗き上げた。

「先輩、駄目、駄目っ。入部基準を甘くしちゃ」

ベレー帽の、ト書きに熱心な学生がいう。

騏一は、入部を、一旦、見送ることにした。

部室を出ようとすると、「おっす」、「ミーティング、始まったあ?」、「新しい本《ほん》、シナリオを書いたんだぜ、俺。読んでくれよな」とか、七、八人の部員らしきがぞろぞろ入ってきた。そうか、映画の脚本は「ト書き」とかでなく本とかシナリオと呼ぶのか。格好いいのん、もちいっと長居して、討論を聞いてみようという気になる。

そしたら、見たことのある、映画はもちろん文学、流行の服装などの文化の匂いを一と欠けらも持たないような、学生服で五分刈りの大工みたいな頭をした男が、一番終わりに続いてきた。そうだ、五月末に、授業中に「クラス討論をしたい」と語学の先生を体良《てい》く活動家同士で追い払うというのか、阿吽《あうん》の呼吸で互いの利益を分かち合うというのだろうか、そのうち勝手に司会をやり、アジった学友会の男だ。

「えーと、だな、どうやら大学祭までには、俺達が企画した映画はクランク・インできそうもないし、大学祭は戦後に公開された外国と日本の名作を三点から五点ばかりに絞って、討論会でお茶を濁そうか……という提案だ」

髭もじゃ学生は本当にまだ大学生なのか、相変わらず机の上に両足を乗せ、おや、ガリ版刷りではなく、より格の高い上級の青みがかった文字の浮く青焼きのコピーを十人余りの部員に配る。騏一の顔をじろりと見て、面倒臭そうにそのレジュメの一枚をよこす。

「洋画の大名作の候補

『戦艦ポチョムキン』

『第三の男』

『自転車泥棒』

『天井桟敷の人々』

『沈黙』

邦画の大名作の候補

『浮雲』

『羅生門』

『生きる』

『豚と軍艦』

『砂の女』


無料か安い値段で出演してくれそうな評論家、映画監督については次回に討論、決定する」

やっぱり、看板だけではない映画研究会だ。

小中学校の時には村上の『松竹』『文映』『都館』に母とか近所の兄さんに連れていってもらい、高校に入ってからはテレビの名画劇場とか、文化祭の時に観ただけ。いや、中一の時だったか、母と長崎の帰りには、新潟に寄り、御褒美に二泊三日で映画館の〝梯子《はしご》〟をさせてくれいっぺこと観て、楽しかったがそれで満たされてしまい、熱が冷めた。そう、けんど、この夏、悶悶として、その上で、次の目的へとせわしない束《つか》の間、急に仁侠映画に目醒めたわけで、騏一のそんな素人の眼《まなこ》とは違っている。違っている、と知ったのは、洋画の、イタリア映画だったけど『自転車泥棒』は、貧乏の悲しさを、父子の切ないあり様を、父は知らない騏一にいっぺこと伝えてくれたのを覚えているからだ。『天井桟敷の人々』に至っては、男が、いや、人間が、現実のちゃんとしてしっかりしている女と、幻《まぼろし》としても理想の女の間に迷い、理想を追ってしまう必死さと悲しさがあった……。『戦艦ポチョムキン』は、この大学の一文《いちぶん》か二文《にぶん》か、どこかの自治会主催で、新入生歓迎会を装って実は新人活動家募集の映画会で観た。勧善懲悪の設定がどうも、であったけれど、白黒のフィルムの毛羽《けば》立つ迫力とか、水兵が腐った肉に腹を立てて決起するとか、野良犬が猛犬部隊に入って生きる戦争中の『のらくろ』の漫画を読むのに似た面白さがあった……。

邦画は『浮雲』を観ている。好い加減な男に惚れる女の心って、解らないようで、屋久島《やくしま》の大雨の中で死を知る男の表情で解り、中一なのに涙ぼろぼろだった。『生きる』は癌で残りの命が限られた人の生き方としてはごんとくるいじましさがあった……。

けんど、けんど。

鶴田浩二と若い役者の高倉健の映画だって、ゲージツではない気がすっけど、そして、社会の極少数派でアウト・ローとしても必死な人倫があるらあ。そう、娯楽で古くて新しい道徳論を展開してるろう。

「えーと、これから、重大なミーティングがあるのに、済まんと思おとります。一政《いっせい》学友会のコシミズです。ほんの五分ほど、佐世保、横須賀へとやってきて、ヴェトナムの人人への爆撃を加えているアメリカの原子力潜水艦について、絶対、絶対にや、その寄港を許してはならん話をさせてくれへんですか」

これから映画研究会のミーティングが始まろうとしているのに、学友会の活動家と知らなかったら柔道部かレスリング部の選手と見間違うのが必至のコシミズが、出入口で、立ったまま、原稿は持っていないけれど、原稿の棒読みみたいな話をしだした。コシミズは、学友会の役員選挙の結果報告の立《た》て看板《かんばん》の薄い記憶では、小清水と書いていたはず。

おーや。

「やあ、小清水くんか。おいっ、我ら映画が好きな人間、演劇や文学が好きな人間も、せっかくの60年安保の大闘争の挫折以後、何の『これっ』も生み出していねえ。でも、姦《かしま》しい。騒ぎ立てる。ま、『砂の女』は文学でも映画でも例外だったけどな」

髭もじゃの学生が机の上の二本の足を、ひょんと引っ込め、立ち上がった。

「先輩、部長。ミーティングの最中ですよ、議事妨害じみたのは無視、無視ですよ」

碇《いかり》みたいにでかい尻の持ち主の女子学生が、これは当然の言《げん》だ、机を、ばしっと叩いた。

「うるせえの。それで、60年安保以後の四分五裂、総括も出たようで出てこない、何より次の標的があやふや、ぼさーっとしている中で、いや、我ら文化を担う学生、一般学生が逃げまくってる中で、過去の遺物かも知れない学生運動を、なお、なお……いや、小清水くん、どうぞ、どうぞ」

髭もじゃの学年不明の学生が、なんと、顎を引いて直立した。小清水に畏怖を示しているのだと解る。

仕方なしにだろうか、うーむ、ここいらがこの映画研究会の限界か、封建主義の滓《かす》というよりは余りにちっこいとはいえ政治の権威への阿《おもね》りと屈服みてえら、全員が立ち上がる。いや、尻のどでかい女部員は別だ。

「いやいや、座ってくれへんか。えーと、御存知の通り、八月四日に、米軍は北ヴェトナムへの爆撃を開始しました。米軍は、日本に原子力潜水艦を寄港させ、ヴェトナム人民に普通の爆弾だけでなく、核爆弾まで浴びせかねない危機を持ち込もうとしておるわけです。明日は、旧軍港で今なお軍港の横須賀で、九州の同じく軍港の佐世保で、原潜阻止の集会をやりますわ。ほな、みなさん、横須賀現地で会おう」

あまりにあっさりしたアジテイションなので、騏一は、拍子抜けというより、娯楽の王様の座から滑り落ちた映画と同じで突っ張ったり背伸びしないでいられる安心できるみたいな気がしてしまった。でも、小清水が机の真ん中に置くアジ・ビラにはぎっしり主張がガリ版刷りで細かく、活字ほどに端整な文字に刻まれている。

「ええっ、もう、終わり？　これから、サークルの文学研究会、社思研《しやしけん》、社研など回るんで忙しいの？　小清水さん」

〝くん〟から〝さん〟に格上げさせて、髭もじゃが顎鬚まででれんとさせる。

騏一は、かなりの衝撃を覚えた。

この大学、いや、もしかしたら、他の大学でも、現の現では、思想・イデオロギー・主義の方が、文学・映画・演劇より重い位置を持っておるらあ、と。

「それとも、ブント崩れ、カクキョードウ両派、共産党とのあれこれかな、小清水さん」

「いや、そのう、今度また、きちんと。ところで、洋画ベスト5《ファイブ》の中に、この夏のお盆に封切りになった『かくも長き不在』を入れてくれたら嬉しいでえ。ナチスの秘密国家警察のゲシュタポに逮捕《ぱく》られた夫を持つ女と……まるで似ている記憶喪失の男の、直に交叉して、交叉できん……ま、俺は、芸術性は解らんけど」

「監督は？」

「フランスのアンリ・コルピや」

「おいっ、みんな、知ってるか、知らねえと恥を掻くぞ……あ、そういえば」

「それと、日本映画には、黒澤の『七人の侍』を入れてくれたらなあと。決して、侍《さむらい》イコール前衛ではなくて、前衛は、農民によって励まされ強くなり、前衛が全てではないと……いう点でも」

小清水と、髭もじゃ二人は、どういう間柄か、楽しそうでもあり、真剣そうでもあることを、他の十名ばかりを置き去りにして喋りあう。

「あのですら、あの、小清水さん。共産主義者もいるけれど民族主義者が多いヴェトナムの人人を爆弾で殺すのは、う、う、うーんと遠いアメリカからわざわざで、無理で、変《へん》で、酷《むご》いと思うら、嘘偽りない気持ちで。そいで聞きてえら」

この際と、騏一は、聞き易い雰囲気が流れているので、教えてほしくなり、首を上げる——というより、どうしても気になる。

「小清水さん、あのう、聞いてやってくんないかな。新入生とか新入りとか、どうも芋《いも》ばかりで、とんちんかんで……そこんとこ、よろしく。おいっ、みんな、座ろうや」

あれれ、髭もじゃの男はけっこう思いやりがあるろう、騏一の聞き易い雰囲気を作ってくれる。この夏、からからに乾いて干涸《ひか》らびて土まで露出した小河内ダムに、ちょろちょろ水が流れる感じで、騏一は、片仮名のゲージツ的な、おっとやはり漢字がふさわしいのか芸術的な映画好きの人間を好きになりかけた。

「あのですら、僕らの小中学校時代から、原爆の怖さを、平和への利用への逆転へと、科学者も、新聞も、政治家も熱心ですら。僕もそのパワーの力強さに安心し、期待し……去年は、実験炉で原子力発電が成功して、来月十月のおしまいには第一回『原子力の日』で、何やら理想の核《かく》エネルギーとなってきておるらて」

　騏一は、母の多津から今年の三月に告げられるまでの原子力への夢の気分と、以後、どうしても新聞のどちらかというと隅の記事が気になり、合わせていう。

「まあ、しかし、今回の、アメリカの原潜は、あくまでヴェトナム人民への砲撃、圧殺で……」

　小清水なりに、きちんと答えようとしているのは分かる。確かに、ヴェトナムの民族の独立とか解放が赤色化と不可分なので、アメリカはかりかりきて、かつ、アジアの共産主義化の将棋倒し的な実際を恐れているらろう……けんど。

「原子力潜水艦の出す放射能の汚れとか、そもそも原子力のエンジンとか機関とかが故障して燃上するとか……。原子力潜水艦は、原子力発電所がぷかぷか浮いて、潜ってるのと同じですら。そうすると、放射能が溢れて、乗組員も、海も、しんどくなりそうで。それで、日本全国に原子力発電所ができると、大地、人間、空気、植物はどうなるのかと」

　心の中では、そんなことでは追いつかない不気味さと感じるし、それより早く、病院へ行って現状と、一定の将来を知るのが初めと考えもするが、曲がりなりにも学生運動ならこの大学は〝一流〟、極少数で〝遺物〟という気もするけれど、そして、誤っているだろうとしてもイデオロギーの〝先端〟の考えを知りたい。

「そう……。きみは、そのう、あのうだ、中核《ちゅうかく》派や革《かく》マル派の諸君と、話したことがあるん？　原水爆について。彼ら、やつらは敏感」

汗を掻く季節は過ぎたのに、小清水が、褐色で、でかくて相撲取りみたいな手の甲で、額を水平に撫でた。どうも、原子力それ自体については、科学者一般の学識、新聞の基調の「喜ばしい」、政治家の「大いなる推進」か少数の「静観」しかないらしい――むろん、敵を絶滅するどでかい武器としての原水爆の保持とか、その実験についてはは目くじらを立てたり〝綺麗な原水爆〟といい張ったり……は、あるけれど。

「クラス討論で、中核派と革マル派には二度ばかり御目にかかったけど……いいや、それより、前提として、原水爆の人智を越えてしまうパワーについて、どんなふうな考えを？　広島や長崎の被害の実態すらアメリカが実質的に管理して、病気についても治療方針もない……と聞きますがの」

「えっ……うむ。本音をいうと、科学とその利用と、しかし、人間の限界については……俺は、いや、所属する組織も、方針は出しきれんさかい。済まーん」

何と正直な男か。怒らせた肩は突っ張ったままだが、首をかなり下げ、小清水は出入口を目で探し、騏一の右肩を、親孝行の息子が母親の肩を、たんとん、たんとん、たんとんとんと叩くように叩いて、外へと出て行ってしまった。

「おいっ、一政の、学友会のゴリガンスキーが、放射能を含む科学については『方針が出ない』だってさ」

ト書きの好きらしい、いや、シナリオが得意と思われるベレー帽の学生が、水色のベレー帽を天井へと、嬉嬉として放り投げた。

「そりゃ、社民《しゃみん》、社会党の青年組織の一分派《ぶんぱ》だもんよ。できたばっかりのほやほやで勉強不足というより無知、無知なのよ」と、どでかい尻の女子学生が嬉し気に相槌を打った。

騏一は、外へ出る。

あれっ。

小清水が、アジビラの束《たば》を脇に抱え、陽の沈むのが加速を増している夕方の空を見上げていた。

「あ、小清水さん。済みませんでしたら、大事な演説の最中に」

「いや、かまわん。おぬしの名前は？」

「第一政経の一年P組大瀬良騏一です」

いけねえ、所属と氏名を告げてしまうと、組織化《そしきか》、つまり、オルグでうるさいかもしれんの。ま、いい。この男を、もちっと知りたいすけ。

「そうか、俺は、ほとんど三号館の地下の学友会室におるから、遊びにこいや」

「あ、はあ」

未《いま》だ初《うぶ》な頭に、いきなり真《ま》っ赤赤《かか》のイデオロギーを注ぎ入れられても困るので、騏一は半端《はんぱ》な答をする。でも、どうも、イデオロギーとは縁がなく、しかし、その上で、根底のところで交わるテーマが「原子力のパワーに見られる科学と人間の在り方」であるような、いや、ではないような。ただ――おのれ騏一が長崎に原爆が炸裂した日に確かに長崎にいたわけで、やっぱり小清水とそのところを交叉させてみたい気がする。

「あのですら、小清水さん。俺、一歳と十日で、長崎の爆心地から症状の出るぎりぎりの四キロメートルで原子爆弾に会ってるすけ、いや、出会ってますから、ちょっぴり心配らて」

良いだろう、この男には喋っても、この小清水の活動の何らかの役とか栄養になるかも知れないしと、騏一は、あまり決意なく、坂を下って並びながら、告げた。

「お、お、お、おいっ」

小清水が、コンクリートではなく土の坂の凸凹《でこぼこ》のところでつんのめり、アジビラが散らばってしまった。

秋の風は、村上も雪の気配をさせて無情、東京も無情、『原潜・横須賀寄港、実力阻止！』のタイトルのビラが地べたを這い、踊ったことはないけれどジルバみたいに跳ねる。経験してはいないが外れ馬券《ばけん》のように風に舞う。

柔道やレスリングの選手みたいにごつい学生服の小清水が、慌てて、うーん、早稲田二万五千人の一人、たった一人の学生運動の選手のように見え、猪《いのしし》のようにビラを、必死に追う。が、うまく、回収できない。

騏一は、手伝った。

「ありがとう。そんじゃ、また」

もう五枚も残っていないアジビラを手に、小清水は、坂を下って二十一号館の方へ消えかけ、立ち止まった。

「大瀬良くん、あの、あのな。それぞれの個別の課題は、それぞれにあるのやとは思うがな」

小清水は、デモ灼《や》けか、地《じ》か、黒褐色の顔を向けて、いい淀んだ。

「あ、はあ」

「八月の終わりに出た小説があるのや、大江健三郎の『個人的な体験』ちゅうやつ。読んだやろか」

得意そうにではなく、恥ずかしそうに声を落とし、小清水が聞く。学生活動家の文学に対する感覚が何となく分かる。

「いいえ」

「かなり重い障害者の子供の出生に、当たり前、おろおろし、愛人通いをする父親が……しかし、その果てに。ま、読むとええとちがうかな」

「ありがとう……です」

「いんや」

どうも、この『個人的な体験』の小説を切り出したいがために小清水は、あれこれ戸惑い、躊躇《ためら》っていたふうがある。かなりの速さと大股で、本学《ほんがく》の大隈銅像のある方向へと消えていった。


――――。

ないい、なんえ？と、小清水の言葉が引っ掛かり、新潮社から出ている大江健三郎の書き下ろし作品の『個人的な体験』に向かった。帯の文の「……逃亡することと残りつづけること……の命題を結晶させ……」に、難解そうで心だけでなく肉も固まったけれど、実に、普通の人人の、唐突の避けがたい命運と生き方を生真面目そのものに深追いしていて、やっと障害者の子供の生き方を引き受けようとする父の、作家の、実に必死な体験が読み手を共震させてくる。身につまされ、考え込んだ。純粋に感動なんていうのではなく、はあはあとへとへとになる疲れと、人間の生きようを思わさせられ……。

だったら、母の多津は、もっちゃしかねて、つまり、手に負えなくて、悩み、悩んだはず……。おいおぎにはや、あんがと、母ちゃん。

溜息をつきながら、冷静に、騏一は先月の映画研究会でのことを振り返った。

小清水の個人的な性格もあるだろうが、学生活動家は、いくら極少数派といっても舐めてはいかんら、政治とか社会とかセクトとかの中に、文学を、いや、映画も孕んでおるらあと、政治が全てなどとは考えておらんらと。

そして、高校時代に、聖書を読み、詩歌に感動したのに、大学に入ってから、放り投げて久しいことにも気づいた。

原因は、東京暮らし、大学生活に慣れるための準備、序走《じょそう》の忙しさにもあるけれど、村上を発《た》つ前の、母からの被爆の告知で、おのれ自身のテーマを追わずに、目を逸《そ》らしてきたことにあるらて。

これでは、ならじ。

これでは、憧れの青木芙美子をものにできない。

もっと、何が重大で、何をすべきかを順序だて、考え、整理しないと駄目らろう。

しかし、なお、なお、まるで解らんら、全体が。

8

オリンピックに間に合わせようと、なにせ土が掘り返されてコンクリートになり、高層ビルが至るところに建ち、並び、聳《そび》え、東京は土とか湿りとか黴《かび》とかの匂いが消えかけている。

ホモ・サピエンスの登場前の猿人としては四百万年近い人類史の九割九分は森の中だったというが、大丈夫だろうか。眼《まなこ》、耳、匂い、味、手触りの大切な感覚を忘れやしまいかのう。

からからに、街も建物も、人も乾いていく。

新幹線も、オリンピックに間に合わせたのだろうが、なにせ、速い。隅田川と多摩川は東京を流れる二つの大きな川ということで、そのうちの多摩川を雀友《じゃんゆう》の大田昭一に案内してもらい、新幹線の走っているのに遭遇したが、上越線とは桁外《けたはず》れに速い。テレビで名神高速道路を実況放送していたが、車は目ん玉が痺《しび》れるほど速い。

全体的に、速い、のだ。もっと、もっと速くなるだ。

騏一は、まだまだ、世界史や日本史の原動力や、それぞれの時代の、例えば江戸時代のゆったりさ、日中戦争の開始から太平洋戦争までの慌ただしさを含めたスピード感は、解っていない。けれど、この一と月ほどの事件とできごとの多さ、楽しさというより、早さは後で歴史の学者が「速い」とスピードの感覚でいうのではないかと思ってしまう。いや、後世は、こんなものではない速度になるから……。

十月十日。オリンピック開始。

襤褸《ぼろ》アパートにテレビはなく、池袋の食堂で値の張る豚カツを食べながら観た、カラー・テレビで。聖火の炎が、画面に残像のように流れて赤い小川のように見えた。

十月十二日。ソ連、三人乗り宇宙船の打ち上げ。

秘密じみていて、強圧的で、どうも労働者のための権力の匂いは二、三滴ぐらいしかさせないソ連は、どこまでも科学的であり、力があると、ついつい騏一は、ソ連や東欧全体が鋼鉄の科学国家に映り、気持ちが縮むというか気味悪く思ってしまう。なぜら？

十月十四日。よう知らん出隆、読まねばならないけど読んでいない『真空地帯』を書いた野間宏、あいーっ、知ってるら、あの戦中だからちょっぴりは節《せつ》を曲げたかも知れないけど、女の社会運動、思想運動をやった、覚えておるら、処女作の『キャラメル工場から』は、そ、佐多稲子ら共産党の文化人が党の指導部を批判したと。

同日、ソ連共産党の第一書記、絶対不滅と映ったスターリンを、勇気があるらてかつて批判したフルシチョフが辞任したらて。

十月何日か、新聞の隅っこに、茨城県大宮町の農林省放射線育種場で、「コバルト六〇のガンマ線照射で、菊やカーネーションの色の変化を生み出すのに成功。水稲、大豆にも道が開ける」とあった。良いのかのん？　自然が何百万年、何千万年、何億年と育てた植物の色を変えて……。なお、神も、仏も、神の子のイエスしゃんは信仰してはいないけれど、あまりに人間は、科学、知性、理性の深追いに自信たっぷり、図図しく、傲岸不遜に、騏一には映ってしまう。それでも〝原子力の平和利用〟の言葉、人類の未来への希望のシンボルはすんなり人人に沁みていっているし……。

そして、騏一は、東京オリンピックは華華しいし、興奮をくれるし、人人と同じように酔った。だったら、オリンピックは、新幹線を開通させたし、至るところに高速道路を作ったし、地下鉄も日比谷線が走りだし、東西線などがもうすぐ開通するようになったし、目に見えないのでぴんとこないけど下水道網もしっかりとしてきて、高度成長志向の経済の梃《てこ》になり、日本人は豊かになるらろうと楽天的な気分に、少しはなる。化学工場の爆発で死者が出ると、ちょっと気分が引っ掛かるのだが。

競技だって、池袋や高田馬場の食堂で、白黒でなくカラーがちゃんと出るテレビで見たが、体操の遠藤幸雄は三つも金メダル、チェコスロバキアのチャスラフスカの女体美の健やかな律動に参った。マラソンでのエチオピアのアベベは哲学者の顔で厳しく苦しいだろう四十二キロなんぼの距離を走り、オリンピック二連覇だった。ラストのラストで抜かれたとしても日本の円谷幸吉の苦しさを耐えに耐えての必死な走りも感動ものだった。柔道の無差別級は日本の御家芸なのに負けて残念だったが、女子バレーで〝東洋の魔女〟が圧倒的に強く勝利した。

——オリンピックが終わり、さすがに日本中が気が抜け、駪一も「にっぽん、がんばれ」の気分も抜けてむしろ虚《むな》しい騒ぎだったような気がすると、高度な経済成長の立役者の池田総理が辞意を表明し、少し経って佐藤内閣が成立し、アメリカの原子力潜水艦のシードラゴンが佐世保に入港し、気になったけれど、当たり前、参加はしなかった東京の日比谷で学生が無届けデモをして警棒で殴られた学生が出て、心配した通り、学友会の小清水達三人ばかりが頭や首に血の滲む包帯姿でキャンパスに現われて気勢を上げたりして、公明党が結成大会を日大講堂でやり、共産党が党大会でソ連派の志賀義雄、中野重治達を除名した。

そして、東京に、木枯らしが吹きだし、街路樹の銀杏《いちょう》やプラタナスの葉っぱを、なお未舗装の道が残って好ましいのら、その土ほこりで蹴散らす。

——十二月の初っぱな。

小学生の兄弟二人の家庭教師を前日に熟《こな》し、この日の夕方からは、雀友の大田昭一の紹介の都電に乗って大塚の駅裏の小料理屋と赤提灯の中間『そめこ』という店の皿洗いを始めた。女将《おかみ》が六十五歳なので用心棒というか、何とはなしの〝威圧役〟でもあった。ただ、慣れるに従い、するめ焼き、皿うどん、烏賊《いか》のバタ焼き、なめこおろし、白子《しらす》おろし、鯵《あじ》のから揚げ、鯵・鯖《さば》・秋刀魚《さんま》の焼き魚と三枚に降ろした刺し身も料理できるようになり、重宝がられている。学食と自炊の半分半分だが、自炊にもアルバイトの料理作りは、実に役立つ。

客が消え、そろそろ〝看板〟の夜の十時四十分。

「おばんなれすたっ。あええ、大瀬良あ、板《いた》についてるらてえ。冷や酒っ」

高校以来の友達というよりは、青木芙美子の年子の弟の強志が、かなり酔っぱらって入ってきた。

「無料《ろは》にしてやんなきゃね、故郷《ふるさと》の友達でしょ？」

おかめ顔の女将が耳許で、老いた証しの顎の梅干しの種を緩《ゆる》め、いってくれる。この女将は大様《おおよう》で、アルバイトを始めたその日から客の支払いの計算を騏一に任せている。

「おめえ、本当に芙美子っぺに惚れてんのか、騏一」

流行りのショルダー・バッグを開け、青木強志が、二枚の写真を取り出し、騏一、強志ともう一人のとっぽかった矢部浩の三人組の矢部浩みたいに、右肩を上げて、凄《すご》む。東大の文Ⅲで、やがて文学部の哲学科に進むと思われる強志に、この態度は、奇妙に似合う。

思えば、たった一度でも「心底、おめえの姉ちゃんに惚れてる」など打ち明けていないのに、強志は、きっちりと騏一の芯《しん》を解っている。途徹もない洞察力に満ちているとも、やがての義理の兄弟の直感で命運を先取りしてくれるような甘ったるい予感を持つとも思えてくる。

「ほれ」

強志が、鯵の南蛮漬の載る突き出しの皿、酒入りのコップを脇に寄せ、写真二枚を並べた。

「夏に、銀座のビア・ガーデンで、姉ちゃんとその友達、もしかしたら、そうらて恋人、結婚候補の男達と飲んだのら」

キャビネ版に引き伸ばした写真二枚を、騏一の視線に向け、くるりと百八十度回転させた。冷静にらろうと、自らにいい聞かせても、騏一の目の玉は、かつてないほどでかく、広角になると自ら知ってしまう。

丸テーブルの真ん中に青木芙美子が座り、大ジョッキの五分の四は飲んでいて、後ろに、若い二十代後半の男三人が芙美子を囲んでいる。三人とも、夏用の薄い背広の上下だ。

「ほれ、みーんな、格好いい男らろう」

強志のいう通りだ。

芙美子の背中に立っていて、知性たっぷりで渋い笑みを浮かべているのは、騏一より二十センチは丈がありそうで、敗戦後の、というより昭和史の最大の俳優の、あの切ない『赤いハンカチ』の歌すらものした石原裕次郎の雰囲気を漂わせている男だ。いいや、負けてはならん、高倉健だってこの頃、出てきておるら。けんど、けんど……。

「どうも、こん男と、芙美子っぺは喋って楽し気らった、大瀬良」

強志が人差し指の先で、写真の汚れも恐れず押した次の男は、きっちり七・三に頭の髪を分けて整えた、いかにもエリートふうの男だ。

「ところがな、ほら、この写真の男、どうも芙美子っぺに色気がありそうら。四十男、そ、この頭の薄い男、課長らて。妻子持ちらあ」

二枚目の写真には、芙美子の右に強志、左に、余裕たっぷり、眉間に一本の皺を刻んでいる男がいる。

「あえ……え、え」

「大瀬良、どんげしたら。猿の呻《うめ》きか猪《いのしし》の鳴きみてえな獣《けだもの》そっくりの喘《あえ》ぎで。ふふっ、へへっ、焦《あせ》れっしゃ」

強志の言い分は、騏一の耳に半分ほども届かない。

これが、嫉妬《しっと》とゆうのか。

でも、写真の男の一人一人、全てに、どう考えても敵わねえらあ。

焼き餅の、熱く、直線的、そのくせ、ねちっこい、炎、妄想《もうそう》、雷雲のごとき嵩《かさ》は、騏一に写真二枚を直に持たせ、目ん玉の力で男どもを消し去ろうという衝動にまで大きくなる。

けれど、けれど、けれども。

思えば……。

振り返れば……。

おのれを確《しか》と、見つめれば……。

高校一年になりたてで芙美子の目の玉の、三面川《みおもてがわ》の流れの真冬から春の気配までのそのものの、青みがかって黒い大きさや、村上の女であり、けんど、村上の女でもないような古さとあけっぴろげの性格に一と目惚れしたけれど、そもそも、それからは年賀状を二枚しか出していないし、それ以前に、自分など遙かに越えていて〝女の格〟が違っていて、高かった。

なのに……。同じ高校の強志の姉ということで、何やら近しく、ちょっとでは無理としても、素っ裸で冬の三面川を往復して泳ぐ決心さえすれば、お茶に誘え、手ぐらいは握れると思い込んでいたに過ぎない。甘い、甘い……甘かったの、のん。

「青木、煙草をもらうらて」

今までは母の多津の汗水流しての働きの金銭のことを思って吸わなかった煙草だが、騏一は、強志の青い包装のハイライトを手にして、一本を抜き、マッチに火をつける。深く、吸い込んでしまう。

あんれ、きつい味がして、くらーり、うんめえの。噎《む》せもしねえら。

「大瀬良くん、ふうん、この目ん玉の綺麗な女の子にほの字なのかね」

老いた女将が、写真を手に取る。女将は今のところ独身というが「三度の離婚歴があるのさ。子供はそれぞれに一人で、三人。孫も五人。あたしゃ、昔は、沢山の男にいい寄られて、そりゃ大変だったねえ」と話している。

「この女の子の競争率は高いね。東京大学、京都大学より難しくて、甲子園のベンチ入り級だよ、高校野球の。うーん、ん、ん、そうだね、え、え」

女将は、ことさら騏一のみっともない平べったい鼻、将棋の飛車角みたいに四角い顔を見つめ、写真を見つめ、見較べ、溜め息じみたものを吐く。それも、かなり、尾っぽを引きずる溜め息だ。

「い、い、いや……これからかも知れんがあ」

てっきり、揶揄《からか》いのにやけた態《てい》の強志と思っていたら、姉の芙美子と正反対の狐目《きつねめ》を歪《ゆが》め、撓《たわ》め、泣き寸前の顔つきをしている。ありがてえすけ、ありがとさんよ。

けんど、けれども、でも……。

恋人の弟がらみとゆうか協力があり、そもそも故郷の温かさを含めての柵《しがらみ》に負《お》んぶでことを成すど……まだ、まだ、自分の足で立ってねえらて……と、騏一に情けなさが少し過《よ》ぎり、すぐ、消えてもゆく……しかし、らて。

「大瀬良くん、はい、これで頭を冷やしなさい」

女将は、よほど騏一の興奮から始まっての虚脱の表情、心情、胸底を見抜いているらしく、冷蔵庫でできるちっこく四角い氷ではなく、搗《か》ち割《わ》った氷を手拭いに包み、騏一の額に当てがった。なるほど、冷めたいが、何かが頭の方から胸へと腹へとやってくる。

……この時。

……そう、この時だった。

女将の優しさを思ったら、そういえば、思い当たるのだ、ちゃんと、それぞれが実際を伴い、ことを、貌《かお》を、気持ちを、具《つぶ》さに、現わしてくる。

東京人、東京で出会った人は、一人一人が気が良いし、当人の半分以上の心と身になってくれているのだ。森末亡人、繁婆さん、邪《よこしま》は少女ゆえにあったとしても森紫。雀友の大田昭一はアルバイトの紹介ばかりか田舎者に多摩川中流まで案内してくれた。麻雀の鴨《かも》のおのれ騏一を大切しなければならぬとしても、それ以上に溢れている。鹿児島出身の上林吉之介は四暗刻《スーアンコー》を振り込んでしまったら、その分、焼肉屋ですぐに御馳走してくれ、引っ越しの手伝いも一番重い荷物を引き受けてくれた。多摩川の向こうの煙っぽいらしい川崎に住む帯田仁は、代理で偽の出席カードを出してやったら、きっちり「仁」の名の通り仁義を返し、騏一が病みつきになりかけている仁侠映画の無料切符をくれ、やっぱり、アルバイトをサボって引っ越しを簡単に手伝ってくれた。

学友会のちょいと見《み》、強面《こわもて》で、イデオロギーに殉じそうな小清水だって、おずおずと、障害者を生んだ父親の生き方の煩悶の小説、『個人的な体験』を知らせてくれ、結果としても、母の多津の思いまで教えた。

東京人、東京で出会った人だけらろうか……。

違うのらて、故郷村上の人人も。

倉松老人は、騏一が『古事記』の『思国歌《くにしのびうた》』の一節を偶《たまたま》に朗唱したのを聞いただけではない、よく解らん右翼思想だけど、内側の心では、武器と科学の粋《すい》の原爆の被害をしっかり見ていて、優しかった。

郵便局に勤めて生涯を、郵便という心の籠もる配達や区分けをする労働者として生きる根性があって赤旗に馴染《なじ》んで元気な浅野の兄さん……。めんこやべえごまで遊んでくれただけでなく、武家町の不良ではないけれど縄張り意識のある餓鬼大将からも守ってくれた。

教え方は下手糞で有名だけど、自らを苛めながら高校教師をやっていた鈴木哲男すら……そういや、高三で社会科社会は入試に無縁と五回しか出席しなかったけれど、十段階の七を、成績につけてくれた。

瀬波温泉の旅館の跡取りの、とっぽい矢部浩……。もっとも矢部は、騏一だけでなく、子分に気を使い、面倒見が、とても細やか。

『赤い鶏頭』の咲ママなど、騏一の容姿の駄目さばかりか原爆症の負《ふ》まで先取りしてくれて、心で、文字通り心と軀でも……。

そう、戻って、東京人か否か分からないけれど、映画研究会の髭もじゃＣａｐ《キャップ》。

待て。

同じ映画研究会のト書きが好きでベレー帽の男は、おのれ騏一を舐めていたし、活動家の小清水の、正直な「解らない」言に喜んで、踊り上がった。碇《いかり》の尻のような、いや、それ以上のどでかさの女の部員も鬼の首を取ったように喜んだ。

そう、人間って、静かに、時に、嬉しく、「万歳っ」と言いたくなるほどに、善く、優しく、おおらか……なのに、思想やイデオロギーや政治が絡《から》み、入り、温度の差によっては、とんでもなくなるすけ。そこと、「俺が、僕が、あたしが」と自分が自分でありたい願いや主張が入ると棘《とげ》となり痼《しこり》となり……。

未だ解らんけど、たぶん、ここいらて。

けんど、薄かったり、深かったり、濃かった、ひつっこかったりしても、誰でも、思いを抱いて、歴史と今を思い、思想に似ているものを、イデオロギーじみたものに至るものを持つ……しかないし、大切にしてしまう。

「おいっ、大瀬良。たった二枚の写真で、目を赤くしたり、鼻穴を大きくしたり、黙ってばっかりら。どんげした？　あ、酒、酒らあ」

　強志が、小さく叫ぶ。

「えっ、青木、おまえの恋愛は、どうなのら？　東大で勉強ばっかりか」

　そう、他者が大切ら、他者の感情、思い込み、自意識を、こちら側に引き寄せることだ。騏一は、初めて、自覚的に、他者を、思った。「他人を大事にしないと、おのれも、ない」と。

「それが、それらあて。いや、年内か、正月に会ってくれんかの。深刻ら……あ」

　強志が、いや、強志も、しっかり、青春時代の真っ盛りのあれこれを抱えているらしく、口籠った。

「大瀬良くん。あのだよ、女が男に惚れる、身を任せるってえのはあれこれあるんだわ」

　こう言って、女将が暖簾《のれん》を、仕舞いだす。ごく日常、普通の日日の仕事、仕種、やるべきこととして、でも、次に恋の鍵でもくれそうにして。

「女はね、男が長谷川一夫みたいな色男とか、柔道世界一のヘーシンクのような背が高くて筋肉隆隆には参るわよ。でもさ、そんなもんじゃなくてね」

「えっ、だったら？」

　瞬間湯沸かし器で、溜まった皿、鍋、丼を洗いながら、これは大切な離婚歴三回の女将の言として、騏一は、背筋をぴしっとさせる。

「女の弱さ、悩み、左も右も駄目、前も後ろも駄目への、赤い心と広い心と優しい心……これだよね。男と女は、互いに、蒟蒻《こんにゃく》と鉄砲」

かなり抽象的というか、いんや、哲学に満ちているというか、女将は、あっさりいう。

「あ、俺、メモしていいら？」

こら、強志、東大の授業でねえの。

「いいわ。大瀬良くん、う、うーんとの熱い思いは、百分の五に隠して、我慢強く、じいっと女の気持ちを覗いて、探って、見つめるのよ。それまでは、肉体を迫ったら、外れええ」

「女将さん、その悩みを受け止めてから、手を握るのとキスまでは、どんくらいの時間ら、何ぼの逢瀬ら？」

姑息《こそく》と知りつつ、騏一は、聞く。

「こん、浪漫なき、餓鬼んちょめえーっ」

女将の手によるフライパンが、騏一の頭を、ぽ、ぽーんと叩いた。小気味良い音鳴りだ。

「そんなもんじゃねーらてーっ」

おいっ、強志、もう店仕舞いらて、騒いでくれんな。

「俺は、最初の日から裸と裸で抱きに抱かれまくって、それかららて、恋情が目醒め、愛の心が深まり……なのに、なのに」

「ふうん、強志、勇気があるのん、初めて会った日に、せ、せ、性交か」

「騏一、怒るぞ。下品な言葉を使うでねえら」

狐の目というより、ライバルの猫を睨む猫の目のような光を瞳に集め、強志が睨んできた。

「ごめーん、強志。誰《だ》ったや、その恋人は？」

「新宿のトルコ風呂の女《ひと》……気が強えのに心が芙蓉《ふよう》の花みてえに綺麗で、純粋で」

「そ、そ、そうか。強志、もう飲むな」

「サギリっつう源氏名で、本名は、ケイコ……本気らて、初めから燃えてくれての。あええ、なのに、三ヵ月半で恋は終わったらね」

「なあして？　強志」

「ケイコは、母親が一九四五年三月の東京大空襲で焼け死に、父親も両膝から下がねえ傷痍《しょうい》軍人で、その父親が腎臓病で治療費を稼ぐと水商売に……」

来年は終戦二十年、まだこんなことがあるかのとも思うが、落ち着いて考えれば、やはり今なお戦争を引きずっているのは確か。騏一だって父親を原爆で失っている。雀友で同級の大田昭一だって父親がフィリピンで処刑され奨学金を貰っている。あ、だから、やつは麻雀に賭ける気合いが凄いのらて、学費のためにと、根性が他のやつとは違っておるすけ。そういえば、貧しさのせいか、いや、「産《う》めよ、殖《ふ》やせよ」の戦時中の国のスローガンのせいか、中学では高校に進学しなかったのが学級の半分。それも、江戸時代から越後は〝出稼ぎ〟の本場《ほんば》とはいえ〝金の卵〟として東京へと出て行った。高校から大学に進学したのはクラスの四分の一らった。何か……済まねえのん、母の多津のいっぺこと苦労があったとしても俺は、強志も、矢部浩も、何だかんだゆうて、出生と環境による〝選良〟……。済まねえのん。

やっとというか、今更《いまさら》というか、騏一は、憧れの青木芙美子の住む近所の大学に合格するとの高校入学以来の決心で、そして、長崎の爆心地四キロメートルにいたという事実を知ってのかなりの焦《じ》れ、東京暮らしの慣れと自立という課題の前に存在した、社会や歴史の中のおのれが見え始める。恥ずかしい感情も出てくる。

「おいっ、騏一、聞いてんのか」

顎だけをカウンターに乗せ、強志が喚《わめ》く。

「そうよ、大瀬良くん、ちゃんと聞いてやんのが大切なのさ、友達の失恋の痛手は」

女将は布の袋に売り上げを納め、しかし、百円玉二十個を残し「はい、友達のタクシー代。あとは頼むわ、戸締まりはしなくていいから」と、自らの尻を叩き、外へと消えた。

「ほいで、土地や建物で倍倍ゲームで儲けてる不動産屋の四十男の……あ、え、え……二号になって、店を辞めるって、さっき……最後のラブをちゃんとしたホテルでしてきたら、騏一。切なくて、未練ばっかりで、ラストの渋谷は道玄坂のホテル代までケイコに出させてしまって……の」

「そう……か。辛《つら》いことを経験しちまったな」

別れのあれ、いや、愛の交わりのホテル代を出す女なのだから、これは、女の全てではないとしても女はかなりの真情の溢れがあると、騏一は考える。

「騏一、俺は自分が情けなくて……哲学か文学をやろうと思ってたけど、経済学部を狙い、マル経、マルクス経済学なんちゅうのは学ばず、銭《ぜに》儲けの商学を研究してえ……とすら考えるら」

いかん、強志は、ずるずると上半身を崩し、椅子にも座っていられず、黒曜石に似せた玉石《たまいし》が点在するコンクリートの床に落ち、海老《えび》みたいに全身を丸めてしまった。

――朝日が、奇妙に、かがっぺい。眩《まぶ》しい。目の玉に、痛い。

シャッターは降りてなくて、止まり木の座布団の五つが強志に、三つが騏一に掛けてある。騏一の二の腕を、強志は枕にしている。存在証明的に、臈纈《ろうけつ》染めの『そめこ』の白抜きの紺色の暖簾《のれん》が二人の膝から下を覆っている。

「いけねえ、今日は世界思想史が一限からあるすけ。起きれっしゃ、騏一」

東大生の性《さが》は抜けない、青木強志は、授業を気にして、がばっ、と半身を起こした。

「あれこれ、愚痴を聞いてくれて、騏一、感謝らて」

強志は、駒場寮の自室のように便所にいき、洗い場で「ぐる、ぐるう、っぺしゃ」と口を漱《すす》ぎ、両頸をぴしっぴしっと叩く。それでも吐く息は酒臭い。

「強志、女将が二千円も、おめえの電車賃に寄付してくれたら。持っていけっしゃ」

「ありがと。女将に、くれぐれもよろしく。あ、銭は要らん。ケイコが、『勉強に励むのよ、はい、参考書代』と聖徳太子二枚もくれての」

つらつら考えると、強志は、七割がまだ学生服の騏一と異なり、茶色のブレザーに、藍《あい》色のジーパン姿だ。女、いや、恋愛は強いものをよこすらしい、騏一をあっという間に、お洒落《しゃれ》の点で越えてしまった。

「それで、思い出した、女将の『女が転ぶ場合』についてら。あのな、騏一。芙美子っぺにだって、弟にすら打ち明けねえ内緒、誇り、暗さがあるら、当たり前に」

ショルダーを、きっちりと胸許に抱き、出入口のがらがら擦れ違いの窓ガラスの扉を開け、強志が振り向いた。

「う……ん」

「騏一、戦前や戦中とはもうまるで価値観が逆で個人の世の中なのに、六人の子供達の中で芙美子っぺは、一と言で表わすと『穀潰《ごくつぶ》し』、それらから、養女に出され……気にしている」

「そういうもんかの」

「当然らて。『親の愛も受けない自分って、何ら』と」

「う、う、うーむ。けんど、六人の子供がいたら……あのうら」

「騏一、解ってねえの。終戦、いいや、敗戦の以後の日本は、アメリカと同じ。家などでなく、個人、個人、個人だぜ。一家の子供の六人のうち、愛情が六分の一じゃ、済まねえの。一人一人が、たっぷりの一人が原則。家族革命になったのだよ。だから、芙美っ子ぺは悩む……悩むはずなんだ」

俄に、東京の話し言葉になり、青木強志は説く。

なるほど、確かに、そうら。

「次に、きのう見せた写真が芙美子っぺの絶頂。十日後に、また、テレ・タイプの仕事に戻され、その上、電子計算機って凄い機械の情報の入力《にゆうりよく》もやらされて、うん、キー・パンチャーというやつ……くたくた」

「へ……え」

「芙美子っぺは、常識というか、そ、女だてらに大学に進もうとしても養母が『うん』といってくれなくて、知識が不足していて、その上、自分への反省が足りなくて、誤字脱字だらけの文書を書き過ぎ……んで、単純作業の元へ返されたわけよ」

「そりゃ、そのう」

「それに、芙美子っぺは、気分の斑《むら》の上下の波が激しくて、寝込む時もあってさ」

チャンス、と、憧れて恋い慕う芙美子の危機に、騏一は、いけねえら、駄目らろう、甘いのうと考えながらも、高校野球で逆転二塁打を放った直後の初初しい喜びみたいな感情に急上昇してしまう。

「じゃな、騏一。年内、いや、正月の松の内ぐらいまでにまた会ってくれよ」

強志が、駆けだした。速い。飲み逃げでもするように。違う、おのれ騏一も強志も若いのだ。若い……若過ぎるのかも。


――プーポオオ、と、自転車の豆腐売りの小さな喇叭《らっぱ》の音がして、人が動き始めた。

騏一は、客の座る止まり木に陣取り、カウンターに、藁半紙《わらばんし》を置き、右手の指に鉛筆を挟み、青木芙美子への便りの原文を考え込む。

葉書きにするべきか、封書にすべきか、そもそもここが問題で、ぐちゃっと、悩む。葉書きは、然《さ》り気なさを装えるけれど、軽くとも映る。しかも、養母に読まれることもある。封書にするには、関係をあまりに深く問うようで、一方的だ。重過ぎるらろう。

とどのつまり、葉書きにすることにした。が、なかなか、あっさりして、でも的《まと》を撃ち、憧れて焦《じ》れて切ない気持ちの少しを伝える文章というのは難しい……と知る。

そして、文章を商売にしている人間のしんどさと冷や汗の掻き方が分かりかける。だからこそ、手抜き、誤魔化し、曖昧化を必死にやるだろうという推測もする。

『振り返れば、あ、村上の臥牛山のちらほら桜と深酔いで見上げたどんより空。

頑張って、働いていると想像します。

アルバイトで稼ぎ、御馳走できる目処ができました。

もし、もし、良かったら、ちょっと先となりますが、十二月六日土曜日、夕方七時、新宿の高野フルーツの喫茶室で会って下さいませんか。

御返事は、葉書きの表の住まいに。

ゆっくり、ゆっくり、のんびり、のんびり』

下書きが、できた。年子の弟の強志のことは、粘つくことがあるみたいなので省いた。

よっしゃ。

あとは、そう、行ったことはないけれど、銀座の日本一地価の高い鳩居堂で葉書きを買い、清書を。

切手ショップで綺麗な切手を買い、貼ろう。

返事は、くるらろうか……。


——次の日。急がねばならぬ。

サボタージュが慣れた大学の授業を放棄し、いきなり、紹介状無しで、東大の医学部へ初診に行った。つまり、故郷の倉松右衛門老人の力は借りないことにした。早く、駄目ＯＲ《オア》大丈夫の結果を知りたかった。思えば、青木芙美子と会う前に、おのれ、を、かなり怖い気もするけれど解りたかった。

文字通り、厳めしい正門、風雪を耐えたというよりは監獄ごとくにくすんで秩序を感じさせ圧《お》してくる講堂を見上げて、診察を受ける前に、気分、心、精神がやられそうで、正門を一旦、出た。自分は学問も人間としての成長も学生任せの私学で良かったのん、の思いが湧く。

麻雀でいう対面《といめん》に、びっしり古本屋が並んでいて、これは早稲田周辺のそれより十倍は分厚く、森家の繁婆さんの口にするコンプスコを感じ、赤門を潜った。高校の教科書に写真入りで出ている江戸時代以来の前田家の門だ。古めかしさと威厳に変な鳥肌が立つ。芙美子の弟の強志もここを通るのかと、かなり、同情してしまう。同時に、好い加減そのものの授業しかやっていない我が早稲田の気分の良さを初めて対照的に感じると、そこは医学部だった。

医学部の地下には、ホルマリンとかアルコール漬けになった死体が収容されているという噂が故郷の村上でもあった。この、たった一ヵ月前に読んだ大江健三郎の短編『死者の奢《おご》り』という詩的なタイトルの小説で、その噂の出所を知った。けんど、本当か？

――ずい分と待たされて、看護婦が聞いた。

看護婦の渡した問診表に正直に、母多津の教えたこと、現在の概ね健康なことを記した。

「えっ、あんた、被爆者？　そりゃ、そりゃ、稀少《きしよう》で、珍しく、大事な患者で。いや、患者さんじゃっと。良か、良かとですよ」

九州でも奥の奥みたいな土着語を混じえ、三十半ばの医者が両眼を剝《む》いて、両手を、映画で見たストリップ劇場の楽屋の男のように両手を重ね、揉んだ。

そのうち……。

五十代と思えるドクター、四十代のドクターと、ややせわしなく入ってきて、五十代の鼻髭の天井へと跳ねて立派なドクターが、なんと、九州の長崎市の地図を手にして、繙《ひもと》いた。そして、一九四五年八月九日の、爆心地からの騏一の居場所を時系列として示すように、かなり、丁寧な言葉としても指示した。その後の、母の多津の言《げん》でも、やや不明な、騏一の動きについても。

それからが、更に、面倒だった。

血を、注射で、九本も吸い取られた。

そういや、中学生の時に長崎の病院でもやられた記憶がまざまざと蘇えるのだが背骨に、太い針を入れられ、体液を吸い取られることが、ここでもやられた。白血球について調べるのか。レントゲンの撮影も、いろんな角度から、白くどろどろした液の水を飲んでのあれこれもあった。喉仏あたりにも注射器を刺されたばかりでなく、最新の医学機器らしい円い筒を当てられて超音波とかを測られた。

そういえば、雀友の大田昭一が「おいっ、最先端の医学は東大にあるけどな、精神病、うん、分裂病の人間の脳の前頭葉《ぜんとうよう》の白っぽいところを削って治すらしいぜ。かえって怖いと思わねえか大瀬良」と、騏一が初めて筒子《ぴんず》の清一《ちんいつ》の上がりをした時に、ゆとりでいっていたっけ。ロボトミー手術というやつらしい。

「いろいろの診察の結果は、三週間がかかります。また、きていただけますかな」

鼻髭のぴんとしている、ちゃんとしていると、どの角度から見てもそうだろう、五十代の医者が告げた。他の二人のドクターは「えん、うん」と言葉に出さず、首を前のめりにさせ頷いた。

――騏一は、この診断結果が、青木芙美子との再会の日の前日なので、思わず、「よろしくうっ」と答えた。

9

同級の雀友の大田から借りたネクタイを締め、同じく帯田から借りた重みのあるライターをポケットに納め、未だ週に七本ほどの煙草のハイライトを胸ポケットにして、騏一は、胸騒ぎに揺れ動く。街路樹のプラタナスの葉が、耳を澄ますと、案外に、冬の初めを教えて良いらあ、本当に音を立てて、ささん、かさかさ、さらんささ、こそこそん、と落ちる東京の初冬だ。

この季節は、故郷の村上の方が遙かに、大気の澄みぐあい、凍てを迎える愁《うれ》いとロマンに満ちている。東京は、狭いアパートの畳と布団を含めた部屋ごと水分をなくし、自動車の排気ガスはえがらっぽさを増し、コンクリートまでが罅割《ひびわ》れをおこすほど乾いてくる。おまけに、ジングル・ベルの曲が至るところで鳴り渡り、せわしない。

ただ、青木芙美子のぶっとい万年筆の返事の葉書きを読み返すのには、ジングル・ベルの曲は悪くない。そうら、「木枯らしの声が聞こえはじめました。初めての東京の冬でしょうが人が多い分、乾燥する分、風邪を引きやすいので気をつけなさいね」から始まり、逢瀬の申し入れを「楽しみにしています」とある。

目ん玉で葉書きが汚れてしまうほど、四十回以上も読み返したそれを、小五と小三の兄弟の家庭教師をやってる最中も読み、今は早目にこのアルバイトを切り上げ、山手線に乗り、よぼよぼのお婆さんがいたのでごく当たり前に席を譲り、吊り革を左手に芙美子からの葉書きを右手にしている。新宿駅で降り、〝高野フルーツの喫茶室〟など雀友から「女子大生と会うのにいい場所だ。フルーツやジュース類はちゃんとしたのが出るけど高いから気をつけろ」と聞いただけ、十分ほど迷って辿り着いた。

約束の七分前の六時五十三分なのに、あいーっ、いた、いた、青木芙美子が、厚い文庫本を開いて隅っこの席に座っていた。羊毛製らしい、ちょっぴりざっくりした、焦茶《こげちゃ》色のワンピースを着ている。けれども、清冽、そのものらて。小便を、漏らすほどだ。

うーん、高一になりたてほやほやに初めて出会ってそれっきりの頃より、もっと魅力的になったすけ。清冽から、理想を追う女のイメージら。こりゃ、太刀打ちできっこねえらあ。文庫本に目を向ける二つの眼は調和の限界のように大きく、凛《りん》としている。

騏一は、芙美子がきてくれた喜びより、壁の監獄の塀ごときどでかい高さ、壁の高速道路のアスファルトほどの硬さに、入口のところで立ち竦んでしまう。とても、ひ弱で老《ひ》ねたところから哲学性とトルコ嬢に失恋する年子の弟の強志の姉とは思えぬ。もしかしたら、腹違い……かも。

おのれは、この芙美子に恋を、愛を、ゆくゆくは婚《こん》を求める資格があるのらろうか。

無《ね》え……のん。

騏一は、踵《きびす》を返し、便所へといく。呼吸を整え、鏡で自己を点検する。

間違いない。金槌で潰し潰したような平べったい鼻、七・三に分けて気を配った頭の髪の刈り方だが、そのすぐ下の拳骨そのものの顔、こりゃ、見込みがねえすけ。

いや、待て。

昨日の東大医学部の検査結果は、例の白毛混じりの鼻髭ぴんの五十代の医者を含め三人から「今のところ問題ありませんな」、「被爆が爆心地四キロメートル、かつ、閃光《せんこう》からは直に遮断され、灰《はい》や塵《ちり》を被った量の少なさが決め手のようですわ。黒い雨、といわれるのも浴びておらない」、「これからは原子力の平和利用の時代ですよ。実際、癌の病巣を撃ち殺すのが放射線。ま、安心して」とそれぞれが言い、でも、鼻髭ぴんのドクターでも教授らしいのが、「検査費、治療費は、ごくごく負担のないようにしますわ。で、どうですかね、三ヵ月に一度、診《み》せてくれませんか」と告げた。

うん。

三ヵ月に一度は面倒だが、一年に一度ぐらいは「いくしかねえら」と、便所の鏡に、騏一は、呟《つぶや》く。

芙美子への最低の資格はありそうだ。

気分を新たにして、騏一は、歩みだす。

これほどの美しく、魅《ひ》く力がある芙美子だ、喫茶室の客はみーんな注目しているはずと、二十席ぐらいを見渡す。

あれーっ、誰も、誰も、芙美子を見ていない。一人で、煙草を吹かしているエリートふうの二十代後半の背広のバッヂを輝かせている青年も、頭の毛が頭の真ん中から一直線に禿げている中年の男の人も、芙美子などちいーっとも見ていない。ちらり、とも見ない。

骐一は、やっと、やっと気づく。自分、おのれは、高一の春からの恋に、酔いに酔い、幻を追いかけ、青木芙美子が膨れ上がっていることを。

冷静に、なるっちゃ。

しかし。

やっぱり、どう考えても、疑っても、目ん玉の、三面川《みおもてがわ》の水脈《みお》や、ゆるゆるの流れや、迸《ほとばし》りの走りに似た青みがかった黒さの力、その、大きさ、両唇の上と下の挑むように捲《めく》れ、すんげえわ。

「あら、きてたの？　三分も遅れて、駄目よ。約束の時間は守りなさいね」

ぱたんと、芙美子は、カバーのない文庫を閉じた。

そう、芙美子のあれこれ個別の魅力を足して、総合すると、故郷の三面川の全体、そのものなのだ。冷えて清冽な流れのような女性、鮭を孵化させて再び戻すごとき母性、滔滔《とうとう》として走る豊かさ……。

「ご、ごめんなさい」

頭を下げると、芙美子の読んでいた文庫は『精神分析入門』とある。確か、フロイトとかいうオーストリアの精神医学者の本だ。「『性的な衝動とその角逐』で、精神とか心の暗部や闇を分析してるんだ。つまり、マルクスの『存在は意識を決定する』の逆だよ」と、同級の雀友で仁侠映画の先輩の帯田仁が教えてくれたっけ……。いずれにせよ、芙美子は、ちゃんと勉強する志を持っている。でもフロイトの「性的な衝動とその角逐」って危険ではねえっか。そんげな助兵衛に、おのれ骐一と同じく悩んでいるのかのん？　そうであっては欲しくない。

「どうしたの騏一ちゃん、黙ってばかり」

〝ちゃん〟と呼ばれて、騏一は、少年扱い、弟の強志の友達扱いと、改めて壁がアスファルトどころか鋼鉄の硬さ、高さは監獄の塀どころか東京タワーほどに思えてくる。

「緊張しているでのん、いや、固くなっているわけです、芙美子さん」

「あーら、芙美子さんなんて、ファースト・ネームで呼んでくれちゃって。元気なの？　ちゃんと御飯を食べてる？　軀がだるいとかはないの？　アルバイトは何を？」

もう、たっぷり東京漬《づ》けの言葉と雰囲気で芙美子は、あれこれ、いっしょくたに纏めて聞いてくる。

「あえ……あえ。いえ、はい、そのう」

けれども、騏一は、四年八ヵ月の間に抱いてきた憧れの膨張と、その標的そのものを前にして、うまく答えられない。こんなことなら、問題集を自分で作り答を訓練してくれば良かったら。そう、森家の一人娘の紫を稽古相手にして……。いや、芙美子の弟の強志の方が良かったのか。

「元気です。健康は問題ありません、今のところ」

「うわあ、良かったあ。心配してたのよ」

そうか、芙美子もまた、幅や深さはあろうけど、おのれ騏一の長崎の件を知っていたのだと騏一は、逢瀬、そう、ランデブー、いや、流行りだしたデートというやつの舞い上がりの逆上《のぼせ》から少し醒めてくる。

「騏一ちゃん、普段はどんな暮らしを？」

「飯《めし》は、自炊と学食と外食と三分の一ずつですのん。アルバイトは、小学生二人の家庭教師と、夜は赤提灯の飲み屋で手伝いしてます。あ、その店の女将さんは七十歳らて」

「本当に七十歳なの？」

正解は六十五だが、ここはきちんと五歳増しにした騏一の説明に、あえ、え、え、嬉しい、疑問を芙美子は持ってくれる。

「はい」

「それで授業は大丈夫なのかしら。単位を取れるの？」

「俺のところの大学は好い加減ら。弟の強志から聞いてませんかの」

「えっ……強志と会うのは年に二、三度だけ。それに……」

芙美子がいい澱み、しどけなく空《そら》へ地《ち》へと捲れている唇を、きりり、きつく結んだ。と同時に、大きな二つの眼に、やや曇った雨降り前の翳《かげ》りみたいのが覆ったような……気がした。それに、そういえば、睫毛が長く、ゆっくり反り上がっていて、音すら立てるように瞬《しばたた》いた。

「……」

芙美子が、黙《だ》んまりになる。

これでは、あかんのらて。騏一は、今度は自分が質問をしなくてはと、焦る。「恋人は？」、「毎日の仕事は楽しいのですか」、「会社が終わった後は何をしていますか」だろう。無論、こんなに美しい女ならば、「キスは済ませたのでっしょうか」とか、「処女ではないですよね」という質問は、あえー、悔しいら、無駄な質問だろう。いや、徒労の……問い……か。

「騏一ちゃん、出ましょうか。ボーナスが出たばっかり、沢山、食べるといいわ」

芙美子が、さっと立ち上がり、レジへと向かった。ここも支払ってくれるらしい。騏一は弟扱いをされ〝男〟を見せる場面が欲しくなるが、できない。

でも、芙美子と並ぶと、一六五センチと低めの騏一の方が二、三センチ高い。芙美子は普通の底の靴を履いているのだ。つまり、男としての騏一に気を使っている……らしい。いんや、まさかろう。いけねえ、フランス料理なんつうところへ連れていかれると、ナイフやフォークの使い方が分からず、困る。


——明治通りを伊勢丹の前で渡り、よかったのん、こざっぱりした赤提灯の二人用のちっこいテーブルに向かいあって座った。

そして、漸く、騏一の頭の中に、芙美子との構えが、朧《おぼろ》ながら整理されていく。

一つ、決して、貪欲に食わない、飲まない。芙美子だって豊かではないはず。

二つ、しつっこく次の逢瀬を迫ってはならぬ。

三つ、共通の話題、できれば、少し知っている映画と詩歌と料理の作り方へと誘う。

あ、違う、支払いは、男として、早目に立ち上がり、自らがさっさとするしかねえら。そのために、母からの仕送りをこつこつ貯め、アルバイトをしてきたのだ。

それと、ゆとりと鷹揚《おうよう》さを備えるようになった成長した男として見せるために、芙美子の話に耳をしっかり傾け、自らのことは喋り過ぎない。少なくとも、これまで読んだ娯楽小説にも純文学にも、そう書いてあった。

焼き鳥の焦げる香ばしい匂いと、俎板を叩く快い音と、その隙間をしっかりと押し分けて、もっと心地が良く高ぶる、日本海へと注ぐ三面川の水脈みたいに、芙美子の浜茄子《はまなす》の花に似た化粧水の香りが騏一の鼻奥へと押し寄せてくる。

「騏一ちゃんて、健康志向ね。なめこおろし、菠薐草《ほうれんそう》のお浸し、カルシウムがたっぷりのつくねだもの。小料理屋のバイトで知ったのね」

アルバイトでなく、バイトと芙美子は略し、褒めてくれる。そうすると、単純に喜び、騏一は、日本酒の冷やを、ぐいぐい、飲んでしまう。どこの生まれの、どういう酒だか知らないが、故郷の村上の〆張鶴《しめはりづる》や大洋盛《たいようさかり》級とすら思えてしまう。初冬が、冷や酒を、おいしくさせるのか。

「あのね、聞いてくれる？　騏一ちゃん。ごめーん、騏一さんと呼ばないとね」

あええ。凄く魅く女は肉を好むのか、はっ、たん、かしらを、塩でなく甘ったるい垂れで、粗塩《あらじお》ほどに白く、たった一度だけ見物に行った上野の動物園の若いアザラシの牙みたいに頑丈に映る歯をちょっぴり垣間見せて食べ、頭を傾《かし》げた。

うん、そうら「騏一さん」と呼んだぞ。

「あのね、わたし、会社が、とっても、きついの。支社や支店に、いろんなこと、情報、販売の注意点、売り値など、電話より安上がりで正確なのね、それをテレックスというので、何百通と打ち込むだけ。文字のボタンを押すの、一日いっぱい」

そういえば、よく機械の進化については解らないが、芙美子の弟の強志が「芙美子っぺの悩み」とかについて喋っていた……。

「その他《ほか》に、電子計算機、そう、コンピューターの入力で、少し硬めの長四角の紙にデータを指でパンチして……疲れちゃうらあ。ううん、肩が凝るとか、腕が動くなるとかだけでなく、頭の全体が疲れちゃうの」

芙美子が、騏一のとっつきにくい話を切り出した。何か、最新の機械を取り扱っているらしい。

「そうですか」

機械にからきし弱い騏一は、芙美子のテレックスとか、データをパンチするとかが想像できない。カラーテレビ、カー、クーラーの3Cが近頃の消費生活の夢ごとき目標だが、カラーテレビを立派な食堂で見ることはあっても、車の運転免許とは縁がないし、冷房機など贅沢そのものに映る。

「何か他人ごとみたいに聞いてるね、騏一さんは」

「済みません」

「謝ることはないんだけど……それで、先週は三日も会社を休んじゃった。気力が湧かなくて」

「あ、そう……いんや、そりゃ、大変らあっ」

芙美子は塞《ふさ》ぎ込む精神病にかかっているのではと、騏一は、ひどく慌て始める。もっとも、精神病が原爆症ほどに忌み嫌われているとは知っていても、分裂病と躁鬱病の特徴を耳にしただけだ。

そうすると、黙っていられず、冷や酒を呷ってしまう。東京で出る一級酒は甘さの中に苦さがあると、今度は感じる。

「芙美子さん、病院はいったかな」

「ううん、精神科って、やっぱり行きにくいもの」

「でも、週刊誌だったかに、アメリカじゃ、資産家ほど精神科医とか臨床心理学の専門家と契約して相談する傾向が出てきたって……書いてあったし、そのう」

「そうなの？」

「うん」

騏一は、当たり前、芙美子が精神病であろうと何であろうと憧れの女としては不変であるし、そんなことはどうでも良く、存在そのものがかがっぺい、そのものだ。

「俺がついていってもいい。早目に」

「あら、騏一さんが？　恋人みたいじゃないの」

「そ、そ、そうかな」

直に、「恋人なんかじゃないでしょうに」といわれた気がして、騏一は、滅入り始めた。ついつい、冷や酒のお代わりを求め、しかも、コップ酒にしてもらい、飲んでいく。

「相変わらず、騏一さん、飲みっぷりが豪快ね」

芙美子が誉めてくれる。ゆえに、背伸びし過ぎと知りつつ、一気に、コップ酒を飲み干した。

「だけど、騏一さん、もっと、わたしの働く中身の分析とか、そうロウドウの内容とか知って、それで一定の考え方を持つとかしないと、一緒に病院なんていけないわよ」

喉《のど》の肉をかなり強ばらせ、芙美子は瞳に、がっかりと蔑《さげす》みの色みたいのを浮かべた。調和を崩す寸前ほどに大きく、漆黒に澄んでいるその目なので、思いが滲み出るのだろう……か。騏一は、人の目や瞼や頬や唇の表情は、言葉より複雑にしてかつ明白にものを喋ると初めて知る。

実際、芙美子がいう「ロウドウ」について、労働と書くのだろうが、騏一は実践的には家庭教師と小料理屋の手伝いしか知らず、理論的にも無知そのもの。そうだ、学生運動と無縁に、学友会の幹部の小清水にいろいろ教わろうか……。小清水の仲間でもいい。労働者革命なんて喚《わめ》いているのだから。

「それにね、騏一さん。精神病への偏見、精神病の本当、その治療方針と……ちゃんと勉強しなくっちゃ」

猪口《ちょこ》の酒を、やっと舐めるように飲み、芙美子は痛いところを突いてくる。

「あ……い。これから、勉強するら」

「そうらね、騏一さん、うんと逞しく、広おく、深くならないと……恋人の獲得とかは大変でねっか。恋人を志願する女は……辛《つら》いら」

芙美子はたった猪口一つで酔ったか、村上言葉の尾っぽを出した。けんど、要するに「恋人失格」の宣告であるらろう……。うえーん、ん、ん。

——それから、芙美子は、沈黙に入ってしまった。

騏一もまた、自棄《やけ》酒のように、冷や酒を飲み続ける。言葉を出して共通の話題へと持ち込もうとは必死に思うが、緊張から舞い上がり、舞い上がりから舞台からの転落と、くるくると感情が雰囲気と気分の渦の中に揉まれ、出てこない。

これではならじ……。

でも、酔いのみは回ってくる。

そう、これだけは、忠告しなければ……。

「弟の強志と、病院にいったら、どうらて、芙美子さん」

酔いで、芙美子がますます美しく見えてきて、しかし、どこかに芙美子が逃げていくようにその上半身がぐらりぐらり揺れる中で、騏一は姿勢を正す。

「あのね、騏一さん。わたしと強志は母親が違うのら。というより、兄弟姉妹の中で、わたしだけ愛人の子供なの」

「えっ」

そういえば、四年八ヵ月前に、臥牛山の麓で青木の一族と出会ったが、芙美子の顔だちは他の一族とまるで別……だった。そもそも、強志は〝芙美子っぺ〟と〝っぺ〟をつけて呼んでいた。そう、それで養女に出されたすけ……。

「騏一さんて、人と人の間は繊細な感覚で付きあうし、根っこの根っこで誠があるけど、その真ん中の要素が解らないところがあるらね」

「はあ」

高校時代にも友達とか母親に幾度か指摘されていたことを芙美子もいう。

「でもら、そこが、騏一さんのとっても良いところ……げら。みんな筋道を押し通す人ってつまんない」

ああえ、欠点を芙美子は長所としてくれるらろうと、騏一は、嬉しくなりかける。

しかし、足許が、地震のようにゆらゆら動く。

——気づくと、襤褸《ぼろ》アパートに辿り着いていて、蛍光灯はつけっ放し、天井板の節穴が嘲笑《わら》っている、けたけたと声を上げるみたいに。

大いなる失敗、でかい挫《くじ》け、凄い無知を思い知り、隙間風の入ってくる布団に潜った。

「ほらほら、しっかりするっちゃ。高校一年の時と同じ。成長を、もちっとは見せなきゃあかんら」という、芙美子のタクシーでの言葉が、寒気、吐き気、頭の芯の痛さと共にやってくる。

俺は、明日、死ぬぞおーっ。

待て。

小料理屋でも、タクシーの中でも嘔吐《もど》してはいねえの。一週間、自殺はするまい。

待つら、待て。

死ぬと、あの、プチプチと爆《は》ぜ、血の通う桃色で、外へと少し捲れた芙美子の肉《み》の詰まった両唇を奪えぬ。自殺は三ヵ月、執行猶予らて。

10

三ヵ月少しが経った。

無論、騏一は生きている。

ただし「青春時代を美化するやつらは嘘こきすけ」と、いじけている。

そのくせ、襤褸アパートの入口の共通黒電話には耳穴を穿《ほじく》り、耳朶二つをひくひくさせて敧《そばだ》てている。当たり前、当然の報い、彼我の力関係のあまりの差、ターゲットの実情への無知の結果として、リーン、リン、ン、リリッの電話の鳴る音がして誰かが受話器を取る気配をさせるが、騏一の部屋のドアを「電話ですよお」と叩く人はいない。

年は新しくなり、一九六五年三月半ばだ。

新聞代はばかにならないけれど、夜の十一時半に、騏一は、朝刊・夕刊を読む。今日は、大学は春休みに入っているので行かなくて済んだが、区の図書館で、精神分析、精神病関係のフロイト、ユング、アドラー、レインなどのこの三ヵ月の勉強の上に立ち、精神病の投薬について研究し始め、それから家庭教師を終え、赤提灯のアルバイトで女将から「男の純情は綺麗だけど、破天荒に遊んでおかないと生かせないからね。第一、大瀬良くんはそんな若くて我慢できんのかね」と心を見抜かれ注意され、くたくたになっている。

この三ヵ月、おのれ大瀬良騏一は惨めで、けったるく、無残で、進歩なしだが、世の中は、めくるめく動く。

一月に文部省の中央教育審議会が「期待される人間像」の中間草案を出した。愛国心の強調だが、愛国心とはこういう形でじわりじわり、ひたひたと青少年に浸透し、やがて大きなうねりになっていくのだろうか。倉松老人を思い浮かべるとしても、アメリカのいい成りになっているこの国を愛せといってもと考えるし、先の戦争の教訓のどでかい一つとしてあらゆる国やその人人と仲良くすることがある気がする。

二月に「いかなる国の核実験にも反対」ということで、原水協から、社会党・総評系が別の団体を作った。被爆者と居直り切れない騏一だけれど、かなり真っ当と思ってしまう。しかし、共産党のい い分もあるのだろう。

そしたら、きな臭い、アメリカがはるばる太平洋を越えて北ヴェトナムへときて、軍事施設を爆撃。何となく、泥沼へと行きそうな気配だ。アメリカ海軍は、佐世保・横須賀から武器弾薬を積み込むわけで、日本は間接的にヴェトナム戦争に参加ということ……げら。

そうだった、同じ二月には、出稼ぎの人人が日比谷公園で集会を開いた。それぞればらばらの個人なのに、珍しい。出稼ぎは、実体は百万人で、東北からが五割、北陸が一割五分という。騏一の出た新潟は江戸時代から出稼ぎで盛えたともいわれるけども……。もっとも、騏一には出稼ぎの人人の働く中身はとんと解らない。

今日の新聞記事はなにが主か、と赤提灯の余禄の、客が手をつけなかった蒲鉾と菠薐草《ほうれんそう》のお浸しの折り詰を開けて食べる。この余禄を覚えたのも、三ヵ月前。助かっている、食費が。

こん、こん、こつっ。

おずおずした感じで、ベニヤ板のささくれ立った戸がノックされ、すぐに男が入ってくる。

「おや、えーと、村上の高校の後輩、伊藤淳だったな。上がれっしゃ、上がれ」

「はい、夜分に、申しわけありません」

伊藤淳は、高校時代は、とっぽかった矢部浩の一番弟子だった。眉がぶっとく垂れ、ぎょろ目で、顔だちが明治維新の英雄の西郷隆盛に似ている。確か、仁侠道の道、平《ひら》たくいえばヤクザを志願していて「その前に社会勉強を東京で」と一年前の村上駅で別れの言葉をよこしていた。

「おい、ヨウコ、お前も御挨拶をしろ」

ノート五冊を拡げた広さしかない三和土《たたき》のところで、伊藤淳は後ろ手に手招きした。青黒い地下足袋《たび》に、膝下が泥つきで窄《つぼ》んだニッカーボッカー、毛革のジャンパーと、格好が決まっている。

「あたし、サワダヨーコですう」

かなり昔に流行った短いヘプバーンの髪型をして、アイシャドウをトースト・パンに塗りつけるバターみたいに濃くした二十前後の女がでかい荷物を背中に首を覗かせた。

「まず、上がれ、伊藤」

後輩なので、それに、自分より遥かにちゃんとした〝労働〟をしているようで、敬意と関心も湧き、騏一は嬉しくなって卓袱台《ちゃぶだい》の上の新聞や本を片づけだす。ひどく狭い台所の流しの脇から、葱《ねぎ》を出し、短冊状に切り、味噌と共に皿に乗せる。

「おい、ヨウコ、なにぼさーっとしてるんだよ。手伝え」

どうやらヨウコという女は、情婦という印象だけれど一応は恋人らしく、伊藤淳に叱《ほ》えられて立ち上がったが、すぐに、ごくごく小さな宴の準備はできた。冷蔵庫がないので、どぶらっけの、つまり、微温《ぬる》いビールでまずは乾杯だ。

「あのう、矢部の兄《あに》いからの土産です」

東京の人間になり切ったみたいな言葉を伊藤淳は話す。より若い方が、言語の順応能力があると解りながら土産を受け取ると、けっこう持ち重りがして、包みを解くと、なんと、名前だけは知っている有名なジョニ黒、ウイスキーだ。

『大瀬良騏一へ』という宛名のある封筒がぽとん、と落ちてきた。

《済まぬ。伊藤は去年の暮れに、俺のアパートに女と一緒に「アパートから追い出され、安い宿を転転としたけど銭が切れた」と転がりこんできた。

ところが俺にも新しい女ができて同棲の約束をした。

伊藤が新しい住まいを見つけるまで、置いてやってくれ。一週間か十日で伊藤は出ていくと思う。

騏一には、高一でカンニングの世話になり、高三で父親の遺品の革カバンを譲ってもらい、今度で三度目の借り、いや、恩義を貰う。

おおぎにはや。

矢部浩》

「伊藤、一週間や十日でなく一と月、いいや、半年、一年はいてくれっしゃ」

そういえばと改めて、伊藤淳の隣りを見ると、登山用のどでかいザックがでんと座っていて、ヨウコもまた赤子二人は入れそうなボストン・バッグを脇に置いている。

「浩、矢部は元気ら?」

故郷の瀬波温泉の旅館の跡取り息子が矢部浩、仕送りも十二分にあるだろうし、その金で女を口説いているのでは、そうではねえらろ、男はひたすら一途にならんとなと、自らの惨めさを棚に上げ、騏一は心配する。

「矢部の兄いの代々木八幡《はちまん》のアパートは鉄筋、八畳、四畳半、台所と食堂つき。とても御世話になり、快適でした」

「そうか。ここは狭いしのう、済まんら。布団も二た組しかねえぞ」

「大瀬良さん、村上に較べれば東京は温室です」

「まあな」

「生活道具も少なく潔《いさぎよ》さそのもので落ち着きます。な、ヨウコ」

伊藤淳がヨウコなる女に同意を促すが、ヨウコは「……」と無言のまま頭を傾《かし》げた。

「それに、矢部の兄いの八畳、四畳半、風呂場、便所まで、プロマイド、ポスターだらけで、はい、それはそれで良い趣味ですが、便所で屈む時の尻のあたりにも貼ってあり……そのう」

「ふうん、誰のプロマイド？　星由里子か、吉永小百合らろう」

「いいえ、鶴田浩二と高倉健。それと、仁侠映画のポスターがところ狭しと」

「へええ」

とっぽかった矢部浩がやっぱりか、いや、先を越されているなと苦笑いを騏一はしてしまう。

「それに、高価で音響のいいステレオから、まだ封切りになってない『網走番外地』の主題歌の『♪どうせおいらのいく先はア、ア』を掛けて……」

「そりゃ、凄え、立派だのん」

もしかしたら矢部浩は、この伊藤淳などを引き連れて、ヤクザ、暴力団の地図を塗り変えようとするのではと、騏一の心配は、膨れ上がっていく。

――深夜の二時まで飲んだが、隣人の迷惑と、伊藤淳の「朝、五時半起きです」の言葉で布団を敷いた。二つの布団の仕切りに、卓袱台を立てると、騏一の身は窓の壁に押しつけられ、ぴったりとなり息苦しい。が、我慢らて。

伊藤淳は、親方に雇われて建築現場を転転としているとのことだ。親方は、三人目という。ヨウコは陽子と記し、花の新宿のバーのホステスで二十一歳だという。

もっとも……。

まだ夜が明け切れずに藍色の世界の中で、動物園の虎が逃走してきたかと跳ね起きたら、陽子の性の喜びの声だった。故郷の大恩人、『赤い鶏頭』の咲ママは慎ましいとすら解ってしまう。

なんえ？　こんなに女は激しくなるろうか。

伊藤淳は、立派な男らて。

よっしゃ、二人が燃える晩は、予め通知してもらい、俺が赤提灯の店のコンクリートの床で寝袋に潜ることにしよう。

第4章　空が騒ぎ、地が揺れだす——のに

1

一九六六年、大寒に入った。

〝シベリア寒波〟と巷間で呼ぶほど、凍てた雰囲気に満ちたソ連からの北風で東京は凍てついている。故郷の村上はどか雪で、母の多津が「雪搔き、雪下ろしがきっこに厳しいすけ」と電話のあちらで嘆いていた。

騏一は、大学二年から、三年へと進む直前だ。大学の授業は一年の時の「人類学」を除けばまるでつまらないと分かった。というより陸《ろく》に勉強もしていない教授達が学閥と先輩への〝よいしょ〟で位置を確保し、初初しい感覚と、奔放で、伸び盛りの学生の知的好奇心を曖昧にして抑えているようにしか映らない。その罪償いか、授業は年に三回出席し、期末試験さえ受ければ単位はよこす。期末試験を受けなければ未済試験というのがあり、大学に何年間も在籍されるのは当局の損と考えている節《ふし》もある。もっとも、期末試験を受けるのは学生活動家はみっともなさと羞恥の果てを感じるらしく、

共産党系の民主主義青年同盟の活動家を除いて未済試験を互いの顔を見ずに、こそっと受けると聞く。昼の三時になり、明日から期末試験、どういう進路を取るのか、就職先はどういうところにするのかはまるで定まらないけれど、やはり、学生というのは中学高校からの習性で試験が気になってくる。

「おい、伊藤。俺は、大学に出かける」

一週間や十日や一ヵ月どころでなく十ヵ月もこのアパートに住みついている伊藤淳に声を掛ける。

「いってらっしゃい、大瀬良の新兄《しんあに》」

〝新兄〟と伊藤淳は、騏一を呼ぶようになった。このアパートに初めて訪れてきた時は女連れだったが、あの陽子なる女とは五日ばかりで別れ、その後、三人もの新しい女を連れてきたので、騏一は、「連れこみ旅館でねえぞ」と叱責した。もっとも、「新兄、女とする時って計画的、予定通りにはならないすけ。でも、新兄の学問生活のため、今度からきちんと合図しますら。そう、前の晩の九時には、共同便所の花瓶に箸《はし》を立てておきますよ」と宣《のたま》った。この野郎め。つけ加えて、「あのう、急に、突発的に、新兄の留守の時に始まる前は、ドアの前に茶筒を置いておきますからの」と一片の村上言葉だけを匂わせて、しゃあしゃあといい退《の》けた。

「あのな、伊藤。火の用心だけはきっちりな」

「はい」

「足首を、あんまり動かすな。あと二、三日の辛抱ら」

「へい」

三日前、家の解体工事で足場から滑って三メートル下の地べたに落ちた伊藤淳は、強靭な肉体だけでなく柔軟性を持っていて左足首の捻挫《ねんざ》だけで済み、仕事を休んでいる。「はい」と「へい」を混ぜて答えた。

もっとも……。

駅一は、伊藤淳から教えられることがかなりあると考えながら、大学の様子見なので急ぐ必要はなく、目白駅で降り、歩きで、目白通りに出る。

男色の趣味はこれっぽっちもないし、だから、トーマス・マンの『ヴェニスに死す』も、三島由紀夫の『仮面の告白』もまるでぴんとこなかったけれど、伊藤淳がこの二日を除き毎朝毎朝、六時には、ジャンパーを羽織り、地下足袋にニッカーボッカー姿で颯爽と出ていき、汗と泥で帰る姿に、参るのだ、「どっと汗を垂らし、肉体を酷使して、きちんと働いているらあ」と。

それに……。

伊藤淳は女だけでなく男の仕事仲間をも屢屢《しばしば》連れてくるので居候《いそうろう》の方が主導権を握ってしまうのは「軒《のき》を貸して母屋を取られる」気分がないではないが、裸で生まれて裸で死す、という人生の根本をも教えてくれた。確かに襤褸《ぼろ》アパートの襤褸部屋に一年四月《つき》も住んでいると愛着が湧く。しかし、あの世へ持っていけるわけでもない。だったら、仲良く、有効にみんなで分けあい、情を大切にと考える。

そして……。

実際に、伊藤淳がドアの前に茶筒を置いて信号を出した時、駅一は、新大久保の簡易宿泊所に泊まり、共同風呂の湯に垢《あか》が二センチも溜まっているのを含め、あれこれ知った。同じ大学の安月給そうな非常勤の講師と玄関で擦れ違ったりもした。

おまけに……。

夜中の十時半に、大学は広いしと構内で野宿をしようとしたら、おいおい、いや、おお、学友会のゴリガンスキーらしい小清水と出会い、「地下室は湿っとるけどな、臭い布団があるわ。泊まっていけ。なに、代償にデモにこいなんつうは求めんさかい」と、ゼミ三号室のどでかい机に、本当に汗臭さを通り越して小便に似た饐《す》えた匂いの布団と、シーツは赤旗の寝床に案内された。第一政経学部の「自治会」は、かつて、そしていつも駄目教授陣によって潰され「学友会」と名乗るしかなくなったとの話だが、そう、学友会の名は、みんな仲良くの気分があり、活動家への怖さが、少し、溶けていく。あれ？　そういえば、毎年の試験問題も入手して写させてくれるし、野球の早慶戦の割引き切符も扱っているから……もしかしたら、もしかしたら、共産党を赤として、社会党を桃色とするのなら、学友会、いや、牛耳っている社青同ナントカ派は桜色ではねえらてかの、だったら、付き合い易いのん——と感じつつも、その一回しか泊まらなかった。

都電が暇そうに下を走る千登世橋《ちとせばし》から、この日は目白通りを、日本女子大前まで行き、それから目白坂を下って大学へと進む。

今日は、家庭教師のアルバイトはない。大学一年の時に必死に探した家庭教師の口《くち》のままだ。教え子は今年は中学生になり、数学を教えられるかと不安だが、仕方あるまい。もう一人は今年小五となるので、やり易い。夜は、曜日によって時間が変わるが、相変わらず赤提灯の手伝いだ。

目白通りの進行左側に、学習院や日本女子大の学生にはふさわしく、早稲田のそれには似合わない瀟洒な喫茶店が白いビルの二階にある。

うん、入っていくかの、適《たま》には贅沢をして。何も前進がなかった、青木芙美子との苦く酸《す》っぱく、たぶん最後の出会いから一年一ヵ月の反省でもするら。

芙美子の病はどうなっておるやらと、去年は春と晩秋に、弟、といっても母親違いの弟の強志と会い、遠回しに、次に直に聞いたが「今のところ、病院行きは免れている」、「どうも、寒くなり始めると塞《ふさ》いで、春になると元気になって、時に燥《はしや》ぐみたいら」と告げていた。明白に躁鬱病だと、騏一のこの間《かん》の勉強で解りかけた。

その上で、年賀状と暑中見舞いの葉書きを出すと、ちゃんと、芙美子は、返事をくれている。文字だって、百字以上だ。もっとも、末尾にいつも「飲み過ぎないで下さいね」と記してある。騏一が前後不覚になった深酔いは、たった二度しかないのに、二度とも、芙美子を前にしてだから、駄目男とつくづく思い知る。そう、二度目に会った後に、強志は「おまえ、ついに高一の時だけで、芙美子っぺに大学時代には会わないつもりか」といっていたから、おのれ騏一はまるで芙美子の視野にないことが……推測つく。芙美子にとっては、騏一に会おうが会うまいが大したことではなく、弟にも報告などしないのだ。

い、い、い、とことこ階段を登り、ドアを押すと、白い椅子に白いテーブル、白いレースのカーテンと気後れを感じながら、隅っこに座る。

けんど、まるで何もなかった一年一ヵ月ではなかった気も……ちょぴっとする。

大学一年の時に瀬踏みにいった時の年齢不詳の映画研究会のボスじみた髭もじゃの男、桐谷安一郎《きりたにやすいちろう》が「きみの好きな仁侠映画をとっくり観《み》たら、感激、いや感動したのだ。芸術至上主義は間違いと、やっと気づいた。人間と人間の絆《きずな》、人間と人間の汗臭い暴力と純な魂の触れ合いこそ、そして、それが人民と共にこそ、映画、いや、あらゆる芸能、文学、詩歌であらねばと目醒めたのだよ」と、大隈《おおくま》会館の手前を歩いていたら、去年の五月に話しかけてきた。

その髭もじゃ、桐谷安一郎は、この四月に予定通りなら大学七年生なのだが、『大衆芸術文化推進共同自由研究会』という長ったらしいのを去年六月に旗上げした。

騏一も週一回、五号館の一番上のごみごみしたサークル室の並ぶ廊下の茶色のテントにいく。集まりのある時だけ張る七人入りのテントだ。コンクリートの床に座って、ぼそぼそとやる。偉いのは桐谷安一郎自身が自らテントを張ることだ。大学の教授や事務員が文句をつけにくると桐谷は「この、犬ーっ」、「文化は辺境から、昔も現代も出てくるんだあっ」、「専門馬鹿にもなれねえこの大学のセンコーっ、及びその召し使いめえ」、「公認サークル以外からこそ凄い発想は出てくるんだよっ」と、うーん、いっぺこと問題で疑義のある口汚ない雑言を浴びせながらも、さっさとテントを担ぎ、コーヒー一杯八十円がかかる喫茶店へと急ぐ。

ただ、この好い加減なサークルで、騏一は自分なりに少しはいろいろ得たと思っている。

約《つづ》めれば、一つに、一文二文や、教育、一法二法の他学部の学生と知りあえる。他大学の法政や外大、専修、東女《とんじょ》、青学《あおがく》、明学《めいがく》、立正、東工大の学生も時折り顔を見せる。恋人探しの目当てか、二十代後半の社会人も、なぜか女子大生が多い日に、夕方五時前に会社をサボタージュしてくる。

二つに、ヤクザ映画、おっと、仁侠映画への「仁義」、「人間のあり方」、「キリスト教、儒教、マルクス主義の下《もと》での貧民の連帯」、「義のため暴力」などと、やや勝手な理屈の意味付与を互いに出して、嬉しい気分に浸《ひた》れることだろう。むろん、仁侠映画の監督の理想、意図とその限界、カメラ・ワーク、役者の演じ方も討論になる。桐谷にいわせると「おい、映画監督って、第一に金《かね》の調達、第二に出演者の選定と出演料の値切り、第三に交響楽のオーケストラより面倒な映画製作の面面《めんめん》の纏め役と面倒見、第四に、やっと、映画が訴える思いなんだぜ。第五に、美人、魅力的な女優と布団を一緒にすることだ。けっこう、監督って禁欲的でよ、第五番目なんだこれがよ」といっていて、とても勉強になっている。

三つに、映画鑑賞の具《つぶ》さな討論だけでなく、シナリオの検討もすることだ。それだけでなく、この半年は、『砂の女』の原作とその映画の比較から、小説の研究、近頃は詩歌の勉強まで、あくまで浅いとしてもやり始めている。

——おーや。

日本女子大生か、学習院の学生か、客はたった一人で居心地の悪い、透明な印象の洒落たこの喫茶店に入ってきた。季節がら、期末試験とか卒業試験が重なっているせいか、二人連れ、グループと、ぞろぞろとくる。

いんや、きちんと、この一年一ヵ月、というより入学以来のことを捕えて反省し、次へと……。

そう、憧《あこが》れと焦《こ》がれの標的の青木芙美子から、男として未熟のおのれ騏一がどうやら見放されてしまったあの一大事より、ちょぴっと低いテーマの長崎での被爆のこと。

去年は四回、東大病院に検査に行った。

面倒だし、どうも、権威があるだけに、どでかい権力の枠で医学を頑張っているようで、足が向かなかったけれど、百分の一、いや、四分の一、芙美子が騏一を振り返ってくれ、結ばれるとするのなら、しこたま重大なテーマとなるかもと、診察を受けに行った。一ヵ月後、「問題は、まるでありませんな」と五十代の鼻の下の髭に勢いのある医者が、あれこれの念入りの検査結果を見て告げた。

ほっ、だった。

しかし、騏一は、この重苦しさの巡回、重なり、圧《お》す力について、もっともっと、きっちり真向かい、訣別を……とも考え始めた。

死刑囚は、ほとんどがある日、国の機関に首を絞められ、殺される。でも、推定、罪なき人も。その他で、火事や地震や噴火や事故で、脳梗塞とか癌とか、老いの貯まりで、必ず、死ぬ。

原爆はもっと劇的に、熱線、爆風、放射能の力で死ぬ。時間差はあっても、白血病、癌に罹《かか》り易い、何年後か、何十年後にも、どうやら、影響を人体に与え続けていく。

このことに、日本で医学は一番と思われている東大医学部が答え、解るか。どうも、科学力、医学力は抜群としても、官僚やどでかい企業との連《つる》みから免れ得るはずもない……。

ほどほどに、自らの肉体の情勢を知り、現代医学には、きっちり疑いを持ち、一人の人間として、あっさり死ぬべし……。

しかし、なのである。

やっぱり気になって、再び、暮れの検査の後、東大病院に、先先週、六度目として行ってしまった。この心情の淀む気分は、なあしてら？　生涯、放射能の確かな影響はあるわけだし、でも、人類は自ら生み出した科学に万歳《ばんざい》をして……嬉嬉とするしかねえのか。この、しゃあねえの感情と、否《いな》、もしかしたら別の……問いに、揺《ゆ》れに揺れる。

「今のところ、白血病、その他のこと、癌は大丈夫……のよう」

この日は、三十代後半となった医者が、データが五枚ぐらいになる検査表を一つ一つ見て、告げた。

「そう、僕が、東大を出てインターンの時、十四、五年前かな、広島原爆のケロイドで、あれこれ火傷《やけど》の残っている女の人が、整形手術にきて、勉強させられた……けん。念入りに手術しても、そのう、そのう。うまくは、ゆかず、九人だったか、辛《つら》かったなあ。何しろ、『原爆乙女』と新聞で注目されていたばいね」

と。

「原爆症に関しては臨床例の圧倒的多さから、この大学より広島大、長崎大の方が良かかも」

とも、回りを見渡し、歌手のフランク永井より低い声で。

「ただね、日本は、なんだかんだアメリカの科学力、とりわけ原爆に負けたというのが敗戦の国、インテリ、民の共通の反省。僕もそう思って、この大学の医学部に入ったばん。こがいな意味では、あんサトウ・ハチローの作詞の『長崎の鐘』の元となった長崎医大の永井隆《ながいたかし》博士すら同じ『長崎の鐘』という本のラストで、息子に『これからなんでも原子でやるんだなあ』と言わせているばい。ばってん……考え込むとね。永井博士は被爆者、死の床で」

こう、騏一が診察室を出る時、医者は付け加えた——帰りに、故郷の『赤い鶏頭』の咲ママが歌った『長崎の鐘』が頭のどこかに甘ったるく掠《かす》めてくるが、打ち消した。

それから、騏一は、まだ決心には至っていないけれど、自棄《やけ》っぱちだけでなく、ある方向へと自らの舵《かじ》を切ろうとしている。新しい決意として……。

――そろそろ、出るかと、腰を上げかかったら、窓際の円いテーブルから、女の一人が便所へでも行くのか、こちらへと直進してくる。女の目は狼のようで男を食うようで、しかも、食う寸前のように粗塩《あらじお》ごとき右上の八重歯を食み出させている。けんど、かなりのしゃんの女らのん。

あれーっ、森紫《もりむらさき》ら。倉松老人の孫娘らて。

「ほんとに、気がつきもしないで、四角い顔を沈鬱そうにもっと四角くしてさ」

高校の制服でなく、紺色のジーンズの上下姿なので騏一にはぴんとこなかったが、そもそもこの年頃前後の女の変化は嵐で荒れた時の三面川《みおもてがわ》のように速いらしい。

「あ、いや、済まん。紫くん、紫さん」

「大学祭も連れてってくれないし、音裟汰無しなんで、村上の田舎《いなか》に帰って芋《いも》掘りか鮭の釣りでもしてんのかと思ってたわよ」

「済まんら。去年の一月三日、今年の一月三日と、年始の挨拶に訪ねたすけ、おらんかった、紫さんは」

「本当に？　お母さんは何もいってなかったわ。あの人、鬼婆ね」

「おいっ」

「きゃあ、真に受けて怒ってる。そう、そういう表情をしなきゃ駄目よ、大瀬良さん」

コッペパン色の顔色は変わらず、性格も生意気なままで変わっていない紫だ。

「ね、わたし、この四月には大学生なの。だから、飲みに連れてってよ」

「え……う、う、うん」

「ちゃんと返事をしてくれたら、ほら、あそこにいる可愛い女の子三人を紹介するからさ」

同じ学校の友達か紫は窓際のテーブルに座りこちらを向いている三人を指差す。

「もちろん、約束するら、するぞ」

三人のうち一人が、微かに目許が芙美子に似ているような気がして、騏一は断言した。

「モモコ、フミコ、ヒロミっ。この人が、大瀬良さんなのよお」

他の客もいるのに、紫が騒ぐ。こらーっ。

あいっ、けんど、自信が、ふつふつと湧いてくるら。

2

正式には豊坂《とよさか》と呼ぶらしいが、早稲田の学生は本女坂《ぽんじょざか》とか目白坂とか誤って命名していると思われる急な坂道を、騏一は、走り、下る。神田川を渡り、都電《とでん》の車庫前の手前から大学へ直進する。

生まれて初めて女子高校生四人に囲まれて小一時間ほど、格好をつけて、芙美子のことで勉強した精神分析のことなど話したら、こういうのって現実にあるのだ、「やっぱり、大学生」、「あたしは、一年で十ヵ月、ノイローゼになるんです。相談に乗ってくれませんか」とか、「フロイトって、マルクスの仲間なんでしょう?」の言葉が返ってきて、たらりたらりたら、背中に冷や汗が溜まった。

もっとも、三人の女子高校、ま、二ヵ月が経てば大学生かBG《ビージー》、ビジネスガールになるのだけれど、ノートの端、メモ用紙の自宅の住所と電話番号を書いたら、森紫が「わたしが一括して管理するね」とかいい、いかにも大切そうにしてバッグに仕舞ってしまった。

紫は怖いし、そもそも倉松老人の孫、手を出したら結婚するしかないような掟《おきて》を思うけれど、他の三人は、安易に肉体を許す、預ける、委《ゆだ》ねるの声の舌足らずさ、しなの作り方、唇のしどけさとあり、駅一は未練を思い、後ろ髪を項《うなじ》のところまでぎゅっと引っ張られる気分になった。

ま、こういう初めての持て方も、森紫の前宣伝のせい。そもそも、紫は、乳房がかなり尖ってきて、尻も反って充実し、たわわに、おいしそうになってきた。けんど、の。

柵や厳めしい門とは縁のない大学の階段の正門を登る。

先週、久し振りに二年P組のフランス語で分けられた級友、兼、雀友、兼東京パイロット役の大田昭一と、学食の手前で会ったら、「この大学は五万円の学費が八万円になるってよ。早稲田は沈没だな。貧民や苦学生候補が入れねえもん」と言っていた。「でもな、学生活動家のもう一つの狙いは、学生会館の管理とかやり方にあるみてえ。ほら、新しいのが建つからな。やつら、自由、気儘に、てめえらの学館と部室にしたいんだよ」と、やや口許を斜めに尖らせていた。学友会の小清水に一宿《いっしゅく》の義理のある駅一は「もう俺達は大学生なのら。自分達のサークル活動や部室管理をやって運営すんのは至極当たり前らろうが」と、一応、反論した。

そしたら、先週の同じ日、大田昭一に麻雀を誘われたが、青木芙美子の「成長を、もちっと見せなさい」の言葉を思い出し、断り、古本屋街へと出て、芙美子のためも兼ね、精神医学の本、去年あたりからこそこそからごそごそとしだした学生運動の根の共産主義についても勉強してみよう、そうか、去年の秋頃には「日韓条約粉砕」とかでごそごそからごとごとになっているしと歩いていると、同級の帯田仁とばったり。帯田もまた、いきなり、「おいっ、早稲田の教授連中、理事連中は腐ってるな。授業料を値上げするのに、一言も学生の考えを聞かねえ。大学をブルジョワ大学にするつもりだよ。俺はサークルは入ってねえからさ、学生会館は使わない。でも、それぐらい学生に任せる度量がねえ大学は終わりだ」と息巻いた。

つまり、同級の大田昭一も帯田仁も関心を抱くのだから、そろそろ何かが起きるかもと、三号館の前で知りあっている学生がいないかと見渡すが、案外に大学は静かだ。

「この分《ぶん》なら、明日からの期末試験は予定通りに違いねえ……げら」

騏一はひとりごつ。

地下の学友会室へ行って「期末試験問題集」でも写してくるかと歩きだすと、通用門の方から、「なに、ぼさーっとしてんだ」と、長ったらしい『大衆芸術文化推進共同自由研究会』の実質的な中心、桐谷安一郎が呼びかけてきて「おまえ、ゲルを持ってんだろ？　コーヒーを奢《おご》れ。話そう」と袖を強く引いた。

「あのな、大瀬良、今は、瀬戸際なんだぞ」

喫茶店の席に着くなり、桐谷は、そろそろ八年生なのに新入生のような初初しい顔つきで髭もじゃの顎から頬を両手で叩く。

「はあ？　何の瀬戸際ですかね」

「えっ。そりゃ、沈黙を強いられ、義《ぎ》があるのに我慢させられ、少数者に転落した者が、一気に勝負へと出られるかも知れない瀬戸際だよ」

「仁侠映画のラストシーンみたいらね」

「まさに、その通り」

「それで、そのう、瀬戸際って、それ何れすかのん」

「どうも、おまえの新潟の外れの訛りは、いいや、吉本隆明のいう〝土着〟の言語を聞いてると、上映中の映画のラブ・シーンのフィルムが切れるような、じゃなくて、60年安保の国会前の激突中に童謡を聞くような……リズムに変調をきたすな」

　煙草に火をつけ、桐谷は、鼻から煙を吹き出す。

「すみませんな、桐谷先輩」

「いや、いいんだ。おい、今日、あの美人のウェイトレス、いないな。別の茶店《さてん》へいくか」

「ま、もう少し」

「うん、つまり、学生がもしかしたら大学当局に勝てるかも知れない時がきたんだ。ま、学費や学館のそれは、政治闘争ではないんで、本格的にはこれ以後だろうけど」

「はあ」

「なにしろ、学生側に義《ぎ》ってものがある。五万円を八万円に値上げは高過ぎる。どうせ、教授の懐《ふところ》に入るんだろ。ここの学生は授業に出ないやつ、中退の方が出世するんだし」

「そう……ら」

「小中学生じゃないんだ、学生会館ぐらい学生に任せなきゃ恥ずかしいだろう?」

「え……はい」

「その決戦が始まる。ほとんどの学部で学部集会か学部投票でスト権は成立してるんだが、まずは、ピケ・ストか、バリケード・ストかの論争で学生の多数派にならんとよ」

少しは学生運動のことは、同級の大田昭一や、この桐谷の主宰するサークルで聞いて知ってはいるが、それでも、騏一にはちんぷんかんぷんだ。大学に出ていない時にもうストライキの投票などをやって決めているなど……。

桐谷安一郎は訝《いぶか》し気な騏一の顔を覗き込み、察したらしく、コートのポケットから紙とボールペンを出し、説明しだす。

なになに?

「一法、民青の拠点だがブントもいる。日本学生運動の花の一文二文は革マル派の拠点、一商二商も。一政二政は社青同解放派の全国の数少ない多数派、中核派も少しいる」

これまた、覚え切れない。

「あの、小清水って活動家は?」

「社民《しゃみん》、そう、社会党の青年組織にいて、分派闘争をやってその腹綿を食いちぎってやがて独り立ちの党へってところだ。小清水さんは社青同解放派だ。社民の中にいる劣等感か僻《ひが》みからか、去年の原潜や日韓闘争で跳《は》ね、『一点突破、全面展開』って叫んで、ぎゅんとかなり伸びたけどな」

「ふうん。桐谷さんはどこのファン?」

「阪神タイガースだ。いや、60年安保を肌で樺美智子《かんばみちこ》さんの死を見たからブントだよ、俺の一法にも活《い》きのいいのがいる」

「へえ」

「ま、大衆芸術家は党派に入ったら生命力を失うから、そ、ブント、うん、共産主義者同盟社青同中核派だよ」

「はあ……？」

「つまり、都学連から全学連再建を狙う三派《さんぱ》のファンだ」

どうも桐谷も好い加減らしい、コーヒー一杯の御馳走代としてはもしかしたら高いのでなかろうかの。

「おいっ、そう、今日、まさに今日だ、おまえ一政だろう？　会議をやっとるはず、まだ間にあう。行けっ」

腕時計を見て、桐谷が大声を出した。

「三号館の一階の一番端の教室だ。急げ」

桐谷が、茶店代を駅一から奪うと、喫茶店の外へと駅一を押し出した。

3

教室の手前五十メートルにすら、怒声、罵声、拍手と聞こえてくる。

「一政中央行動委員会」という背丈ほどの看板が出入口の前に立てかけてある。ドアは開きっ放しになっている。

百五十人ほどがぎっしり詰めかけ、真冬なのに湯気を立て、靴下の臭いが満ち、怒鳴り声と野次《やじ》とが教室をぐるぐる回り、生唾が飛び交っている。

え、えーと、二年P組のやつはおらんかの。

いない。

ゆっくり、立って野次を飛ばしている学生の間を抜け、教室の後ろの空いてる席の二つのうちの一つに座る。

教壇には、小清水の仲間か、仲の良い組織の人間か、絶叫している。

小清水は、五分刈り大工頭で、汗ばむ褐色の顔を上げ、両手を学生服の上から腰に当て、演壇の脇に立っている、鈍角の顎の張り方、よくよく見ると新撰組の近藤勇の写真みたいな目ん玉二つに、底意地の厳しさを孕んでいる。活動家は、怖いのん。

たぶん、小清水とは別の党派のゴリガンスキーらしいのも、黒板を背に三、四人、突っ立っている。

それぞれ、どうも〝看板〟を背負ってるみたいだ。

「というわけで、既に全学部投票でストライキは成立しているけれど、明日から、ピケ・スト、説得ストでなく、バリケード・ストライキを決行するうっ、う、う」

教壇の黒のトックリセーターの芋《いも》っぽさとハンサムを兼ねた男が宣言した。

えっ、学部生千六百人ほどの中のこの人数で決めていいのかの、と思う余裕なく、ど、ど、どっとコンクリートの床が踏み鳴らされ、「異議無しーい」の喚声が湧き上がり、推測では民青系の「待てえ」と叫ぶ少数派の声を飲み込んで、「♪ああ、インターナショナルぅ、ぅ、ぅ」の合唱が始まった。

——その後が、もっと激しく、すばしっこく、まこと凛凛《りり》しく、凄まじい力があるのであった。

ここの学友会は「活動家は、社青同解放派のちゃんとしたのが小清水を軸にして七人、中核派が中星を中心として三人、ブントは一人、革マルが三人、共産党の青年部の民青が五人」と、去年の暮れにサークルの仲間から聞いたような気がするけれど、要するに共産党系を除いて十二、三人ぐらいしか活動家はいないのに、その少ない数の勢いに乗り、百十人ぐらいがせっせと動く。懸命に、ひたすら、動く。

つまり。

活動家以外と想定される、イデオロギーに染まっていないであろう百人ぐらいが、教室の机、椅子を三号館の二つの出入口に、積み上げる。そう、無駄と虚無の重い荷を山の頂上へと運び降ろす、虚無、無駄、無意味を問う、フランスのカミュとかいう人の『シーシュポスの神話』とはまるで別の、そう、この頃、共産主義に対して〝非〟でなく〝対抗〟としてある実存主義者サルトルの小説『嘔吐』とかの気分など、まるで無縁、蹴っ飛ばすごとく、かなり重い長椅子まで持ち出し、出入口の二つを、封鎖しはじめるのだ。党派とは、一線を画すか、阿吽《あうん》の距離を置いているはずなのに。

椅子と机の脚を結ぶ線も、ごつい。針金の、一番ぶっといのを、ペンチで曲げたりして縛る。

どうも、きちんと授業を受けている学生の方が多いと、バリケードを築く学生の話から分かる。「このままじゃ安い学費の国立大に学生はみんな行っちまう」、「そう、早稲田は金持ち大学へと腐る」、「授業のお粗末さに、がつんと一撃をだよな」などと、どうも愛国主義と変わらない愛校精神のやつがいる。なにやら、こむずかしく「学館の管理や運営を当局がやって、従順そのもの、産業界にだけ役立つ学生を生み出す、産学協同路線ってやつだよな」とか「そう、学生を分断し、競争させ、労働監獄と同じことを狙ってる、教授陣は」とか「真理を追う大学とはまるで逆」と、これは、身形《みなり》はきっちりしたブレザーや高価そうなバーバリーのコートなどで活動家のだらしない服装と違うが、活動家ふうのことを喋るのもいる。

広めの教室に、布団を持ち込む学生もいる。今日の「中央行動委員会」の成行き、熱気の準備を視野に入れていたのか、貸布団屋がトラックでバリケードの出入口以外の窓付近に乗りつけたのを、この真冬の寒さがあるので学生が先を争っている……ように映るのが、けっこうそれぞれが我が儘とも思い、なぜか、騏一は安堵してしまう。

けんど、けれど……。

湿気て、煎餅ごとき布団の四組を運ぶ手伝いしかできない、騏一だ。

これが一般学生というだら、見てばかりが九割、あえ、え、え、みじょけないのう、かがっぺくねえ、ずっけえのん……久し振りに、騏一の胸を故郷の言葉が溢れる。

腹を括《くく》れないのである。

——バリケード・ストの実現か、期末試験開始か。

学生の反発の熱さはかなりとしても、期末試験は期末試験で大学行事の大きな一つ、冬休みで学生の少ない時を見計らって授業料の値上げを決めた当局の巧みな計算、去年の十二月に平気で学問の府に機動隊を導入したという話の強引さからいって、バリケード・ストはやれるのかどうか、駲一はぐらぐらしながら、みっともなくカバンの中に筆記用具を入れ、正門から大学に入った。

昨日の夕方の静けさ、人の少なさが嘘のように、学生が群がっている。映画のシーンそのもの、そう『戦艦ポチョムキン』の階段を転げると反対に駆け登るみたいに、デモをする学生や、七、八人が集って話す学生の塊《かたまり》が百グループぐらい、中には慣れぬ手つきで「一政三年C組のスト決議」とプラカードを作る者と何しろ白い息が蚤《のみ》や虱《しらみ》退治のDDTをキャンパスに巻き散らすぐらいに湧いている。「全学試験ボイコット中」の大看板が大隈銅像の前に、本部前に、法学部と政経学部の間に立っている。でかく、長い垂れ幕が図書館から裸の銀杏の木に渡されている。

むろん、三号館の二つの出入口は、椅子と机のバリケードが、駲一を試すように、そして拒むようにも見え、学友会の役員が立って説明をしている。「教職員との連帯を分裂させるんじゃないか、バリケードは」という学生には摑みかからんばかりの勢いで喧嘩を吹っかけ、ごく普通と見える学生の「ストライキはいつまでやるのかね」、「俺、四年で就職が決まってんだよ。試験がないと困るんだ」、「学生の本分は学問なんだよ」の質問というか問い詰めには、かなり丁寧に「理想は無期限バリ・ストだからさ」、「試験はリポートに切り換えるはずで、リポートの一括管理を学友会ではやる予定でね」、「学問の中身が問題じゃないのお?」と学友会の役員は答えている。

二年P組の連中はいないかと探すと、いたいた。

クラス委員の民青の匂いのある久保沢拓はいなくて、麻雀の教師の大田昭一、気風《きっぷ》の良い帯田仁、鹿児島出のぼやっとしているが無鉄砲さと楽天性を持つぼっけもんの上林吉之介と雀友がいて、授業に必ず出席して一年の時はオールAという泉雅人、心臓に欠陥を持ち続けている君野一郎、新聞学科の優等生の前川淑子、など十二、三人が中庭で討論している。へえ、泉雅人や前川淑子より広角レンズで成績は学年一の噂の前橋正信も、しっかりいる。

「それでは、遅れたけどよ、我がクラスもストライキ賛成を決めて、プラカードでも作ろうか」

帯田仁が、腕組みしていう。かなり、決まっているポーズだし、考えた結果……らしい。

「あれっ、珍しいな大瀬良。おまえ、どうする？」

「帯田、そ、そ、そりゃ」

騏一の頭を、学友会の小清水が大江健三郎の『個人的な体験』を勧め、大学の地下での一宿を貸してくれた恩義が過《よぎ》る。変なサークルのボスの桐谷安一郎の〝空気入れ《くうき》〟の喝《かつ》も。

「無期限バリケード・ストライキ支持らて」

いい切って、やっと、小清水らとの乖離を知りながら、いや、なお無知だが、騏一は腹を括《くく》ることができた。

「おいっ、だったら、学友会室にバリケードの隙から入って、ベニヤ板、墨汁、筆を借りに行こうぜ、大瀬良。あのな、バリ・スト反対者はいねえよな」

そういえば、上京して仁侠映画の魅力を頭を左右、縦に振り振り、言っていたのが、川崎育ちの帯田仁。額に皺を一本刻み、左肩を三十度ほど上げ、一人一人に、確かめてゆく。

でもら、ストライキ反対派も二年P組にはいるはずと、やや、学び始めたロシア革命時のボルシェヴィキの大いに強引なる歴史に帯田仁はそっくりと思いながらも、どうしてか、学友会の根、底で、ストライキを支持していく安らぎというか、嬉しさを、騏一は、はっきりと感じた。「寄らば大樹」ではなく、そう、これほどパワーのある学友会、共闘会議への驚くべき実力への信頼ではなく「一寸《いっすん》の虫にも五分の魂《たましい》」という気分で。少数派だったら、もっと、潔《いさぎよ》さ、格好良さがあるろうとの思い。

そうこうするうちに、全学集会をやるのか文学部のある馬場下あたりや学生会館から歓声があがり、本学キャンパスも至るところからセメントの道や床を踏み鳴らすデモの轟きがしはじめ、五千人ばかりが集まってきた。やっぱり、マンモス大学なのだった。ま、これも悪くねえっての……。

4

――その日、二年P組の十三人は、集会・デモの後に、男は毎日二人ずつ交代で泊り込みすることを帯田仁と前橋正信の言葉で決めた。優等生の前川淑子は「宿泊すると両親がうるさいから、毎日出てきて、ストライキ日誌をつけてあげるわ。連絡も、ここに出ている人以外のもやるし」と提案した。

野次馬が、やがて当事者になるような高揚感を、騏一は持ちはじめる。

何とはなしに、活動家の回りの連中がこの日〝マハト〟つまりドイツ語で〝道義力〟と訳すらしい言葉を大集会でなく四、五十人の集会で連発していたが、気に入ったのん、マハトがあると感じてくる。おのれ騏一は詳《つまび》らかには知らんかったけど、学生のいない冬休み中に、入学金二万円アップ、授業料を五万円から八万円へと通告するなど、狡賢い総長以下の当局だ。一万円といえば、日本酒の二級の一升が五百十円だから二十本ぐらいは買える。

当局は、抗議した共闘会議の学生排除の機動隊を、同じく学生のごく少ない冬休みに、大学に導き入れた。あいーっ、嘘か真か、この大学の売りの一つは〝在野精神〟で、官憲が強引に入ってきて、制圧し、濃紺の制服姿がうろつくのには一番似合わない。もっとも創立者の大隈重信は佐賀の田舎藩士から総理大臣になって〝出世〟した、渋い顔を隠した浮かれ者、初めから〝在野精神〟など嘘こけなんだろう。この際、嘘の逃げ道を潰して、少しだけ、まともにするぜ。

学生会館は、子供じゃねえらろう、自らが責任持つのだ。ま、そのう、党派やセクトの巣になる予感がして、そのうち、主導権争いで……ま、今は、心配すまい。

駅一の心に、昨日の夕方、今日一日の夥しい人数の学生の吐く息、地べたを蹴る小さいデモやでかいデモの靴音の競《せ》りあって小さな津波みたいな唸《うな》りとなる音鳴りに、酔ってくる。

葉っぱを全て落として裸そのものになっているキャンパスの銀杏の大木が、妙に、頼りがいがあると見えてきた。

そう、障害のある子の出産以後でへとへとになる大江健三郎の小説を紹介して一宿をくれた小清水、如何《いかが》わしくちっこいサークルとしても仁侠映画の人と人の絆《きずな》に気づいてくれた桐谷、そもそもその仁侠映画の切符をくれ、襤褸《ぼろ》アパートの引っ越しを手伝ってくれた帯田、この三人への仁義をきちんと返す必要が、絶対、いや、十中九はあるらあ。

万年緑の、図書館前のヒマラヤ杉の大木の繁りも、初めて、意味があると映ってきた。

――襤褸《ぼろ》アパートに、一人。

夏の終わりだ。ものみな、秋を準備しはじめ、暑かった火照りを残さず、狭いアパートに、夏至ですら一日三十分の陽光しか入らぬ窓に、騏一は寄りかかり、既に現れた鰯雲の筋の一つ一つを見上げる。

あれから、バリケード・ストから……何が何だか解らぬうちに、もう、ひい、ふう、みい……なな、七ヵ月以上が経ったのんと、騏一は、大学闘争で覚えた〝総括《そうかつ》〟みたいのをやろうとする。ま、反省とその教訓ということだけれど。

大学は一月二十一日、全学がストライキに入ってから、一政二政、教育学部の卒業試験や分離試験を早稲田実業高校で当局が二度もやろうとして、学生が九千人、五千人のデモで阻止。この頃から、怠けの愉快さと祭りの気分の嬉しさと熱気だったのが、真剣さまで加わり、二月四日には大学側は総長による〝説明会〟、学生側は〝大衆団交〟として実現した。大学職員と応援団員に周りを守られての壇上の総長ってこんなものかという単なる傲岸さを、騏一は今更ながら知った。ま、嬉しかったのは普通の大新聞が〝大衆団交〟という言葉を認知し、採用し、記事にしたことか。

忘れない。二月十日は学生が一号館の出入口を含めて本部をバリケードで封鎖したら、その二日後、サッカー部、相撲部、陸上部など体育局の学生がやってきて殴り込み、一時間半ばかり共闘会議の学生はいいようにどでかい学生らにあしらわれた。でも、きっちり討論して投票までしてストライキを打っている共闘会議側に〝マハト〟つまり道義的な力はある――というより、やはり、実力の果ての暴力革命を信奉する共闘会議の核《かく》の部分の意志の牽引力は、狭い愛校心などで殴り込みにきた三百人ぐらいの体育局学生など屁《へ》でもないらしく、正面の本部前からだけでなく勝手知ったる一号館の三、四箇所から反撃し、十数分の乱闘で叩き出してしまった。騏一も、小中学校以来、実に久し振りに、坊主頭の臙脂《えんじ》色のトレーナー姿の百八十センチ、百キロはありそうな体育局の学生と五秒ほど、一対一で睨み合い、相手の右足首に飛び掛かり、地べたに這いながら、必死に持ち上げ、尻餅をつかせた。

そうら、この時ばかりは嬉しく、すぐに青木芙美子に電話を入れるらあ、いや、バリケードの中で封書の手紙の報告をら。おのれの勇気を……。成長を……。

と、周りを見れば、共闘会議支持の学生が騏一側の味方に立って見物しているわけで、たぶん相撲部の学生だろう、単に戸惑っていたに過ぎないと分かり、かなり恥ずかしくなった。

それだけでなく見物の学生が、三、四人、体育局の学生を靴で踏んづけたりして、騏一は、逆に、焦《あせ》り、ついつい、制止してしまった。「済まんずら、俺達にも柵《しがらみ》があるだあね」と、推定相撲部の学生は、騏一に頭を下げ、泣きべそを掻き、もしかしたらサッカー部の学生だったのか、かなりの速度で走り去った。

それから、大学のOBらを仲介者としてのあれこれ当局と学生の折衝が内内で行われたらしいが、そして、戦術はいろいろあって良いと考えるけど、共闘会議側は調停をとどのつまり拒否するらしく、奔流はそんなものではなく、いよいよ全国の高校生や切実な浪人生が押し寄せる入試の時期がきた。「半端でない機動隊導入があるぞ」と、緊張感が学生の間に走った、楽ちんで、後楽園の観覧車に乗って、面白くもない学問を忘れていたら、その回転軸がポッキリ折れるような。

もしかしたら、おのれ騏一も逮捕されるかもしれないと、アルバイト先の家庭教師をしているところの親には会って説明し、赤提灯の女将には電話で「普通なら、三泊四日の休み、せいぜい二十三日間の休暇を」と申し入れた。

心残りは『昭和残侠伝　唐獅子牡丹』を観《み》ていないことだ。泊り込みの大学の寝床から川崎の二流半映画街へと直行した。「いいぞっ、健さんっ」の暗がりを裂く野次、中には悪玉組長に「ナンセーンス」と、大学と無縁な川崎の映画館で叫ぶ客がいて驚いた。観《み》ての帰り、そうらて、俺も男になるらあ、と、悪玉組長に頼まれて自らの弟分のために怨みのない別の組長を殺し、しかし出獄後、悪玉組長の手段を選ばぬ非道を、池部良と共に斬る高倉健に酔い、「♪義理と人情を、を　秤《はかり》にいっかけりゃあ、あ　義理が重たいーっ　男の世界いーっ」と、胸を反らしに反らし歌を口遊《くちずさ》み、映画館から外へ出ると、この七日ばかりバリケード内を留守にしていた二年P組の帯田仁と、ばったり。

「おい、な、大瀬良。ここは川崎、俺の縄張りだ。飯《めし》を御馳走するぜ」

侠客に託して人の生き方の誠《まこと》を追う映画としても、巷間では低級の品のない、とどのつまりヤクザ映画、少しは羞恥心を顔に出すかと思ったけれど、帯田は照れの笑みさえもなく、面皰《にきび》の跡がぶつぶつ残る冬瓜《とうがん》形のごつい顔に、目ん玉には奇妙に鶉《うずら》の卵みたいな、あどけなさを同居させ、思い詰めたものを孕《はら》ませ、ぐいっと、騏一のコートの袖を引っ張った。

「俺さ、俺……大瀬良、ぐちらぐちら、この一週間、情けねえよな、考え込んじまって、学級のバリケード内《ない》の寝《ね》泊り体制もサボってな」

川崎の駅前は、新潟や東京のどこの町とも似ていなくて、周辺には昼から飲める酒場が奇妙に多い。プロレタリアートと、舌を縺《もつ》れさせて嚙みそうな外国語にふさわしく、騏一と同じくぱっとしない服装の人が多い。競輪場も競馬場もあり、狭くてすぐホームランの出る球場もあり、旧赤線は南町《みなみちょう》と堀《ほり》の内《うち》という町の二ヵ所もあると帯田仁はいう。そういう中の食堂で、帯田は「飲んどくれ」といいながら、いきなり左肩をクレーンに吊り上げられるように上げ、前のめりになってくる。

「うん。それで？　帯田」

「俺は、さっきの『昭和残侠伝　唐獅子牡丹』の花田秀次郎みたいに、うん、高倉健が演じた、男の真《まこと》を追う人間、主人公の花田秀次郎と宿命の仇《あだ》なのに、ようやっと男と男が契り、悲劇や負けを覚悟で喧嘩をする畑中圭吾、つまり、池部良のように、そんな二人のように、人間として、生きてえんだ。それを、早大闘争に賭けるぜ」

「えっ……おい、帯田よ、あのら、あのだよ」

駬一は、まごついた。確かに、仁侠映画の無料《ただ》の切符を帯田がくれたことがある。駬一も、歴《れっき》とした早稲田の映画研究会で本音と背伸びを兼ねて、ゲージツ、おっと、芸術映画への皮肉と反発でヤクザ映画についての「〝正しい〟評価を」と喋った。けんど、しかし、だ。道徳やモラルの底を知り、共感しても……、それを、実の生き方としてか……。早まるな、慌てるな、虚構の映画と実生活とは、天地の差が……。

「大瀬良。俺は、今日の『昭和残侠伝』のその二の『唐獅子牡丹』のラスト・シーンの、たった一人でも、仁義を求め、連帯を欲望する高倉健が、背中から斬られ、濃紺一色の唐獅子の入れ墨を見て、吹っ切れた。俺は、もう、勉強してんだ、おまえは、原理的な共産主義の本を読んでるらしいが、俺は実践的にだ」

なんか、入学時とまるで別人のようになり、帯田は一気に喋る。

「あ……え、そうらか」

「そうだ。共産党の民青の、教授や職員との連帯、国家からの金の引き出し、国政への多数派への一理としてでしかない学園闘争。革マルの、党派形成のための、敗北、敗北といって隊列の内側に敗因を探す総括へのこだわりと、方針の無さ」

「おまえ、帯田。あのら、あのさ、俺達は、若い……ゆっくり、いろいろ、全日本、全世界を見つめて、経験して、それから、じゃねえらってか」

帯田を、急に、いっぺこと、好ましく、もっと仲良くなりたい思いに駆られ、それゆえ、騏一は、冷や酒を、昼なのに、ぶはーっと呷り、冷静になるっちゃと、帯田に吹きつけた。

「うん、それで、この二週間、悩んで、ほれ、この頭の禿《はげ》だぜ」

楕円形の冬瓜《とうがん》顔を、帯田がひょいと垂れると、五分刈りの頭のてっぺんと脇に、大小二つの整った円の形で毛のないところが目に入る。

「あえ、え、え……帯田、おいっ」

「いいんだよ。そんで、俺は、去年あたりに再建したというけど、都学連《とがくれん》の三派、知ってるか、年内にやっぱり全学連を再建するという三派のどこかへと思ってるんだ。おいっ、飲んでくれ」

帯田仁の歪《いびつ》な楕円形の冬瓜顔が、もっと膨らんでくる。高倉健主演の仁侠映画に酔い過ぎか、いつもは、ごそごそ、あるいはひっそり、そして極少の部分の変な叫びの雑然とした雰囲気が、早大闘争でサボタージュと祭りの坩堝《るつぼ》に化《ば》けたせいでこうなるのか。いんや、もしかしたら、時代のせいでねえっか。あの、映画の、非公認の出鱈目サークルの親分の桐谷すら、三派を……。60年安保が終わって五、六年が経ち、自分達の若者に不満と反抗のガスが貯まっている、ヴェトナム戦争でアメリカが遠く太平洋から苛《いじ》めに爆撃にやってくる、高度成長経済の下で豊かさと腹いっぱいの飯《めし》の暮らしに精神の飢えが出てきてもおるらろう……。

けんど、この帯田がなあ。

「おい、大瀬良、聞いてくれねえのか」

「聞いてるぞ、しっかりとな」

「うむ。俺は、この早稲田の闘いを、全国へと、全大学へと思ってんだよ。どこの大学当局も、左右《そう》田《だ》組の組長寅松《とらまつ》みてえなんだ」

全大学へ波及は、活動家すらあんまり拡げない風呂敷の話だが、左右田組とか寅松とかは、先刻の『昭和残侠伝　唐獅子牡丹』で出てくる話だ。あのだよ……帯田、やっぱり、ヤクザ映画に染まり過ぎら。

――二人して、ぐでんぐでんに酔っぱらい、大学の寝泊り体制に入ったらかえって迷惑をかけると、帯田の家に泊まることにした。

会社員の父と、主婦の母と、兄と妹と同居している家で、帯田の部屋は四畳半だった。本棚に、難しい本は『聖書』、『ギリシャ悲劇集』、『実存主義とは何か』の三冊だけで、ええっ、『少年マガジン』と『ガロ』がぎっしり、二百冊ほど。「おい、大学生が漫画かあ?」と聞けなく、苦悶した。

帯田は、寝る前に、新品の靴下、洗いざらしたトランクスを畳んで枕元に用意してくれた。仁侠映画の、何となくの〝堪《こら》える、仁義、決意、起《た》つ〟のモラルだけでなく、その具《つぶ》さな実際まで帯田に沁みていることに、嬉しさと危うさの二つを感じてしまう。

住宅街だが、帯田は「静かだろ、運河《うんが》まで〇・七キロ、港まで一・五キロってところ、多摩川の下流の六郷川までは三キロのところだよ。コンビナートと製鉄会社が一キロか二キロ先の円の枠内のところにあるんだ」と、呂律の怪しい言葉で語った。

なるほど、窓ガラスの上の方には、桃色というより赤い色の闇を焦《こ》がす熔鉱炉の炎が映っている。深酔いしているのに、煙っぽい匂いや、もっとひどく化《ば》け学《がく》的な臭《くさ》い匂いが、窓の隙間すらさえ面倒と押し拡げてやってくる。

「あのな、帯田。空って夜になったら真っ黒なのに、川崎は赤いな」

「うん、赤い。しゃあねえよ」

「あのな、一宿を借りてんのに済まんけど、薬品でも、中学や高校の理科や化学の実験なんちゅう匂いじゃねえな」

「そう、この三、四年、凄えよ。慣れてきたけど。電車が東京都から六郷川を渡りかけると、もう匂うもんよ。でも、安心する感じだけどよ」

帯田は、素っ気なさと詫びの中間の感情を含んで答える。

騏一は、赤い空に、幼くて見てはいない長崎の原爆その時の空の色を、いきなり重ねた。

それらの匂いは、初めは、人類がかつて嗅いだことのない、むしろ、純粋なきな臭さ、大火事の極限的匂い、次に、人間の肉が燃えたり焼かれたりする匂いへと……想像上で連れていく。

日本で一番の重化学工業地帯が、ここいら。ここの工場群の牽引力やパワーが高度な成長経済を成り立たせ、経営者のみならず、労働者も豊かにさせる……らしい。でも、でも。

工業の発展、延《ひ》いては科学そのものの発展は、どうも、騏一をささくれ立たす。

「たぶん、原爆とか、原子力の平和的利用って、もっといえば、科学信仰って、人を、人類をおかしくさせせんじゃねえげら、帯田」

「おいっ、大瀬良」

冬瓜顔を、ゆっくり、帯田は曲げて、傾《かし》げた。やっぱり、被爆者の今の日常の気にしてしまう癖、将来への不安は、仁侠映画とは、ちぃーっと筋と範囲が違う。

というより、この鬱鬱《うつうつ》した感情は、当事者にしか解らんらろう。

実際、帯田はこの件に口を噤《つぐ》んだ。


――一歳の長崎の件を喋った、詳らかに、帯田に。

そして、これがしみじみという表現に似合うように、近所の蕎麦屋の集団就職で出てきた十九歳の女のハートと、お茶大《ちゃだい》の女の学生の肉に挟まれ、二人に正直に話して二人に嫌われた帯田の二た股の恋の角逐と失敗を打ち明けられ、騏一は、一と筋の青木芙美子について正直に話した。

結局、夜明けに、眠った。

――帯田仁と騏一、二人共に、二日酔いで大学に辿り着いたのは、次の日の夕方だった。

もう、大学全体に、行き交う学生達の表情に、異《い》な緊張感が、そう、突っ走るでもなく、沸き上がるでもなく、しんねり支配している中、二年P組の十三人が、三号館の大教室の隅で会議を開いた。

かつて機動隊とぶつかった者は二年P組では、薩摩ぼっけもんの上林吉之介が、好奇心とちいっとの道義心で参じた原子力潜水艦の寄港阻止で一人、日韓条約反対で単に見物人で参加して巻き込まれた麻雀の名人になっている大田昭一の一人、計二人のみ。

だから、帯田は「七日間、いや、八日間、泊り込みをサボって済まん。機動隊とぶつかった経験者の上林と大田に、心得を喋ってもらおう」と、遠慮をしながら切り出した。

「おいの場合は横須賀で、いきなり機動隊が抜刀《ばっとう》、うんや、鉛が埋め込まれてるという話のある樫《かし》の木の警棒を振り上げてきてのう。せやばって、頭だけは守らんといかんごわすっと」

上林は誇らし気に忠告する。

「それは田舎の神奈川県警だからだよ。東京の警視庁は、スマートだから簡単には警棒を振り回さねえ。要は麻雀と同じだ。機動隊が攻めに攻めてきた時は、退《ひ》く。機動隊がこちらの人数の多さに怯んだら、進む。冷静に分析することだ」

大田は『週刊漫画TIMES』を手に、鹿爪《しかつめ》らしく、かつ、怪し気なことを口に出した。

「貴重な意見だよな。そんで、みんなで手分けして公衆電話でクラスのやつに呼び掛けよう。前川さん、名簿を見せてくれ」

帯田は『昭和残侠伝　唐獅子牡丹』で、本当にヤル気が起きたらしい、冬瓜《とうがん》顔を青白くさせ、対照的に悲愴感で面皰《にきび》の九つぐらいを赤くさせ、唯一の女の参加者の前川淑子にいう。いつも音無しいが、底で支える気概を持つ君野一郎が名簿のコピーを配る。

「あのな、帯田。やっぱり、この学園闘争の意義とこれからの展望みたいなのを討論しておこうよ」

やんわり、なるほどと思うことを、学年一の秀才と目される前橋正信が口に出した。

「うん、飲みながらやりたいのう」

上林吉之介が、なんとトリスでなく高級なサントリーの角瓶を出した。撮《つま》みに、烏賊《いか》の足の燻製も。そしたら、学友会でもどこの派の男か、あんまり見かけない、でも、ゴリガンスキーらしいのが「酒なんぞ、腐敗しとる。あーあ、それに、女の裸の週刊誌など置いて。止《や》めろっ」と割り込んできた。

禁欲的なのは共産主義者の特質かとがっかりしかかると、例の小清水と、一政中央行動委員会のキャップの中星、それに逮捕歴五回とかいう全学共闘会議の議長らの大いなるゴリゴリが大教室に入ってきた。

「今夜は凍てそうやさかい、勝利の前祝いを兼ねて酒がええ。俺にもくれんか」

小清水は、もう、帯田仁に目をつけているらしく、強張りと照れを褐色の顔の目蓋に入れ、こちらの集まりを見て大声で言い、つかつか帯田に寄ってきて肩を叩き「何や、大瀬良と帯田は同級か」とどっかと座り込む。

禁欲的学生活動家は口を尖らせながらも消えて行った。党派の中にも序列があるのか、違う党派か。

——大教室に一政二政の合計二百人ぐらいの学生が泊まるわけで、布団は少ない。が、熱さのある人いきれのせいで、それほど寒くはない。

情勢報告者、つまり、レポから伝えられるのか、新聞記者から入手したのか、未明四時半には「機動隊導入が確実」となり、帯田仁は前川淑子を学外へ退避させた。そして、一政二政の全体集会となり、中央行動委員会のキャップの中星の音頭でラジオのモスクワ放送か北京放送かで聞いたことがある「♪ああ、インターナショル、うう」の歌を初めてつっかえつっかえ喉に出し、何か必死になるような哀しいような「♪暴虐の雲　光を覆いーっ　敵の嵐は荒れ狂う、う」とかのワルシャワ労働歌の迫るものを中星が掠れ切った声で歌い、騏一もやっとながらついていった。

そしたら。

あえーっ、なんえ？　この場に最もふさわしくない白いツイード製のオーバーを着て、赤いマフラーで鼻から下を隠し、森紫《もりむらさき》が大教室に入ってくる。堂堂、一人一人の顔を覗き込み、学生を掻き分け、騏一の前で止まった。

「はい、騏一さん。わたしの作った、すっごくおいしい折り詰めの御弁当。舌を落とさないでね」

恥ずかしいのん、紫は、桃色のリボンをT字の形で掛けた弁当を差し出す。おまけに、ちっこいとしても菜の花の花束をも押しつける。

みんなの眼《まなこ》が、当然にも、紫と騏一に集まる。

くすくす笑ったり、羨まし気に見る学生が多勢だが、苦苦し気にして両目を吊り上げて振り返るのは帯田仁だ。

「ヤクザ映画に酔うようにならないでよ、騏一さん。あれは道徳やモラルの教科書なんだから、現実と教科書は区別してくんなきゃね」

ほう、「道徳やモラルの教科書」が仁侠映画の定義として出すのか、大学生になりかけて少しは賢くなったこの娘らて、それに、鼻から下を隠すとかなり凜《りん》とした目許だと騏一が感心したら、そのまま、何ごともなかったように紫は踵を返してしまった。

「おいっ、大瀬良」

帯田が、前列から、騏一へとつかつかやってくる。

「今の女は、本命の青木芙美子ってえ女じゃねえな。前の下宿先の娘だろう？　二た股は、絶対にいくねえぞ。その厳しい体験を、昨夜、話して打ち明けた通りだ」

威嚇するように、帯田仁は冬瓜顔を厳《いか》つくさせ、奥歯をがち、がち、がちーんと鳴らした。

「安心しろ、帯田。決意は揺るがねえら」

「そうかあ、良かった、良かった」

一変して、今度は、頼み込むように口を窄《つぼ》めて、帯田は、ぺこりと頭を下げる。なかなか、清清しくて良い顔をしていると騏一は思った。


――早朝、五時を少し回った時。

構内デモをして気合いを入れようと三号館から出て、学生の吐く息の白さは実は灰色に近いことに気づいていたら、正門下の向こう側に、なお夜が明け切らぬ濃い藍色の世界に、もっと黒黒とした黒群青色の群れが、着着と、近づいていている。例外なく紺色のヘルメットに、防石用の透明なプラスチックのでかい眼鏡をサーチライトに照らされ、がっしりした靴と白い手袋に、一糸の乱れもない意思を示し、余計な声も挙げず、やってくる。

駅一は、衝突前なのに、もう、機動隊の圧してくる無言の何かしらの力に、飲み込まれそうになった。

「学友諸君っ。真理の学問を蘇らせなきゃならぬ大学を、大学当局は、国家権力の暴力装置、機動隊を導入せんとしているーっ」

学友会の、中核派の中星行動委員会のキャップの仲間だろう、その学生が肩車に乗り、アジる。学生の隊列の幅を正門に沿って拡げさせる。駅一は、最先端に位置してしまった。

「学友諸君っ。これが、産業界のための人作り、産学協同路線《さんがくきょうどう》を貫く、当局と国家権力の実の姿だあっ。許せるかあっ。反撃するぞおっ」

同じ学友会の幹部でも、社青同解放派の小清水の子分らしいのが、同じく、肩車の上で叫ぶ。

駅一には「真理の大学の復活」も「産学協同路線粉砕」も六割五分ぐらいしか同意しないけれど、二人の叫ぶ「国家権力」にだけは、機動隊の無気味さを孕む凄みを直に見て、納得してしまう。

最前列となり、機動隊が直に十メートル先に見える。

足が、竦む。生唾ばかり飲んでしまう。喉と胃袋とが直に結んでくる錯覚に陥る。

駄目らろう、ここで踏んばり、青木芙美子に「成長しました」と報告しなければあかんら。それで、鬱病とやらに悩む芙美子を、ぐいっと、こちらへ。

高倉健、健さんの百分の一の仁義を慕う心情を、千分の一の度胸を俺にくれっしゃ。あれ、森紫の冷静な忠告では「酔わないで」だったか。あの娘も、悪くねえらって、桃色のリボンの折り詰め弁当なんつうのを持ってきて。三度ぐらいはキスをあげるか、一度ぐらいは、ペッティングとかいう頭の中が痺《しび》れる英語のやつを。あかん、帯田仁の心配に、きちんと応えんと。それに、森紫の背中には、倉松大老人が控えておるら、怖い。

機動隊が正門下の階段を、じわり、じわりと登ってきた。

うん、源義経が一谷《いちのたに》で平家を攻めたのも、関ヶ原できちんとした武将は丘や高地から攻めたのも正しい戦術、校門の高さから、下の機動隊へ。

腰を低くして、両隣りの学生の腕の確かさを噛めしめ、機動隊へと向かった。

衝突して、重いのん、と思ったのも束の間、前のめりで転んだ。機動隊の靴に、踏み潰された。後続の学生が、騏一を踏んづけて、躓き、騏一に重なる。一人、二人ではない。五人ぐらいらっ。

息が苦しいら。吸う息より、吐く息が。

あい……い、い。

――十分か、もう少し足りないか、もっと十五分か、気がつくと、大学構外の大隈講堂から五十メートル先の鶴巻町の道路脇のアスファルトの上、毛布に包《くる》まれているおのれ騏一だった。

「大丈夫かね、学生。救急車を呼ぶか」

あん、みっともねえの、機動隊三人が見守っている。うんや、前川淑子、麻雀名人の大田昭一、そして秀才で視野の広い前橋正信もいる。

「大丈夫ら」

駅一は根性を入れ、起き上がった。右足首が、かなり痛む。右手首が、疼く。こりゃ、右手が使えず作家には、もうなれんのうと考える。しかし、思えば、原爆症はもっと全般的に恐怖なわけで、小さい事故と気を取り直した。

「こう言ってますし、もう、行って、消えて」

論に整ったものがある、前橋正信が、機動隊三人に「しっ、しっ、しっ」と猫や犬を追うように毅然として告げた。

痛む右足首なのでびっこを引きながら、キャンパスに近づくと、ええーっ、何だ、何だあ？　当局の準備よろしく、正門にはぶっといロープ三本が渡され、構内側に椅子が逆バリケードとして並べられている。「文句を唱え、抵抗し、反乱する学生は排除する」の気持ちが、ぴんと張ったごついロープにある。

駅一が、この大学に、唯一つ、好ましい、嬉しい、おおらかで気分が和むと映った正門の柵なしは、消えちまった……ら。


——この日、鼬《いたち》ごっこをしながら、学生は、一号館の本部を再占拠した。

けれども。

次の日、機動隊がまたやってきて、二百人以上を逮捕《ぱく》った。「機動隊は入試が終わるまで駐屯」とのことだ。足首が疼く駅一は、情けなく、文学部の庭で、帯田仁、君野一郎が逮捕されたのを、文学部構内の記念会堂の脇で見やるしかなかった……。許せ、帯田、君野。嘘じゃないのだ、歩くのがやっと、小走りもできん俺ら。ごめんら、済まん、あれ、数珠繋ぎで、胸を反らして空を見上げる帯田仁が、泣き笑いをしている心臓に故障を持つ君野一郎が……あいーっ手錠姿で、曳《ひ》かれていくら。

——三月七日、騏一の足首の痛みが引き、入試が終わり、大学封鎖は解除されたがガードマンが常駐しだし、本部前の全学集会では、この学園闘争だけで二回目の逮捕を、一政学友会から全学共闘会議の議長になったゴリガンスキー、つまり、ゴリゴリと硬く崩れない主義者《しゅぎしゃ》は食らった。

三月二十五日は、当局に代わって「早大統一総括卒業式」を記念会堂で二千人でやった。「女子学生による亡国論」みたいなことを一文のあほ教授は喋っていたが、むさ苦しい姿の共闘会議の学生に、着物姿の嬉し気な姿は似合っていると騏一は感じた。ピント外れの感じなのだろうけど……。

三月二十九日には、一政は再びバリケード・ストに入った。

しかし、四月になり、新入生が登校してくると、入試を邪魔された感情があり、かなりの反発に出会った。それだけでなく、各学部の中に「有志会」というのができて、反共闘会議の動きがじわっと押し寄せてきた。やはり、単位の取得とか就職とかが気になるのだろう。小清水らの主張する「大学と産業界の癒着で、学生は競争と分断を強いられる」という、まさにその「競争と分断」のパワーで、バリケードは内側から崩れていく予感がする。

一般学生に毛が生えただけの騏一は、これらの動きが解らぬでもない。

ただ我慢ならないのは、大学当局が少しでも隙があると正門に柵を作りたがることで、完全に柵を撤去するまでは、個人として、この闘争の最後まで付き合おうと考えた……けれど。

それに、この学部で唯一、面白く勉強となった「夜這い」を軸とする人類学の井伊玄之介教授は、中国共産党支持の二人の教授を別として、頑固に「学生のストライキ支持」を公然と学生の集会でい い張り、駢一と馬場下で擦れ違うとコーヒーに誘ってくれて、「やり抜いてくれ」と励ましてくれたので、何とかパワーを持続していた。もっとも井伊玄之介教授は「闘いは、共産主義であれ、ファッシズムであれ、社会奉仕のセツルメントですら、地球史の中の人類史を考えてやらんとな。それに、どんな正義の闘いに熱中しても、疑問と虚無の感覚を持ってないと自己陶酔となって危ないんだよ」と、よく解らぬことも別れ際に告げた。

そして、黙っていても腋の下に汗が溜まってこんなに湿度の高い六月はあったろうかという六月初め、一政の学生大会が開かれ、黒のトックリセーターの似合う中星中央行動委員会キャップが踏ん張り、説得の限りの叫び、夜を徹しての討論に情熱を傾け過ぎ、血反吐《ちへど》と共に倒れ、「有志会」ののどのつまりスト中止へと進む提案に敗れ、投票で詰めを押されてストは解除に決まった。

バリケードを撤去しながら、駢一は、日常の大学に戻る詰まらなさの空虚感の中で、自分ながら総括しようとしたが、そんなのは出てこない。二年P組の闘う級友も一時《いっとき》、二月に大学に機動隊が導入された直後は、五十人中二十二、三人も集まったが、元の十三人になり、バリケード撤去の時は七人になってしまい、吐息をつきながら、変に軽くなった椅子や机を教室に返した。

例外は帯田仁だ。「この学生の問いと闘いは、本当は成果がいっぱいなんでえ。他の大学に必ず飛び火する。ヴェトナム戦争反対と結びついたら街頭でも燃えるんだ。これで、中核派、ブント、社青同解放派の三派の絆が強くなった。これから、これから。さ、飲みに行こうぜ」と鼻息が荒かった。

そうはいっても意気消沈と疲れがあり、波長が昇る帯田と飲んだのは騏一だけだった。


――そして、期末試験を惨《みじ》めにも受けて三年生になり、三年になるとゼミか英書《えいしょ》研究がクラスの単位となり、騏一は井伊玄之介教授のゼミを取ったが、気力が抜け、一回しか出ていない。

家庭教師のバイトも元通りにやることができ、赤提灯のバイトも元通りだ。

何も変わっていない。元通りなのだ。

芙美子に会いたいらあ。けんど「斯《か》く斯《か》く然然《しかじか》粘り、成長しました」と報告し、一歩前進は無理としても半歩を進めたいが、何も変わってねえらて。大学当局の示した入学金二万円アップ、年間の学費五万円から八万円、学生会館の管理運営は当局側の提案通り、のように。

むしろ……。

窓の外の空に貼りつく鰯雲《いわしぐも》の鱗《うろこ》の一つ一つがくっきりして、青空を占めて拡がってくる。

そうら、知ったのん。国というのは、個別の権力が苦しい、駄目の時には、鉄の意志と力によって助け、秩序を守り切ると。機動隊でも力不足なら、実質上の軍隊の自衛隊までやがては……。

闘いは、敵より、内側から負けていく……。

あん？　もしかしたら、共闘会議を引っ張った党派すら、党派対立で崩れるかも知れねえげら。いや、党派の芯《しん》も、内部から……。

いいや、こういう反省の形じゃ次が出てこねえら。そもそも、あの党派、民青みたいに、バリ・ストに反対に怨みの根を引きずって、最終局面では「有志会」と結びあった気配の濃いやり方の、どこか方角が大学当局へと向かわない気分になる。それより、一政二政では少数派のせいか、寝泊まり体制とか、体育局の殴り込みへの反撃とか、機動隊への真っしぐらの対決は見やり、もう三月には闘いが再開されるのに「総括、総括」とばかり、共闘会議側の弱さと他党派批判を趣味みたいに好むあそこ、そ、革マル派じみてしまう。

そうら。

おのれ騏一は、『昭和残侠伝』の健さんの三百分の一は、やった。「強きを挫《くじ》き、弱きを扶《たす》け」、そして、弱き者の精一杯の抵抗と、うん、その中での連帯を少しだけ。やっぱり、かがっぺく、輝いていたっけ、同級の昂然と胸を張っての帯田仁への手錠、心臓病を抱えての静かな抗《あらが》いの君野一郎への容赦ない手錠は。

何より、たぶん、帯田が楽天的にいう通り、「他の学園へ火が移る」、これ。そうら、どこの大学だって学生は、大新聞やテレビ、中年老人からいわせると「たらふく食って、親の臑齧《すねかじ》り」と批判されてはいても、大学で真理に近い学問を受けたいし、社会や産業界の召し使い的な従順な教育を受けたくないし、後続の学生のために授業料は安くと願うし、中には日大みたいに大学と結託した運動部や応援団のいいなりになりたくねえはず。うん、野火や大火事になる狼煙《のろし》に、この大学の闘いはいくかも……。祈りてえの。

その上で、その上でだ。

虚脱の気分が抜けねえら。

「原爆症が出るかも」と母の多津に知らされてすぐに上京した十日間の気分に似ている。医学とか、思い込みを打ち消す宗教に縋《すが》りたいけど、縋れ得ぬ感情と、ひどく似てらあの。ファンには済まないけれど、六月末に来日した『ザ・ビートルズ』がたった五日間で去った後のハイティーンの気分もこうか。なぜか、否、必然か、二月に羽田沖で、三月に羽田空港と富士山二合目上空で墜落したジェット機と多発する飛行機事故の後の、夫や妻、子供、妻子を失った人達のがっくりの落胆も……それは、違うら。これらの人人はもっともっと深く、血の涙が噴き出るのに心に涙を溜めに溜めているはず。

ならば、無理をしても、前を向くしかねえ。

あれ、鰯雲《いわしぐも》が、大いなる空全体を覆い、空が青灰色になってきた。騏一の心情そのものの色あいだ。青木芙美子への、一方的な恋心は膨らむのに、どういうわけか、鰯雲の五分の一が、羊《ひつじ》というより女体にそっくりの形になってきたせいか、そうらて、性欲が、ふつ、ふつ、どうしようもなく湧いてくる。

これでは、駄目らろう。

この五月半ば頃から、中国では〝プロレタリア文化大革命〟というのが始まって、中学高校大学生が紅衛兵といい、共産党の地方の幹部どころか、革命そのものを担った大幹部まで吊《つる》し上げ、三角形のとんがり帽子を辱《はずかし》めのためか被せ、引き回している。

うん、早大闘争の終わり頃には、小清水も中星も、遠慮しつつ、しかし、頻りに、個人的に、あるいは勉強会で訴える労働者との連帯、これと、いつもいつも舌が絡まってうまく発音できないプロレタリアートとは同じものだろう。居候をしている伊藤淳に習って、建設現場で働いて、肌で匂いで肉で、労働者、プロレタリアートっつうのを実地で体験するかの。

駄目ら、助兵衛のエネルギーを抑えられぬ。

鰯雲の半分が、人魚みてえな形になってきた。半分裸の女の形に、酷似しているら。

嘘ではない。真実のことだった。

襤褸《ぼろ》アパートのドアが、童謡の『故郷《ふるさと》』のように、ド、ド、ド、レ、ミ、レみたいな音階で、叩かれたのだ。

伊藤淳のノックの仕方ではない。もしかしたら、新しい女か。

ベニヤ板にニスを塗っただけのドアをあちらに押した。

「いた、いた。やっぱり、ここだったわ」

一畳の四分の一もある大きな地図をひらひらさせて、狼の目を和らげて森《もり》紫《むらさき》が立っていた。

「どうした?」

「変わらず、成長なしね、気配りができなくて。そういう質問はしないもんよ」

流行っているミニ・スカート姿だが、通例より更に短く、腿の上、三十センチもある格好だ。しかし、女のお洒落に関心はあっても無知だが、ミニ・スカートにはバランスを欠くのではないのか、上半身はラフな灰色のジャンパーだ。

「茶でも出そうか、上がれっしゃ。うんや、上がれ」

「はーい」

急に、右下の八重歯を少し食み出たせ、小学生の優等児みたいな〝良い〟返事をして低い敷居を跨ぎ、くるりと背中を向け、ひどく小さい三和土《たたき》へと屈み込み、貧乏はしていないはずなのに質素というか安手の運動靴を揃えようとする。

いかん、駄目らろう。

紫のミニ・スカートが翻《ひるがえ》り、案外にぶっとく肉づきの良い腿の上ばかりか、濃い菫《すみれ》色の下穿きが見える。下穿きなど田舎の言葉ら、下着、否《いな》、パンティ、またはショーツと東京風《ふう》に呼ばねばならんの、擦り切れそうに……薄いらあ。

目の前が、赤さでも一番赤いと思われる鶏頭《けいとう》の花みたいになりながら、騏一は紫に背を向け、狭苦しい流しのガス台に薬缶を乗せ、紫の少女じみていて、謎めいて、妖しく、無気味な音を出すガスの青い炎をマッチで灯す。

「男の部屋なのに整理整頓されてて予想外だったわ。騏一さん、はい、お土産」

卓袱台に、浅黄《あさぎ》色の茶筒をまず中央に大事そうに、そっと、そっと置き、気が利くというか生活じみたコンビーフと、鯨《くじら》や鯖《さば》の缶詰を紫は並べる。

「うん、故郷の後輩が居候している。きちんと働いて汗を垂らしてるいい奴なんだ」

騏一は、沸騰した湯を茶碗で冷ましながら、期待と、それへの自戒と、あれこれの気持ちをも冷まそうとした。

服を脱がしてえ、トースト・パンの肉みたいな裸を見るため。

狼の双眸を隠した野性味たっぷりのこの娘を、蹂躙《じゆうりん》とゆうか、それをしてえら。

しかし、待てっしゃの声も臍の上あたりからやってくる。

やっぱり、青木芙美子を求めに求めねばいかん。男として、仁俠映画の見過ぎから大学のバリ・ストを経て活動家になりなんとする帯田仁の失敗とその忠告からしても……。

抱いたら、倉松右衛門老人のことがあり、結婚しかなくなる……。

「ねえ、騏一さん。男同士の絆《きずな》を命とするヤクザ映画をすっごく好きになったり、後輩の男の人と一緒に寝泊まりして、もしかしたら、もしかしたら、男色趣味なのお?」

「えっ、おいっ」

騏一はびっくりして、返事もできない。しかし、しかし……男と男が連帯して死も決意しての喧嘩《でいり》をする〝美学〟は、単に心情だけでなく、肉へといってもおかしくない……決して。ま、おのれ騏一は、そもそも死を賭《と》しての決起などの根性はないし、あのう、ひたすら、女が好きすけ。恋情や愛情や結婚の柵《しがらみ》さえなければ、一日中、女の裸を見つめ、股間を天の河見たいに見つめていてえら。

「そうだったんだ……大瀬良さんは」

改まったように背筋に青竹を入れたみたいに紫は、びしーんとなり、腰を上げた。腰を上げる時に、やばい、目ん玉の垢《あか》の汚れが染《し》み着《つ》いた女体の写真集の束《たば》、春本の九冊を三冊、三冊、三冊と分けて隠しているその雑誌の角に、ブルーの靴下の爪先が引っ掛かった。

「うう、ううっ、なーに、これは」

中年女のように、腰から砕け、犯人を睨むようにして『デカメロン』の表紙のある写真集を、紫は、手に取り、紙飛行機みたいに投げ飛ばそうとして、右手に持った。しかし、表紙を見た。見ただけでなく、腰を抜かすしゃがんだ格好で、頁《ページ》を捲《まく》りだした。

「これ、同棲してる後輩のもん？　大瀬良さん」

「そうでねえら。俺のだ。奴は、女に持てる。持て過ぎる」

「へえ……うわあ、変《へん》。助兵衛え、え、え。あっ、大瀬良さん、宮本武蔵なのお？」

「なんだ？　剣豪の武蔵ってえのは」

「ほら、二刀流ですよね。つまり、両刀を使えるわけ」

「両刀って……えっ、おい」

紫の耳学問の詳しさに騏一は驚くというより、たじろぐ。

そんな器用なことはできねえ、男の尻の穴を思うだに身の毛が弥立《よだ》つと喋ろうとしたが、待て、とも初めて考えだす。人類学の授業で井伊玄之介教授が「戦国時代は妻女を戦場に連れて行けないから男と男はごく普通。江戸時代はその美風を綿綿《めんめん》と武士も僧侶も庶民も受け継いできた。しかし、明治維新で西欧思想とその核のキリスト教が入ってきてとんでもなく偉い人以外は一夫一婦制、そしてそれと共に男同士の交わりは禁忌になってきた」と言っていた。また「キリスト教成立前のギリシャ文化でも青少年教育はセックスを含めて大人の男がやっていた」とも教えた。だったら……。

「あら、大瀬良さん、やっぱり二刀流なの？」

「あのな、その考えって人類史に当て嵌めれるとどうでも良いことだ。男も女も一刀流じゃなけりゃいけねえなんつうのは偏見らあ」

かなり背伸びをして、騏一はいう。

「ふうん？」

ギリシャ時代でもなく江戸時代でもなく、一九六〇年代日本なので、森紫は疑わしそうに、前髪を頭の方へとたくしあげ、野犬のような右下の八重歯を見せた。

「じゃあ、テスト、ううん、実験してみていいかしら、大瀬良さん」

恥ずかしそうな顔ではなく、不機嫌そうに眦《まなじり》を上げ、騏一の返事とか了解を無視し、紫はジャンパーのチャックを引き下げ、えっ、すぐ下は、こんな短いのもあるのか、濃い菫《すみれ》色のシュミーズだ、ブラジャーも同じ色……この娘にふさわしくない下着の色だけど、騏一の胸底ばかりか、男根に痛く切ない。

ジャンパーを、円盤投げの選手みたいに宙へと紫は放り、今度は、紫は、騏一に背中を見せ、野兎《のうさぎ》ほどの素速さで、上半身を曲げ、ほお、柔軟にして、ひどくしなやかと感心するけど、両足首を両手で軽く摑《つか》む。

先刻の三和土《たたき》への屈み込みで見てしまったより、もっと、下穿き、もとい、ちっこい下着の全貌が明らかになりかけてくる。紫のそれは、小さく、ぴっちりときついせいか、ゴムの境が、あえ、くっきりと小麦色の腿に食い込み、その線がずれて肉の赤い輪の跡まで分かっちまう。

女は、謎られえ。こんな甘ったれの、背伸びばっかりの小生意気娘にすら、頭を垂れて、尽くしたい気分すら湧いてくる。うむ、やっと谷崎潤一郎の『痴人の愛』の心情の欠けらが解りかけ、『春琴抄』の凄みが迫ってくる。

ついつい、騏一が、頭を垂れて、尻の谷を覗こうとすると、いけねえら、紫の雀や鳩など食ってしまう、炯炯《けいけい》と光る紫の両目に出会ってしまった。

「大瀬良さん、騏一さん、どうやら、合格みたい」

紫は、巌流島の決闘で敗れたという佐々木小次郎の〝燕返し《つばめがえし》〟の刀の速さで元のしゃきっとした立ち姿に戻り、流しの上の電球まで飛んだジャンパーを取りに小走りする、狭い部屋なのに。

「なんの合格だ」

ここは、危ない、紫を早く帰すのだと知りながら、騏一は聞く。

「自分のズボンのチャックのところを見たら？　すんごい、三角錐《すい》だもん。立派よ。でも、怖いわ、テントを張って、布地がぶち切れそうで」

ジャンパーを、きっちり着直し、紫は、三和土《たたき》へ向かう。

そういえば、男根がブリーフはもとより、ズボンすら破るほど、節穴が渦巻く天井へと屹立している。我れながら、青木芙美子の存在があるのに無節操と……悲しくなりかける。

「放射能とは、まるで無縁ね。嬉しいけどさ」

「えっ……あ、あえ、え、ああ、うう」

感嘆詞とか、高校時代には習わなかったので品詞の分類不能の喘《あえ》ぎの言葉だけが出てくる。

やはり、倉松大老人も、その娘の森末亡人も、紫も、騏一の長崎での一歳と十日での被爆は知っていたのだ、明白に。みんな、その上でのことだった。ありがてえ……のん。

「何よ、目を潤ませて、大泣きの寸前でさ。そうか、どでかい獲物《えもの》のあたしが消えちゃうからね」

「う……違うぞ。気をつけて、帰れな」

「帰らなくて、いい？　帰りたくないの」

「ま、しかし」

「っるさーい。元の居候《いそうろう》のくせして」

額の毛際に青筋を浮き立たす森紫はヒステリー娘らて、こんなのを恋人にしたらいっぺこと、あんべわあろてで、怖いら。ついつい、直そうとして直らない故郷《ふるさと》の言葉が騏一の胸に溢れる。

しかし、待て。紫を抱いてしまった後に、別れる口実もできる。倉松大老人なら、必ずや解ってくれるはず、恋人同士も夫婦も、「常に男が導く」「夫唱婦随」は筋金入りの右翼思想の持ち主なら解ってくれるはず。何しろ『古事記』の弟橘比売《おとたちばなひめ》の『さねさし相模《さがみ》の小野に燃ゆる火の火中《ほなか》に立ちて問ひし君はも』の歌の根の根の凄みを解っていたのだから。倭建《やまとたける》の妃《きさき》の弟橘比売が、倭建の肉と心に代わって海に身を投げた、その伝説と神話の悲し過ぎるほどの男優位と女の献身の道を。待てっしゃ、ちと、悲しさの度合いが大きく、時代錯誤ら……。

「ごめんなさいね、騏一さん。時時、一と月に一度、ううん、半年に一度、いいえ、二年に一度、急に、どうしてか、思い通りにならないと彼我《ひが》の力の関係も秤《はかり》にかけられなくて……我儘を越えて、図図しく、傲慢の典型をしでかしちゃうの」

一転して、紫は、菫《すみれ》色のブラジャー、シュミーズの姿で正座し、黄色く毛羽《けば》立った畳に前髪をつけて、本当か嘘か、詫びを入れた。

でも、このヒステリーじみた発作が、最短「一ヵ月」、最長「二年」の食い違いは、ちぃーと差が大きい。いや、それより……。

違う、違う、青木芙美子は、森紫より、こういう胸の中、心情、精神で、バランスがもっともっと、ずうっと崩れている……はず。

ここは、きりりと、しっかりせよ、おのれ、大瀬良騏一。

いんや、神聖でも品《ひん》がないとも映るあれ、妊娠を防ぐ薄い筒型の紙風船みたいなものは、いつか、いつかと青木芙美子のために羞恥心を堪えて二年前に買ったまま、流しの下の隅に、ゴキブリに荒らされないように封筒を二重にしてその中に仕舞っているけれど、そもそも、おのれ騏一の、蛙《かえる》の子のおたまじゃくしみたいな精子は、力を発揮できるのか。大江健三郎の決定的な小説、『個人的な体験』のように……否《いな》、その前の前で……。子孫を、安心して作れない、どでかい、途方もない不安……。

そもそも、作り得るのらて？

改めて、騏一は、ごおん、と地べたが震えて揺らぐ気分となる。

目の前には、肉がやや不足気味で細身だが、菫《すみれ》色の下着の森紫が、冷静な風をしていて、胸を大きく拡げたり窄《すぼ》めたりの荒い呼吸をしている。

しかも、この場合、紫のいじらしい願い、誇り、〝駄目男〟への賭けすら、横たわっている。

迷う……。

「あのね、騏一さん」

「え……何だ」

「あたしと結婚してくんなくても、いいんだからね」

「お……い」

「うちの母さんより、何百倍も、爺さんのことが気に掛かるのでしょ？　怖いだけじゃなくて、ヤクザ映画と同じで仁義を考えてさ」

「え……」

仁義だけではなく、東京の娘のところに居候させてくれた恩義がある。

「だけど、大丈夫、九日前に死んだもの」

「ええっ、倉松の御大がかあ」

騏一は、びっくりする。びっくりした後に、すぐ、がっくりがくる。これからも、いろいろ、あれこれ、誠と優しさで面倒を見てくれそうなのにというよりは、その存在のかがっぺい、性格の失いに、わけの解らぬ本物の右翼の底力の喪失に、「酒が少しは強くなったら」と一緒に飲めない淋しさに……。

「嘘じゃないよな、紫くん」

「そこまで狡くして、あたし……騏一さんに、ヴァージンを奪《と》って欲しいとは……違うかもね。やっぱり、この際、あのう、そのう、ね、ね、居候と暮らしのための缶詰とに仁義を感じなさいよ。いいえ、感じて欲しいの」

「倉松老人が……死んだ……らてかのん」

不思議だ、おのれにとって富士山とはいわないが、東京への行く手を遮《さえぎ》る飯豊《いいで》山脈の中の飯豊山のごとくに映る、あの大老人が死ぬとは。しかし、既に、七十になりなんとしていた。決して早死にではない。

「そうよ、死んだの、爺さんは。母さんが慌てて夜行列車で村上に駆けつけて死の三時間半前に間に合い、母さんの姉さんと妹は息を鎖した直後だったって」

「あ……え、え」

「あたしは葬儀には出たの、六日前に」

「そうか」

「爺さんは、呼吸が苦しい中で、母さんに、喘《あえ》ぎ喘ぎ告げたんだって」

「なんえ？　いや、何を喋ったのかな」

「一つ、『村上の家と土地は売り払って、その金は赤い羽根の共同募金にしろ』ってさ」

「ふうん」

「二つ、母さんには『娘の紫より、農の元《もと》の大地を愛せ』だって。三つ、母さんの姉さんには『息子達より、民族を人人を好きになれ』ってね。十六歳の戦争中に二十一歳の婚約者をあの戦争のフィリピンで失った伯母、母さんの妹には『諦《あきら》めずに男を探せ』だって」

「そう……か。十六の時なのに婚約者が戦《いくさ》でな。考え込むすけ、たくさん」

ちゃんと、きちんと、悔いなく生きねば、命などいつ消えたり消されてしまうか分からぬと、菫《すみれ》一色の下着だけの紫の四肢を斜めに騏一は見て、なお、進むべきか退くべきか、いんや、誤魔化しの手もあると、ぐずぐずと逡巡する。

「あのね、親族以外に、唯一つ、例外に、あなた、騏一さんにも真っ赤な、違うわ、右翼とヤクザを合わせた爺さんだから、真っ白なのかしらね、ほとんど言葉にならない、切れ切れの吐息じみたのを遺してるのよ」

「あえ、え」

「母さん、大変だって、聞き取るのが」

「うーん」

「そんで、『負けるな原子爆弾、ウラニウム、プルトニウムに。伸び伸び、冒険しろ。アメリカの酷い仕打ちを静かに見よ。科学を信用するな。仁義、仁義！』って」

「えっ、本当か」

「本当だわよ、母さんがいってるもの」

どうも、早稲田の中星という一政行動委員会のＣａｐの属する中核派、全学共闘会議の議長の大口というゴリゴリの学生や小清水の属する社会主義青年同盟解放派、早稲田では極少数の共産主義者同盟の残党兵とその新生分子の三派とプラス毛沢東礼賛派と第四インターってところで、そろそろ全学連を再建するらしいのだけど、そして、スローガンや綱領とかに明記はされるわけもないけれど、背中とか、腹の中の底が、仁侠映画の〝仁義〟らしい。もっとも、吉本隆明に共鳴して〝自立〟〝土着〟を信条とするのもこの三派全学連へと集まるらしく、本当の心情は騏一には分からない。その上、戦中の傲《おご》り、敗戦の屈辱を、肌で、ハートで潜《くぐ》った右翼も然り、〝仁義〟なのだろうし。

「爺さんのことになると、騏一さんは、いつも、鼻穴を大きくさせたり、逆にすぐに小さくしたり……緊張するのかしらね、せわしなくなる」

「あい……いんや」

確かに、エロスと清らかさを同居させる紫の下着姿は、倉松大老人の死で、エロスを失いかけてきた。男根も、静かになり始めた。

「大瀬良さん、騏一さん。あたしにも、爺さんは遺言を残したんだって、緑色の痰《たん》の粘っこいのを喉に詰まらせ、やっと吐き出してね」

この日、紫がいきなり訪ねてきて、初めてと映る羞恥の思いか、目の上を、瞼《まぶた》のすぐ上を染め、顔を下へと向ける。

「うん、それ、なんだ。教えれっしゃ」

「法螺《ほら》でも、大袈裟でも、むろん、嘘ではありません」

奇妙に畏《かしこ》まり、紫は、威張り気味の両肩を内側へと窄《すぼ》める。

「うん、それで?」

「爺さんは『大瀬良の餓鬼んちょに、きちんと抱かれ、アメリカの酷《むご》さと、引き受ける日本民族の逞しさを知れ。そもそも、あの餓鬼んちょは、知恵足らずほどのお人好《ひとよ》し。日本の未来は、この心にあるらあ、あ、あ』と」

紫のいうことに、嘘はないような……気がする。これで右翼のゴリゴリは、どでかい拡声器で喚《わめ》くとか、総会屋を牛耳るとか、政界を脅すとか、ヤクザについてコーチするとかなかったら……もっと、いい。でも、やっぱり、哀しい。

「聞いてるんですか、騏一さん」

「え、もちろんらて」

「そんで、これ、これが、爺さんの、死ぬ二時間前に『大瀬良の餓鬼に』と指示したお灸の艾《もぐさ》なの。

滋賀県と岐阜県の県境の、伊吹山《いぶきやま》の産よ、カマ屋とかのメーカーの。爺さんの家の仏壇に大切にしてたわ。日本で最も効くやつなんですって開けてみて」

「へえ、え」

卓袱台の真ん中にある、古臭い浅黄色の茶筒を、紫にいわれるまま、開けた。ぷーんと、春盛りと秋枯れを同居させる蓬《よもぎ》の濃い香りが鼻奥を擽《くすぐ》り、かなりの気分の良さだ。

「よく分かんないけど、原爆直後の広島や長崎では、大火傷《おやけど》のケロイドだけでなく、発熱とか、下痢とかが被爆者にやってきて……藁《わら》をも摑《つか》む思いだったのかしら、お灸に頼ったのね」

「そうらしい……のん」

「実際、髪の毛が脱ける、斑《まだら》な円の傷が出てくる被爆した人には効いたらしいの」

「うーん、その頃の実際の患者の症状についての全資料は、アメリカが全てのGHQ、連合軍総司令部、そう、あの偉大と評されるマッカーサー元帥が取り仕切っていたところ、その力の許《もと》でABCC、原爆傷害調査委員会も、対ソ連を含めて厳重なマル秘、敗戦国日本の医者には渡さなかったと……聞くすけ」

「だからこそ、神頼み、迷信、けれど必死な願いで、そう、知ってるわよね、被爆直後から少し経つと、急性から、後遺症にと……白血病、目の玉の白底翳《しろそこひ》へ」

「まあな……勉強するしかねえら」

答えながら、騏一は、ここまであれこれと気を使い、配り、おのれに繊細になってくれている森紫に、過去を含み、今が新しくなる感情を抱く。

「その、厳しい最初の時に、広島の新聞から始まって長崎にも『お灸を』の説が出たの。実際、赤血球、白血球の破壊を防いだのよね、お灸は」

「うん、らしい……戦車に竹槍……未満としてもな」

「そうなのよ。最初に原爆症に向かった、東京大学の都築正男《つづきまさお》教授も、それを立証したんだって。この先生、生真面目なのに、ねえ、ぴんとこないけど戦争犯罪人として、大学をくびだって」

とても嬉しいことに、紫は駅一のために、ちゃんと勉強している。

「そうか、戦犯か。ま、戦争中は、民間のごく少数の社会主義者、共産主義者、自由主義者を除けば、官民みんな戦争協力者だから、叩けば埃《ほこり》は出てくる」

「それもそうでしょうね。でも、都築教授の場合は、アメリカが原爆の情報について一切、自分達の大事そのものの宝物として独り占め、内緒にするのに反撥したみたい」

「うーん」

「でもね、駅一さん」

言葉を切り、暑いのか、紫は目で扇風機を探すのだろうか辺りを見渡し、傍らの団扇《うちわ》を手に取る。ほお、団扇で、駅一に風を送ってくれる。

「うん、何ら?」

「広島大、長崎大でアメリカに負けるもんかと地道にこの十五年あまり、そして、東京大学でやっと本格的に原爆の後遺症についての研究が始まってきている……んだから、きっちり検査とか診察には通わないとさ」

ってていない。

「ま、いろいろと……ある」

大学の学費・学館の闘いが忙しかったし、終わると気が抜けて、それ以後、東大医学部病院にはいってていない。

それより、原子爆弾を含む科学、化学、医学への不信ではなく、漠《ばく》とした恐怖が、ますます昂《こう》じてきている。むろん、広島、長崎のことで、お灸にも縋《すが》る気持ちや、じわりじわりとくる白血病や子孫への影響をどうにかして減らしたい気分は強くある。それを求める人人は、自分も含めていじらしい――しかし、どんなに医学が進歩しても、核エネルギーは人類の知恵の枠を越えてしまっている。医師も「放射線の利用」と飛びつき、世を挙げて、いや、官の匂いの濃いところほど、そう大学も「核の平和的利用」と邁進している。産学協同路線、というやつ。

一人ぐらい、こういうのに逆らって、今までの人類の発明、発見したことの罪《つみ》と科《とが》を引き受け、心中し、あれこれをくよくよ気にせずに生き抜き、死んでいっても良いのでねえっか。

むろん……癌の宣告を求める癌患者は今の時代、ごく希《まれ》だ。知らずに残りの命に希望を預けたい。死刑囚が死刑執行の日時を知りたくないようにら。卑怯とも思えるが、流行り病、飢え、戦《いくさ》、不条理で明日は分からない原始時代からの人類のごく普通の構えともいい得る。おのれ騏一もこの気持ちは強くあるのん。

子供が生めなかったら、それも仕方がねえら。

子供が大江健三郎の『個人的な体験』と同じようになっても、しっかり受け入れ、一緒に生きるら。だったら……。

やっぱり、青木芙美子と共に悩み、生き抜きてえら。

「ねえ、いろいろ考え込ませて……ごめんね」

「いいや、少しずつ、原子爆弾について、自分の道みてえのがはっきりしてきた。感謝ら」

こう言い切ってから、騏一は、男根が先刻の熱さを忘れて冷え、凋《しぼ》んでいるを知る。やはり、原子爆弾のことはおのれの心の棘《とげ》となり、心は肉に決定的なものをよこすらしい。

「いい香りだ、この艾《もぐさ》は」

匂いをたっぷりと胸奥に仕舞い、茶筒を倉松老人になぞらえ、騏一は頭を垂れながら茶筒に蓋をする。

「うちの繁婆さんは灸《やいと》ができるのよ。あたしもしてもらったの。ほら、ここ」

菫《すみれ》色の、ひどく短いシュミーズをたくし上げ、紫は下着の腹のゴムの線の上で、臍の窪みの下の、小指の先ぐらいの赤と褐色の混じった点を示した。

「それで、あたしも繁婆さんに習ったのよ。やってあげようか」

「ありがとう。でも、今日は、倉松大老人の葬いを心でやるろう」

「そう……ね」

この部屋を訪れた勢いはどこへやら、紫は静かになり、やがて、スカート、ジャンパーを身に着けた。

紫は、萎《しお》れていた。短か過ぎて少年のような髪が、心なしか、垂れていた。気のせいだろうか、ミニ・スカートがよれよれして長く見えた。

済まんら、森紫。生き方というのが男には、いいや、人にはあるろう。

――この年、十月、賃銀や労働条件ではなしに、総評《そうひょう》傘下とかの労働組合が、ヴェトナム戦争反対で、短い二時間とか半日としても、ストライキを打った。騏一は、少しばかり清清しい気分になった。目の前の生活以外の、戦争への反対の精神を訴えたのだから。


――同じ年の十月の終わり、騏一は新刊を買うのでは金が不足していて、豊島区の図書館で、井伏鱒二という作家の、そうら、『山椒魚《さんしょううお》』のとぼけた悲しみを書き、『駅前旅館』だったか本の題を忘れたが軽いエロスのあるのを書いた人の『黒い雨』を借り、読んだ。

あえ……十キロメートル離れたところで広島のピカドンだったから、縁談は大丈夫のはずが、ピカドンの後に〝黒い雨〟を浴び、原爆症が出て……。

とぼけどころか、淡淡至極《たんたんしごく》の日記みたいな文で、騏一は引きずられ、ある意味で騙され……読み終わって、あまりに、騏一を引きずってくる。

なに、この作家は早大予科に入り、早大中退らて。青木芙美子の住まいに近いと選んだおのれ騏一の大学だけど、ぶつらぶつらと日常を書いて、ことのでかさを迫るなど、へえ、早稲田で立派なのは、純詩も流行歌の詩も作った西条八十だけでねえらの。

　そういえば、図書館で、ある男の歌集をぺらぺら捲ったら、うん、寺山修司という人の『田園に死す』らった、冷やりと胆が寒くなったり、薄気味悪かったり、嘘の世界ができ過ぎだったりで、けれども《生命線ひそかに変へむためにわが抽出しにある　一本の釘》の歌で騏一に時折くる願望を突き出し、《かくれんぼの鬼とかれざるまま老いて誰をさがしにくる村祭》の歌で、約束ごとに縛られて老いてしまう切なさを教えてくれた。この寺山も早大中退。久し振りに詩歌の凄みに嵌めさせられた。

そう、この大学は単位を懸命に取って卒業するにはふさわしくなく、理詰めの学問とか、いいところへの就職は向いてなく、好い加減な小説や詩歌を作るのが合っている……。

おのれ騏一も……そうするか。

でも、少しはちゃんと働いて稼がねえと母ちゃんが苦しむしの。

——この時期あたりから、ここいらあたりから、騏一は、やっと青年が少なくとも一度はぶつかるという、虚脱、望み、すぐやってくる現実との格闘に悶悶としはじめた。

アパートの北向きの共同便所の小窓を開けて小便をしようと、贅沢をしてはならないのだけど一日十本と決めている煙草を吹かすと、寺山修司という男の《吸ひさしの煙草で北を指すときの北暗ければ望郷ならず》の歌が過《よぎ》る。土砂降りのやってきそうな空を見て、放尿をした。

故郷の村上が、倉松老人の死と、騏一に遺した伊吹山の艾《もぐさ》で遠くなってきた。母の多津が生き、息子のために働いているのだから、吹っ切れないが、心情が都会のものとなってきたらしい……。

第5章　鬱《う》鬱《つ》と空回り

1

鶴嘴《つるはし》が、空《くう》を切る。

一九六七年の今年は新旧交代なのか、単に新しく見えるだけで中身はさほど変わらないのか、新しい人、新しい物、新しい機械が次次に登場する。

四月に、東京都知事に、社会党共産党の推す美濃部亮吉が当選した。七月に台風くずれの豪雨で、神戸の六甲山では山津波が起きて二十一人が死んだ。昔はとっぽかった矢部浩が「あのや、阪神タイガースの大《だい》なる応援歌の要の『六甲颪《ろっこうおろし》』のあの山が崩れたのやあ」と、いつ阪神ファンになったのか、突発的に、怪しい関西弁で電話をよこした。山津波は、地質を無視してまで流行りの宅地造成をしたから起きたという。十月には、ミニ・スカートの発祥の地のイギリスから、その名の通り枝《えだ》のようにかぼそい肢体のモデル、ツィッギーがやってきた。森紫《もりむらさき》は、この先取りをファッション雑誌で知っていたと知らされたが、日本中の女はこれを節目に、マリリン・モンロオ代表の豊満への憧れから、痩せ・スリム・枝木の肉体へと総〝転向〟する予感がする。

そうだ、明後日あたりは、明治時代から人人の足だった都電が九つの系統で廃止される。


——空をゆく雲の形や色を見るのは好きだが、今は、地べたに首を曲げている。

東武東上線の鉄路の東側、線路に沿った一本道だ。中国では文化大革命の激動の中、ど偉い人が被せられている三角帽子に似た囲いの標識の馬《うま》に囲まれ、騏一は、アスファルトを引《ひ》っ剝《ぱ》がしている。馬は、黒と黄色が交互の危険を知らせる色だ。

東京の初冬は、生微温《なまぬる》い。

「新兄《しんあに》い、そこのアスファルトは固いから、俺がやる。女を五人知るまでは、腰を痛めちゃまずい」

故郷の後輩の伊藤淳が、騏一の鶴嘴《つるはし》を奪うように取り、コンクリートの下の土を掘るスコップを、ネコと呼ばれる一輪車の荷台から手渡す。

黒褐色の土を掘りだすと、確かに腰骨への響きはスコップの方が柔らかい。

「大瀬良、五ヵ月前よりさまになってきたぞ」

現場監督の三十代半ばの佐野が、誉めてくれる。働き甲斐が……あるら。

土を、ベルトコンベヤに放って乗せると、電動の灰色の帯は楽楽と軽トラックの荷台まで運んでくれる。

でも、もう一・七メートルぐらいか、土は掘るほどに、黒い貌《かお》を、剝《む》く。そのもっと底は、どんなだろう。

――プラタナスや桜の枯れ葉が散り残り、木枯らしを待っているようにも映る。東京の冬は、故郷の村上ほど、くっきり、かっちり、やってこない。

一九六七年十二月初っぱな。

二十三歳となっている駟一は、早や、大学四年生。まだ、三十六単位ほど残していて、来年一月のテストを受けてパスしても卒業の見込みは立たない。もっとも、高校の秀才を集めている東大の留年率は三割から四割という話があり、気にすることではないかも知れぬ。

あのフランス語で分けられた一年P組二年P組は三年からばらばらとなったが、偶《たま》に大学へいくと「ゼミの教授のコネで」、「堂堂突破した」、「学部の推薦が取れて、間もなく内定」と、就職試験に必死になっているかつての級友と出会う。「俺は?」と焦りが出てくる暫《しば》しの時だ。

早大闘争が終焉して一年半だ。

もっとも、二年P組の同級生で、やつだけではないとしても仁侠映画に真底参り、小清水の右腕は無理としても左腕ぐらいで一丁前の活動家になっている帯田仁は「終焉?　とんでもねえ、始まりだよ。ほれ、明治が学生会館で揉めだしたろ?　中央でも、だ。東大の医学部じゃ、おかしなインターン制でそろそろ。そのうち、あの当局と運動部が一体になって普通の学生を脅《おど》しまくってる日大も、起きるぞおっ」と、駟一の、おんぼろアパートに遊びにきてぶつ。

本当か?　と面白半分と、かなりの関心と、しかし、おのれがどこまで参加できるかは早大闘争でちょっと無理と知った上での諦《あきら》めの気分で世の中や大学を見渡す。去年、一九六六年十二月に、三派全学連が結成されてから、実は、学園闘争より政治的なテーマが主な修羅場となることが多いのだ。今年の十月八日には、佐藤首相の南ヴェトナム訪問を「ベトナム戦争への加担」として三派全学連、革マル全学連は羽田で阻止しようとして、中核派の京大生が〝死んで〟いる。先月の十一月には佐藤首相の訪米に抗議して、人工的国際言語のエスペランチストが焼身自殺を首相官邸前でやった。

三派全学連は、ことがある度に、もうゲバ棒を持ち、ヘルメットを被り、まこと活気がある。

けんど、けんど。

騏一は、このスコップでの穴掘りは、下水用のヒューム管を埋め込むことと当然にも知りながら、その太い管はまだなくて、ただ、黒くなる一方の地の底……みたいに、中核派・社青同解放派・社学同の三派の学生運動に、黒さの限りない魅力というかアナーキーな力を感じると同じく、その黒さが〝暗黒〟の暗がりへいく危うさをも思ってしまう。

そう、早大闘争で、共産主義者を目差す活動家個人個人と、例えば、秘かにかなり騏一が畏怖《いふ》している小清水も、急速に頑張りだした帯田仁も、纏まって集団や組織になると、とんでもなく他の集団と組織に悪口を浴びせ、その悪口や憎しみに酔い、怖いのだ。

旧い社会党や共産党の左翼の中にだって、戦争中に大弾圧を受けて敗北したはずなのに、騏一の気になる原子爆弾水素爆弾の実験を「きれいな核実験」などと、捩《ね》じ曲《ま》げるところがあった。

新左翼も、三派は、もう革マルと険悪の仲。もっとも、元元《もともと》中核派と同根で原水爆に敏感に反発するとしても唯我独尊《ゆいがどくそん》、闘争より組織と考える革マルには閉口以上の感情を持つけど……。三派同士だって、そのうち組織や党派の利害で何が起きるか……。

いや、ついには同じ党派の内部でさえ、この自己主張による軋轢《あつれき》の性《さが》は避けられないのではねえらってか……。

違うら。

俺は、卑怯者すけ……んで、根性がねえさけに、学生運動の負《ふ》、マイナスばかり、探しておる……。やつら、三派の熱いやつらに代わって、決して墓掘りではなく、黒さの底に、そう、地下水を探してやろう。ま、次元が別で無理……か。

ついでに、いんや、同じほどの思いで、青木芙美子への、虚しいが、どこかで水脈を探すように。どうしているら？　芙美子の腹違いの弟の強志に「土方で稼いでいる。酒を御馳走する」とまぶして、いい、本筋なのに、それとなく探りを入れて聞いたら「そういや、芙美子っぺの噂は、村上の家でも出てこねえな。うん、そのうち、電話して本人からあれこれ聞くよ。おいっ、俺のところの東大も東C《トンシー》だけでなく本郷も燃えてきて、もう少し歴史を見てえ。おまえと同じく留年するぜ」と言われた。

なーして、こんなに、全てに消極的なおのれ大瀬良騏一か。

「よっし、三時だ、一服うーっ。ベルトコンベアは止《と》めろ。奢《おご》りだ、コカ・コーラ、淳、出せや」

現場監督の、佐野がカーキ色のニッカーボッカーの足首の裾口をぎゅうぎゅうに絞った膝下の土を払い、安全靴の底の泥を道路にぶつけて落とす。

騏一を含む七人の下っ端の土工が佐野と、伊藤淳を囲む。

「な、新兄いは、これを」

伊藤淳が、騏一へとオレンジ・ジュースの瓶を持ってきて、スコップの大きな刃の角にぶつけ、栓を抜く。騏一が、この二、三年流行りだしたコーラを、その薬臭さと甘ったるさ、おまけにヴェトナム人を遙か遠くからやってきて殺す米兵が好むというのでほとんど飲まないことを知っている。

「土方は三日持てば立派と思ってたけど、新兄いは三週間、三ヵ月どころか、もう五ヵ月も」

淳は、いなせなのか泥臭いのか、鉢巻の結び目を後頭部にして布地を二十センチも垂らしている。

「え、うん。いろいろ心配してくれておおぎにはや、淳」

実際、淳は、騏一が土工のアルバイトをしようとしたら、すぐに親方を紹介してくれ、それも体力は必要としても、足場を組んだところでの危険な仕事を避けるように気配りしてくれた。淳のおかげで、現場監督や仕事仲間のいびりや嫌がらせは、初めの一週間だけでそれもごくごく軽く済んできた。事故や怪我がつき物でもっと日給が高いところで伊藤淳は働いているが、月三日は、同じ仕事仲間への牽制《けんせい》のため、騏一の現場へときてくれる。

「あのよ、新兄い。家庭教師と土方、どっちが銭になる？　後悔してねえ？」

「そりゃ、小学校の先生の初任給が二万二千円ぐれえなのに、ここは日給千四百円のこっちの方だ。後悔なんてまるでねえらて」

家庭教師はやめたが、夜の赤提灯のアルバイトは続けているし、そこでは晩飯を適当に撮《つま》み食いできるし、無料《ただ》の酒も飲める。だから、暮らしのゆとりはかなり出てきた。

それもそうだが、土工の仕事は案外に工夫を要して、腰を軸にしたバランス、両足の据え方や、手首の効かせ方など気が抜けないのだ。骨を痛めないとか筋肉を痛めないとかの動きに慣れてきたし、サボタージュはしないようにしているけれど、夏の盛りなどやはり手抜きを覚えないとぐったりくる。

その上で、単純な仕事なのである。

しかし、この単純に身体を動かす、汗を垂らす、時に、ひたすらの座禅もこんなものか、退屈さに浸り切るというのは、人間の本能的な何かしらの嬉しさをくれる。いつも、いつもではないけれど。原始以来の人類の愉悦かも知れない。

土掘り、土盛り、土の崩しの一つの工事が終わった時も、けっこうな嬉しさがやってくる。目的の達成、とゆうことか。

それに……。

あれこれ差し迫っているように思える問題について、考え込むと頭の中が火照ってぐちゃぐちゃになりそうだけれど、向かわずに済む……ような。青木芙美子のこと、大学の卒業のこと、ゆくゆくの食い扶持《ぶち》のこと……。少しはきっちり政治に嚙まないといけないような後ろめたさからも遠ざかる。詩や歌や、肩の凝らない小説を作ってみたい気分も湧く。もっと徹底的に映画を研究したい欲望も出てくる。肉体を、きっちり使うということは、人間に、怠けも、新しい望みも、くれる……のか。

「あのさ、俺が、新兄いのところを出て独立した部屋を持った今年の六月頃まで、夜中に、『フミコ、フミコ……』って寝言を頻りにいってたけど、その女、ものにしてねえの」

「えっ、安眠を妨害して済まんかった。度胸がなくて、自信がなくて、付きあってねえら」

「へえ、それで、よく、他の女に手を出さねえで我慢できるね、新兄い。オレンジ・ジュース、微温《ぬる》くなるぜ」

「まあな、淳みたいに女に好かれねえらあ」

「だったらさ」

急に声を潜《ひそ》め、淳が耳許に口を寄せてくる。ただし、右手の小指を直立させて、話の中身はばれる。

「今晩あたり、池袋《ブクロ》のおさわりキャバレーか、ちょっと遠出して浅草の女と遊ばねえ。俺が案内するからさ。将来、大物になる男は、いっぺこと女を知らんと駄目らろう」

終わりの方だけ急に村上言葉を出し、淳は西郷隆盛に似たぎょろ目を見開き、にやりと笑った。

指で自らを慰めるのは飽きたし、空しいし、生身《なまみ》の女が欲しくて滾《たぎ》る。然《さ》りとてどうも悩んでいるらしい青木芙美子に申しわけない気が大いにするし、ちょっぴりはこの淳の善意に応えねば悪い感じもして、騏一が躊躇《ためら》うと、「よっし、元に戻れーっ」と現場監督が顎をしゃくった。

2

その日、とどのつまり、騏一は伊藤淳と、女なしで、アルバイト先の大塚駅裏の『そめこ』で飲むことにして、一旦、別れた。

六十代後半へと入った女将《おかみ》は、騏一がもう三年以上もこの店の皿洗い、料理作り、客の接待をやり、この三月には税務署への青色申告までやったので、かなり信用してくれる。この頃《ごろ》は、二年までの学級で活動家として舞い上がってる帯田仁が仲間を連れて飲みにきても「信頼できる友達は親子ほどに大切なんだよ。渋ったり、けちったり、もちろん裏切ったりは仏さまが見ていて許さないんだよ」と忠告し、学生割引き、機嫌によっては「ちゃらさ」「ろはよ」としてくれるのは以前通りだ。

客の多いピークの八時半を過ぎても、あの律義な伊藤淳がこない。

「済みませんです、席はあるようですわな」

大学生ほどに若いのに、奇妙に遜《へりくだ》った口調で坊主刈りの男が入口の曇りガラス戸を開けた。

「お邪魔します……が、あ、奥のあそこの席でよろしいね」

次いで、目つきに薔薇《ばら》の若い茎の棘《とげ》ではなくて食用に適さない秋の楤《たら》の木の棘みたいのを孕んだ二十過ぎと映る男が入ってきた。

騏一は、そう、死んだ倉松老人の子分みたいな男と、この二人は似ていて懐かしいらあ、と思う。が、いいちゃもんをこの店で七回ほどつけられているわけで、少し身構える。

「寒い、寒い。東京には珍しく星が降るみてえな夜だよ。うわっ、いい匂いーっ」

何だ、おいっ、昔はとっぽかったけど、まだ尾を引きずってるのか、まさからて、明治大学の文学部の矢部浩が、あんまり成長していない、温泉宿の跡取りに似合う鳩みたいな丸い目を店全体に向け、女将に頭を深深と垂れ、騏一に右手を鉤《かぎ》型にして上げ、合図をよこす。

「うむ、例のところで待ってろや」

あええ、おええ、何ら、映画の撮影現場じゃねえらね、実際に、矢部浩が若い二人に、外を指差した。それも、仁俠映画の脇役の三枚目のヤクザみたいに、本人の思いと裏腹に、似合わぬ白いスーツの上下姿だ。

そういえば、東京にきてから矢部浩と会ったのは、矢部が「忙しい、女と」というので、電話とか、伊藤淳を通じてかなり連絡を取りあっていたけれど、実際は、大学一年の秋と、大学二年の夏の二回だけ。

　ま、いい。

「ビール？　酒？　ウィスキー？　矢部」

「熱燗を頼む。〆張鶴《しめはりづる》はねえよな、大瀬良」

「それがな、取り寄せて、置いてるんだ」

「そうか。肴は、えーと、うん、いよぼやの塩焼きに、どうするか、漬け物が欲しいけど、東京のはまずくてよ、村上の沢庵や、京都は四条の村上の千枚漬けみてえのはないしな、いや、関東で例外にうめえ白菜の漬け物だ」

　矢部浩は、明治では左翼の巣とも噂され、やがて、作家より革命家を生むだろうと皮肉混じりに言われ、だから、文学のいろはにイデオロギーのせいで無知とも聞いた文学研究会にいたはず。そう、早稲田の怪しいが斜め下から人の心を撃つサークル、『大衆芸術文化推進共同自由研究会』の、今なお、キャップの、大学九年生ぐらいになるのか、その桐谷が、二年前か、矢部浩の「娯楽小説家は政治を書くべきではない。それは純文学のみに許される」の論に、「人民を舐めた前衛文学趣味だあ」と批判していたが、今は、矢部はどうなのか。

「久し振りだな。矢部よ、浩よ。まずは、一杯」

　便所が近い店の隅で、座布団一枚の面積しかない机の上に、三合入りの銚子、お通しの駅一の作った鯖《さば》の缶詰を玉葱のスライスに載せたもの、三面川《みおもてがわ》のいよぼやには決して敵わず味の落ちる鮭の塩焼きなどを置き、矢部浩のコップに熱燗を注ぐ。

「うん、済まねえな、なにか騒がしくして」

矢部浩は、騏一のコップに、丁寧に、静かに、縁ぎりぎりまで酒を注ぐ。

「あのら、伊藤淳が、そのうちくるはず、浩」

「騏一、こねえって。『くるな』と淳にはいってある」

矢部浩は、白いスーツの上着の袖も気にせず、割《わ》り箸《ばし》で白菜漬けを突っつき、うまそうに食う。

「なーして、浩」

「そりゃ、明日、俺は、関西に出発するから。その心情と決意を、騏一と二人になって、打ち明けたいからだよ」

「関西って、関西のどこら。京都か」

「決まってるだろ、神戸だよ、騏一」

「神戸?」

そういや、高倉健の映画から関心を持ち、騏一もヤクザの現実の世界を、怪しいサークルの桐谷ばかりか、麻雀のプロになるらしい太田昭一から聞かされ、週刊誌からも知らされている、「ゆくゆく神戸へと一極集中へか」と。

「そう、達《だち》っこと舎弟分二人を引き連れて。ある神戸の二次組織の親方の組で……一《いち》から教えてもらうつもりだ、騏一」

「ええーっ、矢部ええ、浩よ、おめえ、ヤクザになるつもりらろけえ」

「正解だ。博徒と呼んで欲しい。一番に望ましいのは俠客らて」

「いつから？　まさか、あくまで映画の中の映画、『昭和残俠伝』からかあ」

「さすが、高一になったばかりでテストの解答をカンニングさせてくれ、高三の冬には、父親の大事、大切、貴重な革鞄を惜し気なくくれ、子分の子分の伊藤淳を俺に代わって二年半も面倒を見てくれた大瀬良だ、騏一だ、その通り」

羞じらいなく、面と向かって矢部浩がいい切ると、騏一は、くらりと目眩《めまい》を覚える。顎の骨の左右二つが箍《たが》を外されたように緩《ゆる》んでしまう。

「騏一、それから、俺は、必死に、新宿、渋谷の盛り場に通い、ヤクザの暮らし、心情、金の問題、交わりの仕方、そして喧嘩の仕方を学びに学んだ。親父の経営する瀬波温泉の儲けを注ぎ込んでな、たっぷり」

「あの……ら、浩」

笑《え》みの一と欠けらも浮かべず矢部浩が静かにそして熱くいうので、騏一は、惑乱している。

「おいっ、騏一、これを見てくれ」

他の客はいないから良いけれど、浩は、さっさと白い上着を脱いで、黒っぽいネクタイを解《ほど》き、色つきのYシャツの釦《ぼたん》を外し、アンダーシャツをたくし上げる。もう、彫物《ほりもの》を入れたのか。

「ここんとこが、最初に新宿で喧嘩した時にできた傷だ。ヤクザが出入りするのを調べて、じいっと一と月見て、道義性のない喧嘩を素人に売ったので、チャンスらあ、と幹部とボディ・ガードを灰皿で殴った。そしたら、そいつらの同じ組の奴《やつ》らがもう一人いて、削って尖らした傘の先っちょで俺の肋骨を突いて」

確かに、親指の爪先ぐらいの円形の濃い土色の跡が右胸の上にある。左胸なら心臓だ。危ない、命が……。

「そんで、しゃあなくて詫びを丁寧に入れたら『見どころある』とそのヤクザの組長に次の日に紹介されて、でも、正式な組員になるのは俺は拒んでな」

必ずしも自らに酔っていない矢部浩に、駅一は、危機感を抱く。高一からの友達らて、ここはきっちり、ぎりり、誠を持って大忠告をしないといかんすけ。

「あのな、浩っ」

「頼む、いわんでくれ。ただな、駅一、人生五十年。長いようで、実に、短い。やっぱり、人間が〝この道〟に賭ける時があってこそ花、悔いが残らねえと思うんだ」

「え……」

「駅一。無駄、徒労、敗残への道とうすうす分かっても、男って、人間って、青春時代、いや、人生で一度は、全身、魂を賭ける時がある……はずだ」

いきなり、青木芙美子の凛凛《りり》しくも哀しくもある存在に対し、ぐじゃぐじゃして、卑怯なままで、大決心をしないで、自分の更なる惨めさを怖がる現の今を駅一は知る。だから、矢部浩に忠告などできない……のかも。

「これは、同じ新宿でその組長が別の組長と飲んで、俺みたいなチンピラ擬《まが》いで名を上げてえやつが、別の組長を半殺しにするためにじりじりと粘ってるとも知らずに別の組長は酔っていた時、咄嗟に盾《たて》になって切られた傷だよ」

浩が、ぐい、とワイシャツの襟を引っ張り上げると、右肩の骨の上に、盲腸の手術後みたいに引き攣《つ》り、五センチほどの白っぽく肉の一直線の盛り上がりがある。

「もう少し右にずれると頸動脈がぶち切れてやべえところだったんだ。でも、短刀《どす》じゃなくて、包丁。磯釣りの偽装をして、釣った魚の血を抜くための出刃包丁を持ってた。ほら、計画的殺人でなく、突発的な傷害致死になるだろう？　刑が軽くなる」

高倉健の『昭和残侠伝』では、自らの〝武勲《ぶくん》〟を自らの傷で誇らし気に示すシーンはなかったが、やはり、あれは映画上のことか、矢部浩は、ここの女将の目があるのに、暫《しば》し、一直線の肉の、ぎざぎざの引き攣りを摩《さす》る。ミシンと手縫いの中間の模様で「痛かったらあ？」と聞きたくなるリアリズムが確《しか》とある。

やっぱり、矢部浩は、一時《いっとき》に、いや、侠客映画に酔い過ぎているのだ。

しかし、解らぬ。

敗戦直後から十年ばかりは、なお、小さい暴力よりかなり大きい暴力とか横柄で傲慢で間怠《まだる》っこい警察より、気軽で情の厚い無法に、貧しい者、除《の》け者《もの》にされた者、生活に必死な者は、たぶん、イデオロギーで赤色革命を願う左翼より切実に頼るしかなかったのだろう。ヤクザの、当ったり前、全てではなく、健さんの演じるような博徒は想像するに二割五分ほどしかいなかっただろうけれど、人人に頼られていたはず。あの、倉松老人は、労働組合のゴリ以外には畏怖されていたっけ。

それから、60年安保を挟んで、この十数年は……推測すると、高度成長経済で、その分け前を人人も少しは貰え、仁侠映画とは別に新聞や週刊誌がその悪さを書くように、ヤクザは、それまで作った利権や甘い汁に驕《おご》り、その既成の権益の維持と拡大に胡坐《あぐら》を搔いていたみたいな。だからこそ、もう〝弱きを扶《たす》け強きを挫《くじ》く〟精神が廃れゆくからこそ、高倉健の美学が光っている……。

駬一とて、ヤクザ映画に惚れ、ゲージツ映画より切実に人と人としての要《かなめ》のモラルを教えてくれ、引きずり込まれた大学一年二年を思う……が、今は、矢部浩の酔いを越えた、実際の生き方の選択に向かい、客観性を帯びて限界が見えてくる。

その上で、人と人との絆《きずな》が熱い、誠のために監獄や、生涯のかたわや、死を恐れぬ高倉健の映画上の生き方は、なお、なお、なお、胸底を引っ搔く……のだが。

「駬一。当分の別れに、いんや、もしかしたら……かなりの別れに、おまえの口数の少なさは、淋しいぜ」

喧嘩の勲章を、やっと照れ笑いと共に仕舞い、矢部浩は元の白いスーツ姿を決め、両肩に力を入れた。

「え、うん」

駬一は、「あらゆる芸術、詩歌、演劇、小説、音楽の総合の頂《いただき》が映画だった、60年安保の後ぐらいまでは」と、怪しいが脇道や邪道や辺境から文化を探るサークルのボス、桐谷の言葉を思い出す。「でもだ、これからは、漫画、CM《シーエム》つまり宣伝の文句、ファッションや服装、地下劇場の脇役が主人公になるーっ」の、この夏のたまたま参加した飲み会での新たな言葉を考える。

しかし、いずれにしても、虚構の世界、遊びと娯楽の世界は、一般学生からいきなり活動家になった帯田仁が参ったごとく、そ、やつも、高倉健主演の『昭和残侠伝　唐獅子牡丹』で左の道を突っ走り始めたように、凄い力を持つと解ってくる。この、矢部浩は、殺す殺される侠客の世界に、やっぱり、映画で……。

「あのな、浩。なーして、博徒の道が、おめえを引きずる?」

「そりゃ、金を儲ける、儲けのためには、水俣病もイタイイタイ病も当然。人と人との直《じか》の赤い心は要らん。命根性だけは汚なくて自分の愛人、恋人、女房、子供ばかりは大事以上にするってえ……のと、正反対の生き方が、しかも、命賭けの道があるからだ」

「おい……縄張り争いの利害で殺す、庶民をぼったくりバーや売春やみかじめ料やで、苦しめてもか」

「どんな道でも、少しの必要悪はあるだろう、騏一。三派の活動家連中だって、集会やデモでは、せいぜい野次の飛ばしっこと素手の殴りあいだけどよ、大学の自治会費をもらえる執行部や、けっこう収益の上がる生協の運営については譲らねえぜ」

　縄張り争いのちっこいことを、そういや、直立した三分刈りのごく短い髪型が似合って見える、浩は余裕の態で答える。

「そんでも……浩よ」

「三派や革マルなんつう日本の細《こま》いところでなく、世界の共産主義だって、そうよ、コミンテルンだって、要するにロシア、ソ連の国家の利害を押しつけて駄目になったろう?」

「あ、そう」

　あんまり、そこいらを勉強していない騏一だが、何となく解る……けんど。しかし、しかし。職業的、プロフェッショナルの、博徒になるなんつうのは……。

「騏一。なるほど、博打打ちの歴史は、好い加減、見栄、世間を斜めに見るっつう江戸時代の旗本《はたもと》奴《やっこ》が始まりで、そのうち町人に町奴《まちやっこ》ができ、庶民には迷惑だったらしい。お上《かみ》は決して許さねえ気分だよな。でもだよ、正しく、清く、全て秩序と掟《おきて》に羊《ひつじ》みてえに従うより、遙かに人間らしい……と、思わねえ？」

やはり、矢部浩の決意のほどが窺《うかが》える。博徒史まで勉強している。

「幕末維新時代の博徒も富士山麓の開墾をした清水次郎長だけじゃねえぞ。倒幕の志士を助けて庇《かば》ったとか自ら草莽《そうもう》の志士となったのは、沢山いる。ま、少しは匂うけども、博打で巻き上げた罪償いの心がよ」

「ふうん」

騏一は感心しながらも、大学のかつての同級生から、保守党の法律を担当するちゃんとした人物が十年ぐらい前に「反共抜刀隊」を博徒を中心にして組織化したとも聞いていて、やや、惑う。

「一八八四年の秩父困民党の闘いを知っとるだろう？　明治に直すと、十七、八年頃かな。娘を女郎に売るしかないほどの生糸《きいと》暴落で、富国強兵の皺寄せを庶民に、松方財政の増税で、百姓は借金、負債に苦しんで、武装蜂起だよ。高利貸しを襲って証文を焼き、役場を占拠して税金の台帳を破棄し、三千人ぐらいで警察どころか軍隊と銃撃戦だ。凄えよな、騏一」

そりゃ、本当に凄えと、騏一は浩の話には納得しかかる。いかに三派全学連が鼻息が荒いとしても、自衛隊と三千人単位での銃撃戦は当分は無理。散発的、ゲリラ的には、将来、あるとしても。

「その百姓達、いや農民の必死な願いを、命懸けで叶《かな》えようとしたのは博徒だよ、騏一。鉄砲の扱い方、刀の使い方、実際の先端の突撃とだぜ、騏一」

「そりゃ、いっぺこと立派だ」

　高校の日本史の時間に、そういえば、あの、組合運動はそれなりにちゃんとやっていたが、いじいじして、でも、教頭へとか校長への出世も見栄も無縁で狭い町を酔って世を呪いつつ放吟していた鈴木哲男の授業で、へんに詳しく説明したので居眠りをしちまったことを思い出す。秩父事件の主役の秩父困民党について、騏一が目醒めると黒板に、珍しく、ぎっしり、いろいろ詳しく書いていた。

　教師の鈴木哲男は、どうしておるら。

「また、黙ってしまいやがって、騏一」

「いや、あのよ、俺は、小さい頃から、縁日《えんにち》や祭りの露店が好きで、ほれ、金魚すくい、綿あめ、ぽんぼんすくい、ソースの濃い焼き蕎麦、射的と。あれもヤクザの枠内だろ?」

「的屋《てきや》だ、香具師《やし》だ」

「俺は、その人達の、客を引く口上《こうじょう》のリズム、具体《ぐたい》を口にしての大風呂敷の夢、雄の雛《ひよこ》と知りながらも雌《めす》として買ってもいいすけと思わせる喋り、好きら、すんごく」

「俺もだ、騏一」

　酒が足りず、矢部浩は立ち上がり、じろりと見る女将に両手で拝み、頭を垂れながら一升瓶を貰って騏一に、どぼっどぼっと注ぐ。

「矢部浩、ああいう的屋《てきや》をいじめてはいけねえら。的屋は、根っこが農本《のうほん》主義、村村、町町の約《つま》しく、楽しい夢をくれてんだから。でも、ゲバルトでは博徒に負けるし、叩かれ、やがては吸われていく近頃と聞くら」

騏一は、的屋の、ちゃんと働いて娯楽をくれる貴重さは一番だが、浩に「弱い者を追い詰めるな」を二番としていう。

「おまえ、きちんと読んでるな。俺らの故郷の村上も、隣りの新発田《しばた》も、花の新潟も、やがて全県的に博徒が的屋を吸収するはず」

「そ……か」

「任せろっしゃ、騏一。その頃には、俺は、かなりの博徒のはず。的屋は、少くとも新潟では大切にするらあ」

段段と話が嚙みあってきたせいか、浩は、ちっこいテーブルに両肘を置いて、頰杖をつく。

がらがらと、入口の曇りガラス戸が開いた。

「兄い、時間で……車もきてますが」

舎弟とか、兄弟とか、子分とか区別が分からない騏一だが、要するに矢部浩の部下が、この夜中に黒眼鏡をかけて辺りが見えるのか、ボディ・ガード役など務まるのか、顔を出す。

「待たせておいてくれや。おまえ達だけでなく、ハイヤーの運転手にも冷えるから酒と撮《つま》みを。マダム、頼んます」

やはり、浩もかなり地方である村上の気分を抜け出ていない、東京二十三区は飲酒運転にうるさくなりだしているのに、田舎の感覚だ。

「あのな、浩。おめえ、いつ頃からだ博徒志願は。健さん主演の『昭和残侠伝　唐獅子牡丹』は、昨年の一月頃の封切りだったよな」

「そう。でもな、いくら、映画に感激したって、すぐに、職業的な博徒になろうと決意はしねえと思うぜ。男と男の仁義に飢《かつ》え、求めに求め、そんで敗北の道へまっしぐら……は、やっぱり、美し過ぎる、哀し過ぎる、夢過ぎるだろうに」

ごくごく、矢部浩は真っ当である。とっぽかった高校時代より、全体と果てを見抜いている。

「んで？　何《な》ーして、職業的ヤクザへ？」

「馹一、俺は、自分じゃ作れねえが、これからも、小説、詩歌に関心を持つし、持ちてえ。新説など出せるたまでねえし、頭は緻密《ちみつ》でないけれど思想、哲学も。仁侠映画だけでなく、いろんな映画、流行歌もファンとして勉強してえ。とりわけ、現代の歴史を、いっぺこと、だ」

やっぱり、今夜が当分の別れということだけでなく、矢部浩には、胸の中にあれこれ、いろいろ、そりゃそう、青春時代の真っ盛り、漂流の海、迷いの森の中だ、あるのである。喋る。

「うん、浩」

「歴史の定義や規定は解らねえ。でもな、何十年か経ってから、学者や物書きが『日本の経済は発展に発展を遂げたが、無用で無駄な争いの多い無益な時代』とあっさり決めつける気がするんだ、俺達の高校一年から大学を中退するか卒業して二、三年の、この一九六〇年代を」

「そういうもんかのん」

相槌を打ちながら、馹一は、ヤクザがこういうところまで考えたら、組員の組織化と育成、他の組の社交と牽制《けんせい》、喧嘩、殺しあい、後始末へと神経が回らなくなるのではと心配する。

「騏一、でもな、三十年、四十年、五十年後の臍曲がり、人気の出ない物書き、老いぼれ詩人は、もしかしたらいうぞ、『日本史が一番活発で、出鱈目に近いルーズさと奔放さがあり、その上で滅びの準備どころか開始』と、この六〇年代を」

「そんな、あんまり先を言われても、浩」

「済まん。でも、その証拠に60年安保を含めた学生運動と、ヤクザ映画の二つを挙げて、ぼそぼそいうだろうよ」

矢部浩のいる明治大学は、三派全学連の一翼、社学同の強いところ。社学同は、第二次ブントの学生組織で、一次ブントは60年安保闘争の主役でその同盟員の東大生・樺美智子さんを喪ったところ、論争には歴史的経過も含め「強えんだ、左翼史を知ってんだ」とかつての級友の帯田仁もいっていた。浩は、そこで揉まれてきている。

「そうか。それで、いつ頃？　なーして、博徒を。おい、大学四年で、就職はどうするらあ、浩」

気がつく、矢部浩が「順調に四年生となり、卒業もたぶん大丈夫」と、騏一は浩の弟分の伊藤淳から聞いていたのだ。

「騏一、相変わらずだの。お人好しで、自分の心で他人の今を読んでしまう。そ、高校以来のおめえの性格だ。その、就職試験は、九社、落ちた。それで、決意した……ってえところもある」

「そうか」

なるほど、浩は、温泉宿の跡継ぎで経営のやり方へも気配りできるのか、こういう計算も胸に入れていたか。

「おい、騏一。就職試験がうまくいかねえだけで、博徒になるわけじゃねえぞ。博徒は、拳銃《チャカ》や短刀《どす》で命を落とすのがかなり、監獄暮らしもごく普通だ。一般の新卒は、志願するわきゃねえ」

「うん、そうだろうな」

博打《ばくち》打ちの組への入門の入社試験のやり方など考えると、採用する側も、大蔵省や、朝日新聞や岩波書店、三菱銀行などの大銀行や大商事会社より高度で難しい筆記試験、面接、実技と要して大変だろう、博徒の方がと、ちらりと騏一の頭を過《よぎ》り、少し愉快になる。

「騏一な、俺は、四大公害といわれる水俣病、イタイイタイ病、新潟水俣病、四日市公害に、犯人の工場側が、いつも、頬被《ほおかぶ》り、しかと、居直りをやってて、頭がぶち切れそうだったんだ。〝公害〟の命名が、そもそもおかしいらあ。〝おおやけ〟の害じゃねえすけ、〝わたくしの儲け〟の害でねえねっか、騏一っ」

故郷の言葉を少し混じえ、浩は、どうしてか平仮名に聞こえる熱い喋りをする。

「そう」

「新聞や雑誌で見ただろう？　写真を。熊本水俣病の、母親の胎内で有機水銀の中毒に冒された、いたいけのない子供達の写真を、騏一。両目が必死に、普通に生きてえと喋ってる。でも、焦点を定められねえ。手足がばらばらに方向を違《たが》えておる……んだぜえ。あいーっ」

「うん」

騏一は、イタイイタイ病で、三十センチも背丈が縮んでしまった老婦人の写真も、見ている。ヤクザへの志とは無関係と考えてしまうが、浩も、それなりに、ぎりり見つめているのだ。騏一にとっても、熊本水俣病の胎内での中毒は、おのれの、一歳と十日での原子爆弾の件と濃く、きつく、捩《よじ》れた綱《つな》で結びついてくる、解《ほど》けないように、しっかり。イタイイタイ病の、仰天する身長の萎縮は、これだったら、かなりの痛みを日日に味わっているだろうと、今のところは騏一には、あれこれの病の泣き言を言葉に出さない母の多津のでかい不安を思わせる。

「こうやって、無辜《むこ》の庶民をいじめ尽くしてできたのが、今年だ、一九六七年だ、八月だ、『公害対策基本法』らーっ。おいっ、ええーっ、この野郎だ、取り締まりの規定がねえんだよ。胎内の赤ちゃんまでおかしくさせて、老人の骨を縮めても、刑事事件にはならねえのよ、騏一。俠客に、骨の髄《ずい》まで なる決意の日だぜ」

矢部浩は、真剣に、怒っているらしい。右手に握り締めた、ぎゅっと、五本の指が桃色に染まるほどに、酒入りのコップを。

ぎしゃっ。

コップが割れた。四欠けら、尖ったガラスの破片が散る。ぎざぎざの残りのコップは、氷山の小さい模型みたいになったが、酒は零《こぼ》れない。浩の人差し指の腹に血がちょっぴり溢れただけだ。

「マダム。許してくんしゃい」

「女将さん、済んませーん」

浩と騏一の詫びの声が、同時に出た。

「いいの、いいんだよ。二人の話を聞いてて、あたしも熟れ盛りの頃、恋人が、共産党の山村《さんそん》工作隊に入るか、釜ヶ崎のどやで、ルンペンの面倒を見るため手配師になろうかって悩んだことを思い出したよ。ま、手配師は、ヤクザの手先で、悪いんだけど、何かできると思い込んでさ」

本来、客の粗相《そそう》の後始末は騏一の仕事だが、女将は濡らした新聞紙、雑布と手にして、ガラスの欠けらも片づけだした。


——とどのつまり。


「騏一、俺は、熊本水俣病みたいなことがあったら、信頼できる舎弟や子分と一緒に、きっちり落とし前をつけるのをやるろう。学生運動は、こんなこたあに関心を持ってねえ。やっても、筋が正面過ぎて、役に立たねえら」

矢部浩が、鳩の目を、百舌《もず》の目寸前に怖くして立ち上がった。

「おいっ、浩。綺麗ごとだけではねえらろう? ヤクザ、博徒は。明日、神戸にいく前に、もう一度……考え直すことはできねえってか」

やっぱり、騏一は、初初しかった互いの高校時代からの友がこの矢部浩と青木強志だ。もうどうにもならない、退《ひ》けない、確固たる決意と知りながら、一人の友達の行方の頼りなさ、映画としても高倉健のラストシーンの斬られゆく姿に思い至り、告げてしまう。

「嬉しいよ、騏一。ちゃんと、俺の先を心配してくれて。本当の友達だよな。だってよ、俺の回りの七人の奴《やつ》らが七人、みーんな、大賛成して燥《はしゃ》いだのにな」

「え、おい」

「でも、喜んで見送ってくれっしゃ、騏一」

「そこまでいうのなら」

「三つめの贈り物をくれや。カンニングの答と、あの古びて人の匂いのする革鞄の次のもう一つを。おめえ、詩歌に詳しかったな」

「忘れて久しいら、浩」

なるほど、高校の時は『古事記』の『思国歌《くにしのびうた》』に感激し、流行歌の詩、とりわけ、故郷の『赤い鶏頭』の咲ママが教えてくれたサトウハチローの『長崎の鐘』に涙した。しかし、それからずうっと離れていた。去年、学園闘争の火照りの残りに、うつらうつら、なお引っ張ってくるあの炎と、終末の譬えようのない淋しさ、そしておのれのやり切れなさで、慰めのためか、わずかに知ったのが、野口雨情の童謡の詩の「お嫁《よめ》にゆくときゃ　誰《だれ》とゆく　一人で　傘《からかさ》　さしてゆく」の『雨降りお月さん』のにっぽん婚姻史の的《まと》を射つ詩、純詩も作ったらしいが一行も騏一が読んでいない西条八十の流行歌に預け切った「旅の燕《つばくら》　寂しかないか　おれもさみしい　サーカスぐらし」の『サーカスの唄』だ。そして、たまたま、『ふるさとの訛りなくせし友といてモカ珈琲はかくまでにがし』の、未だ生きているらしい寺山修司の歌……ぐらい。

「おいっ、俺の晴れの旅立ちの前に、沈黙は駄目だ、騏一、大瀬良」

「あ、うん」

「三度目のプレゼントを、頼むら、騏一。俺は自分で作れないぶん、詩歌が好き、中里介山の格好良い大悪人の机竜之助の活躍する『大菩薩峠』みてえな、去年出た、助兵衛の虚無を世界史上で初めて描いた野坂昭如の『エロ事師たち』みてえな娯楽小説の果ても好き。でもだ、今は別れの詩を、歌を。

な、騏一、なってくれっしゃ、下手でいいさけに、即興詩人に」

浩は、酔った。

騏一も、酔っている。

ならば、許されるらて。

「えーと、矢部浩くんの、出発にいーっ、心を、いっぺこと籠めてーっ、必ずやあ、再び会えることを祈りーっ」

やべえ、飲み過ぎだ。

心配した女将が近づいてきたと思ったら、浩のコップを砕いた手の指を、口に持っていき、舐める。六十七歳と二十三歳、女と男ではねえ。母親の気分で、向こうみず、仁侠映画への酔い、偏った〝正義〟を志してしまう若者への愛しさ……か。

「おいーっ、騏一。餞《はなむけ》の言葉、歌は、どうしたらあ、あええ、待てねえらあ、頼むらあ」

矢部浩は、深夜の打ち合わせ、〝謀議〟でもあるのだろう、よろめきながらも、立ち上がった。

えーと、ならば、そうらて、好い加減に、五七五七七は語路《ごろ》が、調子が、黄金律《おうごんりつ》ゆえに良いから……。

「隙間風ええ
聴けば銀河の
音鳴りがアアア
友よ旅だて

振り返らずにいーっ」
ひでえ、まずい歌とは騏一は知ってるが、酔いには敵わない。それより、しゃあねえらあ、いんや、懸命にやり抜いて欲しい、矢部浩には。
「ありがとうござんす、騏一くん、大瀬良くん。おいっ、おめえ、詩や歌の作り手になれ。即興でも、演歌の匂いの核《かく》を持ってるらあ」
浩が立ち上がった。
いつの間にか、店の入口から中に、浩の子分か弟分か、二人が直立している。
あれ、商売用の車は盗まれないか、大丈夫か、ハイヤーの運転手も入ってきて、後ろ手に、入口の曇りガラス戸を押さえて突っ立っている。
「御迷惑とも思いまするが、騏一くんの送別の歌に、返しを。水城一狼、矢野亮作詞、水城一狼作曲、『唐獅子牡丹』。済みませんです、三番からーっ」
切った張ったが商売の博徒というより、的屋みたいな口上を切り出し、浩が、胸郭《きようかく》を、膨らませた。
『おぼろ月でもオ　隅田の水にーっ
昔ながらの　濁らぬ光りいっ
やがて夜明けの　来るそれまではア
意地でささえる　夢ひとつうっ
背中で呼んでるう　唐獅子牡丹ん、ん、ん』
浩の声は太くなく、響きもなく、三流半のオペラ歌手みたいな音程のずれとあるが、その鳩の目が菱型に尖る必死さ、浪曲じみた唸《うな》り声の少し湿った変な力がある。

「女将《おかみ》、騒いじまって許して。騏一、そのうち、近近、カンニング、革鞄、さっきの歌への義理は返すらて。んじゃな」

浩は握手も何も求めず、おや、やっと東京に、凍てのある空っ風が吹いてきた、目つきに棘《とげ》と闇《やみ》が隠されているような若い二人を背に、外へと出て行った。

「大瀬良くん、久し振りに楽しく、淋しかったね」

女将が、ほふーっと息を吐いた。

浩ら一行が出発したと思ったら、若い二人のうちの一人が、あたふたやってきた。忘れ物でもしたらあ?

「兄貴が、これをと。手紙と御返しだそうで」

坊主刈りが、唐草模様の風呂敷を止まり木の椅子に置き、そのまま、踵を返した。


——騏一には、矢部浩のこの先に、やっぱり、かなりでかい危惧を抱いてしまう。もっと正直に思いを表わすと、浩は、全国的なヤクザの一極集中へ向けての縄張り、覇権の争いで、あるいは些細《ささい》な件で、命を落としてしまう……ような。

そう、軟弱どころか臆病なおのれ騏一の、歴史や社会への悲観主義の思い込みか、内心で密かに畏怖している大学の活動家の小清水、そしてその片腕になっている帯田仁の命運、新左翼の争いも想起してしまうのだ。人ってどうして集まると、集団となると、組織となると揉めごとに染まっていくのだろうか、運命的に。

でも、争いも、戦も、殺しも、人類の負《ふ》としても、それがない歴史は、かつても、これからもないだろうら。

おのれの原子爆弾による放射能への、漠《ばく》とした怖さ、実の怖さ、けれども、敢《あ》えて目を瞑《つむ》り、場合によっては怖さに居直って無視する強さと……どこかで似ている。どこかで、まるで別だとしても。

浩の手紙と御返しの風呂敷を拡げた。

走り書きの、手帳の一頁を破いたのが、茶封筒の上に乗っている。

「きいち、今夜は、大感謝。俺も、兄弟と姉妹ナシの一人息子。いろいろ、つれえのん、親父、おふくろのことで。御礼、頼む、受けとってくれ。何しろ単位を取って、俺の代わりに卒業しろ。母親のことも考えろ」

凄まじく乱れて小汚ない字だ、酔った上に急いだからだろう。

ええっ。

風呂敷の中には、これは鍍金《めっき》か、銅の合金か、純金とも映る、虎の吼える姿が透かし彫りになっている新書版の大きさの板だ。板といっても、三センチはある。

おいっ、矢部。

もうかなりヤクザの商いに手を染めてるらな。

だけどもらっておく。

青木芙美子とホテルにいく時、資金不足が考えられるさけ、そん時は済まーん、質屋に。

第6章 渦《うず》に溺れて

1

年が明け、一九六八年一月。

襤褸《ぼろ》アパートにも、快晴の元旦がきた。

北東向きのぎしぎし軋む窓を開けると「焦《あせ》れっしゃ」、「急がなくてもいいら？」、「大学の卒業も覚束なく、人生の真理のいろはのいも知らず、過ごすけ？」と、晴れているゆえに凍てても東京にしてはかなり、首の根に凍みてくる。

アパートの玄関の、郵便受け八つの箱が並ぶところへ、まずはいく。

母の多津から、うるさくいわれているように年賀状は、かつての小、中、高の友達の九人、同じく教師三人、村上で世話になった郵便局で労働組合に熱心な浅野一郎太の兄さんなど先達ら七人、東京で知りあった大学の級友、もう喪《も》は明けた森末亡人と紫と繁婆さん、アルバイト先の女将など四十人に出している。やっと、東京の住人の数が、村上より多くなった。自らの成長がちょっぴりあるとすれば、故郷離れが進んでいることか。けれど……「心の帰るところは？　魂の安らぐところは？」と問われるなら、やはり、なお、村上だ。三面川《みおもてがわ》の鮭もそんな気分で三面川に戻るのか。

あったあ。

青木芙美子の年賀状だ。

「あけましておめでとうございます。

なんて、告げていいのかしら。

少しずつ、健康は登り坂のようです。

そのうち、会いましょう。

でも、酔っぱらったら、困りますからね」

差《さ》し障《さわ》りのない文だが、律義に毛筆で、それでもその筆はぎりぎり畏《かし》こまって固く、式服の羽織・袴姿の男が記しているみたいに隙がないのは気にかかる……けれど、あいーっ、嬉しいのん。我ながら、みっともないと知りつつ、誰も見ていねえら、年賀状に口をつけ、頬擦りしてしまう。

あ、森紫《むらさき》からもきている。

蕗《ふき》の薹《とう》が、むっくりと頭を擡《もた》げ、背景でなお雪が舞う、手彫りの版画のやつだ。鉛筆の字での添え書きもある。

「謹賀新年。黒子、影、大いなる敵によろしく。歯を食い縛り、鋼の帯を腰に纏い、二年半、待ちます」

何ら、何だ。よく、意味が分からん。

母の多津からのが、ない。大丈夫か。この三年、自らの説教通り、かっきり、元日にきていたのに。おい、封書の年賀状もきている。重苦しいら。誰だ？　「鈴木哲男」とある。高校の日本史、世界史、社会科社会の教師からだ。

封を切る前に、アパートの出入口の共通電話が鳴り、住人の誰かが出た。と思ったら、「大瀬良さん、電話よお」と、帰りの遅さと厚化粧からの推定ではホステスをやってるらしい女の人がドアを叩いた。因みに電話代は八部屋の住人が均等に負担している。幾度も、しかも遠くへかけた方が得だけれど、やはりそこはそこ、道徳という感情が働いてしまう。そして、そんなに高くはない。

「はーい、はいはいっ」と、慌てぎみにコンクリートの廊下に出て受話器を取ると、母の多津だった。

「おめでとう、騏一」

「おめでとう、母ちゃん。どうしたら？　癌の徴候は？」

「今んところ、ねぇがあて。今年も元旦に生きられてわたしも幸せ、おまえも幸せ」

「うん」

「おまえ、ちゃんと女を追いかけておるら？」

「え、まあまあだ。近頃は、女からもけっこう言い寄られて、べったりするすけ」

「ふーん。おまえの真四角の顔、平べったい鼻にはわたしに半分の責任があるから心配での。女に持てておべったり、困り果ててるのは親孝行のための大法螺だろうらね」

母は母、きっちり見抜いていて、思わず騏一は舌を出してしまう。

「ゲバ棒を握ってお巡りさんを叩いてねっか。ま、若者が不正に心底から怒るのはごく正常としてもらね」

「大丈夫。そんな勇敢がねえら」

「普通なら、今年の三月、卒業げら？　なのに年賀状では『もっと世界の真実を見たく、あと二、三年、勉強するつもり』って、母ちゃんは辛《つら》いられえ」

「ごめーん、済みませーん、許してくれっしゃ。母ちゃん、貧乏の上に、もっとで」

あいっ、去年の五月から、土工をやりだし、学費の半分は騏一が出しているが、母の多津はもっとしんどいはず。

待つら、早稲田は、詩人で『邪宗門』の北原白秋、『マッチ擦るつかのま海に霧ふかし――』の寺山修司、いま流行っていて競走馬というより狼の鬣《たてがみ》みたいに靡《なび》かせている五木寛之とか、黒眼鏡をかけて女の口説き方を盛んに連載している野坂昭如も、みーん、中退ら。中退の方が立派なところではねえっか。

「こら、おまえ、誤魔化して黙っていてはあかんばい。そがんじゃ、先は暗かあ」

あれ、母の多津が長崎の言葉になってきた。こういう時は、そうら、長崎の原子爆弾の記憶、やっぱり棘《とげ》、そして、一人息子の騏一の肉体のテーマへいくげら。

「検診、検査、診察は受けとるか、騏一。放射能の怖か影響は何十年と続く……けんね」

「今のところ、まるで何でもねえと、東大、東京大学、日本で一番に頭の良い人がおるその病院で保証しとるすけ」

実のところは、去年の九月に診察に行き、「今のところ大丈夫」とはいわれたが、もう通うのは止めにしようとはっきり決心している。原子爆弾とその放射能の引きずるあれこれで癌になったり、たった一回こっきりの命を縮められたりするのには、三派の学生さえまだ投げていない火炎瓶を炸裂《さくれつ》させたい思いがある。

けれども、人類の生みだした〝進歩〟の一つの科学が原子爆弾、核の力だけは封じるべしと思いながら、この科学の流れに生きてきた以上、背を向けながら、流れに流されるしかない……。苦しくて、腹立たしくて、悲しいけれど。

「ふーん、やっぱり、騏一は、考え込んどるけんね。でも、原子爆弾の影響を、まるで無視して生きる道は、確かに、しっかり、あるとよ」

「うん、そういうことら」

「そう……か」

「うん」

「そう、なのらね」

「うん」

どうしても母はこだわる。

騏一も、話を荒立てずに、幾百回聞かれてもこう答えるしかない。既に、自問し、三千回以上、自分の胸の底で答えている。

「村上、いんや、村上だけでなく、東北、北海道、北陸、山陰、九州、四国にいる親は、いっぺこと、切《せつ》ねえらあ、おまええ、騏一」

「えっ」

「せっかく、大事、大切、真心《まごころ》そのもので育てたのに、そんで、浅はかに、東京の大学に合格して欲しいと願い……」

「え、あ、そうらろな」

「でも、東京へ出たら帰ってこねえすけ」

「うっ」

「『かぐや姫』の親の気分が、よーっく、解って、不貞《ふて》くされたくなるっしゃ」

譬《たと》えは、どこかでおかしいけれど、騏一には、かなり、ずーんときてしまう。

「母ちゃん……」

「何ら？」

「あと二年したら、必らず卒業して、働いて、母ちゃんを東京に呼んで暮らすらて」

「本当か」

「それができなかったら、中退して、村上へ帰り、そう、女も連れて帰り、地元で働く……げら」

「無理すんな、騏一。そんじゃ」

母の方が電話を切った。

そしたら。

一号室の「電話よお」と教えてくれたホステスらしいのが、ドアから顔を出して、

「長い電話ね。お母さんとね。あなた、頑張ってる苦学生なのね」と、語尾に「ね」をたくさんつけ

て、人工的な笑いをする。

しかも、そのホステスらしき女の人の下に、ドアの三十センチほどの間から、もう一つ、三十寸前ぐらいの女の人の顔が出てきた。化粧がほとんどしていなくて、あいーっと思うほど、田舎的な美人だ。丸顔、両目は、俗な表現ではぱちくりん、両唇は分厚く、しどけない。

「元日なのに、一人なのね。お屠蘇《とそ》も、お酒も、お餅もなくて、淋しいでしょう?」

ホステス風《ふう》が、顔だけでなく、胸許の襟《えり》ぐりの広いカーディガンから小麦色の肉を晒し、それなりに心配そうな、憐《あわ》れみに満ち、額に深い皺を刻みつけ、聞いてくる。

「いいえ、慣れてますから」

「あら、あなたがここへきてから、まだ三年ほど。正月の元日は三回しかないでしょう?」

「そ、そういえば」

「ほふっ。数《かず》の子、昆布巻き、卵焼きの御節《おせち》料理を持ってってやるわ。少しの間、待っててね」

ホステス風が、用が終わったとばかり、一号室のドアを閉じようとしたら、もう一人の田舎的美人の頭がドアの間に挟まり、

「あんたあっ」

と、けっこう怖い、声は低いが迫る力を上げた。

——故郷の高校教師の手紙の封を切る。

「新年が、この手紙が届く時は訪れているわけで、しかし、ここ村上は凍てつきが続くし、私の感覚

では、迎春は、正月は、二十四節気の雨水にして欲しいと思ってしまう。

大瀬良君の噂は、瀬波温泉の旅館の主人、きみの母親が勤めている駅前旅館の人、きみと同級の我が校では実に珍しく東京大学に合格した青木くんの兄から、聞いている。

心配している。

そこで、必死、切実、美しくも思える私の青春時代の教訓を伝えたくなった。しっかり、きみの胸の隅々に受け止めてほしいものだ」

あええ、いんや、おいーっ、夏目漱石の『こゝろ』の〝先生〟の真似をした遺書的気分を書くといったら誉め過ぎら、朝から酒に酔ってるみたいな自分に酔ってる文章られえ。

ま、しかし。

この鈴木哲男も、教室で煙草を吸っての授業は、記憶では、年間、たった三回、我慢していた努力がいじらしいし、そうら『煙草《たばこ》くさき国語教師が言うときに明日という語は最もかなし』の寺山修司の歌にぴったりの先生だった。こういう教師がいて、生徒は、広いレンズの視野で世の中を知れる……かも。うん、中国の生きている大革命家で、なお、文化大革命を発令し、煽り、紅衛兵みたいな中学や高校の生徒にまで大いなる興奮を与えている毛沢東が説いてるという〝反面教師〟として。

「私は、昭和六年生まれ。おっと、元号は天皇の〝御世《みよ》〟、一九三一年生まれ。村上の今の高校、旧制中学二年で敗戦を知って、迎えて、見た。東京などの大都市とは別で、村上は空襲もなかったし、他の小さな町も同じだったろうが、終戦の気分はあまりなかった。教科書が墨で消されたり、教師がおどおどして威張らなくなったぐらいが変化だった。

そして、大学へ。東京の国立大学の二期校だ。汽車の吐く、黒く、白い煙、そして細かい煤《すす》でワイシャツが汚れてしまうのが嬉しいような洗濯が面倒なような気分で東京へ。一九五〇年だ。寮に入って、サークルは社会思想系だった。上級生や先輩に、熱心そのものに『社会主義革命は歴史の必然』とオルグされ、とても強く励まされ、うんと持ち上げられ、自衛隊の前身の警察予備隊ができるし、こりゃまた悪足掻きの戦争への準備だと、危機感を持って、まあ、わけも分からず共産党に入党。しかし、その党は、既に分裂情況だった。」

鈴木哲男の手紙は、ほう、けっこう、おのれ騏一の無知で未知のことを記している。新鮮ら。もう、十七、八年前のことなのに。

「それでも、最初にして最後の私の懸命な闘いを、GHQの指令による共産党員の公職や企業からの追放、赤狩り、レッド・パージに対して闘ったつもりだ。アジビラの拙い文案を作り、鉄筆でガリ版を切り、スピードを競いながら一枚一枚を刷り、大学だけでなく地域の工場や住宅に配り、デモをした。党員の末端にいたので、大学からの処分は免れた。しかし、私達の大学の細胞は、党の分裂では〝所感〟を述べて中国へと逃げた主流派ではなく、党内の支持も広く何となく世界的視野を持つ〝国際派〟、つまり反主流派を正しいと信じていた。ソ連の神に代わる新しい〝神様〟、スターリンが健在な時代だ。」

今度はまるで解らない鈴木哲男の文章だ。たぶん、青春の熱さをきちんと費したということを主張したいのだろう。

「けれども、大学から懲らしめの処分がないのに、党から除名された。団結、団結、団結と、左翼の組織、労働組合は、ことある度に呼びかけ、万歳三唱みたいに叫ぶ。けれども、その正反対の考え、行為が、分裂で、そのことが本質的に好き、というより性《さが》だ。

現今の三派全学連も威勢が良いが、必らず、このテーマにぶつかるはず。」

おーや、鈴木哲男は、かなり、きっちり、ことの本質というか、成りゆきを見つめている。なまじ、三十七、八歳までぶつらぶつらの自責と罵《ののし》りのちっこい呟《つぶや》きで生きてきたわけではないと教える。

「いいや、党の分裂に原因を求め、自分の情けなさ、好い加減さ、卑屈さを隠そうとしているのだし、ずうっとそうしてきたのだと私は思う。」

あいーっ、ちゃんとしているではねっか、鈴木哲男は。自己反省が、あるら。

「それから、ソ連のモスクワ、中国の北京から『主流派に従い、団結せよ』の指示が出て大混乱する党で、私は、自己批判文を出して復党を許された。

そして、党は、山村での工作隊の創出、都市の街頭での火炎瓶活動を言いだした。軍事組織の創出だ。

ここから、私は、いつも安易に、楽な道、傷つかない道を選ぶようになってしまった。

武装を含む山村工作隊への参加、『中核自衛隊』への呼びかけは、体《てい》よく、耳垂《みみだ》れはあったけれど大したこともない中耳炎を理由に拒んだ。あれから十五年か十六年か、今なお、あの軍事方針は誤りではないと恥ずかしくも、時代錯誤的にも思っている。

だってだぞ、大瀬良君、真っ当に、社会主義、共産主義の革命を考えるのなら、労働組合や議会での躍動、街頭での熱烈なる訴えと共に、やっぱり、いっぺこと、きっかねえ軍事、非合法も合わせ考えねえと嘘っことなる。」

ええーっ、鈴木哲男は、今の三派の学生よりかなり先へ踏み込む考えをしていたらと騏一は、手紙を、ついつい、握り締めるようにしてしまう。

「しかも、軍事闘争や、非合法の闘いは、重い刑罰を科せられたしても、次の世代の貴重な教えとなるはず。

なのに、私は楽な道を選んだ。

あの、一九五二年の五月一日、皇居前広場での血のメーデー〝事件〟でも然り。警官隊のピストルの音で腰を抜かし、安易の方へ、『命あっての物種』とばかりデモ隊の先頭と逆方向に逃げた。それで、待ち構えていた警察に捕まり、ああ、みっともない。」

鈴木哲男は、実に、正直だ。

騏一は、そのいじらしい正直さに、いきなり、震えを背中に覚える。

「その後の残りの私の人生は、そう、誰の人生にもあるように節目、節目で分岐がある時に、『無難な道』、『より安全な道』、『楽ちんな道』と選んできてしまった。

留年して大学五年の時に教授から『党に残って頑張るのか。就職の道を選ぶのか』と問われ、後者を選び、党から離れた。」

解るらあ、と、騏一は思う。

そして、ここまで、おのれの恥を曝して手紙をくれた鈴木哲男に、初めて、いや、教師への偏った考えを退け、鳥肌の立つほど頭を垂れて、あれこれを思う。

「大瀬良君。私の青春時代の自慢めいた、自意識が過ぎたここまでの手紙を大目に見てくれ。要のことは、次なのだ。

私は、そろそろ自我に目醒め、性的な問題にいたく逆上《のぼ》せだし、うっすらと下肢《かし》に男の繁みが芽生えた時、十三歳。東条英機という人が総理大臣、陸相、参謀総長もやっていた頃だ。

春三月。私は、君が内心で反撥する武家町の住まい、町人町《ちようにんまち》では店先で、お雛《ひな》様やその家の古くからのあれこれの飾りを見せてくれるというので、ほとんど生まれて初めて、安良町、小国町、鍛冶町と歩いて、また武家町へ戻ろうとして、安良町の外れにいた。

五段どころか九段もある一番上の、男と女の内裏雛《だいりびな》の二人ともが眉が奇妙に逆立ち『夫婦喧嘩かのん、おかしいら』と、ある町人町の店先で感じたら、同い齢ぐらいの少女が、瀬戸ものに茶筅《ちやせん》を立て、泡立て、抹茶を淹《い》れていた。私にとっては、途方もなく美少女に映った。この時は、少年としての勇気というのがあった、『男女六歳にして席を同じくせず』とかの世間の厳しさ、うるささはあったけれど。名前を名乗った、名前を聞いた。

その少女、そして大人になっていく彼女に燃え上がったけれど、当時の道徳観、モラルもあり、年賀状、暑中見舞いの葉書きしか出せず、悶悶として、徒らに時を過ごした。

大学に合格し、ほとんどみんながやるように、上京前に彼女と会った。なんと立派で大胆だったか『好きすけ』と打ち明けた。答は、『卒業まで、その心が変わらなかったら、考えますら』であった。この時、心だけでなく肉を奪っていたらと、なお、疼く。

安心し、いや、党内の魅力的な女性に目が行ったり、振り回されたりして、卒業間際に『そうらっ』

と電話をしたら『もう、電話はしないで。五日後、式です、結婚の』と宣告された。

大瀬良君。

偉そうに言って、済まん。

大切なことは、人生の別れ道、分岐点、迷う交叉路では、楽な道、好い加減な道、難のこない道、これを断じて拒むにある。

敢えて、厳しい道を選びとって欲しい。

つまらぬことを加えれば、私は、飯を食うだけの仕事で、ついつい上から物を喋る癖がついてしまった教職を辞め、四月から、ある縁で、正直に記すと、かつての美少女の彼女が三十一歳で夫を亡くして私と結婚することになり、その条件がかつての夫の仕事、新潟の小さな豆腐屋を継ぐことであり、その豆腐屋の主《あるじ》兼職人として残りを生きるつもりだ。今度こそ、選択は正しいはず。

きみは、ゆっくり、のんびり、しかし、青春において選ぶ道だけはしっかりとだ。

高校の授業では、斜めに構えていて、しかし、世界史では、『ユダヤ教から、イエスによるキリスト教の出現』、『フランス大革命の凄みとジャコバン派のギロチンによる処刑』、『ドイツの十八世紀の疾風怒濤の文学革命運動』の三つだけは、私の生徒では、かつてなく、ぎらりとした眼差しを送った君。ただしというか、それなのに、日本史では『１９４５年８月６日の広島への、そして８月９日の長崎への原爆』に、涼しい顔をしての意図的か、窓の外を見ていた君。あれは、あれは……？　厳しいが、とどのつまり、新たな幸せのくる道を選べ。」

鈴木哲男の便箋を封筒に仕舞い、騏一は、背筋を、きりりと、立たせる。北東の出窓ほどの小さい窓に立つ。「ありがとう、鈴木先生。ちゃんと、やってみるらあ」と、青空に、ついつい、小さい声で叫んでしまう。

――あ、そうだ。

「表札では、格好つけて、平仮名で『おおせら』ね。上がっていい？　わっ。男臭い。掃除してんのぉ」

ダンボールの紙の表札では「泉」とある部屋の、ホステス嬢と推測する二十五、六、七の女が入ってきた。トリスのウイスキー瓶を抱えている。

「嘘じゃないわね、苦学生、貧乏学生、明日はルンペン・プロレタリアートね」

もう一人、田舎美人でもあり、もしかしたら都会の凝《こ》った男の好みかも知れない、張り替えたばかりの障子のように白い肌に、丸《まる》ぽちゃの顔、両目は疑いを一切知らぬような狸《たぬき》ののんびりした形を持っている女の人が、盆《ぼん》に、お重《じゅう》を二つ重ね、氷入りの丼《どんぶり》を手に敷居を、内股ぎみに跨いだ。

「元日よ。さ、飲みなさい。あ、あたい、本名は泉キョウコ。京都の京に、普通の子の子」

ホステス風の泉京子が、コップに氷を入れ、ウイスキーを注ぎ、騏一に差し出す。

「隣の人は源氏名なんかなくて、キムラヨシコ。あたいの小中学校九年間の唯一人の親友だわ。ほれ、ほれ、ヨシコ、自己紹介ずら」

言葉の終わりに信州あたりの訛りを走らせ、泉京子が田舎風ぽっちゃり美人の背中を小突く。

「よろしくね」

あいっ、何と、キムラヨシコは、美濃紙みたいな高価で厚く、縁取りは毛羽立っている、しかも、微かに浜茄子の香りすらする名刺を、現代風《ふう》の晴れ着か、濃紺のワンピース姿で、その服の赤いベルトの脇から取り出した。「株式会社・信濃出版・取締役副社長　木村芳子」とある。騏一も、名は知っている。大きな講談社、岩波書店、文藝春秋、新潮社の次の次の並びのその下のところか。

「偉いんですらね。まだ、二十代半ばと映るのに」

「あら、来年三十なのよ。きみ、朝早く、土方スタイルで決めて出ていくらしいけど、本当に、大学生なの？」

「一応」

「ふうん。学費を労働で稼ぐなんて、立派ね」

「ま、仕方ありませんです。人と人との柵《しがらみ》、日給の高さ、そして、なにより、あれこれ厭らしいことを考えずに肌で感じることができるさけ、いえ、できるから」

ついつい、騏一は、木村芳子に対して本音を口に出す。この田舎美人は、全身が肉がちょっぴり余った感じの豊かさ、丸顔、口許もおちょぼ口、何より双眸が円をコンパスで描いたように真ん丸で人懐《なつ》っこく見えて、本音をいい易くしている。

「哲学があるのね、貧乏に、労働に」

「そんなのねえですよ。同世代の学生が、一生懸命に、政治の腐敗、戦争への反対、学問の行方の危機に真向かってるのに」

「あらあ……」

田舎美人が、おちょぼ口を開き、そして、きつく閉じた。

「あのさ、大瀬良さんとやら。この芳子はね、東京の大学を出たんだけど、正直にいって、二流の下の三流との境界。ふふっ、きみ、口が固い？　内緒を守れる？」

泉京子が小皿に数の子を取り、騏一に「さ、どうぞ」とすすめる。

「でもね、大学四年の夏に、大ホテルのプールで、桁外れの金持ちの爺さんに見染められ、準大手の下の出版社に縁故で入社、その爺さんは出版社の資本の五割を握っていて、とんとん拍子で、異例の出世なのよ。だよね、芳子」

「ま……そうね。苦しみ、自己への偽わり、妬《ねた》み、嫉《そね》み、みーんな味わったわ」

やはり、誇りとは別のことなのだったろう、田舎美人は、視線を、斜め下へと投げる。

「それで、二年半前に、その爺さんの後妻になって、目出たし、目出たしなのよ」

泉京子、実に、げに、羨ましそうに隣りの田舎美人、木村芳子を下から見上げた。


——そうこうするうちに、騏一は酔った。

でも、今までの人生たった二度の、青木芙美子と一緒の時ほどには、まるで、酔わない。

だから、解る。芙美子と共にいる時の、心、気持ち、精神の、ギリシャ神話の名工《めいこう》ダイダロスの子の、天高く舞い過ぎて墜落したイカロスの譬えのように、おかしくなると。そうらて、俺は、イカロスでいい。

「大瀬良さんとやら。そろそろ、部屋に戻らないと、勉学の邪魔よね。えーと、やっぱり、大学生ね。

早稲田の学生は勉強しないというけど、ちゃんと、難しいのを読んでるずら」

泉京子が立ち上がり、本棚の本を、一つ一つ点検するように見る。もっとも、二十二歳まで生きてきて、騏一自身が、人類の知恵に驚いて頭を臍まで垂れて参り、唸《うな》り、感激したのは、少ない。『古事記』、『万葉集』、『新約聖書』、『歎異抄』、『寺山修司歌集』、『昭和歌謡曲選集』、『塚本邦雄歌集選』、『般若心経』、『共産党宣言』、近頃読んだ『コーラン』、『野火』、『悪徳の栄え』、『個人的な体験』、『青春の門』、『エロ事師たち』、『ブッダのことば』、『荘子』、『こゝろ』、『春琴抄』、『雪国』……エトセトラ。

「肉体を酷使するだけじゃないわね。大合格よ」

田舎美人の木村芳子も立って、金が足りなくて買えなく、少ないと恥じる本棚に目をやる。

それから。

二人が、耳と口で、ひそひそ語りだした。

いきなり、田舎美人が色白の目の下を赤く染めた。話の中身は何ら？

「あのね、大瀬良さん。田舎っぺいを頑《かたくな》に身に着け、守っているあんただから、口外しないと思うけど、提案があるの」

下からの姿勢の物言いでなく、対等でもなく、どうも上からの感じで泉京子が、腰に両手を当てる。

「提案」だ。怖い響きが少しある。

「本人が打ち明けにくいとこだわるから、あたいから、機械的に要件を伝えるわ」

「あ、どうぞ」

「あんまり、畏まってくれても困るんだけど。芳子はね、玉の腰で七十歳の爺さんの後妻に入ったのは、とっても幸せだったのよ」

「はあ」

「でもね。ほら、あっちの方が七十にもなると、厳しいわけ。それで、芳子は、おかしくなりそうなの」

「あい……いいえ、はい」

「きみは、大学の授業料もひいいこら、大変だよね」

「それは、そのお」

「んで、耳を藉《か》してよ」

「はい」

騏一は、再び、ちっこい火燵に入って、もじもじ俯いている木村芳子を、いい女らて、裸も丸っくて柔らかいらろうのん、と目に入れ、泉京子に耳を向けた。

「きみは、顔は四角で愛敬なし。鼻は、平べったく潰れたみたい。口は大きく、ううん、大き過ぎて馬《ば》糞《ふん》まで一と口で食いそう」

「済んません。俺の責任でなく」

いきなり、騏一に、母の多津の顔が現れた。顔も、人並みの百六十五センチの身長も、騏一にはどうしようもなかったこと。待て「男は、三十過ぎたら自身の顔に責任を持つべき」と高校の国語教師が喋っていて、母に言ったら「違う。二十を過ぎたら」と自己責任を回避することを告げたことがある。どちらが……正しいか。

「格好が良くないことを、大瀬良さんとやら、自覚して欲しいの」

「あ……い」

「その上で、彼女、芳子よ、きみを好きなんだって。一と目、惚れなんだって。きみと話して、もっと、もっとになったんだって」

「ええっ」

「しっ、しっ。でね、誰にも発覚、バレないように、でも、後腐れないように、一年、十二ヵ月よね、その約束をしっかり守り……ね、分かるわよね。要するに、授業料プラスアルファを支援したいってわけ」

「あいーっ……」

　正直に心をいえば、無料《ただ》でも、抱きてえら。

　しかし、しかし。

　銭金が絡むと、そうは、いかない。

　青木芙美子に済まない。森紫にだって、軽蔑される。おいっ、かつて同級の、今や三派の一つで肩を怒らせてる帯田仁は、どう言うか。故郷の母は、どれだけ、悲しむか。秘密中の秘密にしたらどうか？　いや、やっぱり、態度とか暮らし振りに滲み出てしまうだろう。けれども、だったら、世の中には幸せにもつばめという男や、ひもという男もいて、どうなるらろう。軽蔑したら、差別、なんつうのになるのでねえっか。けんど〝男妾〟ってえのは、やっぱり引っかかる。

　ぐちゃらぐちゃら暫く駛一は悩む。

でも、鈴木哲男の手紙を読んだばかり、ここは安易な道を選ぶべきではない。

「あのう、半年から一年、考えさせて下さい。俺には、好きな女の人がいて……」

田舎美人が傷つかないように工夫した拒みのつもりで、騏一は答えた。

「いいなあ、青春って、ロマンとか理想に生きられて」

ホステス嬢らしい泉京子が、誉めてくれる。

「そうだわい、美しいなあ。それで、傷つくんだけど。きみ、しかし、齢上の女には持てる雰囲気があるずら、気いつけな」

少し目の下を腫らして田舎美人が立ち上がり、挨拶なしに部屋を出ていった。濃紺のワンピースの尻が怒ってるように突っ張っておるら。

おいしそうな棚から牡丹餅《ぼたもち》が消えていく……。

でもら、成果があるら、社交辞令としても「齢上の女に持てる雰囲気がある」といってくれた。この言葉を……二つ歳上の青木芙美子への行いの糧《かて》に……。

けんど、けれど。


――ほろ酔いと、ほろ苦さというよりは、こういう表現はないのだろうほろ甘さに浸り、どさりと重くて嬉しい元旦の新聞を拡げると「公明党、一月一日の機関紙で『日米安保条約の段階的解消と、同党の基本路線は非武装中立』と表明予定」とある。それに、ふうむ、「労働省の調査だと週休二日制の企業が増加中」だと。土方の仕事にはついにやってこない週二日の休みの予感だが、正社員や本工労働者層は、やがて休んでばかりになるのではという変な気分だ。日本人の特色の一つは、自らを含めて〝勤勉〟という気がしていたがそんなものは変わるのだろう……か。

――ラジオでは「日本に復帰していない沖縄への観光客が、外国製品を爆発的に買う本土の金持ち層から、新婚夫婦、職場の集まり、若者のそれが増えて大衆化した」と、冷静なアナウンサーがつい嬉し気にニュースを伝えている。

――春本の、陰毛の一本も写っていないがそれぞれ卑猥さに大胆かつ繊細な工夫のある女のヌード写真で自らを慰めるかと考えたが、思えば元日、今日は想像上の青木芙美子でと気張ることにした。

しかし、どうも、芙美子のスカートを捲り上げるところから現実感が湧かない。むしろ、「大瀬良くん、止《や》めなさいね」と叱られ、制され、芙美子の哀し気な表情しか浮かばない。

そしたら、森紫が、「いいわよオ、騏一さん」と、自分勝手にミニ・スカートを脱ぎ、すぐに、すっぽんぽんの全裸になって、自慰の素材を妨げる。騏一は、知る。おのれは、据え膳が好きではない、かなり勇気のない男だと。その上、もっと知る。劣情、卑猥、猥褻は、警察、検察、裁判所が「犯罪なり」とするけれど、本当の本当は〝羞恥の心〟が核心なのであり「偉大にして侵すべからず」なのだと。

結局〝安く〟、失礼らて、安易で、秘密さえ守れたらと、先刻の田舎美人、木村芳子を空想してみたが、やはり、惨《みじ》めさが立ち……。

「青春が美しい」、なんつうのは嘘ら。

汚れていく一方――なのかも。

2

同じ年、一九六八年七月初め。

今年の東京の梅雨には粘っこく肌に寄生する田虫《たむし》が住みついているようだ。

梅雨は、米の成育には大切な水分を天からよこしてくれるとしても、普通は、空は灰色、湿りが多過ぎで洗濯物は乾きが遅いし、黴《かび》が元気で、電気冷蔵庫のない部屋では、食パンには二日、味噌には四日で青い菌、白い菌と生えてくる。やっぱり、早く終わってくれっしゃ。

騏一は、この半年の、自分が外に置かれた感覚へと追いやられるさまざまな〝事件〟に、かなり、目が眩《くら》む。

自身にとっては、旧二年P組の連中は、帯田仁や、麻雀やり過ぎの学友の大田昭一を除いて卒業し、なんとしてもこの一、二年で卒業すると決意して、期末試験、未済試験を受け、あと十二単位を取ればというところに漕ぎ着けた。

道路工事と下水管埋設工事がほとんどだった土工のアルバイトは、伊藤淳の親方に一升瓶持参で「御世話になりました。故郷の母と、一方的片思いの女のために卒業へと舵《かじ》を切ります」と挨拶して、四月には辞《や》めた。

四年分の授業の巻き返しのため、大学には、授業の進め方や教授のあれこれの事情の入手を含め、週二日は大学へいくようになった。土工の賃金に比較してあまりに安いが、週三日、一日五時間の高田馬場の喫茶店のボーイもやりだした。ウェイトレスに良い女がいるかもという期待もしないではなく「この浮気者め」と自分の頭を掌で打った。けっこう、痛かった。でも、良い女はいない。

　なぜか、たぶん、学生運動の盛り上がりとラジカル化のせいだろう、なお、『大衆芸術文化推進共同自由研究会』は活気があり、人数も増えてきた。さすがに、実質的ボスの髭もじゃの桐谷安一郎は社会人になっている。映画の夢を追うために、あれこれいろんなことに如何《いかがわ》しい仕事をも視野に入れて邁進しているとのことだ。でも、人集めとかで時折、顔を出す。

　その桐谷が、五月の連休明けに、口髭、顎鬚、頬髯、みんな剃り落としてののっぺらの顔、チャコール・グレイの上下の背広姿で、六、七人から二十人の入れるテントに出世したサークル室で、ぶった。実際は、この日、三十人以上がいた。

「俺はな、隠れたブント、共産主義者同盟のシンパから、社青同解放派に鞍替えした。何でか？　他の組織は、ことごとく、旧も新も左翼はレーニンの『インテリの持つ理論と、それに依拠する前衛は正しく、無知なる労働者に外部から正しい方針、戦略を注入しなければならぬ』の〝外部注入論〟の傲慢さを持ってる。それが、人人、人民、大衆の文化、芸術をおかしくさせたと、やっと気づいた。そうではなく、あのドイツ革命の過程で虐殺された女の革命家、ローザのように『労働者の中にはあらかじめ革命性があり、それを引き出そう』を信じないと、映画も、演劇も、シナリオも、文学も力強さはないと知った。解放派だけが、ローザの信奉者なんだぞ。おいっ」と、騏一にはよく解らぬことをまず並べた。

　この時、ちらりと、その解放派に属するゴリガンスキーでありながら、革命や活動の自己陶酔に自身でブレーキをかけ、虚無みたいなものを抱えていた小清水を思い出した。敵対する党派とのゲバルトで集中的に狙われ、牛乳瓶の欠けらを頭に刺したまま、なお、ゲバ棒を握って突き進んだという噂と事実の彼は、大学の学友会室では見かけない。

その小清水の片腕となったと聞く帯田仁も、早稲田では出会わない。一と月に一度ぐらい、騏一のアパートに、深夜に「泊まらせろ」ときて、夜明けにはまたどこかへ消えていくけれど。やっぱり、敵対する党派から逃げているのか。それとも、他の大学へと進撃に出かけているのか。

もっとも、騏一は、三派の中でも、核実験に強く反撥し、こだわる中核派に、近頃は「頑張れ」という気分になっている。

いずれにせよ、早大闘争の終わった時に騏一が予感していた内部での争いが起き始めている。

「ナンセーンス」

「ローザ・ルクセンブルクは革命なんか起こせなかったのに、レーニンは、革命をちゃんと実現したじゃないの」

「そうだよ、先輩。そもそも、エイゼンシュテインの『戦艦ポチョムキン』は、優れた前衛の映画監督からの、人民・大衆へのメッセージ、そう、指導を孕む外部からのアジテイションだろう？　違うのお」

早稲田の学生より、明大、東工大、日大、東女《とんじょ》、本女《ぽんじょ》のその他の学生の方が多くなってきたこの非公認サークルで、桐谷は文句を並べられ、舌打ちを繰り返し、不貞《ふて》くされる。

「分かっちゃいねえけど、分かった。そんで」

桐谷は、映画の企画や、桃色《ももいろ》雑誌の編集の下請けや企業の宣伝のコピーの作成など区別なくやっているプロダクションの仕事をいいわけのように説明し、

「洋酒、布団、百科辞典、紙おむつ、子供用の玩具《おもちゃ》、建て売り住宅のいい宣伝文句を考えてくれんか。これは、採用されれば企業の大きさにもよるけど、十文字から四十文字で、おいっ、一流ホテル一泊だって三千六百円なのに、何と五万円だあっ。ま、採用されたらの話だけどよ。しかも、庶民、人民の心に通じたらの場合だ」

と、逆襲してきた。

「それと、偉い道徳家が説教するんじゃなくて、人民、プロレタリアの諸君のみなさんが、ちんぽこ、おっと、女のあそこが湿って濡れる小説、三十枚から五十枚の間。ま、これは安くて、四百字原稿用紙一枚四百円だ。でも、勉強になるぞ。上手だったら、おいおい、老いぼれ作家のゴースト・ライターも紹介する」

桐谷の言葉で、二十人用のテントに入り切れない三十人ばかりが、テントの中で、むぐむぐ、もごもごと互いに喋りだす。今度は「ナンセーンス」の言葉はない。

「よっし、俺は、急がねばならん仕事があって帰る。宣伝コピーも、エロ、いや、濃密恋愛小説のシメも、五月三十一日だ。いいか」

音まで聞こえるごとくに肩で風を切るごとくに桐谷が消えた。

そう、それで。

あいーっ、うへーい、文章が金になるという嬉しさ、六月の初っぱな、桐谷安一郎から神田は三崎

町のごみごみしたビルの一室に呼び出され、「おぬし、なかなかセンスがあらあ。紙おむつの『赤ちゃんのおしっこは青い水を振り撒く地球の未来。大切に明日を』が採用された。ま、済まねえ、一万円だ」と告げられた。おまけに「おめえのエロ小説も採用だ。なんせ、女に羞じらいがあるもんな。男は、やる気がそそられるわ」といわれた。もっとも、活字になるのは一ヵ月半後の八月、しかも源《げん》泉徴収《せんちょうしゅう》とかの税金も取られて、四百字一枚三百六十円にしかならぬということだ。でも、桐谷は「おまえ、人民の心のつぼを押さえているよ。今度は、ヤクザ映画のシナリオをやらねえか。うーん、無理だな。おめえ自身が嵌まって、うっとりして、静か、クールになれねえもんな」と言い、「いつか、真面目な小説に挑めよ。純文学は駄目だ。女とやりてえのにやらねえとか、一旦やりだすと好色精神もなく義務でやりまくる詰まらなさとか、ああ、やり切れねえもん。人と人との情けを書け。大事なのは、どうも、リアリズムみてえ。てえいうのは、フランスの象徴主義のぼかし、譬《たと》えの文章は、詩はともかく散文では敗北したからな」と、かなり面倒なことまで加えた。その上、「えっ、おめえ、女は一人しか知らない？　だったら良く評すりゃ空想力がしっかりしてる、悪く言えば上等の嘘つきになるな。よっし、半年間、面倒を見よう。載せてやっから、月一本、書き続けろ。それとな、活字でなくガリ版刷り用ので百枚を書いてくれ。貞淑な人妻が危ない経験を告白するってスタイルで、秘密で非合法の匂いをさせ、文章もわざと稚拙に、誤字脱字も入れてな」とまで注文してくれた。

　ちゃんとした小説は、客観的に考えて、その才、経験、哲学と思想のなさから判断して無理なことは分かり切っている上で、騏一は母多津の月月の仕送りをゼロにできるのではと実に嬉しくなった。単純に計算して、一枚四百円×《かける》四十枚＝《イコール》一万六千円らてーっ。二DKの公団住宅アパートだって月額二万円で入れるのに。

――もろに哲学・思想との真向いではないけれど、この一月からの学生運動の動きはかなりである。そのかなりゆえ、そして、一般学生なりに大学の闘争に関わったからか、三派全学連の連中の恐れを知らぬような無謀じみた、あれよあれよの突撃や動員力の加速的な膨れ方に、嬉しい気分はあるとしても、やはり、置き去りにされている気分なのだ。

置き去り……そう、小学校一、二年頃まで遊んだ〝隠れん坊〟の鬼に、ついに見つけられずに物置き小屋で、一人、かえって不安になったような気分なのらて。

実のところ……。

去年、一九六七年十月八日の、佐藤首相の、アメリカと同盟的な絆の南ヴェトナムへの激励の訪問に、三派の学生が角材を武器にして闘争をしかけて、京大生の山崎博昭くんが死んでから、様相が、ぐ、ぐ、ぐいっと変わった。もっとも、この「ポキンとすぐに折れるので、水を吹っかけて、しなやかさを補強するんだ」と帯田仁が語っていた垂木《たるき》、角材、流行り言葉ではゲバ棒、その登場は、どうやら三派全学連内の中核派と社青同解放派の喧嘩用が機動隊へと転化した結果とも噂されるけど、どうなのか。

今年の一月には、どこの大学も進級試験が待ち構えていて、駅一だって必死になって単位を取ろうとしたけれど、そんなのは無縁で、九州は長崎の佐世保へ、新聞情報によると中核派が、アメリカの原子力航空母艦エンタープライズの寄港阻止へと先頭に立った。この党派に親しみとか「頑張れ」と心の中でいいたくなるのは、〝原子力〟と聞くと、しゃかりきになることだ。無論、普通の市民には〝原子力〟というより、ヴェトナムの人人を米軍が空爆で殺すという印象だった。ま、中核派との間が冷えてきた解放派も、それなりに力を尽くしたとは聞く。証《あか》しに、佐世保帰りの帯田仁が泊まりにきて、足首の包帯を解いて軟膏《こう》を塗りつける姿を見たが、催涙弾《さいるいだん》の毒性が黄緑の膿《う》みとなっていて、左右の足首とも肉がぐちゃぐちゃだった。股のつけ根の金《きん》の脇は「もっと、ひでえ火傷」とも、誇らし気とも、悔やし気とも取れる態《てい》で喋っていた。もっとも、南ヴェトナム解放戦線と北ヴェトナムも黙っておらず、彼の地の旧正月に〝テト攻勢〟に出て大反撃し、でも、仕返しか、三月にはヴェトナムのソンミで米軍による夥しい数の非武装の普通の村民が殺されちまった。

二月には、成田空港阻止集会があった。ことは、農民の耕す土地が国によって勝手に取り上げられる問題、小清水にも帯田仁にも誘われなかったけれど「この目で」と成田市役所前に、恐る恐る見物人、いや、野次馬、もう少しだけ増しか、機動隊監視兼農民支援の〝隠れ三派〟か、出かけた。機動隊の張り巡らす有刺鉄線を軽軽と学生と農民は突破、かなりの衝突だった。原子力空母への闘争の佐世保帰りの帯田仁が、旗を揚げて走り回ったのを見て、嬉しくなった。帰りの電車で、一人で帰るおのれ騏一の惨めさに……至り、淋しくもなった。

そのヴェトナム戦争や成田の空港という政治絡みの件だけでなく、どうやら、早大闘争の終幕に帯田仁が、負け戦なのに空《から》元気みたいに「全国の大学へ波及するぜ」の通りに、いや、帯田仁ではなく小清水や、その上の社青同解放派の戦術、心意気《こころいき》だったのだろう、大学で熱さが、ぼわっと、空き地の枯れすすきに煙草の火のついた吸い殻を投げ込んだら燃えるみたいに、そう、たぶん、60年安保の時もこうだったのかも知れんら、火照りだした。

まず、この一月の大寒中、東大医学部の学生自治会が、医師法改正がインターン制と変わらぬらしく、それに反対して無期限ストに突入した。この処分を十七人の学生に対して教授がやり、学生の中には関わっていないとの説と実際があり、ぼやが、かなりの火事となってきた。

火事どころではないのかも知れない成りゆきに、この東大医学部闘争は一点どころか他へと、手のつけられない大火《たいか》へと拡がりそうになっている。先月六月十五日に東大の医学部学生の「青医連」が、東京大学の古めかしく、不動と映るがゆえに厭らしくもあるシンボルの、天高く聳える安田講堂を占拠した、七十人ぐらいで。そしたら、権威が好きなんだろう、「許せん」と学長が機動隊導入を要請した。これは、東大全体に、ま、〝学問の府に、なんちゅうことを〟という驕《おご》りを含んだとも私学の学生には少し映ったけれど、怒りを拡げ、すぐに全学ストライキ、次いで、全学共闘会議ができた。略して「全共闘」、茶化す人は「ゼンキョートー」と片仮名で記す。七月に入ったつい先日、安田講堂を学生は、よっし、再占拠した。

六月には東京教育大も、筑波への移転で揉めだし、学生がストに突入し、大学本部を占拠した。それだけでなく、早稲田と並ぶマンモス大学の日大で「二十億円の使途不明金あり」と国家の大蔵省の一つの部署の国税庁が発表、蠢《うごめ》きだした。

これらの、大いなるできごとに、どう、付きあうのか、真向うのか、参加できるのか、長崎での一歳と十日での被爆は自分で封じているけれど、母の多津の被爆だけではなく老いを含めて仕送りなどのあれこれはどうするか、何より、下手《へた》に闘いに参じたら、どうやら精神病でぐずついているのではと推測される青木芙美子を、きっちり、肉も心も感情も、こちらへと引き寄せられないのではねえっか。

——梅雨の雨の量は、どこからこんなにくるのか。今日は、もう大学は夏休み、喫茶店のアルバイトは休みの日、小料理屋のそれには、あと二時間もある。騏一は、倹《つま》し過ぎるアパートの北東の小窓を開け、雨の水滴を受け、もう、あれこれ考えず、決心、行為の時がきたと自らを急《せ》かす。

やっぱり、一番のことは、青木芙美子に、然《さ》り気《げ》なくでも、内心の恋心を仄《ほの》めかしてでも、早目に会う必要がある。かつての教師の鈴木哲男の忠告通り「困難な道を」だ。

二番に大事なことは、節目の重い政治的な課題では、勇気を奮って馳せ参じることだろう。核実験や原子力発電に対しての闘いはほとんどないように映るけれど、しゃあない。おのれ騏一だって、眠っていた放射能が体内でいつ目醒めるか分からないまま、諦めと同居の心で目を瞑《つむ》るしかないのだ……。でも、いざという時に、学生や市民や労働組合が構えて行為を起こす基礎があれば何とかなりそうだ。その、いざのためにも、節目の時には、どうも学生の隊列の中に乱れどころか非和解的な対立が噴き出そうだが、しっかり見定め、起《た》とう。

三番に、生活の基礎をきちんと築くこと。大学は何としてでも来三月には卒業し、その前には就職を決めておこう。そして、それまでは宣伝のコピーであろうが、濃密恋愛小説であろうが作り、書き、学生生活を乗り切ろう。

うーむ、む。

おのれ騏一は、いつも計画や夢を作るのは得意で、実践、行為は躊躇《ためら》いばかり……。

こう考えると、今は活動家になっている帯田仁は立派。どうやって将来の飯の種を作るのだろうか。まことに、「党派の専従にはなれねえよ」といっているから、中退で働きながら活動するのだろうか。厳しい道……らて。

厳しい道といえば、憧れそのものの芙美子の腹違いの弟の強志は、東大の本郷で文学部哲学科の五年生、高校以来のニヒルな性格はもっと捻《ね》じれてきて、いや、純化してきたのか、電話では、こう答えていた。そうらて、芙美子がかがっぺいゆえに、おのれ騏一の現今の見すぼらしさが気になって、電話をかけにくい強志が、だ。うん、三日前だった。

「大瀬良よ、俺の思う現代日本史では、一番面白いのが終戦直後の自らオーナーで大本命のサラブレッドが落馬したみてえな大落胆と茫然自失、次に60年安保の戦勝国アメリカへの劣等感への回復、その次が今の学生の飽食からきた反乱。ま、これで日本史の活気は終了らて、たぶん」

こういう歴史の切り方もあるのかと知らせ、東大の追分寮《おいわけ》とかいうあちら側で、騏一が、芙美子のことを聞けなくなる高邁《こうまい》な精神と甲高い声で強志は告げた。

「あん？　卒業？　当分、しねえ。なーに、この大学の留年率は四割弱でのう、ごく普通ら。俺は、たっぷり、具《つぶ》さに、時代を、政治、外交、社会、風俗、とりわけ学生の沸騰する騒ぎを観察するすけ。純粋そのものの客観主義者としてな。絶対的に俺は、行為はしねえら」

七割方は村上訛りを抜け、強志は、東大哲学科らしい難しい言葉を含め、喋った。

「騒がしくて生き生きしたピーク？　そりゃ、分からねえ。俺は、競輪競馬の予想屋じゃねえら。でもな、学生が崇《あが》め、期待する労働者本隊とは、ついに心中未遂に終わるらろう。太宰治の行為にも行き着けねえら」

大学二年まで同級生だった活動家の旧二年P組の帯田仁に聞かせたい言葉だけれど、ちょっぴりを越えて酷《むご》い。冷えに厳しさがあり過ぎる。

「それにな、そもそも戦前戦中の本格的弾圧を潜った共産党に従う学生は三十年、四十年後にはかなりの重さを示すはずとしても、そして、俺ほどではないとしても、今はクール。残りの新左翼は、三派と革マルで、ゲバ棒どころか鉄パイプで殴りあい、殺しあい、抹殺戦になるらあ」

騏一も早大闘争の時に垣間見たことがそこまで行き着くのだろうか。いいや、根がニヒリストで客観主義者の強志の予測は、自らを余りに現場から外し、離れ、斜めに判断して、デモのスクラムを組む隣りの学生の汗の匂い、肌の湿りと温度、ゲバ棒の機動隊を叩く時の反動の腕への力を知らず、見失うのではとも危惧してしまう。違うのか——こういう、冷静にして冷静が、学問研究の大切な心構えなのか……も。

でも、青木強志ほど固い芯のある客観主義になれなくて、惑い、時に、中核派、社青同解放派、社学同の学生に、片手を挙げるどころか、頭を臍まで垂れるとか、ぎゅっと手を握りたくなる、ごく軽くて、好い加減で、気分が向いた時にだけ助っ人になりたいおのれ騏一にすら、どこかで、熱さ、誠、ひたむきさが欠けていると感じてしまう。

「うん、騏一。俺は、授業料は安いとしても、然《さ》りとてこの大学では成績は真ん中、大学院に進んでも駄目ら。だから、在野で、論文を書いて、うん、『群像』っつう純文学誌に評論賞があって、それを四年がかりで書いて応募して、うっひゃあ、思想家になるらろう」

ひどく明かるい声を強志は出した。たぶん、達成できそうな気が騏一にはする。

「あ、いけねえ、芙美子っぺがな、二回目だよ、入院したんだ。おいっ、あんまり、いろんな人にいわねえでくれっしゃ。躁鬱《そううつ》病でも、精神病だからな。すげえ、偏見と差別に合うさけ。沈んでる今は駄目ら。少し安定してから、見舞いにいってくれや。頑張るしかねえらて」

おいーっ、これを最初に知らせろと、東大生の情勢、回りの読み、情況の判断のどこかしらのおかしさに、騏一は、腹が立つ。

その上で、やはり、騏一の実力不足を冷静に見抜いた上で、芙美子への接近を考えてくれているわけで、鼻の奥あたりがつ、ん、としてきた。

3

一畳の四分の一ほどのちっこい窓から、襤褸《ぼろ》アパートの六畳に、冷えてるのに息の荒い風が入ってくる。嵐の前触《まえぶ》れか。

同じ年、一九六八年の十月半ば。

十日前に、居候《いそうろう》だった伊藤淳が「急ですけれど、結婚することになりましたでのん。たった二十人の宴ですけど、大事な御客として、よろしゅう、この通り」と、擦り切れて黄色く毛羽立つ畳の目に額を押した。今度の女、正式な妻となる女を、騏一は見ていないが、嬉しさが青緑《あおみどり》の走る三面川の河口の流れほどになり、目の上あたりが痺れてしまった。淳は、鳶職《とび》や土工の友達を連れてきていて、自分の衣服、下着、けっこう勉強している、漫画での日本史・世界史、仏教の本を持ち去った。部屋が広くなり、淋しさも面積を広くした。

でも、だ。騏一は、せわしなく、激しく、一戦一戦が勝負らしい学生運動の攻防戦が十月二十一日、活動家が目を吊り上げ眦《まなじり》を決して叫ぶ〝10・21〟《ジッテンニイイチ》が、つまり、国際反戦デーが、伊藤淳の晴れの宴と重なっていて、ちょっぴり引っ掛かる。帯田仁にオルグされたわけではない、それよりゴリガンスキーの、近頃は大学では見かけない小清水に呼びかけられたわけでもないけれど、学生運動のうねりをこの目で見てみたい。少しは歴史のちっこいところに自らもいてみたいのだ。

淳のために、ゆかねばなるまい。

母の多津の忠告通りに、おのれ騏一は「優し過ぎる。律義の程《ほど》がひどい。夢や、希望、計画が好きで困る」が、本当のところ。ちゃんと義理と人情を果たして、淳の、こぢんまりした結婚の徴《しるし》を祝福するのが仁義ら。

三時に、銭湯に入り、耳垢《みみあか》はもちろん、腋の下、足の指の間、ちんぽこ、尻の穴を丁寧に洗い尽くした。

それにしても、この夏を挟んでの三ヵ月余りの、忙しい世の中だったこと。

「先進国では学生運動なんつうのは起きない」のマスコミ、保守の政治家のいい分は嘘だった。フランスは、カルチェ・ラタンとかと称する大学地帯のみならず政治の中心へと迫って学生運動が奔放、大胆。ドイツも然り。アメリカも、ヴェトナムへの空爆どころか風船爆弾、肉体が生まれながらにして自由にならぬ子供や双胎児《そうたいじ》を生む毒ガスと爆弾に反抗し、学生は燃えに燃えている。

九月三十日は、彼《か》の、学生運動の匂いも煙もしなかった日大で、古田会頭以下全理事を引きずり出し、日大全学共闘会議一万人の学生で大衆団交をした。そして、その時、大学は、きっちり謝罪し、検閲制度の廃止や経理の公開を確約した。が、閣議でこういうことがテーマになるのか、次の日の佐藤総理大臣の一喝で、日大当局側は確約書を破棄した。めくるめく、時、場所、場合で情勢は変わる。

変わるといえば、日大全学共闘会議を牽引するのは中核派、社学同、社青同解放派の三派の学生ではなく、党派に属さないノンセクトの学生達になってきた。感性や思いは三派に近いが、党派のセクト主義を嫌う。これは東大でも日に日に同じ傾向となってきているらしい。

仁侠映画も変わってきた。九月半ばに封切られた『緋牡丹博徒』を見にいったら、なんと女の博打打ちが父の敵《かたき》を探して流れ歩くテーマだった。日本国憲法は、第十四条で、なるほど、『法の下での性別の差別』を禁じている。しかし……と思いながらも、主演の藤純子の切れに切れ上がった双眸の美貌よりは、度胸と喧嘩の強さに〝女性の時代〟へと潮目が大きく変化していくのを感じた。もっとも、この藤純子の演じる〝緋牡丹のお竜〟の芯《しん》は、ゆくゆく、憲法の男女同権なんつうのを越え、女の方が常に正しく強くなり、男の方が常に悪く弱くなる予感をよこす。ま、五十年はかかるらろう。いや、もしかしたら、二、三十年後には、早くもくるのかも。そしたら、〝侠気《おとこぎ》〟、〝男泣き〟、〝男の仁義〟の道徳、志《こころざし》の心は消えるの……ん。死語になるら。ま、おのれ騏一は、今の今の女より優柔不断で、原爆の全てを怨み許さず、でも、やっと原爆症にはこだわらず、ま、それなりに不安を抱えて生き抜く気分、学問向きではないけれど働くという点でアルバイトはきちんと熟《こな》せる力、友達を作ってそれなりに快く付きあう心があり〝男〟にしがみついていてもどうしようもなかんら。むしろ、女の時代の方が〝侠気〟が不足している分、目立たずに済むのかも。けんど……。

そう、ノンセクトのラジカル派の間のことだ。党派を、根性やイデオロギーでは越えられずはずもないと同じノンセクトでも物見遊山派のおのれ騏一から見ても考えるが、量的にはかなりになりつつあり、早大闘争時とは異なり、女もバリケードの中で寝泊まりしているという。

そうすると、そうだ、芙美子の腹違いの青木強志が「俺んところの東大闘争も、私学の本当の雄《ゆう》の日大闘争も、政治という点では歴史に残るかどうか怪しい。けんど、他の大学に津波のように襲ってゆくぞ。そんで、バリケードの中の夜の雑魚寝を含めての男と女の絶叫、討論、合唱も、伴う。そう ら、日本史上二番目の性の革命が起きるらろう。ん、一番？ そりゃ、終戦後の、それまで抑圧されてた性のパワーの噴出と、アメリカ文化の直撃だ」と、話していた。そう、三ヵ月前の電話で。要するに、第一回芥川賞の受賞作家の石川達三が『四十八歳の抵抗』だったか、その中で、初老の会社員の主人公の男に対し「お嫁にいけなくなるから」と若い女が拒む感覚、生き方、モラルは、もう破綻しかかってるらしい、全共闘のアナーキーで激しい男女学生の仲間達では。

大学のバリケードの中ではなく、精神病院の中で、心配はかなり少ないのん——と考える騏一だが、焦る。むろん、芙美子のことだ。

だから。

訪ねた。

やや遠い、列車が故郷からくる時にも止まる埼玉県の大宮へ。そして、まだ、駅からバスに揺られて二十分だった。

圧《お》してはならない。そっと、そっと。そう、楚楚《そそ》とした狙いを明らかにしようと、森紫《もりむらさき》が学習院なので、その前にある日本女子大の構内から花泥棒をした。赤い実のまだ赤くなり切れないガマズミの実と葉と茎を真《ま》っ新《さら》の白いハンカチに包み花束を持って……。

芙美子の弟の本格的なニヒリストになりつつある強志からは「かなり良くなった。けんど、下手《へた》に、強いての『元気になってくれっしゃ』なんつうことはいうな」、「躁鬱病は鬱《うつ》の底から這い上がった時が危ねえら」、「騏一のことらて、迫ることはねえと思うが、迫っては駄目ら」と、たぶん、騏一の方が医学書を貪り読んで詳しい今更のことを忠告した。

うん、強志は「先進的な精神病院だ」とも告げていた。

――しかし、だった。

受付で教えられた病棟の出入口にいくと、留置場、拘置所、刑務所もこんなものではないのか、扉が鉄製で手と腕に痛いほど重かった。開けると、次にまた、鉄の格子のドアが待っていた。

大きい病院で、ちょっと迷うと、別の病棟の出入口にも、あまりに厳めしい扉だった。気候の良い秋の酣《たけなわ》なのに、凍てつきとか、拒否とか、禁止とか、非寛容の底意地の悪さが、ちょっと触れた鉄だらけの扉の冷えにある。向こうの病棟はより重いとされる精神分裂病の人がいるのか。ではなく、懲《こ》らしめの部屋があるのか……騏一が勉強してきた精神病のあれこれの本からいうと、推測が正しい……はず。

決心した。

何が何でも、芙美子を守り、支える。これしか、ねえらあ。

ここから、出られるように、再び入らないで済むように……見守るら。

芙美子のハートや軀を得なくても、じっと、静かに、目立たぬように、全力、全精神を傾ける。

病室に入った。

えっ、十畳ほどに八つのベッドだ。ベッドとベッドの間は、やっと通れる四十センチほどの隙間だ。

これが「先進的病院」？

あえ……いた、いた、芙美子が。

鼻から下を毛布に被り、あの整ったコニーデ型の山の頂が吹き飛ぶ形の上唇が見えない。

「青木さん。男、若い男、拳骨《げんこつ》顔で顎が将棋の飛車《ひしゃ》みたいに四角い男がきたよ」

入院している人の五人、十個の目ん玉が騏一に集まり、三十代らしき女の人がかなり甲高い声を出した。

「あれーっ、男じゃないの。鼻が潰れた格好だけど、健康そう」

「珍しいね。芙美ちゃん、薬の効き過ぎ？　でも、起きな、男だよ」

「青木さん。憂鬱がって、暗い気分になりたがって、手首なんて切らなくていいじゃないの。むんむんする男がくるんだから」

女の人だけの病室は安らぐが、囂《かしま》しくもある。

「あら、大瀬良くん。どうしたの？　勉強は大丈夫なの？　卒業できんの？　いけない。ありがとう、御見舞いなのね」

もぞもぞ、もったりではなく、かなりしゃきっとして、芙美子が毛布を退かし、半身を起こした。顔の均斉を崩す寸前ぎりぎりに大きい両目が見開く。塞ぎ込む病なのに目の玉は三面川《みおもてがわ》の冬の流れから少し春めいた水脈へと変わる頃の青みが入っている、その瞳だ。

あいーっ。

芙美子の浴衣がわずかに乱れ、右の乳房の上の方の裾野が曝《さら》された。白い。肉が、滑らかで、詰まっている。

ベッドとベッドのひどく狭い通路に、騏一はよろける。蹲《うずくま》ってしまい、目眩《めまい》を、必死に、必死に堪え切る。

「どうしたの？　よろけたり、顔を青くしたり。あら、ガマズミね。あんがとう」

てっきり芙美子は窶《やつ》れたり、目の下に隈《くま》を作ったり、悲愴《ひそう》な目ん玉や唇や頰っぺたの硬さで現われると推測してたのに、何か、かがっぺい美しさを越えて、仏さまみたいな美しさになっている。血色も、白人がワインを一杯ほど飲んだみたいに、微かに赤みがある。

うんや。

ここは、我慢の果てへ。

おのれ騏一、舞い上がってはならぬ。

他人には決して見せず、隠し、禁欲者になるしかない芙美子の病がある。

そう、さらり、さらりと帰らねばならぬ。ずうーっと、このまま、一と晩、いいや、一ヵ月、一年二年と傍らで見守りたいけれど。

でも、でも、でも、少し、ちょっぴり、いんや、確かな一歩を刻みたい。

「何か、傍目《はため》には、元気に映るんだけど、芙美子さん」

「そうお？」

「退院したら、軽く、鳩の羽みたいに軽く、ガマの実みたいにちっこく、一緒に飯でも食おうよ」

「お金、大丈夫なの？　わたし、会社を休職中なのよ。復職も危ないもの」

「大丈夫だって。卒業と就職を考えながら、きちんとバイトをしてるから」

「そう……なの」

疑わしいように、芙美子は頭を傾げ、浴衣の胸許を両手で、きゅいい、と閉めた。

でも今こそ、帰り時。

「そんでは」

ぜえぜえと荒い息を吐きたいが耐え、騏一は病室から出る。

「芙美ちゃん、あんまり勿体つけちゃ駄目だよ。誇り高いんだよ、芙美ちゃんと同じで今の若い男の人は」

「そう、青木さん、人生四十年も生きてきて、病気で苦しんで、男と無縁になると分かるんですよ。頼りなくても、男って、いいんですから」

「そう、今の男、布団に引っ張りこまなきゃ。今日の夜勤のドクターは甘いアベ先生だもん。見逃すって」

そんな、俺の憧れ、忘れっこない原爆症を忘れ果てた上で持てる希望、全ての芙美子が、そんなこたあ……と身も心も、引きちぎられる言葉が騏一を追ってくる。

しかし、病者のそれぞれの切実さや願いのある言葉だ……。

ううん、男にとっても、女にとっても、重大な生の局面局面で、そして、重たい生の底においてもくる。無理をして、短い時間で踵《きびす》を返したけれど、芙美子の一生懸命に治《なお》ろうとする眼二つが迫ってくる。孵化《ふか》したちっこい魚が、日本海に出て、もしかしたら宗谷海峡《そうやかいきょう》を越えて太平洋までいき、再び帰ってくるような、三面川の魅力みたいなそれが……縋《すが》ってくる。

騏一は『旧約聖書』と『新約聖書』でしか知らない恐ろしく怖く焼餅を焼く神と、迷う者や弱い者や虐げられる者を限りのない愛で包むイエスに、唐突に、祈りをしたくなった。初めての思いだ。故郷を出る時に、被爆者と知りながら抱き抱かせてくれた『赤い鶏頭』の咲ママの心を、不謹慎にも思い出してしまう。

ぎゅっと耳たぶをきつく抓《つね》ると、好い加減な宗教観だ、親鸞の言葉を唯円坊が記した『歎異抄』の、生かされている嬉しさをよこす阿弥陀仏の慈しみ、芙美子の心や軀と無縁に奪い尽くす悪業を許してくれるであろう心を思ってしまう。

そんなことでは、駄目らろう。

自らの思いで、行いで、真っ直ぐに向からうらあ。

よっし、芙美子の退院前に、今度は、格好をつけず、ひたすらその思い、悩みを聞き、受け止める態度で、見舞いにこよう。

4

東京特有の薄情《うすなさ》けのあるような、それすらもないような秋のしとしと雨が、伊藤淳の目出たい宴のせいか、夕方になり熄《や》んだ。

ちっこい宴は、淳が世話になっている親方の通う神田の古本屋街の裏の小料理屋ということだ。

市ヶ谷駅で降り、途中、小さな出版社に勤める、早大闘争で逮捕歴のある心臓に病を抱える君野一郎に黒いスーツの上下を借り、その出版社の便所で着替えた。白いネクタイを締め、結ぶのに苦労した。

それで国電の中央線と江戸城の名残りの外堀に沿う公園の細長い道を歩いていくと、そうであった、この日は学生達が生き生きと活躍する〝10・21《ジッテンニイイチ》〟である、法政大学周辺は白ヘルメット姿の学生達がもうジグザグデモやシュプレヒコールで気合いを入れている。そうか「新宿へ！」なのだ。米軍のヴェトナム爆撃にいく油を満載したタンクは新宿を通る。人も、わんさかいて〝舞台〟になる。

「こうしてて、いいのかのん？」

の心が騏一のどこかで騒ぐ。

そのまま、芙美子のことを思いながら、飯田橋から水道橋へと歩く。

芙美子の弟の青木強志のいる東大の追分寮に三回電話したが強志はいなかった。だから、芙美子がどうなっているか分からない。

ただ、精神病でも長い間は病院にいるべきではないと考える。とりわけ、精神科は、薬漬けにしたり、儲けのために入院を欧米に比較して強いて長過ぎるほど長引かせたり、実質的な監禁をしたりの噂と事実に溢れている。病者を、家族の〝希望〟で退院させないことを医者も手伝っている。阿漕《あこぎ》なこういう背景も、東大闘争の口火を切った医学部の学生の正義感にあるはず。

そもそも、あらゆる病に対して医学の役割の助産婦みたいな力は分かるとしても、本来は人間自身の抵抗力、免疫力、その本来の治癒力がどでかいはず。藁《わら》にも縋《すが》りたい気持ちは分かるけれど、芙美子、芙美子さん、やっぱり自身による分析を、自身での格闘を……。ま、おのれ騏一の助っ人は、そう、でも、必要……。うーむ、虫が良く、甘い、考えか……。

うん、騏一は、自分も通った東大付属病院の中枢、内科研究棟と医局が学生達に、六日前に封鎖され、外来受付は中止となったのを知ったけれど、正直に、「しゃあない」より「うん、よっしゃ」の気分が勝《まさ》った。

しかし、今度の日曜は、再び芙美子を見舞う予定だ。

あの黒みがかった大きくかがっぺいい瞳を見てえら。富士山の頂上が爆発したような上唇と、きりりと窄《つぼ》んだ下唇と、その二つの少し捲れた感じをちゃんと目に納めてえのら。

雨上がりの湿りと冷えを含んだ風を髪と目蓋に受け、どうせなら、日本版のちっこいプチ、カルチェ・ラタンの匂いでも嗅ごうかと、水道橋の駅は外堀通りから見やって御茶ノ水駅へと近づくと、東京医科歯科大が斜め前にあり、門付近に、待ち切れない焦《じ》れったさとパワーに文字の墨が垂れて躍る立て看板があり「防衛庁に進撃、占拠せよ」とある。60年安保の全学連の圧倒的主軸の、亡き樺美智子さんも属していた共産主義者同盟、通称ブントが分解してやっと二、三年前に再建したというところの学生組織がこの大学では強いところ。三派全学連は、もう分裂したというが、その一翼を担うのがこのブント、鼻息が荒い。赤いヘルメットの学生が屯《たむろ》して、拡声器で張り叫んでいる。

中央線を跨ぐ聖橋《ひじりばし》を渡って、待て、序《つい》でに明治大学の前を通ろうと、御茶ノ水駅前の、ぎっしりと喫茶店が並んでラーメン屋もちゃんとある通りを逆戻りする。

ここもまた共産主義者同盟の拠点のはずと思っていたら、蔦《つた》の絡まるクラシックな建物の記念会堂が見え隠れする手前の門には「防衛庁へ！」の看板が案の定ある。でも、字体の違う「国会占拠！」の立て看板もある。あの、早大闘争以前に、騏一に、大江健三郎の『個人的な体験』を読むことを勧めた小清水と、今や、その一か二の子分になっているかつて同級生の帯田仁の属する社青同解放派のものだろう。ま、戦前の拷問と長期の牢屋への押し込めを経ての共産党の青年組織である民青をスターリン主義と嫌い、中核派・共産主義者同盟・解放派などの三派の激しい行為と、その三派の組織の背中が好きらしく三派を「乗り越えよ」と主張する革マル派と、どうしてみんな党派性ばかりを宝にするのか解りづらいけれど、せめて、三派ぐらいは共同して、新宿か、防衛庁のある赤坂か、国会のある永田町の一つに標的を絞れば良いものを……。

騏一は、のめり込むことができなかったけれど、でも、心情だけは共有できた早大闘争から、おのれは進歩していない、否《いな》、むしろ、静かになり過ぎて、なのに、どこかで後ろ髪を引かれたり、背中を押されたりしていると知り、溜息をつく。

けれど、けれども、病に悩む芙美子とは、波の調べを合わせられる……とも考えてしまう。活動家の先端では、たぶん、これは、できないはず……。反権力の滾《たぎ》り、党派への熱過ぎる信頼と忠誠と他党派より優位に立つ思いでは、精神病者へのでかい道をよこしても、実際と細部には御手上《おてあ》げ、気配りが行かぬ……ような。

　そうか？

　あれ、明治は早稲田より、むんむんの野性とアナーキーさと荒くれに満ちて溢れておるらあ。教授らしい六、七人の中高年の男の一団のそれぞれの額にしっぺをやり、尻を撫でたり蹴とばしている。堂堂と、花札をやっている学生がいて、二人ほど赤ヘル青ヘルを被っている。如何《いかが》わしい、つまり〝猥褻〟と批難されるが人類生存の本質を撃つパンフレットを売りつける学生がいる。なのに、愛《あい》大学派か「おお、明治いーっ、その名ぞっ、我らが母校お、お」とそろそろ体育会系の学生しか着なくて終わりの学生服で歌うのもおる。それが、有名な文化人の泊まるとゆう山の上ホテルへと続く坂の上、学生会館のあるところの坂の下と、てんで出鱈目《でたらめ》に群れている。

　だったら、日大の経済学部、法学部のある三崎町へ、猿楽町を越えて、と思ったら、至るところ、乱反射して灰色に光る盾《たて》を両手にして、あーあ、何と機動隊の多いことか、引き返すらね。

　そもそも気づくと、歩道の正方形の敷石が丁寧に退《ど》かされ「投石には使わせない」との警視庁の強く固い意志か、黒焦げのアスファルトだらけだ。

　良くいえば、騏一の感じるフランス語でのちっこいとの意、プチ、カルチェ・ラタンは、権力の尖《せん》兵《ぺい》の機動隊と反乱学生の対峙《たいじ》、曖昧に評すれば同居なのら。

　こういう場に、逆療法として、芙美子を連れてきて、置いたらどうらろう。

駄目だ。もっと、悪化する。

いや、分からんすけ。

いけねえ。

伊藤淳の婚の宴に、既に七分《ふん》、遅れてる。

駿河台の緩《ゆる》い坂を、早足で下る。


神田神保町の小料理屋に息せき切って入ると店の人に「二階へ」と指を差され、二階への踊り場に黒いワンピースに白い真珠のネックレスを着けている若い女の人に「よくいらっしゃって下さいました。まずは御祝い酒を」と告げられ、駆付け三杯ならず一杯を枡酒《ますざけ》で呷り、髭もじゃの桐谷先輩から戴いたガリ版刷りの濃密恋愛小説の原稿料がそのまま入りの一万円の祝儀袋を差し出した。

すぐに二階の座敷に上がり、正面を見ると、あええ、場所を間違えたか、紅梅と銀鼠《ぎんねず》の幕が二曲にそれぞれ垂れている屏風《びょうぶ》を背に鎮座している新郎新婦のうちの紋付・袴姿の新郎は、痩せてスマートで色白で糸瓜《へちま》顔の男で、伊藤淳ではない。上野にある西郷隆盛像みたいに眉太で、ぎょろ目で、ごつくてブル・ドッグみたいな淳ではねえら。

踵を返そうとしたら、

「待てっしゃ。遅いんですよ」

と、背の高い屏風の裏から、あれれ、伊藤淳が、のっしと現われた。膝下から足首の裾口を絞ったニッカーボッカーのズボンの土方姿だ。

「おいっ、そこの男。その女は、俺が貰う、俺のもんだ。退《ど》きやがれーっ」

淳が、二十人ほどの客が注目する中で歌舞伎役者のように右手を天井に翳《かざ》し左手を胸に置き、見得を切った。

「退かねえなら、こうでえ」

淳が、男を蹴り上げる仕種をすると、男は大袈裟に倒れ、天井を仰ぐ。

「確かに、伊藤淳さんの方がふさわしい、素晴らしい、男らしい。降参ですわ」

そういえば、淳が三度ばかり連れてきたことのある弟分的な男が紋付・袴姿で、呻《うめ》く。

そして、その場で淳はニッカーボッカーのズボンとジャンパーを脱ぎ捨て、パンツとアンダーシャツの姿となり、男の紋付・袴を脱がし、奪い、自分が着てゆく。

「よっしゃあっ」

「男だぞ、淳っ」

「決まってるぞお」

ふうん、こういう結婚の披露宴もあるのか、時代は変わっていくらあと、騏一は世話になった顔馴染みの親方夫婦の隣りの空いた座布団に座る。

そうらて、おのれ騏一は、いつも時代に遅れてきている。戦後史のたぶん一番のでかい動きの60年安保は高校一年生で、新聞とテレビと近所のちっこいデモで見ているだけだった。放射能を浴びたのを知ったのは長崎の件から二十年後で、もう〝原子力の平和利用〟とかが輝やかしく未来あるものと普通には思われ、真正面からはそれへの深い、底知れぬ不安、「この野郎っ」との行ないには関われなかった。早大闘争から三派全学連の結成に至って、今、盛んな全共闘運動にも半身を引いたまま。

「でもね、決まり過ぎじゃないかしら」

新婦の友人だろうか、騏一の目ん玉がせわしなく落ち着かない流行りだしたサイケ調の緑と橙色と紫の模様の踊るワンピース姿の女が、甲高い声で野次《やじ》みたいなのを叫ぶ。

静かになった。なあーして？

「そうよね、あんまりに事実そのものなのよね」

階段の踊り場で枡酒を差し出してくれた若い女が含み笑いと一緒に同調した。

場は、もっと、静かに、コップや盃や箸で料理を抓む音も、ふううっと、吸い込まれていくように消えた。

ふと、やっと、騏一が、振袖ではなく色留袖《いろとめそで》と呼ぶんだろう、濃紫色の地に紋が入る着物姿の新婦が目に入り、まじまじ見てしまう。晴れての婚姻の宴を迎える嬉しさで細い目が目蓋の下に隠れそうになっている。が、両顎を、角張らせ、片親らしく四十代半ばと映る男へ首を向けて、何かを堪《こら》えているようだ。

「おいっ、いいじゃねえか。スズキヒョウタも男だ。恋人を、淳に奪《と》られてもおおらか、度量が広いぜ。淳も凄えや、弟分に土下座して『付き合わせてくれ』って頼んだ勇気だよ。焼き餅だらけの狭い男の中じゃ、男の中の男だ、二人とも。だろう？」

親方が、濁声《だみごえ》で怒鳴った。

「そうだあっ」

「義理と人情で、駄目な男どもの常識を壊したんだよな」

「そうよ、そう」

やっぱり、目出たい祝いの席、一斉に、拍手と賛同の声が、畳の裏から湧き上がるみたいに二階の部屋を圧《お》す。

あえ、ええーっ、あん、そうなのか。実際の事実なのか。

――飲んでも、酔いが回らない。

後輩の伊藤淳が、ひたすら力仕事で肉体のみか精神を逞しくさせたことに、驚きより、畏《おそ》れを思う。新婦だって、二つ歳上で、幼児教育の専門学校出で、芙美子ほどにかが、っぺい女ではないけれど、しっかり、腹が据わっているようだ。

いや……。

伊藤淳は、教えている。

たとえ、友達の女でも「これーっ」と思ったら、真正直に接近し、奪うという、破天荒な生き方を。たぶん、性欲もあろうが、心の方が何倍、何十倍とあったはず。

ち、ち、違う……。

恋い焦がれる芙美子が、ほかの男に恋をしたり、肉を与えたりした過去と現在があっても、気にせず、うんとおおらかに懐《ふところ》に仕舞い、包容し、未来へとしっかり歩めるのか……を問うておるら。

静かに推測すれば、美貌とは決め切れないけれど、騏一の魂を抜くほどの魅力、蠱惑《こわく》を持っているのが芙美子なのだ。他の男が見逃すはずもない。しかも、騏一より二つ齢上だ……。いろいろ、あれこれの経験を持っているはず。

淳は、偉い。新婦をぱくったただけでなく、そこを、むしろ、肥やしにしている……みたいだ。

騏一は、嫉妬、という情念に惑い始めた。

5

帰り路。

飲んだのに、酔いが回らない。

鈍行の黄色い電車でゆっくりゆっくり行くかと、水道橋へ出た。今日は、もう、アパートへ帰ってもやることはない。アルバイトは喫茶店のボーイも、小料理屋の『そめこ』も休むことは伝えている。

桐谷先輩注文の濃密なる恋愛小説の原稿の件も、伊藤淳の略奪婚の演出と事実の前では書く意欲が殺がれた。

いい、明日は明日で考えるら。

電車は遅れていて、その上、のったり、もったり走り、ついに、代々木《よよぎ》で止まって動かなくなった。

歩こう、うん、新宿へ出れば何とかなるだろう。

代々木駅のホームに立つと、北方角から、強い通り雨か、ざわめきが風に乗ってくる。違う。無数の靴がコンクリートを踏んづける音、叫び声、切れ切れにホイッスルの音だ。

そうだ、今日は、三派の学生が張り切る国際反戦デーだった。社学同は防衛庁、社青同解放派は国会、中核派は新宿だ。

そうだろう、このざわめきは、中核派だけには限らないだろうが、新宿でのあれこれらろうか。たぶん、そうげら。

よっしゃ。行く、うんや、見ておこう。

駅一は、三年半も東京にいて、なお、道に迷う都会だが、しゃきっとしようと便所で水をがぶがぶ飲む。明治通りっつう大きな道に出て北へ歩けば新宿のでけえデパートの伊勢丹には辿り着くはず。

――新宿駅東口の手前、紀伊國屋《きのくにや》の書店あたりから、もう、凄い人だかりだ。恋い焦がれる芙美子との最初のデートの高野フルーツにすら近づくのがこでごってねえ。つまり、大変だ。

街路樹にしがみついて、一メートルほど攀じ登ると、白ヘルメットにゲバ棒の中核派の学生や、推測するに労働者よりも、ノンセクトと映る学生、そう、これが全共闘の学生達か、ノンセクト・ラジカルとゆう、それがいる。ノーネクタイ、ネクタイのサラリーマン、おっと、もとい、市民も。この頃《ごろ》では、大新聞では「市民も参加」のいい方から「野次馬」になりかけ、官《かん》に寄り添って先走る新聞には「群衆」や「暴徒」と記される市民だ。まあ、凄え人数だ。住友銀行から、小便の匂いが漂うしょんべん横丁へと通じる地下道まで、ぎっしり。

――やがて、白ヘルメットの学生を先頭に、新宿駅へ、ヴェトナムの人人を焼き殺す油の入っているタンク列車の通過するホームへと、雪崩《なだれ》込んでいく。

夥しい数のヘルメット無しの学生が、市民が。

騏一も、むろん、駅員が制止しない改札口を素通りして、ホームへ。そして、飛び降りて線路へ。

石が飛ぶ、無数に。代々木駅方角へ、逆の新大久保駅方角へ。

反対に、機動隊から、催涙弾が、ひゅる、ひゅる、ひゅるーんと飛んでくる。鼻の奥が苦しい、痺《しび》れる、きな臭い。

火炎瓶が、飛ぶ。飛ぶ。飛ぶ。橙《だいだい》色の炎には、ヴェトナム戦争反対でヴェトナムの人人に連帯する色あいがあるが、何やら悲しい色でもあると映る。その描く、揺らめく軌跡すら。

騏一は、催涙弾の臭いよけにハンカチをマスク替わりに被る。そうら、警察に写真を撮られても特定されにくい、母の多津、甘い夢としても芙美子を支えるため、ここで捕まってはいかんらと我れながら姑息な考えをしてしまう。

石を、黒紺青色の機動隊へと投げる。

夜目にも、駅舎のところどころで橙《だいだい》色の火が噴くのが見えてくる。火炎瓶だ。

中核派の動員や隊列できたわけでないので、伸び伸びやれる——けんど、この伸び伸びは、一人という淋しさもよこす。

どのくらい石を投げ、喚《わめ》いていたか。

「おい、騒乱罪が出るらしいぞ」

「えっ、付和随行者《ふわずいこうしゃ》も逮捕《ぱく》られるやつか」

「やばいじゃねえか。帰るか」

五人ほどの、どうやらノンセクトの学生らしいのが、線路の石割り、手渡し、投擲《とうてき》役と役割分担をしていたが一斉にホームへと肩車をしたり、慣れた登山者のように岩登りの姿で引き返していく。

騏一は、なお、十分ほど粘る。

党派の学生が踏ん張っているのに済まない、申しわけない、悪い、と思ってしまうのだ。

けんど、たぶん、こういうことは、一知半解の十九世紀のパリ・コミューンの時も、勝利し切って独裁をするまでの一九一七年のロシア革命の時も、ローザ・ルクセンブルクの生きた時代の一九一九年のドイツ革命挫折の時もあったはず。ごりごりの党派の人人と、シンパと、市民の間に揺れ動く……中で。いや、もしかしたら国家を担う軍と、右往左往する人人の間でも。

騏一も、遁走を始める。

ひやみこき……。

しゃめこき……。

すくなし……。

めぐっせ……。

なぜか、故郷の自虐の言葉が、止《と》め処《ど》なく湧いてくる。横着者、怠け者、根性なし、見苦しい……と。

だえせえ、いや、そうではなくて、これが人生の底の底の定め、人生の命運を実は決めている黒衣《くろご》
……違う、人生そのものげら。

第7章　永遠《とわ》は今の中にか……幻か

1

新宿騒乱罪の件に遭遇し、逃亡し、また無事に、小料理屋の『そめこ』と喫茶店のアルバイトと、大学通いと、桐谷先輩から貰った怪しい小説書きに戻った。あ、それと、フロイト、ユング、アドラー、レインだけでなく、『うつ病の臨床』とか『精神科・治療の発見』とか『カウンセリングの実際』とか、要の青木芙美子用に読む。

十一月、東大教養学部の、スト中だが学生の自主管理のはずの駒場祭でのポスターの入れ墨姿の若い男の背中と、その「とめてくれるな　おっかさん　背中のいちょうが　泣いている――」の泣くセリフに、母ちゃん、ごめーんら、恋の前では母は焦がれる女の三割になっちまうらとしつつ母の多津を思う。〝いちょう〟は、駒場の学生服の徽章、シンボルだ。〝背中〟は、高倉健の歌う『唐獅子牡丹』からきているのだろう「せな」と読むはず。

そして十二月初っぱな。

かなり決心して埼玉県の大宮の青木芙美子の入院しているところへ、今回も、五月には女子大生が目白駅までデモをしたなど信じられないほど静かな日本女子大の構内に咲く山茶花《さざんか》を無断でいただき、見舞いにいった。

「その患者さんは、先週、退院しましたよ。元気になりかけた時が一番危ないから気をつけて下さいね」

受付の女の人が、精神科医の分《ぶん》まで忠告した。

――この日、十二月二十一日。

電話だと、養母に芙美子が気を使うだろうと手紙にして、騏一は、桐谷先輩から習った文の書き方、濃密恋愛小説ですら「遠回しで雰囲気を出す」を中途半端に応用して「故郷村上と東京の冬の違い」、「三面川と多摩川の両方の感じを持つ芙美子さん」などてれんこ書き、ごく和らかに「軽く夕飯を」と綴《つづ》った。

何しろ、飲み過ぎないこと。

芙美子の躁鬱病については、ぅ、ぅ、ぅーんと心配だが、世間の偏見が深いし濃いし、本人も気にしているだろうから、あんまり触れないこと。なに、この間《かん》の勉強と優しさで俺が治すら。

それに、三月《みつき》に一度は会ってもらうこと。せめて半年に一度。ここは、大事だ。押そう……。押せるか。押せるわけねえらて。

目白駅の改札口にまで、凍て始めた空っ風が吹きつけてきて、騏一は、肋骨《あばら》を、びしっと叩き、気合いを入れる。ぽとり、と、夕刊が脇から逃げて落ちる。夕刊には、十日ほど前に起きた、あえーっ、変装の贋《にせ》の白バイク警官が三億円を頂戴して、普通の市民と学生に「やったあ！」と喜ばれた事件の余韻、そして、あのカトリックの厳格そのもののイエズス会の大学、上智大学にすら闘う学生の排除に機動隊を導入し、五十人ほどが逮捕され、六ヵ月の休校のことが載っていた。

夕刊を拾い上げたら、頭を小突かれた。繊細だが、リズムがあり、かつ、母の多津が悪戯《いたずら》や悪さを諭《さと》すごとき童歌《わらべうた》みたいな響きの叩き方だった。

芙美子だ。

——下は都電がのんびり走る千登世橋《ちとせばし》の袂の脇のおでん屋にいる。桐谷先輩のおすすめの店だ。止まり木の端に、芙美子と隣りあわせだ。

「ごめんね、わたし、医者からアルコールは禁止にされてるの。病気から逃げ込んで、アル中になり易いって」

済まなそうに芙美子は告げ、湯気立つ鍋を覗きながら、昆布、大根、蒟蒻《こんにゃく》と、ほっそりしているのに肉づきの良い指で注文する。

「あ、そうなんだ」

アルコールと薬が化合して危険になるならともかく、アルコール自体を禁じる精神医学はやはり、どこか、おかしい。でも、駅一は異議は挟《さしはさ》まない。挟めない。

だけど、かえって、芙美子と会う前の戒《いまし》めを一旦どこかへ置いてしまい、

「熱燗《あつかん》、頼みます」

と、小さく叫んじまった。

「あ、今日は飲み過ぎないようにしますら」

「なによ、自覚があるのね。でも、友達や、社会に出てから付きあう人達には別だけど、わたしの前では酔っぱらってもまるで問題ないわ」

嬉しいことを芙美子は青みがかった瞳でいう。

「へえ　そう」

「そうよ。わたしも背伸びに背伸びを重ねて完璧《かんぺき》人間になろうとしたけど、そもそも欠陥だらけ。それも精神病、ぶったまげるほどの」

あ、過ぎて気にしておるら、躁鬱病を。騏一が先先月読んだ本では「風邪みたいなもの。ゆくゆくは、これを根拠に、学校・会社を休む将来が予測される」との、やや斜めに構えてのアメリカでの精神分析家の本すらあったのに。そもそも、分裂病であろうが何であろうが、おのれ騏一は、芙美子に関してはどうでも良い。かえって、抱きしめ、包み、癒《いや》したくなる気持ちが高ぶる。ま、序《つい》に、キスをも貰いたいけど。そう、肉体を、という邪《よこしま》な欲望も舞い上がるけれど。

「芙美子さん、あのですね、必要以上に病気は気にしない方が」

「だけど、落ち込む時は、もう、手足を動かすのも辛くなるのよ。心は、もっと、もっと。灰色と黒とが混じりあって、死にたくなるの」

「そう」

「そうなの」

「そうなんだろうな」

一と月前に読んだ、医学書専門の出版社から出た『カウンセリング入門と要諦』とかいうのに、病者の話をなにしろ、ゆったり、じっくり、飽きるほどでも聞いて、そして、受け止めることとあったので、そういう態度を取る。むろん、病者の気持ちに、相談に応じる者や医者はなり切れるわけはないということを駬一は知っている。原爆症に脅《おび》え、しかし、格闘の末に、居直り、その上で、的確な判断で対応するしかないわけで、しかし、しかし、この、脅《おび》え、については被爆者以外には解るわけがないのだ。解れ、と求めても、それは無理でもある。無理難題は、思えば、じっくり考えても、仕方ねえらて。但し、原水爆の実験には心底から即時中止、危険や安全など二の次の〝原子力の平和利用〟にも万歳をして欲しくはねえのん。

「大瀬良くん。ごめーん、大瀬良さん」

「うん」

「わたしの心の病気について、あっさり、軽く、どうでもいいように考えてるの」

「はい。あ、あ、あ、いや、真剣に」

「だけど、好い加減に考えてる人の方が、わたし、信用できる。だって、病気のことが分かって、お見合いをこの一年半で三回も断られてるもの」

「はあ?　もっと心配するようにします」

「ううん」

「俺は、そのう、一歳と十日で、長崎の爆心地四キロで被爆してるら」

「知ってるわ。村上では、わたしは父から知らされてたもの」

「そう」

「わたしの場合は、良い薬とか、ちゃんとしたカウンセラーがいたら何とかなる……けど、原爆症の場合は、そういう水準ではない厳しさだものね」

芙美子の、均整を崩すその寸前ほどに大きく、はち切れそうな双眸が、ゆっくり開いて、暫し、開かない。

「躁鬱病と原爆症を比較するなんてできねえら。それぞれ、辛いと思うけんど……俺の場合は、あのう」

「あのう？」

両目を音をたてるように芙美子が見開くと、今度は、その火山のてっぺんが破裂したごとき上唇と、小さく引き締まった下唇が騏一の目に食い込む。あえ、え、おいしそう、吸ってみてえら。うんや、今は、話に熱を注ぐべし。

「生涯、脅えて生きるのは止《や》めて、居直りの心になってるら、芙美子さん」

「居直りって？　騏一ちゃん、あ、騏一さん」

「人間である限り、誰でも、赤ん坊も、死と隣りあわせで、死を孕んで生きるしかないって」

「ふうん、それは……そうだけれど」

「人間が生み出した文明、科学が原子爆弾、水素爆弾、核の力だけど、コントロールできないものは使うべきでない……けど、文明や科学を生んでしまった人間の罪は人間が背負うしかねえらと、俺も背負うしか」

「そう……」

「だから、病院行きは、中止してる」

「居直りがそれなのね、でも……でも」

「文明、科学は人間の大いなる役に立ったけど、大いなる自然すら変えられると図図しくなり過ぎて……だけど、人の生み出す文明、科学、医学も、限りがあり過ぎるもん、芙美子さん」

酔いが、芙美子ゆえに急に回ってきて、騏一はこの頃考えてること以上のところへと走る。でも、あんまり嘘はない思いだ。

いかん、もっと、うんと、芙美子に喋らせないと。

「芙美子さんの方の調子は？」

騏一は、目立たないように、店の人に、空けた銚子を軽く振って二本目を求めながら、聞いた。

「入院する前は、鉄板を背中全部に埋め込まれてみたいな感じで希望がない、死にたい気分だったの。入浴すら面倒で、起き上がるのも億劫《おっくう》で、辛《つら》かったわ。でも、入院して、お風呂が楽しみになり、病棟の廊下の散歩も慣れて、今は、気力が少しずつ上向きなの」

「良かったのん、ん、ん」

「だから、来年一月には職場に復帰するつもり。でも、たぶん、生涯、この気分の斑《むら》、落ち込みと上昇の繰り返しだわ。今も、明け方や寝覚め時に、灰色気分なのら」

「ま、ゆっくり、ゆっくり」

何かしら自分の方が歳上になったような気分となり、騏一はいう。そうか、病という点で、おのれ駻一は兄さんゆえにだろう……か。もっとも、本音の中の本音は「早く、早く、治れ」と思っているのだが。

「駻一くん、あ、駻一さん、大きくなったね」

「えっ、俺、背は伸びてないら」

「んもお、お馬鹿さん」

やっと二つ歳上の女に戻ったように、芙美子が笑う。しかも、健康そうに、機嫌良さそうに。

待てっしゃ。抗鬱剤《こううつざい》の薬が、芙美子に効いてるせいかと、駻一の心配が頭を出しかけた。

ええーい、三本目の熱燗を注文しよう。

「駄目よ、駻一さん。酔っぱらうらあ」

芙美子が、空の銚子を振る手の肘を押さえた。

「あのら、酔い潰れたのは人生で二回こっきりですのん」

「本当なの？」

「うん。一回目は、高校生ほやほやでのお城山《しろやま》の花見の席。二回目は、芙美子さんと新宿で会った時」

「あら、わたしといる時の二回らあ？」

「そういうことになりますら」

「あえ、あえ……駻一さん」

これが微笑みというやつだ、芙美子が俯きかげんに目の下を染めた。

「でもね、まだ退院して一ヵ月と少し。お母さんが不安になるから、帰らないと、わたし」

もう帰られてしまうのかとがっかりするが、芙美子の住まいは、今は新宿区戸塚、途中、公園や暗がりもあるはずと、騏一は気を取り直す。

しかし、そのう、芙美子の躁《そう》状態は知らないが鬱《うつ》状態は、もしかしたら、テレックスとかに入力するパンチ打ちの単純作業からくるのではねえっかと騏一は考えだす。そうら、活動家に邁進するかつての同級生の帯田仁の説く「労働疎外《ろうどうそがい》」ってえやつ。ここは、しっかり勉強しよう。確か、帯田は「初期マルクスの『経済学・哲学草稿』に詳しく書いてある」と喋っていた。でも、なあ……。

今は、遠回りして、暗がり暗がりを探そう。

——騏一の左胸の上が、痛い。

目白通りから日本女子大の前を早稲田方角へと進む。うん、土地勘があるら、心の余裕ができてきた。坂を下って、神田川沿いの公園へ。あそこは暗いし、ベンチもある。

「一日中寒い村上の冬だけど、東京は夜から明け方が凍てつくよね。ろろう?」

人生の分岐点と思いながら、かなりの決意を固め、しかし、最大の然り気なさを装い、騏一は、芙美子の腕を、コートごと、取った。

「そ、そ、そう……らね」

おお、芙美子は騏一の腕を振り解かない。それどころか、騏一の自惚れか、ちょっぴりとしても縋《すが》ってくるようにさえ思える。

待てねえらあ。

豊坂《とよさか》が、ほぼ直角に曲がる暗がりで、騏一は立ち止まった。ぶっとい木と、背の低い灌木が繁っている暗がりだ。

「芙美子さん、三月《みつき》に一度はこうやって会ってくれっしゃ」

「あら。だったら、来年の三月二十一日ぐらいまで会わないわけなの」

「えっ、えっ、だったら、一と月後の一月二十一日に。また、目白駅の改札口で」

その時には期末試験は終わり、一年遅れの卒業がはっきりするはず。早稲田は、何しろ期末試験は楽ちんなのだ。就職先は決まっていないだろうけど、しっかり努力をし抜こう。良い報告を、芙美子に。

「ええ、待ってるら。必ずよ、騏一さん」

芙美子の確かな前向きの言葉に、騏一は、くわっ、くわっと頭へと血が、足から背から首へのみんなの血が逆流していく。躑躅《つつじ》の木か、灌木の繁みへと手を引いた。目隠しには都合が良いが、葉っぱや木の枝や幹がかなり邪魔だ。

「好きら」

騏一は、芙美子の背中に手を回し、すぐに、唇を吸う。

いかんら、村上の『赤い鶏頭』の咲ママには口と口とのキスをしっかり学ばなかった。歯と歯がぶつかり、寒空《さむぞら》に、ゴチ、ゴチ、ゴチンと鳴る。いや、そんなことは考えるな、おのれ騏一め。

「あ……い、い」

切れ切れに言葉を漏らし、芙美子は拒まない。バッグを、低木の繁みに落とす。

やった、とゆうらあ。

騏一は、軀を密着させる。もっと、進みたい。

そしたら、芙美子が、邪魔者を払《はら》い除《の》けるようにして、あるいは異物を取り除くようにして、騏一のコートがはだけているズボンの上から、痛えっ、男根を横へと、一《ひ》と叩《たた》きした。

「あっ、騏一さん、ごめんら。これ、あれ、あれ、あれなの？　厭あ、木の枝や木の瘤と間違えたら」

「済みません」

「ううん。らったら、男性として健やかってことらのん。おめでとう」

「えっ、あ、はい」

騏一は、言葉におのれは過敏なのか、ペッティングという鼻血を溢《こぼ》しそうな、その行ないへといこうとする。それも、長い長い間の憧れの芙美子と……。

唇を吸いながら、騏一は、芙美子のコートの上から乳房を押さえ、圧《お》した。

「待って、騏一さん。わたし、養母のお母さんにはとっても感謝してるけど、やっぱり、いろいろ、あれこれ違うら。帰らないと。次の一月二十一日には、もう職場に戻れているはずだから、大丈夫。いろいろ……許すら」

そうだった、弟の強志とは異なり、そもそも、異腹。その上で、また、養女に出されている芙美子なのだ……。

それに、鬱病は、治りかけの気分の上昇中こそ危ないのは定説だ。ここは、我慢に、我慢だ。

しかし、坂を急ぎ足で下っての神田川の岸では、芙美子は、束《つか》の間《ま》の五秒ほどの別れのキスを受け入れてくれた。騏一が舌を強引に差し入れると、やがて、舌で応えた。

2

一九六九年。

一月、半ば

よっし、あと四日で、芙美子と会える。

しかも、昼、大学のゼミの先生、井伊玄之介教授を研究室に訪ねたら「ああ、正式には卒論としては短く失格だけれど、きみの『文化、思想、政治は外からでなく人人の中から』の下手な字のも読んだ。単位は、喜んで進呈する」と答えてくれた。それだけでなく「きみの論は目的が明きらかでない欠点があるくせに、ポイントのリアリズムがしっかりしている。論より情に溺れる文とか曖昧な小説を書く方が向いているかも」と励ましてくれ、そして、騏一が「卒業できるかどうか分からないので、就職試験は去年一つも受けていない」というと、「卒業資格の他の単位はリポートだろ？　あほばかりで有名なこの大学の教員だけど出せばオウ・ケイのはず」とも言ってくれ、その上「夜這いで人類学の研究者のわたしの力じゃ駄目かも知らんが、就職口の紹介状を二通書いてあげる」と申し出てくれた。

そして、この時代の大学を示すように「あのな、学部長も事務室も、早くこの大学から活動家を追《お》っ払《ぱら》いたいと、小清水はまあ無理として、そのグループ、中星のグループ、蓮岡のグループ、みーんな条件なしで単位をやれとうるさいくらいなんだよ」と井伊玄之介は告げた。うーむ。

実際のこと。

あの東C《トンシー》、東大教養学部では、学生ストの遅れを取り戻そうと、なんと、松の内、一月六日から授業開始だ。でも、学生の雄叫びは熄《や》まぬ。一月十日は、東大全共闘派が秩父宮ラグビー場に、あいーっ、八千人も集まり、学長代行に確約書へのはんこを押させ、署名させたという。東大の本郷では、学生がバリケードを強化して、労働者と共にの集会をやりだしている。早稲田にはない、小豆色《あずきいろ》で背が高く、ごつく、厳めしい煉瓦《れんが》造りの正門には「造反有理」という中国の文化大革命のスローガン、毛沢東の言葉も白ペンキで塗られ、全共闘の得意の落書きは至るところに記されている。東大のシンボルの安田講堂も学生は去年七月から占拠している。でも、東大全共闘派は秩序派と民青によって孤立化をし始めてるとも聞く。

よおっしゃ、次は、就職への精一杯の、必死な活動らて。やれっしゃ、おのれ騏一いっ。

――――。

凍てついて、空っ風の騒ぐ乾いた夜となった。

明日は、井伊玄之介教授の紹介状を持って、神田駿河台の中堅出版社の人事課に挨拶にいくつもりだ。井伊教授が予め告げた通り「既に新卒予定者の採用試験は終わってるから〝駄目元《だめもと》〟だがね」であろうが、まずは挑戦だ。青木芙美子がゆっくり休めて、そのうちおのれ騏一が食べさせ、それに、母の多津を楽にさせ、安心させるために。

夜十時。

小料理屋『そめこ』のアルバイトを早目に切り上げ、もしも中堅出版社の人事課に急に聞かれてもいいように、自ら設問し、自ら答を作ってみる。その出版社の歴史、出している本なども午前中、大学の図書館で調べてきた。

そういえば、大学には、社青同解放派、中核派、社学同の三派系の荒荒しい立《た》て看《かん》を、そして、そもそも、三派系の学生を見かけない。大学は、革マル派と民青の場になっているようだ。もう五十大学以上が、高校だって大阪府立高校の一つが、バリケードで三派系や全共闘によって封鎖、占拠されているが、三年前の早大闘争で懲りたか、それとも嵐の前の静けさか、案外にこの大学は静かだ。そうだ、小清水、二年P組の同級だった帯田はどうしたのだろうか。噂では、早稲田の構内から革マル派によって追われ、東C《トンシー》、東大教養学部で熾烈な内ゲバを革マル派と続けたと聞くが……。早稲田でも、もう一度、でかい反乱をと願ってしまう騏一だ。

もっとも、バリケード・ストライキの内側では、ある週刊誌によると「戦後、第二の性革命が進行中」と書きたてていて、おのれ騏一の被爆のことと芙美子への思いで性的に未熟というより臆病だったと今更ながら気づくけれど、生唾を飲むとか羨ましいとかの感情は湧かない。ただ、党派の影響の枠を越えて雷雲の塊《かたまり》のごとく出てきたノンセクト・ラジカルはアナーキーだし、組織なんつうのより個と個を大切にするから、コミュニズムの〝学識〟を越えるパワーを持っているのだろうと直感で解る。因みに、第一の性革命は、この週刊誌では「終戦によるアメリカ文化の流入による」とあった。それでいくと、騏一は、生まれは長崎としても、育ちは〝酒《さけ》と鮭《さけ》と情《なさ》け〟の〝三ケ〟の古い武家町と町家の同居のところの村上で育ち、第一と第二の性革命と無縁だった。一歳歳上の青木芙美子もたぶん、そういう感覚のはずだ。だから「良かったら」と利己主義的に、酔うようにすら思ってしまう。そして、桐谷先輩が騏一の書く濃密恋愛小説について「おまえのは羞恥心が効いておる。つらつら考えると、下半身が燃え上がるのは〝羞《はじら》い〟という道徳だもんな」と誉めるのには根拠があると自分で頷いてしまう。

よっし、明日のために、久し振りに学生服を、ズボンは、畳と敷布団の間に敷いて、寝圧《ねお》しして、白いカラーの汚れを石鹼の泡で拭いて、えーと、床屋には昨日行ったし、早く寝て、そうら、芙美子との次回のデートの戦略、戦術を練りながら眠れっしゃ、おのれ、騏一……。

ゴツ、ゴツ、ゴツ。

襤褸《ぼろ》アパートの、ベニヤ板の継《つ》ぎ接《は》ぎだらけのドアが、隙間風が母の多津の子守唄を奏でているのに遮《さえぎ》り、男であろう拳《こぶし》を想像させて、叩かれた。

早くも、伊藤淳が夫婦喧嘩でもしたか。

「済まねえ、大瀬良」

歪《いびつ》な六角ごときごつい顔で、帯田仁だった。何があったか、傷口は塞いでいるが赤黒く引《ひ》き攣《つ》った人差し指の長さの肉とジグザグの縫い目の跡を右目の下に横へと走らせている。

「入れ、入れ。どうしたあ?」

久し振りの嬉しさに、騏一は、でかい声をあげた。

「うん、もう一人、頼む」

ごく低い声で、ぼそりと帯田が頭を下げた。ごつい顔に、鶉《うずら》みたいなちっこい両眼が強ばっていて、騏一は「何かあるのげら」と、声を低くせねばと、気を引き締める。帯田仁は、もう逮捕歴三回なのだ。早稲田では革マル派に狙われる活動家になっているのだ。

「夜分、申しわけない」

すっと、えっ、あいーっ、小清水、フルネームは確か小清水徹《とおる》か、かなりでかくてレスリング部から柔道部あたりの運動部のやつと紛《まが》うような体を、恐縮したように屈めて入ってきた。しかも、外套《がいとう》のオーバーなしのジャンパー姿だが、左腕を直角に曲げたままだ。ギプスをしているらしい。

党派の内部などまるで無知だが、騏一には、小清水が、たぶん、党派と党派の、のっぴきならぬ争い、喧嘩での傷だろうと推測がつく。帯田の目の下の傷も……。いや、間違いなく、革マル派との争闘でのものだろう。しかし、革マル派だって、東大闘争に噛んでいる。良く、分からんけえの。

いいや、もうすぐ、東大の本郷での決戦が始まる気配だ。そこで、三派とノンセクト・ラジカルが、それを虚仮《こけ》として嘲笑《あざわら》う革マル派の底が炙り出されるはず。心情は三派にあるが、今は、軽軽しく決めてはならない。決める資格もない。ただ——革マル派は「何があっても組織形成、建設」だから、東大の占拠して封鎖している場を、いとも易く、機動隊に明け渡す気がしてならない。こういう感覚は、党派に属する人間より、ノンセクトの人間の方の直感の方が鋭いのかも。あ、俺は、思えば、道義性や、ヤクザ映画から学んだ仁義にこだわっておるのん。

騏一は、このアパートの鍵では、お巡りさんも、おっと、官憲も、いや、嗅覚とひつっこさは天を突くほどと噂される党派には、いとも簡単に壊されると戸惑いながら、小清水、帯田を部屋に招き入れる。

「おい、大瀬良。俺は、すぐに帰る。急がねえと、東大構内、安田講堂に入れなくなる」

帯田が言う。

「気を使わんで」

小清水も、いう。どでかい登山用のザックを、右腕だけで持ち、部屋の隅に、そっと置く。けれども、客人を誠をもって迎えるのは村上の人間の〝三ケ〟の美徳の一つ。騏一は、三本の胡瓜を短冊状に九つに切り、味噌を皿に乗せて卓袱台《ちゃぶだい》に置く。もちろん、清酒の〆張鶴《しめはりづる》も、冷や酒で、茶碗に、なみなみと注ぐ。そうだアルバイト先の『そめこ』で余った塩辛も、冷蔵庫は買えないので食器棚にあると、立ち上がる。

「気持ちはありがたいが、これで十分以上や、大瀬良くん」

微かに関西訛りを残し、頑丈そのものと映る小清水が、ゆっくり頭を下げた。左腕は鉤《かぎ》型に曲がったままなので、やはり、内ゲバなどでの傷ゆえのギプスをしているのだろう、うまそうに茶碗酒を、ぐいっ、と呷る。

「うん、大瀬良。あんまりアルコールの匂いをさせての会議じゃよ、結論が出にくい。それに、他党派は禁欲主義者が多いから共闘してんのに悪いもんな」

こう話しながらも帯田は、久しく飲んでいないのか、茶碗酒を飲み干してしまう。

「それより、大事な話があるんだ、大瀬良」

帯田は、右目の下のジグザグの傷に掌を当て、両肩を怒らす。

鈍いらて、おのれ騏一は。

そう、緊迫している全国大学闘争の総本山の東大闘争へ「参加しろいっ」のオルグのために、小清水と帯田は訪ねてきているのだ。

帯田は、暫し、騏一の心構えや覚悟をする時間を与えるように、もろきゅうを心地良さそうに噛む。

違うのか。全国の大学闘争の野火から山火事への大いにして野放図なる延焼は、次に、政治闘争、日米安保の問題、ヴェトナム戦争のヴェトナム人民勝利、沖縄の課題へといくはず。この政治への参加へのオルグか。

しかし。

明日の中堅出版社への就職への願いを突破口に、卒業後の暮らしへの動きを加速させねばならない。そもそも、青木芙美子の心と肉を我がものにする、渇いて、飢えて、被爆を一歳と十日で受けても男は、だえせえ、人間そのものが求めに求めてきた我が儘、的《まと》、理想が、一時《いっとき》としても叶えられることが迫っている。

それ以前の、騏一の思想、イデオロギーが、三派、それに三派を含む全共闘派と心中できる要《かなめ》がねえらて。ソ連や東欧や中国の共産主義のやり方は、ひどくつまらねえ強権と官僚主義、文化も国家の枠組の中だ。それを、スターリン主義と革マルを含めた新左翼は批判するが、批判は八割正しい気もするけれど、同じ道を、もし、有り得ないとしても三派が革命を起こしたら、歩むのではねえっか。そして、その前の前の、内ゲバの激しさだ。原因の五割以上は「党建設のためには他党派は邪魔」の革マル派にあると素人なりに分かるけれど、中核に対しての解放派と社学同の間でも、既に、一年数ヵ月前に主導権を巡ってリンチさえしていると聞いておるらあ。

でも、でも。

早大闘争の熱さは、忘れがたい。

同じ世代に、その熱さと、じりりと、やがてやってくる冷やりとする哀しさも知って欲しい。その上で、党派の人間の心を覗き込めば、やっぱり、騏一のかなり客観主義的な考えより、もっともっと熱さと哀しみを知っているのかも……知れねえら。

騏一が早大に入学した頃は60年安保闘争の反省も、以後の方針もたぶん定かでない時、約五年前だ、大隈銅像の前で、三派の素《もと》となる解放派などがせいぜい三十から五十人ぐらいで集会をやっていたのに、学園闘争としても早稲田では三千人ぐらいで集会をやったし、現今では街頭へと首都圏で三派が五千人ぐらい、革マル派が千人ぐらいと繰り出す。労働者の反戦青年委員会を含めるとこの倍ほどになるはず。かなりの熱情を要したはずげら。

侠客の「組《くみ》」への忠誠心に似たのが党派性なのか、党派と党派の争い、通称内ゲバになるとこの小清水も帯田も目鯨《めくじら》を立て眦《まなじり》を決して突き進むけれど、そしていく末の悲惨さを思わせるけれど、コミュニズムのどうしようもない性《さが》というよりは、人類が群れを作ってからの性《さが》という気もしてしまう。その群れの勝利の梃子《てこ》としての銃火器、爆弾、ついに原子爆弾まで生み出してしまったらて。ここの暗過ぎる哀しみについて小清水、帯田の感情、構え、思いを知りてえのん。

「おい、大瀬良。どうした？　黙ってばっかりで。飲めや」

そういやと思うと、帯田が、騏一の茶碗に酒を注いでいる。

「んでな、おい、明日の朝は、東大に、本郷だよ、機動隊が入るんだっつうのが新聞記者やテレビの取材班からの情報なんだ」

えっ、と思うが、帯田が箸《はし》を置き、茶碗に頭を下げた。おのれ駅一への組織化、オルグの中身はどうしたらあ。

「あ、そうだ、大瀬良、小清水の兄《あに》いを、そのうだ」

用件らしいのを、帯田が切り出した。しかし、そのう、仁侠映画みてえに「兄《あに》い」か？

「おい、アカギ、いや、帯田、『兄い』ではないだろうが。きっちりと、済まん頼みごとを、その理由を、期間を、その他を、願わんと」

小清水は、確かに帯田の兄貴分であろうが、小学生の餓鬼《がき》んちょの友達同士みたいな語り口で帯田をやんわり諭す。ん？「アカギ」って、そう、そろそろとゆうか、対権力とか背中を狙う党派へ身構えておるら。仮名、組織名を使い始めている。

「そうでした、兄《あに》い、いや、小清水同志」

おい、あいーっ、帯田が「同志」という言葉を出した。

どうし、ドウシ、同志——という何という響きの良さか。絆《きずな》のある言葉か。仲間でも、信頼し得る者だけに発するほとんど茫然とする「同志」のD音、O音、S音の端的にして、志と、情熱と、誓いの溢れか。

「あのな、大瀬良、短くて一週間、長くて一ヵ月、小清水同志を泊まらせてやってくれ」

帯田が、すっくと、腰を上げた。

「むろんだ。任せてくれ」

駅一は、大切で重い場合に、やっと東京弁が出てくる。

即座に、騏一は、合鍵を財布から出す。小清水の傷ついていない右腕の右の手の平に乗せた。

そして、この深夜の、小清水と帯田の訪問は、闘いや、党派への馳せ参じのオルグではなかったと、やっと知る。淋しくも、なる。

しかし、しゃあないのだ。

「大瀬良、俺は安田城、うん、東大の砦に籠もるぜ。たった一年か一年半の拘置所暮らしだよ。俺が保釈《ほしゃく》になったら、飲もうや。その時は、おめえの奢《おご》りだぜ」

帯田は、騏一より、小清水に深深と頭を下げ、ドアの外へと消えかけ「あ、官憲に何かあって聞かれても、自分の名前以外は喋らんでくれ。うん、同じく逮捕《ぱく》られたら『救援センター、ゴクイリ・イミオーイ、591・1301に電話しろ』と喚《わめ》くと何とかなる、ほんじゃ」と言い残した。

――――。

小清水とは、朝の四時半まで、あれこれ話しあった。聞き上手だった。説教、脅《おど》し的文句、教訓じみた話とは小清水は無縁だった。

ただ……。

「俺は、流行りの主体性《しゅたいせい》とかは信用せんさかい。むしろ、自らの肉体、身体、知覚の感性に正直に、そして、その壁は誰にでも高いのやけど、壁の前で、きちんと、おろおろ、いいいい、うろうろして、いつか跳ぶと決心することやろうと思うわ」

何か、ノンセクトじみたことを、ゴリガンスキーの小清水は、明け方にいった。

学生運動、延《ひ》いてはコミュニズムの負《ふ》の要《かなめ》についての、内ゲバ、ひょっとしたら、更なる内内ゲバについて、騏一は、ついに聞けなかった。

3

次の日。

しまった、朝の九時だ、と、がばっと起きたら小清水の布団は丁寧に折り畳まれ、もう消えていた。

ドアの外の共用の黒電話から、神田駿河台の中堅出版社に電話をしたら、よっしゃ、昼前に会ってくれる約束をしてくれた。直前の、いきなりの都合の良い申し入れなのに。

――。

うん？

何かある、今日も、ここいらは。

御茶ノ水駅で聖橋《ひじりばし》寄りの改札口を出ると、催涙弾のガスが湿って燃え切らぬ玩具の花火みたいな匂いが漂っている。

ここいらは、武骨で野放図な大学の性格をもっと煮つめた学生運動が強い明大、医学や歯学が警察への武器にも役立ちそうな医科歯科大、学生運動の老舗の中大など社学同・ブント系の力が溢れるところ、それに、去年の大学当局の使途不明金がばれて、長い間、応援部や運動部で立《た》て看《かん》さえ出せずに苦しんだ学生がパワーを破裂させた日大、そして、神田川の向こう八百メートルもない先には三派とノンセクト・ラジカルの命運の懸《か》かる東大の本郷とある。あれ、その本郷あたりへとヘリコプターが二機か三機か飛んでるろう。

けんど。

まずは、S出版へ急ぐしかない。

雑居ビルの三階へと、駆け登る。

受付で、三日前にできたばかりの名刺を出す。

ビートルズほどに、それを真似たというか靡《なび》いたというか三派の学生のように首を隠すまで長髪を垂らした二十代後半の男と、禿《はげ》が頭の左右に進んで中央だけが黒黒としている、そう、モヒカン刈りみたいな四十代後半の男の二人がやってきた。故郷の村上の中学の体育のマットや跳《と》び箱《ばこ》を仕舞うような狭く、汗みたいな匂いのする部屋に導かれた。

「あ、きみ、大瀬良くんだよな。ここで、腕立て伏せをやってくれないか」

いきなり、人事課長という四十代後半の男が命じた。

肉体の鍛錬は高校の陸上部と、アルバイトでの土掘りぐらい。でも、やるっきゃねえら。あん、もしかしたら、腰を高く掲げて楽《らく》ちんをしてずるをするかどうかの実地の試験か。

だから、騏一は、両腕をきっちり立て、肩と腰の高さと足首を三十度ぐらいに直線にして、頑張る。
一、二、三、四……二十……三十……もう駄目ら、いんや、芙美子のためと、汗みずくで、四十……そう、母の多津に、そろそろ通用しなくなりそうなモラルである親孝行のため、五十……、五十五……もう、いかんらて。
「ふうむ。我が社に志願してきた中では、回数、形と、一番だな」

人事課長が、良い考えを述べてくれる。

「この出版社で、きみは何を企画して、本として出したいのかな。正直に喋ってくれんか」

出版業界は、倍、倍の膨張をしているのだから仕方あるまい、横柄な口のきき方を若い方がする。

ふと、騏一は、長崎の原爆で、まこと〝見事に〟それまでの世界が潰《つい》え、放射能塗《まみ》れの虚無の究極の姿を、母の多津の言、人人の証言、写真が、心に、いんや、火照りとした全身に思いが湧いてくる。

確かに、週刊誌は売れに売れ、漫画の『少年マガジン』の『あしたのジョー』には興奮するし『月刊漫画ガロ』はつげ義春の『ねじ式』が哲学そのもの、純文学は知らないが、エンターテインメントの『オール讀物』『小説現代』『問題小説』は凄まじい勢い。しかし……。この先は、分からない。なお若い二十四年の人生でも、流れ、流れ、流れがあり、騏一も漂ってきたのだ。そもそも、原爆による人人の途轍もない苦しみが明らかになったのは、敗戦後、かなり経ってから写真雑誌の『アサヒグラフ』によってで、それは「原爆許すまじ」の声となり、けんど、今の世の気分はそもそもの原爆の元、そして原子力発電のためと称しての燃料のプルトニウムの抽出研究とか、平和利用が快く、未来そのものとなってきている。

あ、いや、出版社の、推定の編集者への質問へ、ちゃんと、正直に答えられない。「どんな事業でも、ゆくゆく、やがて、将来は予測できない」とかは……あるけんど。

「きみは、本を出す意欲がないのお？　黙ってばっかりで」

推測では編集者が痺れを切らしたように、苛《いら》だつ両眉の立て方をした。そう、眉の尾を吊り上げた。

「え、はい。広島・長崎の原爆が、それを受けた人人が、そして、その原爆のパワーを〝平和利用〟

って歓迎していく国、世論、科学者の大いなる負《ふ》のことを、いつか、必ずと」いけねえら、ついつい、正直に喋ってしまうなんぞ。

「暗い、暗いねえ、きみは」

若い推定編集者は、口を歪めて、そっぽを向いた。

「へえ、そうか。根性あるな、きみは……あ」

わずかに救いとなることを、人事課長はいい、語尾を引きずった。


——失敗ら。

青春って、嘘のつき方のうまさを覚え、仕込み、屈伏することかも。

騏一は、俯きながら、道を歩む。

緩い坂の、駿河台下から、明大通りに出て、御茶ノ水の駅へいこう。そう、あの、御茶ノ水の駅の新宿寄りの改札口には、竹の樋《とよ》から水がちろちろ流れ、その隣りの交番は学生運動の激しさなど無頓着でのんびりのはず。一一《いちいち》、あれこれ、学生の騒ぎに文句をつけたら交番ごと引っ繰り返されかねないからだろう。

あいーっ。

明大前の緩い坂から学生がタオルや手拭いで覆面をして、ゲバ棒や中には火炎瓶を持ち続続とやってくる。元気だのん、まっこと。

「フランスのカルチェ・ラタンを神田でやろうとしてんのかね」

「まあ、『学生運動は後進国の証拠』ってえのは神話だったな。アメリカ、ドイツ、フランスと凄えもん」

「しっかし、街中を占拠されたんじゃ迷惑至極だよな」

御茶ノ水駅の狭い構内で見物人があれこれ喋っている。

その間に、学生達は、机や椅子を運んできて、あ、い、う、え、お、の呼吸の間に、要所にバリケードを築いていく。活《い》きが良いら。

「東大への機動隊導入、粉砕いいいーっ」

「粉砕い、い、いーっ」

「国家権力の介入を許さないーっ」

「許さねーっ」

それぞれのグループ毎に気勢を上げ、口口《くちぐち》に『アンポ粉砕、東大勝利っ』と叫ぶ。

そうか、やっぱり、東大に機動隊が入ったわけか。だったら、空を飛び回るヘリコプターは報道陣というより、機動隊が空から催涙ガスを撒くためのものか。ならば、帯田はどうしているのか。

学生達が、お茶の水橋の向こう、東京医科歯科大の水道橋寄りに待ち構える機動隊へとスクラムや、ばらばら三三五五の隊で圧力をかけようとやってくる。火炎瓶が飛ぶ。が、うまく届かず、神田川に落ちていく。

「まだ安田《やすだ》組《ぐみ》は大丈夫らしいぜ」

「だけどさ、マルキは八千五百人もだってよ」

「ここに引きつけて東大にマルキをやらねえように頑張るしかねえな」

「うん、瓶が足りねえな。作らねえと、あと千本ぐらい」

学生達が交交《こもごも》語りあい、敷石を剝がして砕く。しかし、近頃は、四角の敷石が学生の投石用の材料になるということでアスファルトに急速に代えられていっていて、そんなに集められない。因みに「安田組《やすだぐみ》」は、東大安田講堂死守で籠城しているグループだろう。「マルキ」は機動隊のこと、「瓶」は、ガソリンと濃硫酸を一升瓶やビール瓶に詰めて触媒《しょくばい》の塩素酸カリウムのレッテルとかを貼って衝撃で炎を出す火炎瓶のことか。

この学生達のここでの目的は、カルチェ・ラタンの日本版も然《さ》ることながら、むしろ、東大の安田講堂ばかりか工学部列品館、あの医学部中央館、法学部研究室などを占拠している学生を有利にというところにある――と騏一は、はっきり知る。

帯田仁よ、だったら、俺も、ここで、少しだけ、連帯する。思想や組織や、その未来に全ては賛成ではねえが、お前の熱さに。

小清水徹……さんよ。好い加減な男に、一宿一飯どころか、一月三十飯ほどを頼りにしてくれた嬉しさに。

騏一は、ショルダー・バッグを抱えたまま、学生達の中へと入る。

――その夜は、明大学生会館のロビーに泊まらせてもらった。

噂に聞いた〝性革命〟の匂いはまるでせず、近所の遅くまで開いている肉屋へ行きコロッケを買い、久し振りに酒なしで眠った。

4

いけねえ。

次の日の午前十一時、機動隊が本気でやってきたのを見抜けず、鼬《いたち》ごっこをしていれば、まだ踏ん張っている安田講堂の学生に少しでも役立つと石を投げ、叫び、デモをしていると、うわっと、一斉に機動隊がジュラルミンの白く灰色がかった楯と共にやってきて、逃げ遅れた、山の上ホテルの坂の下で「この野郎っ、公務執行妨害だあ」と逮捕された。

やばいのである。

二日後の夜には、気力が上向きとしても病み上がりの芙美子と会う約束を、しっかりと、しているのだと、騏一は、手錠を嵌められた「ギッ」の音で、慌てた。

押送車は代々木周辺で止まったけれど、原宿署だった。

制服の警官に、すぐに所持品をポケットの全ての隅隅まで検査された。

「あれーっ、おまえ、ショルダーを持ってんだ。もしかしたら、おいっ」

嬉嬉として警官はバッグのチャックを開けて、机の上に一つ一つ並べた。

「なんだ、火炎瓶は入ってねえな。石塊《いしころ》すら、ねえ。しけた財布の中身だな。六百五十五円って、おい、餃子《ぎょうざ》六皿《さら》でおしまいじゃねえか。おまえ、フーテン族か。しかし、シンナーもビニール袋もねえな」

フーテン族とは、目的がない目的を持つような哲学性を帯びてもいるが一昨年《おととし》あたりから新宿あたりに屯《たむろ》してうろうろして、去年の初冬あたりの寒さの時には目立たなくなった人人だけれど、警官はがっかりした声を出す。

「写真つきの学生証、健康保険証、何だ？　東大の病院に通ってんのか、その古い診察券に、女からの葉書き一こか。それに『昭和歌謡曲』、『童謡と共に』、おっ、塚本邦雄《つかもとくにお》って過激派の教祖か、その歌集……。あ、おまえ、野次馬だろう？　公安のやつらが怒るぞ。今晩あたりから、東大関係の学生がわんさかやってきて、忙しいんだよ」

ちぇっ、と警官は舌打ちして留置場の入口へと連行した。

無知で恥ずかしい、てっきり囚人服を着せられると思ったらそんなことはなく、ただ、ズボンのバンドだけを取り上げられた。留置されてる者同士の喧嘩よりは、自殺を防ぐ目的と分かる。

同房の人は案外に少なく二人で、一人は四十代らしく「儂《わし》は、覚醒剤《シャブ》で日本新記録保持者、一トンを精製したのやでえ。学生か？　君らのせいで小便刑予定の軽いやつらはみーんな釈放《ぱい》。ま、ここにきた以上、正直に、白状した方がええわ」とどっしりと胡座《あぐら》で自らを紹介した。もう一人の三十男は、仁侠映画で見た仁義を切る格好をして、つまり、両足を開いて半腰になり、片手を差し出して形式張った挨拶を始めだした。

「手前は、そんだ、出羽山形は酒田の生まれ、最上川が流れる酒このうんめえとこ」と。

騏一は、深く、反省する。故郷の村上は、京阪の言葉と東北の言葉と元元の新潟の言葉が混じりあい、しかし、山形の言葉の東北弁の濃さに、嬉しくなり、気分を崩したのだ。それを蔑みと誤まり、その三十男は「この野郎、まず、便水《べんすい》掃除からやれえーっ」と額の青脈を浮かした。「便水掃除」とは、水洗であったが、便器を雑布で拭くことであった。暗い電灯に、ぴかぴかに便器が光るまでやらせられた。その上、「おめ達《たち》、学生の馬鹿っけえ、苦労知らずの我が儘の甘ったれで、俺は、露天でいつもいつもだど、迷惑をしてるどぉ」と。

駅一は、悄気《しょげ》る。

学生活動家もノンセクトの学生もヤクザ映画は好きで堪らないし、おのれ駅一は「誠ある友情、熱い連帯、仁義の大切さ」という道徳を貫ったけれど、必ずしもヤクザの方はそうでなく、逆に、敵対心を抱いていることを。これは根深いはず。新左翼が連帯しようと必死になっている労働者も、市民も、実は、もっともっと学生に白《しら》け、反撥しているのではなかろうか。だったら、小清水は、帯田も、未来は実に厳しい。

それもそうだが、おいーっ、「よほどの微罪でない限り、学生は三泊四日は留置場に入るしかない。ゴリガンスキーは十三日、二十三日で、下手をすると起訴されて、東京拘置所入り」というのは、もう三年前の早大闘争の話で、今は、もっと厳しい。一昨日の夜、帯田から救援ナントカセンターとかいう存在を教わったが、電話番号を忘れたし、どういうところかも無知だ。困った。

だったら、青木芙美子との切ない、次を賭けるしかない逢瀬、デートはどうなるら。

焦《あせ》る。

私服の刑事に呼ばれた。

これが、調べだ。四畳半の部屋で、テーブルで刑事と真向う。かなり、ぎょっ、とするが横の一面がガラスになっている。つまり、マジック・ミラーがこれかも。被疑者を特定するために、被疑者の知人を、被疑者に内緒にして「誰の誰それ」とはっきりさせるための……。

「あのな、人定質問から普通は入るんだけど、きみの所持品の学生証の写真ときみの顔は同じだし、大学の健保《けんぽ》について問いあわせたら実在だし、姓名は大瀬良順一、生まれは昭和十九年七月三十一日。大学は、そうか、留年して五年生か。これが正しんだろうな。あのな、儂《わし》だって仕事でやってるんだよ、苛めるつもりはない。早く、こんな仕事は卒業したいのが本音なんだ」

もう定年間近ではないのか、白髪だらけで、A4より大きそうな紙を染みだらけの指で拡げて刑事が聞く。大学当局は、こういうことに協力するのかと腹立たしさが湧くけれど、それより「早く、こんな仕事は卒業したい」という老刑事に、何となく、気が緩む。思えば、まるで知らない原爆死の父もこのぐらいの齢に、生きていればなっているはず。

「答えられません」

「おや、黙秘かね。セクトの大幹部がノンセクトや市民を装ってのことかと、あのだよ、食指が動いてしまうよ。でも、そりゃ、ないわな、セクトの活動家なら、まず『弁護士に連絡せえ』と叫ぶし、ずいぶん前の診察券もあるんだから」

「う、う、う」

「いい、いい。偶《たまたま》、通りかかっての若気の至りか、江戸の庶民の明治維新以来の反薩摩、反警察の気分だろう。あれーっ、本籍は新潟か」

警視庁の調べは迅速らしい、もう、新潟出身はばれている。

「だったら、偶《たまたま》の上に、ほら、機動隊っつうのは集団の意思を強く発揮するしかないから反撥したんだろうな。違うのかな」

「いえ」

「だったら、過激派グループの誰かとの約束、義理、人情ってところかな」

「えっ」

「まあ、いい。検察では約束を守っての沈黙はしゃあないけど、でも、裁判所では、氏名はいった方がいいよ。逃げてたら、そこで機動隊に捕まっただけだろう？　仲間も、過激派のきみの友達も、今のところ、裁判所での人定質問の拒否はまだ徹底していないから、そこでは名前は喋った方がいい」

「はあ、そうですか」

もしかしたら、一月二十一日夜七時、目白駅改札口での芙美子との逢瀬は可能か？　と頭の中で指を数えるが、やはり、一日遅い、三泊四日では。

「あのな、あと数時間で、東大の安田講堂のやつらが、どどっと入ってくる。催涙ガスで火ぶくれのも多いという上司の話だ。細《こま》い件では、早く出た方がいい。こっちも、忙しい」

「あ……い」

こうやって〝口説き〟〝落とす〟のかと思いつつ、でも、なるほどとも騏一は思ってしまう。

「大瀬良……くん。60年安保の時は、調べる側は、もっともっと辛かったんだよ。学生側の方に道義があったし、大地を揺らす学生と市民の足音があって」

「そ……う」

「ま、いい。今度、会う時は、大いなるテロリストでな、きみが。風邪を引くなよ」

老刑事は、白髪の頭を指で掻いた。その髪の毛の地に、禿が進行していた。

——次の日、東京地方検察庁とはこんなところか。何百人のほとんど学生が、横椅子に並べられて、二時間、三時間と待たせられていた。駅一も。

芙美子のことで、悩んだが、黙んまりをした。

検事も、夥しい数の学生に面倒臭いのだろう、「名前は?」と聞き、「言いません」と答えたら、「ブタ箱で冷えて、風邪でも貰え」と告げ、「おいっ、急げ。次、次だ」と書記官らしいのに顎をしゃくった。

——その次の日、東京地方裁判所へ連れていかれた。

「えーと、名前は?」

裁判官は、警察官、検事より、世の中を知っているような物腰だ。駅一に合わす目の高さが、あの老刑事を除いて警察は十センチ、検事は三十センチとするなら、五センチ五ミリという感じだ。でも、慇懃《いんぎん》な体《てい》の内臓あたりから、表現が難しい……偽善の臭いが。

訪ねてきた帯田の忠告を含め、駅一は、考え、躊躇《ためら》い、「人生では有り得る。一大事は、芙美子のこと」、「否《いな》、こうやって、人人、庶民は、でかい力に降参してきた」との思いと、「けんど、小清水と帯田への裏切りはしてならぬ」と迷い抜き、その果てに決心した。

やはり、喋るのは引っかかる。そもそも写真つきの学生証でおのれがおのれと判然としてしまっている。

ここは黙んまりだ。

「……」

「ふうん、あなたはもう人名、住所、生年月日が明白なのに黙秘か。無意味だがね」

このためにこそ、男と男の、人と人との仁義を、そう幻《まぼろし》としても絆《きずな》を知るため、仁侠映画を観て学んだはず。無理してでも沈黙が大事中の大事だ。な、帯田、小清水さん。

よくよく考えて、指で数えると、この夜が芙美子と会う、キスまでしての赤い約束の時だ、やっぱり、間に合わない。どうしたら、いいらあ？　いんや、たっぷり悩んだ上での決心だ。

ひどく寒い留置場に戻された。

東大の占拠に、文字通りに当面の恋愛や、学問や、成績や、就職先を捨てても決起した東大生、他大学生、党派の学生は、寒さの上に、催涙ガスの一トン、二トン、それ以上のヘリコプターからの浴びと、催涙弾の直撃によって、この留置場でも火傷、火ぶくれ、骨折に近い関節の青黒くくっきりした痣《あざ》と疼きと、急に増えた七人の房内の〝同僚〟に、気持ちだけでへとへとになる。傾向として、催涙ガスが事後に押し寄せるのは、腋の下、股の大切なもののある脇、耳の下と汗の溜まるところと分かった。ただ、催涙弾の直撃は、疑似ピストル、準大砲で、その威力は、直近では死をも促すと同房の〝同僚〟の、東大生ではなく遠く九州から馳せ参じた学生の鼻の柱の歪《ゆが》みで、説得力があった。

こういう時と場合に……芙美子のみを思うおのれ駬一とは何か？　情けなさが、やってくる。

でも、違うらろう。

芙美子の魅きつける顔や心情をとても欲しいだけでなく、芙美子の心が病む心を癒したいし、しかもその病は偏見と差別の中にあるから支えたいのだ……たぶん、叛乱ほどに大事なことのはずら。

5

次の日。

意外に早く、朝十一時過ぎに釈放された。

公衆電話に走り、頭に刻み込んでいる芙美子の養母の家にダイヤルを回した。

五度、かけ直した。が、誰も出てこない。

芙美子の職場へ、度胸を出してかけるかと考えたが、職場に確かに復帰したのか、復帰したとしても、電話をかけられたら重荷になったり、職場の信用を失いかねない……。

一旦、アパートへ戻ろう。

――――――。

小清水徹が、ラジオを聞きながら、原稿用紙にアジビラや機関紙のためか、鉛筆を走らせていた。

「大瀬良くん、今朝、八時十五分、八時二十分、九時半と共用電話が鳴って、出ようとしたけど、おぬしに迷惑がかかるかと出なかった」

「あ」

「うん、それで、十時にもあって、アパートの人も通勤や通学でおらんようだし、電話に出たのや」

「あ」

「青木、そうや、青木強志っつう若い人から『すぐに、すぐに、弁天町の病院の緊急治療室へ』と伝言を頼まれたのや。急ぐのがええ、急がんと」

小清水は転転とした暮らしに慣れているのか、お結びを二つ、騏一に渡し、「迷惑料ですわ」と、かなり汚れて古びた千円札三枚を差し出した。騏一は、お茶の水の明大周辺で捕まり、さっき、釈放されたと報告しようとしたが羞恥を感じてしまう。小清水は、既に五回、それも起訴をされた件もあるとの帯田の話だからだ。しかし、打ち明けるしかねえら。

「小清水さん、俺、三泊四日、留置場にいて、学生証からここの住所はばれています」

騏一の言葉に、小清水は怒らず、うんうん、頷いた。

「あれこれ迷惑がかかるかも知れねえら。高校の後輩の住所と電話と地図を書くからそこへ」

新婚の伊藤淳への手紙と共に、騏一は小清水に渡した。

――――――。

「その方《かた》は、地下一階のゼロ三号室に……」

「青木」という名を出した途端、病院の受付の女の人に告げられた。深深と頭を下げられた。

ゼロ三号室を探すと、ドアの前に、青木強志が突っ立っている。〝ニヒルの強志〟が高校時代の仇名だったが、ニヒルすら忘れた無表情になって地下の廊下の壁を見ている。

悪い予感は急膨張して、現実となった。ゼロ三号室の深い緑の鉄の扉には、黒く硬い文字の『霊安室』と記されていた。

「騏一、大瀬良、遅いんだよ、あまりに遅いら。フミコっぺは、芙美子姉さんが、朝の七時に苦しんで悶えていて、養母が救急車を呼んで、けんど、睡眠薬の上に、帯紐での首吊りらて、朝九時四十分に息をしなくなってのん」

「あ……え」

芙美子さん……。

騏一は、腰から崩れそうになる。というより、腰が砕けていく感覚になる。立っていられない。

芙美子。

芙美子。

腰から下が駄目になるのに、人って、いや、おのれだけか、感情が蒸発したように冷えて静かになる。最大の不幸の時なのに……。

「あと、二、三十分もしねえうちに、検屍《けんし》に警察がやってくるらろう。これは、自死の証しの遺書られえ。おまえにだ」

引きちぎられた大学ノートの一枚の紙を、強志は突きつけるように騏一の顎へとひらひらさせる。

《大瀬良さん、騏一ちゃん。私の大切そのものの希望だったのに。あの世で会えたらいいですね。あの世では約束を守って、嘘は駄目です、私は……》

途中で終わっている文だけれど、弱弱しさがなく、頑《かたくな》なほどに筆の勢いがある。勢いが。

――――。

寝巻きでも、経帷子《きようかたびら》の白い衣でもなく、濃紺のベルベットのワンピース姿で、芙美子は全身を硬くして、丸太のように、横たわっている。

養母、強志、看護婦、医者がいなかったら、駸一は、死んだ芙美子の乳房を、大事な個処を見つめ、踏みしだきたいとすら思った。せめて、唇に、火山が爆発した後の上唇を、吸いたかった。

強志が、養母に何ごとかを囁き、看護婦にいう。

看護婦の一人が養母に白粉《おしろい》用のパフを、一人が駸一に赤さより白さの勝る口紅を渡した。

そう、死化粧というやつら。

検屍の前に……。

駸一が、死後硬直など迷信られ、と思うほどに、芙美子の唇には弾《はず》みがある。でも、やはり、口紅はなじまない、いヽ、のりが良くない。

けれども、綺麗になったのん、ちょっぴり。もともと、心が、魂が、精神がかがっぺいから。

あ……い、芙美子さん、芙美子。

6

魚と肉の焦《こ》げる匂いと煙のたつ大塚駅の裏の小料理屋『そめこ』で、駸一は客席カウンターの内側にいる。まだ閉店まで一時間三十分もあるのに客は一人だけなので、週刊誌を開く。女将は風邪を引いて早目に帰った。

一九六九年十二月は押し詰まっている。

芙美子が死んで十一ヵ月だ。

騏一は、卒業はしたけれど、就職先が決まらず、『そめこ』で週六日働いている。七度ばかり出版社や広告会社を受けたが、新卒でないと厳しい。落ちている。というより、芙美子の件で滅入り続け、気合いが入らない。

死者と生者の間には、断絶、という言葉が似あう。拝み倒しても逢いたいのに、死者はもういない。なのに……。どこかで、繋がっている。

あれは嘘、手首を切っての自殺の真似と同じよと、ふらりと現われそうな気がしてしまう……。

振り切るように、週刊誌の目次を見ると「今年の十大ニュース」のグラビアが目に入る。

七月の、アメリカの宇宙船アポロの月着陸船からアームストロング船長、オルドリン飛行士が月面に立つ写真が出ている。これで、ソ連よりアメリカの方が〝勝利〟した……ような。ソ連の計画されたあれこれは、根っこでパワーがない。

日本が去年のGNP（国民総生産）で世界第二位になったことが分かった。

へえ「ウラン濃縮に成功」の件もか。研究成果を上げた科学者が自慢気な表情をしている。

学生運動の件も、かなり入っている。4《ヨン》・28《ニッパア》沖縄闘争で荒れ、破防法の適用で中核派の最高幹部が逮捕されたこと。五月に東大全共闘と三島由紀夫が教養学部で噛みあわぬ討論をしたこと。九月、揉めてる大学百十校の通りに、全国全共闘が結成され、その集会に共産同赤軍派が顔を出したこと。

でも、やっぱり、東大安田決戦の時計台の上に翻《ひるがえ》る旗、炎が黒い空に止まったように写っている火炎瓶の破裂、ガス弾の白い煙……そう、あの頃に、芙美子の焦りと絶望が頂《いただき》へと登っていたはず……。

——桐谷安一郎先輩が遅い。約束って大事ら。三十分、遅れている。桐谷先輩にこう駅一が思うのなら、病から回復途上の芙美子はもっと、もっとだったろうに。

桐谷先輩は一と月に一度、この店にやってきて『そめこ』のアルバイトだけでは苦しい駅一の生活を知り雑文、主に濃密恋愛小説を、今は、月月八十枚書かせてくれている。もっとも、芙美子を失った駅一は悲しくなる。男って、何ら？　いんや、おのれって何者ら？　大切な女の人を自殺させてしまったのに……空想上としても性の冒険を書くなんぞ。

「村上の〆張鶴《しめはりづる》を東京で飲める時代なんだな。もう一つ、冷や酒で」

たった一人の客が注文する。この一ヵ月半、週一度、一人でくる。新潟出身なのか。目つきがかなり険しい。そして、宰相候補の有力者・田中角栄のようにせっかちだ。肴や酒を少しでも出すのがのんびりしていると「早く」と急かす。五十歳ちょっきりぐらいの男だ。

「済まーん。女が俺を放さないんでよ。あ、いけねえ、おまえに女の話は当面タブーだな」

桐谷先輩が入ってきた。

「あ、また、お会いしましたね、お客さん。イネタさんでしたですよね」

桐谷先輩の得意技の一つは、誰をも受け入れ、誰とでも付きあう許容力だろう。だから、如何《いかが》わしい雑文家を束《たば》ねて売り込んだり、如何しい出版業界を生き抜けていける……羨ましい。

「あのな、ちゃんとしたところへ勤める努力はしてんのか、大瀬良」

「ま、ぼちぼち、ゆっくり。桐谷さん」

「そうかあ？　ま、いい。今月の二本、よこせ。八十枚プラス四十枚だな」

桐谷先輩は、イネタという五十男の隣りに座り、無料酒《ただ》の熱燗と大根の漬け物に「当たり前」というように口をつけ、箸《はし》を使う。

「はい、原稿です。感謝していますら」

「うむ」

万年筆で汗の沁みるように書いた原稿の上に煙草の吸い殻の灰など撒き散らし、桐谷先輩は、早い速度で読んでいく。

「おまえな、大瀬良。新潟でもど田舎の村上かあ？　訛が出すぎだ。素朴な男のキャラクターは出てるけどな、他人《ひと》が読まねえ」

「あ、はい。削ります、直します」

「それと、やっぱり、恋人に死なれたせいか、さっぱりし過ぎだよ、濡れ場が。淡い、淡過ぎる」

「そうです……か」

「うん。おまえ、もしかしたら、真面目な小説に向いてるのかも。といっても、純文でなくて、あくまでエンターテインメントにな」

「うーん、ん、ん」

騏一は、体《てい》の良い誉め言葉に、この原稿書きのアルバイトももうお終《しま》いかとがっかりしてくる。

「それと、人民諸君へ労働者へと贅沢には求めねえけどさ、せめてサラリーマンの柵《しがらみ》、制約の心情を理解しねえと駄目」

「うーん」

騏一は困る。でも、本当のところの忠告かも知れない。

イネタという五十男が、原稿を覗き込む。首を九十度、捩《よじ》る。

「そうだな、大瀬良よ、当分、エロのそれは要《い》らん」

「そう」

「その代わり、面白い人物について書け。誰か、モデルになるやつあいねえか。うん、書いたら、俺が大出版社は駄目だけど、中小に売り込む」

「ありがとう……です」

「うん、変わった、時代を撃つ、あるいは時代遅れの面白い人物、いねえか。ゆうてみろ。どうせサラリーマンは知らねえだろうけど」

桐谷先輩が、「飲め」とグラスに一升瓶から酒を注ぐ。

「そう、早稲田の活動家の小清水さん。かつて同級の拘置所の帯田」

「茶化《ちゃか》して書けねえだろうが、大瀬良の感情移入が入ってしまうから。俺だって……そう、だもんよ」

「故郷で待つおふくろさん。長崎の被爆で、俺より放射能を浴びてて、癌の不安に半生苦しんだはず」

「うーん。その素材は、いつの日にか取っておけ。おい、酒が足りねえ」

騏一なら無料酒《ただ》は腰が落ち着かないけれど桐谷先輩は逆だ。

「はい、うんと飲んで下さい。それだったら、俺の故郷で右翼なのに『原爆を放ったアメリカに屈服しない』と言い張り、義理と人情に厚く、いっぺこっと優しかった、でも死んじまった倉松ってえ老人。

博徒も参らせていたんですけど」

「右翼か……いちゃもんがきたら、やりにくいな。でっけえ左の闘争の後って、右が、60年安保の後の『風流夢譚』の深沢七郎へのように頑張る」

桐谷先輩が渋い顔をした。

「いいかね、話に割り込んで」

イネタという五十男が険しい目つきを、束の間《つかま》、変に少年のように和らげた。

「大瀬良くんとやら、その倉松老人は倉松右衛門氏のこと？」

「はい、その通りです。お知りあいですか」

「そりゃあ、わたしも新潟県人だし」

ネクタイをぎりぎりっと締め直し、喉を鳴らし、イネタ五十男は酒を飲み干し、お代わりを求めた。

両目が潤んでいる。何かあったのだろうか、倉松老人との間に。


――縁《えん》というのか、縁故というのか、それとも倉松老人の死して後もの人徳ゆえか、その場で、騏一は、新潟市内にある新聞社に採用された。イネタ五十男は、稲田藤助と名刺にあり、しかも、その新聞社の「専務」と肩書きにあった。騏一が「逮捕歴が一回ありますら。いいのですかね」と念を押した時、「もちろんらろ、ゼロより、ぜーんぜん、増し。今時、学生運動もまるで知らんでどんげね勉強だけできても気持ち悪いらろう」と答えた。初めて、悪くない時代に生きておるのんと、騏一は感じた。おおらか、懐が広く、寛容であろう、やっぱり、今は。違うのか、芙美子が遺した、冥土へ発つ置き土産か……、約束違反なのに、そのでかい負《ふ》を許す……。まさかだろう。そう、その騏一のいきなりの採用時に、四、五年前は頬髯、顎鬚、おまけに胸毛まで曝していた桐谷先輩が、改めて気づいたけれど、すっかり髭を剃っていて、あたかも旧知の間柄のように、稲田藤助に握手を求めての良い笑顔も忘れ難い。あっ、もしかしたら、桐谷先輩は舞台を設定していたらあ……、苦労して。

——そして一九六〇年代は過ぎ、一九七〇年の春四月初旬。

騏一は、雪が斑《まだら》に残る土手に立ち、海へとゆっくりと走る三面川《みおもてがわ》を見る。青さに、雪の季節を潜り切れない雪解けの褐色の色が混じっている。その上で、鮭が産まれて帰ってこれる青みが、遥かに勝る。

それで、溢れ、流れている、ちゃんと。

流れながらも、なにか忘れものをした思いをさせるのはなぜか。

新潟市内のアパートに住みだして三月《みつき》が経つ。勤め始めて九十日、慣れてきた。今は、月七回は、村上の母の家に帰る。

母は元気だ。今のところ癌の兆候はない。しかし、いつ、いきなりかは、分からない。分かるはずもない。心の中も、ずうっと、大学に入る直前に騏一の被爆すれすれのことをやっと告げたように、母の世代以上は、長崎や広島の被爆のことを語らない人人がとても多い。そのことでの偏見や差別を呼ぶことだけではない、どでかいのに、ぼんやりして絡《から》まって解《ほど》けない、暗い洞穴を胸に抱えている……のだ。まだるっこしく、苛だち、怒り、しかし、内に秘めてしまう……悲しい、悲しい、長崎のことなのだ。

でも、母の多津はうるさい。

「早く結婚相手を紹介してくれっしゃ」

と。

そして、見合い写真を苦労して集めてくる。

今は再婚している『赤い鶏頭』の咲ママもあのことは知らぬ気に、心配気に、熱心に、母の多津に協力している。

その上で「S」、「NS」を女の写真に付箋で貼る。「S」は騏一の一歳と十日の被爆を「知っている」だ。「NS」は「知らない」だ。五人中四人が「NS」だ。

もっとも、母の家に、今朝の九時には、あの倉松老人の孫娘の森紫《もりむらさき》から「アスヨル9ジ　ニイガタエキニトクベ　ツキユウコウトキデ　ツクムカエヨカツタラタノミマス　ムラサキ」と文字数の無駄で節約を知らぬ電報が届いている。紫は、騏一の被爆を知っている「うんと、S」の女だ。

決心はしていない。

時折、三面川が、んごお、と音をたてる。

音をたてるのは雪解け水の入り込むせいか。

芙美子の切ない血縁、家族、会社での仕事、病のことの小さい叫びにも聞こえてしまう。

でも、三面川が音鳴りした後は、暫く、静かに、不変の強さで流れる。

人も、そうかのん。

川が、小さい水脈に、少しだけ乱れる。

けれど、やがて元通りに、流れ流れてゆっくり走る。

そう……ら。

生きていた芙美子の両目の芯《しん》の青みをたっぷり湛え、芙美子が、きりりと見つめるように。

それでも、なにか忘れものをしてしまった思いが……。

《完》

この小説は次の資料を参考にしたフィクションである。
一、『昭和二万日の全記録』のVol12、13、14（講談社）
二、『村上市史』の「通史編四・現代」（村上市）
三、『仁義なき映画列伝』（鹿砦社）
四、『映画芸術』（一九六九年一〇月号、映画芸術社）
五、『早稲田をゆるがした一五〇日――早大闘争の記録』（早大闘争の記録編集委員会・代表寺田桂一編、現代書房）
六、『ヒロシマとフクシマのあいだ』（加納実紀代著、インパクト出版会）
七、『長崎原爆資料館学習ハンドブック』（長崎原爆資料館）
八、『原爆症』（フリー百科事典『ウィキペディア』）
九、『村上弁（村上の町ことば）』（村上弁の会の浅野富美子、伊藤ハル、大滝トシエ、倉松ノブ、宮野ヨシ、矢部キヨ編）
一〇、『夏の終わりに』（松本昭雄著、「朝日カルチャーセンター・横浜」での提出作品）
一一、『地の群れ』（井上光晴著、新潮文庫）
一二、『アサヒグラフ』（一九五二年八月六日号、朝日新聞社）
一三、『被爆者からの遺言』（神奈川県原爆被災者の会編、発行）
また、村上市在住の青木久美子氏、村上市立中央図書館の人々から、歴史、風俗、名産、言語について丁寧にして誠ある教示を受けた。感謝します、深く。

二〇一六年三月

作者

小嵐九八郎（こあらし・くはちろう）
1944年、秋田県生まれ。早稲田大学卒。『鉄塔の泣く街』『清十郎』『おらホの選挙』「風が呼んでる」がそれぞれ直木賞候補となる。1995年、『刑務所ものがたり』で吉川英治文学新人賞受賞。2010年、『真幸くあらば』が映画化。『蜂起には至らず　新左翼死人列伝』（講談社文庫）、『ふぶけども』（小学館）、『水漬く魂』全5巻（河出書房新社）、歌集『明日も迷鳥』（短歌研究社）など著者多数。近年は歴史小説に力を入れ、『悪武蔵』『我れ、美に殉ず』（ともに講談社）、『天のお父っとなぜに見捨てる』（河出書房新社）など話題作を生み出している。

彼方《かなた》への忘《わす》れもの

2016年5月31日　第1版第1刷発行

著者◆小嵐九八郎《こあらしくはちろう》
発行人◆小島　雄
発行所◆有限会社アーツアンドクラフツ
東京都千代田区神田神保町2-2-12
〒101-0051
TEL. 03-6272-5207　FAX. 03-6272-5208
http://www.webarts.co.jp/
印刷　シナノ書籍印刷株式会社

落丁・乱丁本はお取り替えいたします。
ISBN978-4-908028-13-7　C0093